Uma praça em Antuérpia

LUIZE VALENTE

Uma praça em Antuérpia

2ª edição

Copyright © 2023 Luize Valente
© 2023 Casa dos Mundos/LeYa Brasil

Todos os direitos reservados e protegidos pela Lei 9.610, de 19.02.1998.
É proibida a reprodução total ou parcial sem a expressa anuência da editora.

Editora executiva
Izabel Aleixo

Produção editorial
Ana Bittencourt, Carolina Vaz e Rowena Esteves

Preparação
Lina Rosa

Revisão
Clara Diament

Diagramação e projeto gráfico
Alfredo Loureiro

Capa
Flávia Castanheira

Crédito de capa
Fotografia da mulher de lenço: Kurt Hutton/Picture Post pela Getty Images
Fotografia do mapa: The Print Collector/Alamy/Fotoarena

Mapa
Kelson Spalato

Fotografia das páginas 6 e 7: © Maros/Wikimedia

Dados Internacionais de Catalogação na Publicação (CIP)
Angélica Ilacqua CRB-8/7057

Valente, Luize
    Uma praça em Antuérpia / Luize Valente. – 2. ed. – São Paulo: LeYa Brasil, 2023.
    384 p.

ISBN 978-65-5643-298-4

1. Ficção brasileira 2. Holocausto judeu (1939-1945) 3. Guerra Mundial, 1939-1945
    I. Título.

23-3993   CDD B869.3

Índices para catálogo sistemático:
1. Ficção brasileira

LeYa Brasil é um selo editorial da empresa Casa dos Mundos.

Todos os direitos reservados à
CASA DOS MUNDOS PRODUÇÃO EDITORIAL E GAMES LTDA.
Rua Frei Caneca, 91 | Sala 11 – Consolação
01307-001 – São Paulo – SP
www.leyabrasil.com.br

Para Cali e Tom

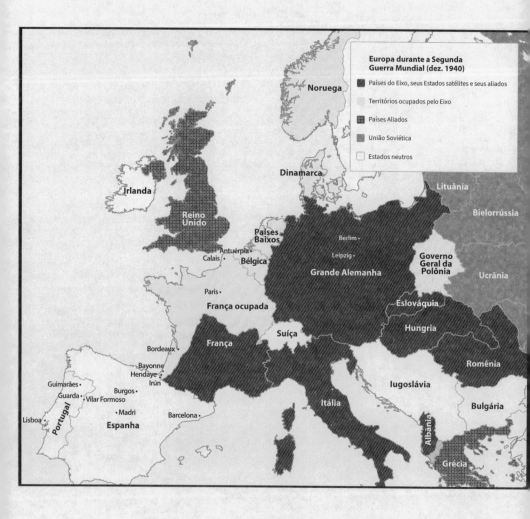

"E assim declaro que darei, sem encargos, um visto a quem quer que o peça. O meu desejo é mais estar com Deus contra o Homem do que com o Homem e contra Deus."
Aristides de Sousa Mendes, 1940

Em junho de 1940, a cidade de Bordeaux foi cenário de acontecimentos cruciais para a Segunda Guerra Mundial. Foi para lá que o governo francês fugiu depois da ocupação de Paris pelos nazistas. Foi lá que o marechal Pétain anunciou oficialmente a rendição em favor da Alemanha. Em meio à descrença e ao conformismo de uma Europa acuada pelo rolo compressor do Terceiro Reich, foi também em Bordeaux que um cônsul português não cedeu ao medo e desafiou as ordens do ditador António Salazar. Aristides de Sousa Mendes foi protagonista da que é considerada, por muitos, a maior ação de salvamento empreendida por uma só pessoa durante a Segunda Guerra. Depois de ficar trancado por dias em seu escritório, rezam os testemunhos que Sousa Mendes surgiu com o cabelo estranhamente embranquecido e foi então que decidiu emitir, à revelia do governo e sem burocracia, vistos de trânsito para Portugal – o número é incerto, estima-se em torno de trinta mil – para judeus e não judeus fugindo do nazismo. O ato lhe valeu o afastamento da carreira diplomática, a morte na miséria, sem jamais ter sido reconhecido, em vida, pelos milhares de vidas que salvou do Holocausto.

Esta é uma obra de ficção que tem como pano de fundo esses e outros fatos históricos do século XX.

PRÓLOGO

Rio de Janeiro, 1º de janeiro de 2000

O mundo não tinha acabado. O céu cinzento e a chuva fina escondiam os raios de sol do primeiro dia do novo ano, quase novo milênio. Um grito ou outro na rua, a cantoria e as risadas na volta para casa, copos, latas e garrafas de champanhe encostados no meio-fio eram o máximo da desordem naquele sábado pós-réveillon em Copacabana.

Do alto de seus oitenta e três anos, do alto de sua cobertura, no lugar mais cobiçado para acompanhar a virada, Olívia sentia-se pequena. Eram seis da manhã, e ela não tinha pregado o olho. Pouco depois das duas da madrugada, ela fora se deitar, dando o sinal mudo de que era hora de todos partirem. Vinte minutos mais tarde, a neta entrara no quarto e Olívia manteve os olhos fechados. Instantes depois, o barulho dos copos recolhidos e o clique da porta foram a senha para que se levantasse e fosse para a varanda, e ali continuou até o dia amanhecer.

Lembrava-se de que, no momento exato da virada, quis que o mundo acabasse. O champanhe foi estourado como despedida do ano, despedida do filho. Beberam em meio à troca de saudações triviais de feliz ano-novo e a palavras vazias que acompanham os momentos de profunda tristeza. Nos últimos vinte anos – desde que Olívia se mudara para a cobertura do anexo do hotel mais glamouroso da cidade –, o apartamento vinha sendo o ponto de encontro da família nos fins de ano.

A urna com as cinzas de Luiz Felipe descansava sobre o aparador, ao lado da fotografia dele, ainda bebê, com o pai, António. Em alguns minutos, cumpriria seu último desejo.

– Vovó, a senhora tem certeza de que quer ir? – e a pergunta do neto mais velho foi seguida de silêncio. Ele insistiu: – Vó, de repente a gente deixa o dia clarear, vamos de manhã, vai ser mais tranquilo.

Olívia acariciou a urna e respondeu com um sorriso firme nos lábios.

– Tom, tu te lembras como teu pai se negava a ver os fogos aqui de cima? Vinte para a meia-noite e lá ia ele com a garrafa de champanhe, os copos de plástico... "Feliz ano-novo, mãe, que o lugar deste português é lá embaixo, no mar de gente!" Pois é para lá que nós vamos. Agora!

Agora, Olívia permanecia ali, sentada na varanda, no primeiro dia do ano. O mundo tinha acabado, sim – não é justo ver um filho morrer sem poder fazer nada.

Ela pegou a foto que costumava levar sempre junto ao peito. Olhou, então, demoradamente, a mulher, o homem, a criança.

Nem ouviu o ruído da porta abrindo, nem os passos leves no tapete. Tita, a neta, que também se chamava Olívia, entrara devagar. Ela também não tinha pregado o olho a noite toda.

Não era a morte do tio que tirava o sono de Tita, era a morte do sonho. Por que para algumas mulheres engravidar era tão difícil?

Tita perdera o primeiro bebê, depois o segundo e agora o terceiro. Mantivera a gravidez em segredo já prevendo o fracasso. Só a avó sabia. Tita precisava contar para ela, precisava dividir sua dor, embora soubesse que estava sendo egoísta. A avó acabara de perder o filho. Ela também.

A neta sentou-se. Olívia encostou a cabeça no ombro dela. Descansou o peso das oito décadas. Tita sentiu-se envergonhada. No fundo, tinha ido até ali para chorar, para desabafar a perda. Talvez fosse hora de olhar o mundo sem se colocar no centro dele. Foram segundos de silêncio, as duas olhando para o horizonte. A avó foi a primeira a falar.

– Tu perdeste o bebê, não é? – disse, sem encarar a neta, que assentiu. – Eu também perdi um bebê – sussurrou, enquanto passava os dedos pela fotografia, como se, dessa forma, pudesse alcançar a criança.

Foi só nesse momento que a fotografia amarelada e gasta nas mãos de Olívia chamou a atenção de Tita. Ela reconheceu a avó, ainda jovem. Estava grávida, provavelmente de sua mãe. Mas não reconheceu o homem ao lado dela, nem o menino no colo. Quem eram? Que lugar era aquele? Uma praça numa cidade europeia qualquer, com certeza não era Lisboa – cidade de onde a avó viera.

No verso, as palavras num idioma que ela não conhecia.

Antwerpen, Familie Zus, Verjaardag Bernardo, drie jaar, 4 februari 1940.

Tirou a fotografia das mãos da avó, que não ofereceu resistência. Mantinha o olhar fixo, como se estivesse preso a um ponto muito distante, num lugar que só ela conhecia.

– Vó, quem é esse homem? E essa criança? – e a voz saiu baixa e temerosa.

A avó repetiu em português as palavras escritas em flamengo.

– Antuérpia, família Zus, aniversário de três anos de Bernardo, 4 de fevereiro de 1940.

Em seguida, levantou-se. Fez sinal para que a neta esperasse. Instantes depois, voltou com outra fotografia, da mesma época. Tita reconheceu a avó, o avô António, que morrera antes mesmo de sua mãe nascer, e o tio Luiz Felipe ainda pequeno.

Olívia colocou as duas fotografias lado a lado. Depois de um breve silêncio, voltou-se para a neta e apontou primeiro para a que lhe era familiar.

– Aqui está António, em Portugal, pouco antes de vir para o Brasil, com Luiz Felipe... ainda bebê. Eu cumpri o prometido e cuidei dele até o último momento, amei-o mais do que a minha própria carne. Pedi tanto que o câncer dele fosse meu, que me levasse e não me fizesse sentir tudo de novo!

Tita ouvia incrédula. A avó pegou, então, a outra fotografia e falou alternando o olhar do retrato para a neta.

– Este é Theodor, quanta saudade... – e fez uma pausa, que mais parecia uma prece, ao olhar o homem alto e magro, para então escorregar os dedos sobre o rosto do menino. – E este é Bernardo, que eu não esqueço um minuto que seja.

Tita fez menção de falar, mas foi interrompida. A voz da avó saiu embargada, ao mesmo tempo que apontava para a mulher grávida ao lado de Theodor.

– Esta sou eu, esperando Helena, tua mãe – e, em seguida, apontou para a mulher da outra fotografia, que parecia ser ela também. – E esta é Olívia... minha irmã gêmea. Eu sou Clarice.

OLÍVIA E CLARICE

1

Norte de Portugal, 1916

Manuel levantou-se com as estrelas ainda no céu. Tinha mais um dia duro pela frente e, em breve, mais uma boca para alimentar. Seria pai pela primeira vez e a qualquer momento, prevenira a parteira. A vida corria certeira, no trilho.

Ele se casara com Josefina, a mulher que amava. O bebê seria o primeiro de uma grande prole. Era o início da colheita das uvas. Prometia ser boa, a melhor em anos. O tempo definitivamente tinha colaborado. Um inverno rigoroso, seguido de um verão com muito sol e um começo de outono sem chuva. O que mais se podia querer? Os cachos gordos, maduros, estavam prontos para a colheita.

A quinta ficava nos arredores de São Lourenço de Sande, no município de Guimarães. A construção em granito fora erguida pelo pai. Cada pedra da casa tinha uma gota de suor do velho Joaquim. A casa de dois andares ficava no centro do terreno, cercada pelas parreiras. Uma a uma plantadas por Joaquim.

Quando Manuel nasceu, a mãe passava dos trinta, e Joaquim, dos quarenta. A criança ter vingado era um milagre depois de tantos bebês perdidos. O menino cresceu, virou um homem forte, de mãos grandes e calejadas que não fugiam da enxada. O solo seco e poroso da quinta era uma bênção para as videiras. As panturrilhas musculosas carregavam os pés largos e achatados de tanto esmagar as uvas na piscina de pedra.

Agora, tudo aquilo seria do filho, ou da filha. Era incrível a esperança que tomava conta do casal. Apesar de a Alemanha ter declarado guerra a Portugal, e de o Parlamento ter aprovado a entrada no confronto, Manuel tranquilizava a esposa. Ele não seria convocado, as batalhas se davam longe do território português, e eles tinham alimentos suficientes estocados para vários invernos e verões. Josefina acariciava o rosto dele. Ela amava aquele homem forte, tosco, de mais ação que palavras. Ele vivia num mundo de regras próprias. O mundo era a quinta. O território de dentro da casa era chefiado por Josefina; o de fora, por Manuel. Os dois comandantes respeitavam as fronteiras.

Com a guerra recém-declarada, enquanto Josefina temia pelo futuro do bebê, pelos que seriam obrigados a lutar e a morrer sem convicção, pelos que passariam fome, Manuel amassava as uvas. Nada poderia quebrar, desestruturar a ordem com que ditava a vida. Se, na mais improvável das hipóteses, Portugal fosse invadido, ele poria as tropas alemãs para correr com seu exército de um homem só. Manuel só não estava preparado para a tragédia que aconteceria em seguida.

2

Josefina não teve forças para abrir os olhos, mas esboçou um sorriso e apertou a mão do marido quando ele levantou da cama ainda com o dia escuro. Manuel acariciou o rosto dela, beijou-lhe a testa e sorriu de volta. Ela não viu, mas sentiu o sorriso dele, já estava embalada no sonho.

Um sonho daqueles que, a princípio, trazem conforto e vontade de não voltar. Josefina já não tem mais a barriga, Manuel amassa as uvas, duas meninas correm pela quinta, correm em direções opostas. Ela não se preocupa, porque estão ao alcance da vista. O céu é azul, sem nenhuma nuvem. Ela aproveita ao máximo a sensação de ter todos ali. Subitamente percebe que já é mãe. Serão as meninas suas filhas? De repente, sente um pingo, seguido de outro. Corre, mas não há onde se proteger. Os pingos são vermelhos. Os pingos são vermelhos de sangue. Ela não vê mais as meninas. Manuel espreme as uvas e delas sai o mesmo vermelho de sangue. Ela grita por Manuel. Grita com toda a força.

Josefina abriu os olhos. O corpo estava encharcado.

– Tudo vai ficar bem. O doutor está a caminho – disse Manuel, em meio ao abraço.

As palavras saíram sem convicção. Fora tudo muito rápido. Os gritos no quarto, a correria escada acima, a agonia de Josefina. O menino, filho da criada que contratara para ajudar a esposa quando a barriga já atrapalhava os cuidados da casa, brincava entre as parreiras. Da janela mesmo gritara.

– Voa até a vila e traz o doutor, é caso de vida ou morte... e diz à tua mãe para vir aqui!

O garoto partiu em disparada. Em segundos, a criada estava no quarto. Desapareceu e voltou em seguida trazendo uma bacia com água e muitos panos. Foi nesse momento que Josefina viu o sangue. Os pingos do sonho cobriram a cama de vermelho. Ela gritou. Não era sonho, as meninas desapareceram de sua vista. Tudo ficou subitamente escuro.

Josefina estava pálida, os lábios arroxeados, os olhos fechados. Quando, enfim, o médico entrou no quarto e pegou-lhe o pulso, não foi preciso dizer nada. Ela estava morta.

– Temos de salvar a criança! – gritou o doutor, enquanto sacava um bisturi da maleta. Não era a primeira cesariana que fazia, mas nunca antes numa mulher sem vida.

Fez o corte longitudinal, rápido e preciso. Em menos de um minuto, tirou o bebê. Quem pegou a criança foi o garoto. Manuel já havia deixado o quarto. Não amaria aquela criança. Iria dar-lhe seu nome, alimentá-la, educá-la, mas o amor era algo que tinha secado dentro dele.

O médico suava frio, as gotas escorriam pela lateral do rosto. Mal teve tempo de pegar o lenço. Havia outro bebê ali. Assim como a irmã, a segunda menina soltou um choro forte e alto. A sutura foi feita com todo o cuidado. Por um breve instante, lhe pareceu que Josefina sorria.

E assim Clarice e Olívia vieram ao mundo. Primeiro Olívia, depois Clarice. Ou teria sido primeiro Clarice e depois Olívia? Eram apenas as gêmeas, chamadas pelas cores das roupas que usavam. A de amarelo, a de branco. Ganharam nome quando a avó materna, que morava na cidade da Guarda, na região da Beira Alta, chegou, dois dias depois do nascimento. Mal teve tempo de chorar a filha única. Dava dó ver as meninas berrando de fome, aos cuidados de uma criada sem intimidade com a casa. Tinha arranjado às pressas uma ama de leite, mas não era suficiente para os dois pequeninos seres ávidos de vida.

Manuel se trancou no quarto no momento em que ouviu o médico gritar que tinha de salvar a criança. Para ele, Josefina é que tinha de ser salva, era ela que ele amava desde sempre. Filhos eram consequência, a ordem natural das coisas. Josefina era a escolha, a vida a dois, a vida eterna. E não uma, mas duas crianças. Por causa delas, sua mulher tinha morrido. Por mais que quisesse ou tentasse, jamais amaria aquelas meninas.

Dona Bernarda, uma sogra bem lúcida, pensou de imediato. O genro era um homem trabalhador, correto, viúvo jovem com duas recém-nascidas. Não faltariam pretendentes. Ela sentia pela filha, mas era o que tinha de ser. Manuel se casaria novamente, com uma mulher quase menina, provavelmente virgem, que criaria as gêmeas como se fossem dela e daria continuidade à prole. Ele logo deixaria o quarto e o luto.

Passados dez dias, Manuel permanecia em silêncio. Trabalhava de sol a sol, sem dizer uma palavra, comia pouco e dormia cedo. Não foi ao enterro nem à missa de sétimo dia. Sequer olhava os bebês, que diria tocá-los. Era como se não existissem. Nem do choro reclamava. A sogra, então, num misto de impaciência e raiva, foi direto ao assunto.

– Manuel, escuta, tu perdeste a esposa, eu perdi minha filha querida. Não podemos fazer nada. Mas estas crianças estão aqui, e também perderam a mãe. Elas precisam do pai, elas precisam de um nome! – exclamou, enquanto apertava as mãos do genro.

Manuel levantou os olhos. Não havia lágrimas, apenas um vazio salpicado de tristeza e desânimo.

– Pois dê a senhora o nome às meninas, porque, se for eu a fazê--lo, os nomes hão de ser dor e infelicidade – disse, depois levantou-se e deixou a sala rumo às parreiras.

A sogra respirou fundo e segurou o choro. Voltaria à Guarda para fechar a casa e mudar-se de vez para a quinta. Era viúva e, a partir de agora, só tinha as meninas, e as meninas, a ela. Seriam suas filhas, lhes daria todo amor que tivesse e que viesse a ter. Escolheu os nomes, sem pensar muito. Nomes de que a filha gostava: Clarice e Olívia.

A avó cumpriu a promessa. As meninas foram crescendo sob asas enérgicas e, ao mesmo tempo, amorosas. Mal viam o pai, que, se por um lado as ignorava, por outro não lhes deixava faltar nada. Sentavam-se juntos durante as refeições, única exigência de dona Bernarda. Ele chegava calado, comia, os olhos sempre baixos, jamais encarava as filhas. Apenas uma vez foi ríspido. Num almoço de domingo – teria sido Clarice ou Olívia? –, uma delas tentou tocar o vasto bigode que lhe cobria o lábio superior. Manuel afastou rapidamente a pequenina mão e gritou para que jamais o tocassem. Não importava se foi Clarice ou Olívia, o fato é que as duas cumpriram a ordem à risca. Tinham pouco mais de cinco anos. Naquele dia perceberam que, além de não terem mãe, também não tinham pai. E o que importava isso, se afinal a avó valia por todos?

A vida seguiu assim até perto dos treze anos, quando, de fato, perderam Manuel. Morreu dormindo, sorrindo. Ia encontrar sua Josefina. Ao verem o semblante do pai tão sereno e alegre, Clarice e Olívia soltaram uma gargalhada. Pela primeira vez, beijaram o pai, beijaram muitas vezes, e também o abraçaram. Ele agora ficaria em paz e feliz.

3

Norte de Portugal, 1933

A morte de Manuel, quatro anos antes, mudara a rotina da quinta. Dona Bernarda assumiu as funções do genro, tendo como braço direito a criada, que, depois de todos aqueles anos, recebia os carinhos de filha e o amor das meninas. Lina era uma mulher de traços finos e belos, mas tinha um defeito no quadril que fazia com que puxasse de uma perna. A vida toda fora chamada de Manquinha. O apelido criou uma couraça, um muro em torno do corpo pequenino, mas nada frágil. A deficiência física era uma sequela na alma, que se traduzia no ar carrancudo.

Casou-se aos dezesseis anos com um homem vinte e cinco anos mais velho, primo da mãe. Do casamento arranjado nasceu António. O marido era um bom homem, mas sem nenhuma ambição. Morreu quando António tinha onze anos. Deixou quase nada para a mulher e o filho, mas o suficiente para Lina pôr literalmente o pé na estrada e partir do ensolarado Algarve para o Norte de Portugal. Ia começar vida nova.

Escolheu Guimarães a esmo, porque ali havia nascido Portugal. Mal chegou à cidade, filho numa das mãos e mala na outra, deparou-se com Josefina e a enorme barriga. Foi empatia à primeira vista.

Josefina era uma mulher cheia de vitalidade, o combustível de que Lina precisava para recomeçar. No mesmo dia, ganhou o emprego na quinta; em seguida a patroa morreu, e Lina viu-se atada àquela família mais destroçada que a dela. De lá só saiu no verão de 1933, direto para o cemitério. Foi enterrada no mesmo jazigo de Josefina e Manuel.

Lina foi uma verdadeira mãe para as meninas. Embora a deficiência física a impedisse de correr entre as parreiras e brincar nas árvores, era ela quem contava as histórias para dormir, penteava os cabelos e espantava os fantasmas dos pesadelos noturnos. Aos poucos, o ar carrancudo foi dando lugar aos sorrisos. No fim da vida, era fácil vê-la gargalhar.

A quinta também fora o melhor lugar para criar António. Se Manuel ignorava as gêmeas, o menino passou a ser, para ele, o único elo com o mundo. Nos primeiros meses depois da morte de Josefina, ensinou-lhe tudo sobre as uvas. António foi um aluno exemplar e dedicado. Acordava com o dia escuro, trabalhava sem se cansar. Tornou-se um rapaz musculoso, bonito, que tinha os traços da mãe, porém sem a marca de seus sofrimentos. Manuel era o pai que ele não teve, mas não era aquele o futuro que queria. António tinha outro temperamento. Era divertido, corajoso, gostava de aprender. Queria ser grande, conhecer o mundo. Tinha muito respeito por Manuel, mas não era isso que o prendia à quinta. Era algo maior, e justamente esse algo, que anos depois se revelaria, é que o levou a partir para Lisboa logo após a morte do patrão.

Dona Bernarda, a princípio, fechou a cara e, por semanas, atazanou Lina, que escutava sem revidar, afinal os argumentos tinham lógica. Apesar de ter colocado um amigo, que conhecia o trabalho tanto quanto ele, para cuidar da quinta, não deixava de ser um abandono.

– Lina, tu sabes que te tenho como uma filha e ao António como um neto. Mas isso é traição pior que a de Judas. Manuel ensinou tudo a esse menino, e agora ele abandona-nos! Se este saco de ossos – falava apontando o próprio corpo – não é digno de consideração, que ao menos a tivesse por ti, que és mãe dele, ou pelas meninas, que ele viu nascer! – e saía esbravejando pela casa.

Se Lina tinha uma qualidade, era a de não julgar as pessoas. O filho partia por alguma razão e, um dia, todos viriam a saber. Ela nunca soube. António voltou à quinta, quatro anos depois, para enterrar a mãe e notar que nada havia mudado, só aumentado. Olívia agora era uma mulher, tinha dezessete anos, e ele a amava mais do que nunca. Era por Olívia que ele tinha partido.

Era daqueles amores que só pareciam possíveis nos livros. António amou Olívia desde o primeiro momento em que a viu. Viu-a ser tirada pelo médico, minutos antes de Clarice. Foi o primeiro a ouvir seu choro, a segurá-la, a ver seus olhos abrirem. Costumava contar às meninas a história do nascimento como um romance de aventura que sempre terminava com a afirmação de que Olívia nascera primeiro que Clarice. Como ele podia afirmar, perguntavam. Afinal se nem Lina nem o médico sabiam dizê-lo, como aquele rapaz, que na época era um menino, era tão categórico? A reposta era sempre a mesma: "Sei porque sei!". A verdadeira resposta viria anos depois: "Sei porque jamais tirei os olhos de Olívia desde o primeiro instante em que a vi".

Durante dezessete anos guardou o segredo. Fora para Lisboa, quatro anos antes, logo após a morte de Manuel, numa tentativa desesperada de esquecer aquele amor que o consumia. Olívia tinha treze anos; ele, vinte e quatro. As meninas o viam como o irmão mais velho. Ele tinha namoradas na vila, uma atrás da outra, e amantes também. As mulheres o satisfaziam sexualmente e só. Jamais tivera qualquer pensamento perverso, pecaminoso com Olívia. Ela era uma criança, mas estava se tornando uma mulher. Por isso ele fora embora.

Agora, quatro anos depois, António regressava. Com ele vinha todo o sentimento. Como se nunca tivesse partido. No período em Lisboa, trabalhou duro. Encontrou o que queria fazer. O comércio lhe agradava. Seria rico, ganharia o mundo e voltaria à quinta, bem-sucedido, para pedir a mão de Olívia. Acabara de abrir uma pequena venda na capital portuguesa.

O ano era 1933. O país vivia sob as rédeas do temido António Salazar. A nova Constituição, recém-aprovada, selava a implantação do Estado Novo, legitimando um regime autoritário e repressivo que se estenderia por quatro décadas.

António passava longe da política. Salazar era apenas alguém com o mesmo nome próprio que ele. Os amigos mais engajados olhavam com receio o panorama que se formava. Totalitarismo, fim dos partidos, muito poder na mão de um só homem. As notícias do restante da Europa também preocupavam. Na Itália, *Il Duce* Benito Mussolini permanecia, sozinho, à frente do governo e do Partido Nacional Fascista. Na Alemanha, um outro ditador, austríaco naturalizado, chegava ao poder. Adolf Hitler tornava-se primeiro-ministro do país.

Mas o que tudo isso tinha a ver com António e os planos de um futuro próspero e feliz ao lado de Olívia? Nem no mais improvável dos delírios ele poderia imaginar que o futuro de sua família seria marcado, para sempre, pela ascensão do Terceiro Reich.

4

António pouco mudara desde que deixara a quinta, quatro anos antes. Talvez uma certa seriedade no olhar, consequência da responsabilidade do trabalho, mais do que do passar dos anos. No entanto, a pequena mudança o colocava no rol dos homens, mais que bonitos, interessantes. Era viril. Os braços continuavam musculosos e sobressaíam sob a camisa branca que ele dobrara no antebraço, depois de tirar a gravata e afrouxar o colarinho. Segurava displicentemente com o dedo indicador o terno jogado nas costas.

Olívia não conseguia desviar os olhos dele. O que acontecera naqueles últimos anos que tinham transformado António no homem mais belo do mundo?, pensava ela enquanto baixava os olhos e fingia secar uma lágrima com o lenço. Teria de falar com ele cedo ou tarde. Conseguira fugir durante o enterro, agora não dava mais. Ele caminhava em sua direção. Olhou para os lados, não havia ninguém, apenas ela.

Os olhos se cruzaram e ficaram. Olívia era praticamente uma menina quando António deixou a quinta. Houve uma época, quando as gêmeas ainda eram pequenas, em que Olívia teve raiva daquele menino que roubava as atenções do pai. No entanto, era tão protetor e cuidadoso, que tanto Olívia quanto Clarice passaram a adorá-lo. Ele era a referência masculina no lugar do pai ausente.

Agora Olívia via António com olhos limpos de passado, olhos de mulher. Isso a fazia corar. Quanto mais ele se aproximava, mais o calor lhe subia pelo corpo, até tomar as maçãs do rosto.

– Olívia!

Foi a única palavra que saiu da boca de António. O coração acelerado, nada mudara. A distância e o passar dos anos só tinham aumentado o que ele sentia por Olívia. Tornou-se o homem mais feliz do mundo quando, naquela troca de olhares, sentiu que era correspondido.

Depois desse reencontro, foi tudo muito rápido. Não se passaram seis meses, e a quinta reviveu momentos de alegria como não acontecia desde o anúncio da gravidez de Josefina, dezoito anos antes. O casamento de António e Olívia ocorreu no começo de 1934. A lua de mel foi em Lisboa, na casa de onde Olívia sairia, seis anos depois, rumo a Bordeaux, para não mais voltar.

Clarice, por sua vez, continuou na quinta, ao lado da avó. Foi uma separação dolorosa. As irmãs nunca tinham passado um dia sequer longe uma da outra. Dona Bernarda bem que tentara convencer António a tocar a quinta, afinal, agora, aquele também era seu patrimônio. Mas ele tinha planos mais ambiciosos. O pequeno comércio estava indo bem em Lisboa e, em breve, iria expandi-lo para o Brasil. Compraria uma casa no novíssimo bairro do Arco do Cego e outra no Estoril, para as férias de verão. A quinta não era para ele. Prometeu a dona Bernarda que cuidaria de Olívia, dando-lhe sempre o melhor, e que viria à quinta com mais frequência para olhar pelo negócio. Não chegou a cumprir a segunda promessa. Nem oito meses após o casamento, a avó morreu de infarto. António e Olívia voltaram uma única vez à quinta para enterrar dona Bernarda e tratar da venda da propriedade. As irmãs se reencontraram e juraram nunca mais se separar. Clarice seguiu com o casal para Lisboa. Fecharam o portão sem olhar para trás.

5

Lisboa, 1936

No começo, Clarice estranhou a vida em Lisboa. Estava acostumada ao verde da quinta, à liberdade de correr descalça, às tardes de leitura à sombra de uma árvore. Sentia uma enorme falta da avó. Estava sozinha no mundo. Por mais que tivesse Olívia e as juras de jamais se separarem, a orfandade pesava como nunca.

A irmã tinha encontrado um amor de verdade, como o do pai pela mãe. Era a força dessa paixão, contada e recontada pela avó, que fazia com que as gêmeas, à medida que cresciam, tivessem mais pena do que raiva de Manuel. Ainda pequenas, escutavam da avó a história de que o bebê fora gerado com tanto amor, mas tanto amor, que só um coração não bastaria. Por isso se dividiu em dois, e nasceram duas meninas.

Clarice ficava feliz por Olívia, mas temia que talvez não pudesse ter a mesma sorte da irmã. Existiriam outros Antónios no mundo? A venda da quinta rendera menos do que imaginavam. Havia dívidas que dona Bernarda contraíra e ainda impostos atrasados. O que sobrou deu para quitar a casa em Lisboa. Ainda não era a casa dos sonhos, mas agora era deles. Clarice cedeu a parte na herança para a irmã. António aceitou com a promessa de pagar cada centavo com juros. A Europa em crise, hiperinflação – dinheiro guardado não valia nada mesmo.

O continente ainda sofria as consequências da quebra da Bolsa de Nova York. A crise atingira democracias como a Inglaterra e a França e fortalecera o nacionalismo na Alemanha, na Itália e em Portugal. Uma série de governos ditatoriais tomou conta do continente, da Hungria à Grécia. O funil se estreitava. Faltava emprego, sobrava descontentamento. Menos de duas décadas depois do fim da Grande Guerra, o mundo parecia caminhar para outra batalha.

Muitos dos clientes que frequentavam a venda de António reverenciavam Salazar e o progresso que trazia para a Lisboa da época. Os que apoiavam o regime tiveram, em 1936, um ano de glória. Entre os mais assíduos estava Fagundes, sujeito escorregadio que chefiava uma repartição na vizinhança. Dizia-se, à boca pequena, que ele vivia mesmo era de denunciar comunistas e anarquistas para a polícia política. Vez por outra, caía numa discussão acalorada com algum freguês que ali passava para um trago. Coincidência ou acaso, quem discutia com ele nunca mais era visto. No ano de 1936, foram quase duas mil e oitocentas prisões de ativistas contrários ao regime, com a colaboração de centenas de Fagundes que viviam como gaviões à procura de carniça.

Por isso, António – que não se envolvia em política – redobrava a atenção quando Fagundes chegava. Recebia-o com um sorriso largo e servil, tapinha nas costas e uma porção reforçada de tremoços. O melhor era se fazer de estúpido.

No final de julho, Fagundes entrou na venda exultante. Balançava o jornal, lendo em voz alta a manchete. A guerra na Espanha estourara havia dez dias. O general Franco invadira o país com as tropas que estavam no Marrocos.

– Esses arruaceiros estão com os dias contados! – bradou Fagundes. – Escutem só: "O exército espanhol varrendo os comunistas". A voz da imprensa não mente! Eu sabia! O general Franco vai acabar com essa corja! António, manda uma rodada por minha conta! Vamos beber esses comunas desgraçados!

António serviu a bagaceira nos copos pequenos e os distribuiu no balcão. O general Franco tinha o apoio de Portugal, da Alemanha e da Itália, mas não deixava de ser um confronto armado num país vizinho. Não deixava de ser uma guerra, e as lembranças da última ainda estavam frescas na memória.

Para António, o negócio estava seguro. As pessoas podiam economizar no lazer, mas jamais na comida… e na bebida. Apesar de raramente beber uma gota de álcool, ele tinha uma mina de ouro nos fundos da loja. Os anos de aprendizado com Manuel não haviam sido em vão. Apuraram-lhe o nariz e as papilas gustativas. António sabia como ninguém reconhecer o melhor dos vinhos baratos, que ele armazenava nos tonéis envelhecidos, trazidos da quinta, e vendia por um preço bem maior. O lucro era o passaporte para o Brasil. Em dois ou três anos, conseguiria finalmente partir para o Novo Mundo. Podia não se envolver nas discussões acaloradas nas mesas da venda, mas não precisava ter uma mente brilhante para saber que a Europa via pela frente vacas mais magras do que gordas.

Já Clarice e Olívia, nos seus vinte anos, viviam a típica alienação dos que são criados em redomas. Com a mudança para Lisboa, sentiam saudades do presunto curtido que chegava da Espanha, mais difícil de conseguir na capital do que no Norte, mais perto da fronteira. O resto era um mundo de países que ficavam muito longe. Sonhavam, sim, conhecer, um dia, Paris. Já Alemanha e Áustria eram berço dos grandes nomes da música clássica. Bach, Beethoven, Brahms, Schubert, Mozart. Desde pequenas, ouviam as sinfonias no velho gramofone que a avó arrancava de dentro do armário quando o pai saía em alguma viagem pelas redondezas. A única proibição na quinta era a música. Música era a alma de Josefina, pianista apaixonada. No dia de sua morte, mesmo dia do nascimento das gêmeas, o piano foi fechado e trancado no sótão. Manuel carregava a chave no peito, como um amuleto. Quando encontraram seu corpo, já frio e rígido na cama, trazia a chave apertada nos dedos. Foi enterrada com ele.

As meninas jamais puderam tocar um instrumento, o que entristecia dona Bernarda. No entanto, nada as impedia de ouvir música. E foi através da música que elas aprenderam a conhecer e amar a mãe.

Foi também a música que arrastou Clarice, num fim de tarde, quatro meses antes de a guerra civil estourar na Espanha, para um café escondido numa rua estreita de Lisboa.

6

Clarice nunca havia ido ao Bairro Alto, um dos mais antigos da capital. António mandara fazer uns cartões numa tipografia e não tinha tempo para ir buscá-los, nem quem o pudesse fazer. Clarice se ofereceu. Ele aceitou com ressalvas.

– Minha cunhada, deixo-te ir com a promessa de que voltas antes do anoitecer. Não é lugar para uma moça de família depois que as estrelas aparecem – disse, enquanto rabiscava o endereço numa folha parda de papel.

Clarice prendeu o chapéu nos cabelos cortados na altura do ombro, pegou a bolsa e deu um beijo na irmã.

– Não te preocupes! Há muito quero lá ir! Os fados, minha irmã, os fados! – e saiu correndo, mal deixando tempo para a resposta de Olívia.

Desde que chegara a Lisboa, Clarice gostava de passear pelas ruas da capital, que, com seus seiscentos e cinquenta mil habitantes, parecia a maior metrópole do mundo se comparada ao povoado de São Lourenço de Sande. Com as contas públicas sanadas sob o rígido regime salazarista, a cidade crescia com a influência do *art déco* e do modernismo europeu. O concreto substituía as construções de ferro e madeira. A estátua de Pombal, que dava início à avenida da

Liberdade, havia sido inaugurada dois anos antes, tornando-se um marco imponente da capital. Novos cinemas foram construídos para receber os filmes mais comentados. O governo promovia exposições, peças, livros, tudo que apoiasse o projeto político de Salazar. Lisboa ascendia ao patamar das grandes capitais europeias.

Clarice gostava de caminhar pela avenida da Liberdade e seguir até o Hotel Avenida, nos arredores. Um dia se hospedaria ali, dizia para si mesma. Agora, finalmente, conheceria o Bairro Alto, com suas calçadas de pedra e construções centenárias. Também ali ficavam as sedes dos grandes jornais. Certamente o clima de redação dava o ar boêmio ao local, onde se reuniam jornalistas, escritores, artistas e estudantes. À noite, surgiam os marinheiros e das ruelas estreitas brotavam prostitutas. O bairro era o cenário perfeito para a máxima expressão da música portuguesa, o fado.

Foi atrás daquele som de lamúria, daquela música que saía das entranhas, que Clarice entrou no Bairro Alto. Depois de pegar os cartões do cunhado, partiu sem rumo, à procura de uma casa de fado. Andou por quase duas horas, sentou-se para um refresco, folheou um jornal, desviou os olhares de homens com sapatos bicolores e bigodinho fino. O tempo passava e não havia sinal de uma taverna de onde saísse um fio de voz que fosse.

A tarde começava a cair e logo viria a noite. Ela precisava voltar para casa. Não seria dessa vez que ouviria um fado genuíno, sozinha, como gostaria. Nessas horas, invejava as mulheres que tinham coragem de desafiar os homens e não se intimidavam. Acendiam um cigarro, bebiam um Porto, usavam roupas insinuantes e rebatiam as investidas masculinas. A Clarice restaria convencer o cunhado, que achava fado coisa de desocupado – "a vida real já é bem miserável de dia para se perder a noite escutando choradeira!", era como se ouvisse a voz dele atazanando seus ouvidos –, a subir o Bairro Alto numa noite de sábado. Era mais fácil um burro voar.

Foi em meio aos pensamentos pessimistas, à frustração de uma tarde perdida, que Clarice se viu subitamente no fim de uma ruela sem saída, de frente para uma taverna espremida entre dois sobrados, de onde, pela porta entreaberta, escorregavam as notas de um piano. Não era o fado que ela tanto queria ouvir, era algo muito mais belo. Schubert, momento musical número dois. A música preferida da mãe, acordes que Clarice trazia da memória do útero. Empurrou a porta e desceu as escadas. Ela renascia.

7

Clarice desceu os quase trinta degraus de lado, encostada à parede. O lugar era pouco iluminado. Demorou alguns segundos para se adaptar à luz do cair da tarde que entrava por duas pequenas janelas, na altura da rua. Era um porão quadrado, com um balcão de bar à esquerda, copos pendurados, seis ou sete mesas, com pouquíssimo espaço entre elas. Ao fundo, um estrado de madeira que funcionava como palco. Era de lá que vinha o som de Schubert. O pianista estava de perfil para a escada, tão concentrado que não percebeu a chegada de Clarice.

Ela tirou os sapatos, para não fazer barulho, e pisou de leve no chão frio, deslizando até a mesa mais próxima. Sentou-se e fechou os olhos. A música entrava-lhe por todos os poros. Era a mais bela interpretação que já ouvira. Tocada com tanta leveza que parecia que as teclas se moviam sozinhas. A intensidade aumentava e diminuía. As lágrimas escorriam-lhe pela face. Clarice poderia morrer naquele instante. Não existia mais nada, apenas as notas que tomavam cada milímetro do ar. Ela respirava a música.

Os olhos permaneceram fechados mesmo quando o silêncio encheu o porão úmido. Clarice não soube precisar quanto tempo se passou até que abrisse as pálpebras e desse de cara com dois enormes olhos azuis, que a encaravam, acompanhados de um sorriso cerrado.

– Desculpe, não pude resistir, é a minha música preferida... e o senhor a toca de forma tão esplêndida! – suspirou, desconcertada, enquanto arrumava os cabelos e baixava o rosto para fugir daqueles olhos que invadiam sua alma.

– É uma honra ter ouvinte tão bela, que se emociona com Schubert, como eu! – e rapidamente esticou a mão para cumprimentá-la. – Theodor Zus, humilde pianista ao seu dispor!

Ela estendeu a mão, que ele beijou.

– Clarice Braga, que meteu o nariz onde não foi convidada – respondeu, com uma reverência de cabeça e um sorriso largo que deixava as covinhas à mostra.

Mais do que as feições, o sotaque carregado demonstrava que ele não era português. Tinha cabelos escuros, despenteados, e pele branca levemente bronzeada. O porte era elegante, mas não atlético. Um homem mais das artes do que dos esportes. Clarice também era uma mulher que chamava a atenção. Era alta acima da média, mais de um metro e setenta, cabelos ondulados, na altura dos ombros, olhos de um castanho esverdeado, e magra, com músculos delineados. Tinha os braços e as panturrilhas bem definidos. Pelo porte se poderia supor que fosse bailarina. A infância saudável na quinta, pisando nas uvas, correndo no campo, dera saúde e vigor às gêmeas.

Os dois ficaram em silêncio por alguns minutos. Theodor tirou um maço do bolso do paletó e ofereceu um cigarro, que Clarice recusou – ela nunca tinha fumado. Ele acendeu e deu uma longa tragada.

– Posso lhe oferecer uma bebida? – disse, apontando para o balcão do bar.

– Já é tarde! Tenho de ir para casa – respondeu, enquanto calçava apressadamente os sapatos, já levantando-se da mesa.

Theodor levantou-se junto e tocou no braço dela. Era um homem alto, beirando um metro e noventa.

– Espere, por que tão cedo? Daqui a pouco é que começa a festa! Isto aqui enche de boa música! Levo-a depois, não tenha medo!

A resposta veio como uma súplica.

– Não posso ficar, minha família está à minha espera, a esta hora já devia estar em casa! Foi um prazer conhecê-lo – e as palavras saíram tímidas e trêmulas.

– Diga-me, ao menos, onde mora, venha me ver novamente! Tocarei o que a senhorita quiser – rebateu ele.

Theodor não queria deixá-la partir. Clarice também não queria ir, mas, a essa altura, o cunhado e a irmã deviam estar subindo pelas paredes de preocupação. Ela, então, pegou um dos cartões do pacote que António mandara fazer e o entregou ao pianista.

– Aqui tem o endereço da venda do meu cunhado. Moramos em frente! – exclamou, enquanto largava o cartão na mesa e subia, apressada, as escadas.

Continuou correndo para pegar o bonde e seguir para casa. Algo tinha mudado dentro dela para sempre.

8

Rio de Janeiro, 1º de janeiro de 2000

Tita havia preparado um café bem forte. Era a única forma de encarar aquela história, que parecia um enredo de filme, contada pela protagonista, que, por acaso, era sua avó – portanto, sua própria história. Aquilo era real. A história de Tita até os trinta e quatro anos é que soava como ficção. Quem era Olívia, a matriarca, de quem herdara o nome, o alicerce da família? Deveria chamá--la de Clarice?

Sentia uma confusão de sentimentos, um misto de impotência e admiração, uma vontade enorme de abraçar a avó e, ao mesmo tempo, de sair correndo daquele apartamento e acordar. Aquilo era sonho ou pesadelo?

Clarice – vamos chamá-la assim a partir de agora – bebia um chá. Pareceu ler os pensamentos da neta.

– Tu me odeias? – disse, para quebrar o silêncio que pesava na sala.

– Odiar? Por quê? – rebateu Tita, espantada. – Cresci com as histórias da quinta, do avô António, que morreu cedo e deixou a jovem esposa grávida com um filho pequeno para criar. Vó, você foi sempre meu modelo, minha inspiração, a mulher que construiu um império do nada! Minha confidente, minha força! Quanta dor, sofrimento, você carregou até hoje, sozinha, sem dividir! Como odiar você?

Clarice segurou os ombros da neta e olhou fundo nos olhos dela.

– Fiz tudo por nossa família! Foi por Luiz Felipe, por tua mãe, por vocês, meus netos. Eu não podia falar... e, com o passar dos anos, nem eu mesma sabia mais quem eu era. Foi mais fácil suportar as perdas sendo Olívia, minha irmã que deu a vida por mim, que morreu para me salvar! Eu amava e admirava tanto Olívia. Penso nela todos os dias.

O desabafo saiu junto com um choro contido, reprimido pelos anos.

As duas se abraçaram. Sim, mesmo sem saber o que tinha acontecido, Tita amava demais aquela senhora que tinha aberto mão de si mesma.

– E Theodor? O que aconteceu depois do encontro naquele porão?

– Eu saí como uma louca, vibrando de felicidade, correndo pelas ruas do Bairro Alto. Sabia que, ao chegar em casa, encontraria António e Olívia furiosos, mas pouco me importava. Eu queria contar para minha irmã que finalmente entendia o amor. O coração disparado, um tremor nas mãos, um calor que subia pelo pescoço e me fazia corar. Theodor foi o único homem que amei e amo até hoje.

A neta olhava a avó perdida nas memórias. Agora entendia por que todos os dias, rigorosamente todos os dias, a avó escutava Schubert. Nunca ninguém soube explicar, nunca ninguém perguntou. O silêncio de Tita era o sinal para que Clarice continuasse.

– No dia seguinte, perto da hora do almoço, Theodor chegou à nossa casa, acompanhado por António, que, a essa altura, já o tratava como um velho amigo. Pusemos mais um prato na mesa. Ele sentou-se ao meu lado. Nossas mãos se tocaram de leve. Eu senti que era correspondida.

Tita sorvia o café sem interromper a avó. Quantas vezes ela devia ter repetido para si mesma aquele encontro? Sentiu crescer um orgulho da avó. Aquele era o avô que ela jamais iria conhecer, a não ser pelos relatos de uma memória desgastada pelo tempo. Theodor Zuskinder, de nome artístico Theodor Zus, nascido em Leipzig, em

1903, judeu – terceiro filho de pais poloneses –, que costumava dizer que sua religião era a música.

Zus, como era chamado, fora amigo de Kurt Weil e também conhecera Bertolt Brecht, o que tornava aquele relato ainda mais fascinante.

Weil e Zus haviam sido companheiros no conservatório de Berlim. Ambos vinham de casas muito rígidas – Weil era filho de um cantor de sinagoga, e Zus, de um rabino.

Chegaram à Berlim dos anos 1920, no período entre as duas guerras. Dois jovens compositores eruditos numa cidade que fervia de novidades, com toda a influência da cultura americana, o *jazz*, as *big bands*, o *swing*. Era uma metrópole onde viviam nacionalistas, comunistas, democratas, expressionistas, românticos. Uma cidade sem censura, um convite à vida noturna, aos cabarés.

Com a ascensão de Hitler, em 1933, a Alemanha viveu um retrocesso. A música popular foi banida, virou sinônimo de música degenerada, assim como as canções compostas e interpretadas por judeus. As músicas folclóricas, as marchas militares, tudo que ressaltasse a ideologia nazista passou a dominar as rádios.

Dois anos depois, Kurt Weil partiu para os Estados Unidos e Theodor Zus saiu sem destino pela Europa. Duas semanas em Paris, em seguida cruzou a Espanha, e finalmente chegou a Lisboa – o mais longe que ele podia estar do Reich.

Com menos de seis meses na capital portuguesa, Theodor ganhava a vida na noite tocando canções populares, enquanto de dia estudava os clássicos, que nunca deixou de adorar. Na cidade dos fados, tornou-se o rei do cabaré. Morava no Bairro Alto, duas casas abaixo da taverna onde Clarice o encontrou naquela tarde de fim de inverno.

Há muito Theodor largara a família em Leipzig, era um cidadão do mundo. Não era religioso, mas costumava dizer que o judaísmo não era religião, era essência. Mesmo que não quisesse, seria sempre um judeu. A vida se encarregava de lembrar-lhe. Deixara a Alemanha para fugir da perseguição antissemita que acompanhava a ascensão do *Führer*. Em Portugal, não havia perseguição como na Alemanha e no Leste Europeu; em compensação, o nacionalismo de Salazar o aproximava dos germânicos, e, como era natural à maioria dos artistas da época, Theodor tinha uma queda pelo comunismo. Isso o tornava uma presa para a polícia política e os delatores de plantão.

Quando conheceu Clarice, e isso ela veio a saber logo depois, Theodor já era vigiado pelos agentes da ditadura.

A avó narrava o passado com uma riqueza de detalhes que afastava qualquer possibilidade de aquilo não ter acontecido.

– Tivemos a mais bela história de amor! Eu vivia suspirando pelos cantos, esperando a chegada de Theodor, geralmente próxima da hora do almoço. Fazíamos longas caminhadas, íamos à matinê e, vez por outra, passávamos numa confeitaria chique de Lisboa, onde tomávamos um sorvete.

A avó falava com os olhos perdidos, num momento só dela. Tita não deixava escapar uma palavra.

– Até que um dia Theodor não apareceu, e foi assim por uma semana. António e Olívia já o tinham como da família, e meu cunhado, então, foi até a taverna para saber o que havia acontecido. Lá, foi avisado de que Theodor estava doente e ficaria afastado não se sabia por quanto tempo. Também tinha mudado de endereço. Fiquei desesperada. Acordava e dormia chorando. Não podia acreditar naquele abandono. Nós nos amávamos tanto – Clarice falou com a voz carregada de tristeza.

À medida que a avó narrava, cresciam a ansiedade e a curiosidade de Tita. Ela já antevia a tragédia, pelo menos em relação ao avô judeu. Mas, e quanto à verdadeira Olívia e ao menino, que era seu tio? Como estariam eles envolvidos nisso tudo? Não queria apressar Clarice. Afinal, aquela história estava aprisionada havia seis décadas.

– Como você o encontrou novamente? – perguntou Tita, afoita.

A avó bebeu um gole grande de chá e prosseguiu sem pressa.

– Uma noite, Theodor apareceu lá em casa. Estava abatido, cabisbaixo. Tivera de abandonar o cabaré e vivia na casa de um e de outro amigo, sem pouso fixo. Havia pensado várias vezes em me procurar, mas ficara com medo de que nós, principalmente António, caíssemos na rede da polícia de Salazar. Estava ali para se despedir.

9

Lisboa, 1936

A chuva caía forte, mas não o suficiente para diminuir o calor daquele dia abafado de maio. Em pouco mais de um mês, chegaria o verão. Para Clarice, que tanto adorava o sol, seria o começo de um tempo nebuloso.

As irmãs liam na varanda, alheias ao que se passava na rua, quando Theodor surgiu sorrateiro, escondido numa capa de chuva, com a gola levantada e um chapéu enterrado na cabeça. Andava curvo e apressado, o olhar baixo e atento virava para um lado e para o outro, sempre vigilante. Deu uma larga olhada para trás antes de abrir o portão da casa e entrar rapidamente.

– Clarice, meu amor!

Foi o suficiente para as duas pularem das cadeiras.

– Theodor, o que houve? Estávamos tão preocupadas. Vamos entrar, tira essa capa, corres o risco de ter uma pneumonia – falou Clarice, enquanto o puxava pela mão.

– Vou pegar uma toalha, uma camisa de António e preparar um chá quente! – disse Olívia, entrando correndo na casa e levando a capa e o chapéu encharcados.

Uma praça em Antuérpia 45

Theodor e Clarice entraram logo atrás. Um longo beijo seguiu-se aos segundos de silêncio em que se prenderam nos olhos um do outro. Era um olhar de despedida.

– Perdoa-me a falta de notícias – implorou ele, enquanto acariciava o rosto de Clarice. – Não quis colocar-vos em perigo. Há semanas que não tenho paz, vivo assustado! A princípio, achei que estava com alguma doença, sentia-me perseguido, como na Alemanha. Sentia olhares atrás de mim, em todos os lugares. Quando me virava, não havia ninguém. Até que, numa madrugada, aproveitei um intervalo e deixei a taverna por uma pequena porta nos fundos e contornei a rua. Vi que não era imaginação. Eles estavam lá, próximos à esquina. Um carro preto, com um sujeito ao volante, e outro, encostado no capô, vigiando o movimento de entrada e saída. Chapéu escuro, um cigarro pendurado na boca, os braços cruzados. Voltei para a taverna e continuei a tocar. Quando saí, de madrugada, o carro continuava no mesmo lugar, com os dois sujeitos dentro. Entrei em casa, fiquei à espreita até o amanhecer. Continuaram lá. Saí por volta das dez da manhã, como de hábito, e foi quando o carro veio atrás de mim. Andei por duas horas sem rumo, parei num café, numa livraria, numa loja de instrumentos musicais. Na mesma noite, avisei na taverna que teria de me ausentar por motivo de saúde. Depois da apresentação, voltei para casa, separei alguns pertences para o caso de invadirem o quarto, para não o encontrarem desabitado, o que me daria mais tempo. Não falei com meu senhorio, pois levantaria suspeitas. De qualquer forma, o mês estava pago. Saí furtivamente na madrugada, para não mais voltar, e assim tem sido minha vida nos últimos dias, dormindo aqui e ali, de favor em casa dos companheiros.

Theodor falou sem parar até que Olívia chegou com o chá. A essa altura, ele já havia colocado a camisa seca e tirado os sapatos, expondo os pés brancos como marfim. Clarice escutava boquiaberta, sem entender o porquê daquela perseguição. Como um pianista de cabaré, exímio músico clássico, poderia oferecer algum perigo?

– Theodor, eu não entendo, o que fizeste para ser perseguido? Tu és um artista! – disse ela, enquanto ele tomava um gole grande.

Theodor pousou a caneca na mesa de centro e deu um longo suspiro. O silêncio tomou a sala. Clarice e Olívia, sentadas lado a lado na ponta do sofá, aguardavam ansiosas. Ele estava na poltrona, de frente para elas. Antes de falar, tirou do bolso da calça duas fotografias envoltas por um pequeno saco de pano. Passou para as irmãs. O papel gasto, mais fino nas pontas, era sinal de manuseio constante.

– Esta é minha família – apontou – no dia dos meus treze anos. Meu pai, minha falecida mãe, minhas duas irmãs. Sou eu, com o manto de orações. Foi o dia mais importante da minha infância – falou, sorrindo com a lembrança de vinte anos atrás. E continuou: – Não se enganem. Nunca fui religioso. Meu pai é rabino, um profundo conhecedor das escrituras, da Lei. Fui criado num lar judaico, cheio de alunos, discussões talmúdicas, rezas. Estudei com afinco para meu *bar mitzvah*, como só vim a fazê-lo anos mais tarde no conservatório em Berlim. E sabem por quê?

Theodor falou com tamanha empolgação que as gêmeas arregalaram os olhos.

– Estudei com afinco porque minha recompensa seria ganhar o piano do meu avô, um piano só para mim. Música foi minha paixão desde que me conheço por gente. Meu pai, que Deus o tenha, sempre foi um sábio. Desde pequeno fui muito rebelde, contestador. Implicava com minhas irmãs, pregava peças nos mais velhos, uma peste. Não havia castigo que me pusesse nos eixos. Estranhamente, qualquer canção ou as notas de um instrumento acalmavam-me. Meu pai percebeu. Um dia, depois de mais uma das minhas travessuras, ele trancou-me em seu escritório e disse para eu ficar lá a pensar e que, sob hipótese alguma, mexesse no piano, que havia pertencido ao pai dele. Eu receberia a mais severa das punições. Foi a palavra mágica para a minha alma transgressora. Assim meu amado pai me abriu as portas do mundo! A partir desse dia, eu tinha dez anos, minha vida passou a ter sentido. Jamais abandonei o piano. Vivi para a música e pela música... até hoje – disse, olhando para Clarice.

Ela baixou os olhos e os levantou em seguida, enrubescendo. Os dois se encararam como se não houvesse mais nada ou ninguém naquela sala. Eles eram um do outro. Não importava que Theodor fosse pianista, fosse judeu, fosse alemão, fosse um homem sem endereço fixo e profissão certa.

Theodor continuou a história. Falou da família, da infância, da ligação com a língua portuguesa. A avó paterna era de origem sefardita, do Norte da Espanha, e, embora tivesse nascido em Lodz, na Polônia, conservava o ladino dos antepassados ibéricos. As palavras, a musicalidade lembravam o português. Como Theodor tinha um ouvido muito apurado para os sons, não fora difícil pegar o idioma.

A outra foto que ele carregava fora tirada no conservatório de Berlim, em sua primeira apresentação. À medida que voltava no tempo, Theodor se empolgava ao falar da Alemanha antes da opressão do nazismo, da descoberta da música popular e da força que ela representou para ele.

– Nós queríamos mudar o mundo, a música era uma arma que não feria o corpo e tocava a alma. Dava voz aos oprimidos!

A essa altura, ele tinha se levantado e falava com os punhos cerrados, cortando o ar.

– Precisavas ver a estreia da ópera de Brecht e Weil em Berlim! – disse, olhando para Clarice. – Jamais esquecerei aquela noite memorável de agosto de 1928. Meu amigo Weil, na época um completo desconhecido, musicou o texto de Brecht, que já tinha nome na Alemanha, portanto, havia expectativa para a estreia. Era a adaptação de uma ópera inglesa, mas não importava! Brecht era um gênio, para ele o palco só tinha sentido se aproximasse o público da vida real. E ele e Weil conseguiram. A *Ópera dos três vinténs* mostra a escória, mendigos, a vida das ruas.

Theodor vibrava com a lembrança. Tomou fôlego e continuou.

– As letras eram audaciosas, falavam de prostitutas, ladrões, oportunistas, pessoas que queriam se dar bem à custa da exploração alheia. Acompanhei os ensaios, a montagem, vivia na noite de Berlim. Tudo isso marcou minha vida. Como podíamos existir sem fazer nada, num mundo com tantas diferenças sociais? Foi com esse questionamento que me juntei ao movimento comunista.

Theodor tornou-se um simpatizante e depois um militante. Dava abrigo aos companheiros perseguidos, escondia panfletos em casa e chegara a arriscar a própria vida ao transportar um revólver dentro da caixa de um violoncelo na volta de uma apresentação na União Soviética.

Em 1933, quando Hitler se tornou líder máximo, o poderoso *Führer*, Theodor se viu diante de um dilema: a militância ou a vida. À medida que o Partido Nacional Socialista ganhava força, os social-democratas eram enterrados junto com a República de Weimar. Não havia compatibilidade entre um judeu comunista e a nova Alemanha. Dois anos depois, deixou o país.

A essa altura, António já havia chegado e se juntara às gêmeas, que ouviam, atentas, aquela história que parecia de um outro mundo.

– Impossível imaginar o que se passa na Alemanha! Hitler, assim como Mussolini e Salazar, detesta os comunistas…, mas vocês não têm ideia do ódio que sente pelos judeus. Temo por meu pai, por minhas irmãs! Eles não querem sair, dizem que vai passar. Meu pai nasceu na Polônia e foi menino para a Alemanha, considera-a seu país, onde casou e teve os filhos, seu irmão serviu na Grande Guerra, lutou pela pátria. Ele tem certeza de que essa loucura vai acabar… Meu pobre pai! Estudantes, jovens, queimam livros em praça pública, muitos são de autores judeus. Eu vi comerciantes fecharem as portas por causa dos ataques às lojas. Advogados e médicos, as chamadas atividades judaicas – havia um toque de ironia na voz dele –, perderam o direito de trabalhar livremente, proibidos de atender clientes que não sejam judeus! Mesmo escolas e universidades não podem aceitar alunos judeus. E está cada vez pior! Vocês acreditam que nem os atores podem exercer a profissão?

Theodor se sentou e escondeu o rosto entre as mãos. Clarice se aproximou e o abraçou.

– O sujeito começa a andar de olhos baixos, até as crianças o assustam! São ataques covardes, não há a quem recorrer! À Gestapo? À SS? Já ouviram falar dos *Schutzstaffel*? – e a palavra saiu como um latido. – Tudo porque se nasceu judeu? Eu nunca fui religioso, não jejuo, trabalho no *Shabat*! O que me faz diferente?

Até deixar a Alemanha, no final de 1935, a polícia do partido aterrorizava Theodor. Não era o medo da tortura que lhe provocava calafrios, era a possibilidade de ter as mãos quebradas, os dedos decepados, e de não poder tocar nunca mais. E foi em meio a esse temor que Theodor se viu dentro da casa de um oficial da tropa de elite nazista, em Berlim, duas tardes por semana, ensinando piano para a pequena Ingeborg.

O jovem pianista alto, de belos olhos azuis e fala doce, era um alvo em potencial, pronto para ser abatido a qualquer momento. Por mais despercebido que tentasse passar, Theodor aparecia através da música. Uma tarde, fora chamado para tocar numa festa de aniversário num hotel. Apesar de a anfitriã ser a esposa de um oficial nazista, o cachê era irrecusável. Tocou como se estivesse numa sala de concerto. As mulheres, deviam ser umas doze, conversavam animadamente, embaladas pelos clássicos que saíam das teclas amareladas pelo uso. Depois de duas horas, Theodor fechou o velho piano, arrumou as partituras e passou apressado pela lateral do salão. Na porta do hotel, ouviu um chamado.

– Espere!

Uma mulher alta e magra se aproximou. Era uma das mais jovens do grupo.

– O senhor é um concertista! Como está se apresentando aqui? – perguntou, impressionada.

– Não mereço tamanho elogio. Sou apenas um pianista do interior tentando sobreviver em Berlim – respondeu, com a cabeça baixa.

– Pois acaba de ganhar um trabalho duas vezes por semana! – disse, abrindo um sorriso de dentes perfeitos. – Vai dar aulas para minha filha de doze anos. Já adianto… será muito bem remunerado – falou, tirando um cartão da bolsa e colocando-o na mão de Theodor. – Meu nome é Frida Schmidt, meu marido é um alto oficial do partido… Vai lhe arranjar muitas festas para tocar! Espero o senhor amanhã, às quatro da tarde. Estamos combinados? – concluiu, despedindo-se com um aperto de mão.

Frida voltou para as amigas enquanto o pianista segurava o cartão, boquiaberto. O que ele iria fazer? Os pensamentos foram interrompidos pela voz grave que soou do saguão.

– Que cabeça a minha! Esqueci de perguntar seu nome! – falou a mulher, com firmeza.

Foram segundos, que pareceram horas para Theodor. A resposta saiu sem pensar.

– Schulz… Theodor Schulz.

Era o nome no letreiro de uma loja, no outro lado da rua.

10

Berlim, 1935

No dia seguinte, Theodor pegou o bonde e seguiu para o endereço indicado. O suor salpicava-lhe a testa, que ele tentava, sem sucesso, secar. O prédio ficava na avenida Kurfürstendamm, no lado oeste de Berlim. Dava para ir a pé ao zoológico, um dos locais preferidos de Theodor. Naquele dia quente de julho, no entanto, esse era o último pensamento que lhe vinha à cabeça. Há muito perdera o prazer de caminhar pelas ruas planas da capital alemã, pedalar sem rumo na bicicleta comprada de segunda mão, mergulhar no rio Spree. Era como se existissem duas cidades. A que ele amava não lhe pertencia mais.

Aos trinta e dois anos, o pianista perdera a vaga de professor no conservatório. Vivia de tocar em casamentos, festas, casas noturnas. De dia, dava aulas para crianças judias, cujos pais, assim como ele, haviam sido afastados dos empregos. O que significava que as mensalidades ficavam penduradas. O pagamento vinha, muitas vezes, na forma de um convite para um parco almoço ou jantar. Ele comparecia e comia com cerimônia, mesmo que estivesse faminto. Muitos dos pais daquelas crianças eram funcionários públicos antes de serem banidos dos cargo. A "Lei de Restauração do Serviço Público Profissional" afastou os não arianos das funções governamentais. Advogados e funcionários de cartórios perderam as licenças. Os médicos berlinenses sofriam restrições – não tanto como em Munique, onde foram oficialmente proibidos de atender pacientes não judeus – e tinham dificuldade de conseguir medicamentos e acesso aos hospitais.

O cerco se apertava para qualquer um que tivesse origem judaica, não importava se religioso ou não. O que era difícil de compreender. Havia cerca de quinhentos mil na Alemanha, menos de um por cento da população do país. Além de judeus, oitenta por cento deles eram alemães, com cidadania. Alemães há várias gerações, com pais, tios, avós que lutaram na Grande Guerra e foram condecorados, que ajudaram a construir e reconstruir a nação. Os outros cem mil eram, na maioria, judeus poloneses – como o pai de Theodor – e seus descendentes – como o próprio Theodor – já nascidos na Alemanha, que não tinham cidadania, mas status de residentes permanentes.

Os que tinham um pouco de otimismo diziam que a perseguição era uma jogada política de Hitler. Assim que ele conquistasse a Áustria, a Tchecoslováquia e a Polônia, tudo voltaria ao normal. Theodor queria acreditar, mas não conseguia. Entendia, porém, que famílias que tinham uma vida sólida, patrimônio construído, não podiam simplesmente fazer as malas e ir embora. Seu próprio pai, rabino em Leipzig, tão acostumado às escrituras e ao êxodo judaico, jamais havia deixado a Alemanha, nem a passeio, desde que chegara, aos oito anos, com a família fugida de Lodz, na Polônia.

Em meio aos pensamentos, Theodor seguiu pelas escadas até o segundo andar do pomposo prédio e tocou a campainha. Frida Schmidt o recebeu com um sorriso largo que mostrava os dentes bem tratados. Era uma mulher linda.

Hitler certamente a exporia como um exemplo da superioridade da raça ariana, pensou Theodor, ao fitar os belíssimos olhos verdes e as maças rosadas e proeminentes.

– Bravo, maestro! Já vi que preza a pontualidade como um bom alemão! – disse ela, enquanto fechava a porta.

Músicos e artistas em geral tinham fama de atrasados e boêmios para a família Schmidt. Theodor já marcara um ponto a favor.

Ele tirou o chapéu e fez uma leve reverência com a cabeça. Os dois seguiram para a sala onde ficava o piano. Um Steinway legítimo, uma joia que mais parecia uma peça decorativa. A tampa refletia o teto de tão lustrada. As teclas brancas davam a impressão de jamais terem sido tocadas. Theodor sentou-se imediatamente, não havia como resistir à beleza do instrumento. Esfregou as mãos e ensaiou algumas notas. Frida fechou os olhos, era impossível não se comover com o som que saía dos dedos de Theodor. Por alguns minutos, ele esqueceu os temores que o perseguiam e se entregou à música. Talvez não fosse tão terrível dar aulas naquela casa, que parecia o paraíso em meio ao caos que sua vida se tornara. A felicidade durou pouco. Foram interrompidos pela chegada abrupta e barulhenta da menina que seria sua aluna.

A primeira troca de olhares com Ingeborg provocou calafrios no pianista. Ele era um homem alto, adulto, que superara muitas dificuldades... Como podia se sentir acuado por aquele ser que mal passava da sua cintura? A menina não havia puxado em nada a beleza da mãe. Era baixa para a idade, com olhos pequenos, de um azul sem vida, e cabelo loiro cacheado. Difícil imaginar um sorriso daquela boca de lábios extremamente finos e levemente curvados para baixo.

– Essa é Ingeborg, professor Schulz! – e, virando-se para a menina: – Cumprimente o mestre, querida! É o melhor pianista de Berlim!

Theodor se levantou da banqueta e estendeu timidamente a mão, que a menina não pegou. Mantinha os braços cruzados sobre o vestido apertado que só realçava a barriga. Estava estampado na cara dela que as aulas de piano eram uma obrigação imposta pela mãe.

– Ingeborg, nós não queremos incomodar o papai, certo?

A leve alteração na voz mostrou, mais do que irritação, o desgosto que Frida devia ter daquela filha desprovida de qualquer atributo físico ou sensibilidade. Estava claro que a menina era um fardo.

Ingeborg fuzilou a mãe com o olhar e esticou a mão de dedos curtos, que pareciam pequenas salsichas, para cumprimentar Theodor.

O primeiro encontro deu ao pianista a dimensão do inferno que ele visitaria duas vezes por semana. Ingeborg não era apenas desprovida de qualquer talento. Era voluntariosa, mimada, e, aos poucos, Theodor foi percebendo o poder que ela exercia dentro da casa. Tinha um irmão dois anos mais velho, Friedrich, que acabara de entrar para a Juventude Hitlerista. Ele, sim, era belo como a mãe. Estranhamente, o uniforme impecável, o cabelo engomado, cortado rente, e o jeito formal do rapaz não assustavam Theodor. Ele tinha um olhar doce e um tom de voz suave. Muitas vezes, chegava próximo ao fim da aula e acompanhava em silêncio a batalha que a irmã travava com o piano. Quando as cinco badaladas do relógio indicavam que o martírio chegara ao fim, Ingeborg saltava da banqueta e ele se aproximava e pedia que Theodor tocasse algo. Era o momento em que Frida entrava na sala e os dois, sem palavras, desfrutavam daquele momento só deles, mãe e filho. Theodor rapidamente se ajustou à rotina. Depois das primeiras semanas, chegou até a nutrir certa simpatia pela menina. Ela não podia ser de todo ruim, pensou.

Tentava justificar a agressividade como algo da adolescência, imaginando como devia ser difícil para Ingeborg se olhar no espelho e perceber que em nada lembrava a mãe e o irmão perfeitos. Até então, ele não tinha conhecido o pai das crianças. Sabia apenas que era um alto oficial da polícia do partido. O fato de jamais vê-lo afastava qualquer fantasma de perseguição. Acostumou-se ao uniforme engomado de Friedrich, com calças curtas e meias brancas até o joelho. Parecia um escoteiro, não fosse a braçadeira com o símbolo nazista no ombro esquerdo.

Passou também a ficar mais tempo depois das aulas. Aguardava ansiosamente o relógio bater as cinco da tarde. Era o tempo de

Ingeborg correr e Frida e Friedrich chegarem. Ele tocava, eles escutavam de olhos fechados. Depois de meia hora, a empregada vinha com o chá e deliciosos biscoitos de mel. Nessa hora, invariavelmente, Ingeborg entrava na sala, engolia dois de uma vez, sob o olhar repreendedor da mãe.

– Querida, coma devagar, os biscoitos não vão fugir!

– Eu estou comendo devagar! Friedrich é que come depressa, mas você não briga com ele! Vou falar com papai! Vou contar que ele não estuda e fica ouvindo piano! Só eu tenho de estudar! – falava, enquanto enfiava mais biscoitos na boca.

Frida esboçava um sorriso sem graça de quem tentava se desculpar do que era irremediável. Theodor baixava os olhos constrangido. Aquela menina precisava de pulso firme. Estava claro que o pai devia mimar a pequena informante.

No começo de setembro, Frida chamou Theodor para uma rápida conversa.

– Professor, já são quase dois meses de aula. Sei que minha filha não é nenhum talento. Meu marido, Hans, um amante da música como eu, quer conhecê-lo e, é claro, ver os progressos da menina.

Ela levantou a mão antes que Theodor começasse a falar.

– Eu sei, não se preocupe, milagres não existem! O senhor tem feito muito, acredite! Ingeborg já teve outros mestres… – e calou-se.

O silêncio completou o pensamento. Theodor respondeu com um esboço de sorriso. Em seguida, veio o convite.

– Gostaríamos que jantasse conosco na semana que vem. Hans vai ter uns dias livres depois do congresso anual do partido. Por isso não teve tempo de encontrá-lo até agora. Estão todos às voltas com Nuremberg.

– Será uma honra conhecê-lo – respondeu Theodor, enquanto apertava as abas do chapéu para controlar o tremor nas mãos.

Ele jamais pensara em conhecer um oficial da SS. Tinha alguns dias pela frente para se preparar.

11

Theodor acordou, na quinta-feira, com uma febrícula. Tomou um banho frio. A temperatura baixou por alguns minutos, mas logo as gotas de suor voltaram a salpicar-lhe a testa e a lateral do rosto. Voltou para a cama e dormiu por mais três horas. O sono era como um remédio para ele. Tinha certeza de que a febre era efeito de seu estado de espírito. Às sete da noite, pontualmente, estaria tocando a campainha da casa de *Frau* Frida.

No dia anterior, ensaiara exaustivamente a pequena Ingeborg e, mesmo assim, o resultado era desastroso. Os dedos curtos da menina limitavam o repertório. Escolheu uma canção pouco conhecida. Era mais fácil esconder os erros, já que provavelmente *Herr* Schmidt jamais teria ouvido a melodia. Também checou se fazia parte das músicas permitidas pelo partido. Fazia.

Theodor vestiu seu melhor terno – só tinha dois –, ajeitou a gravata, penteou os cabelos para trás, com bastante gomalina para amenizar os cachos. Para ele o cabelo, sempre desgrenhado, lhe conferia ar judaico. De resto, passava por um bom ariano, sem dúvida. Os olhos azuis, a altura, o maxilar largo e o nariz reto permitiam que ele passeasse pelas ruas como um autêntico alemão. Ultimamente, perguntava-se como alguém podia reconhecer um judeu pela aparência.

Depois que fora afastado do conservatório – por causa de sua origem –, Theodor mudara de endereço. Fora morar numa pensão modesta, no centro de Berlim, administrada por um casal de alemães idosos, meio surdos, que não faziam perguntas. Queriam apenas pagamento em dia, respeito aos horários e nenhuma mulher no quarto. Ele cumpria as regras à risca.

À medida que se aproximava do prédio, o nervosismo subia-lhe pelas pernas, que tremiam involuntariamente. Theodor parou, por alguns segundos, em frente à vitrine de uma floricultura e viu-se refletido no vidro. Não havia o que temer, ele era tão alemão quanto o homem que iria sentar à cabeceira. Aliás, que boa vingança, pensou Theodor, *Herr* Schmidt estaria comendo da mesma comida que um judeu, na mesma mesa, dentro da própria casa! Entrou na loja e comprou flores para a anfitriã.

Às sete em ponto, tocou a campainha. A porta foi aberta pela criada, impecavelmente vestida com um avental branco de linho sobre o uniforme azul. Após pegar o chapéu de Theodor, encaminhou-o para a sala de estar. *Frau* Frida surgiu em seguida. Theodor ficou impressionado. Ela era uma mulher realmente muito bonita. Um vestido sóbrio, escuro, que não marcava, mas também não deixava de realçar as belas formas do corpo esguio. Os cabelos presos emolduravam o rosto, levemente maquiado, e os belos lábios vermelhos. Agradeceu o buquê com uma reverência da cabeça e um sorriso discreto. Fez sinal para que a seguisse. O salto alto realçava a elegância e a sensualidade. O lirismo do momento foi quebrado pela entrada estrondosa de Ingeborg. Enfiada num vestido um número menor que o dela, com mangas bufantes, meias até o joelho e um laçarote torto na cabeça, a menina chegou correndo e se sentou ao lado da bandeja de prata com canapés recém-saídos da cozinha.

– Ingeborg, cumprimente o professor Schulz. E vamos tocar antes de comer! Seu pai está ansioso por ouvi-la!

– Deixa a nossa pequena princesa degustar ao menos uma torrada, Frida! Está em fase de crescimento! Venha dar um abraço no papai, meu docinho!

A voz forte, meio rouca, soou nas costas de Theodor. Ingeborg fez uma careta para a mãe, enfiou um canapé na boca e pulou da cadeira em direção ao pai. O pianista congelou por alguns segundos antes de se virar. Nem nos sonhos mais absurdos, Theodor imaginou Hans Schmidt como a figura que se apresentava à sua frente. Não tinha mais que um metro e sessenta e cinco de altura, era roliço, sem pescoço. Enfiado no uniforme preto, com botas bem lustradas, parecia um barril ambulante. As mãos rechonchudas e pequenas apertavam as bochechas da menina. Não havia sombra de dúvida. Ingeborg era a imagem e semelhança do pai. As insígnias na gola e no ombro mostravam que era um oficial de alta patente no Reich. Theodor segurou a ânsia de vômito ao imaginar que Frida fazia amor com aquele homem.

– Ora, ora, bem-vindo, professor Schulz, finalmente o conheço! Minha mulher fala maravilhas do senhor!

Foi instintivo. Theodor esticou o braço direito e fez a saudação nazista, treinada exaustivamente durante a semana.

– *Heil* Hitler! – disse, encarando o homem, que, apesar da pequena estatura, tinha olhos tão assustadores como os da águia do quepe.

– *Heil* Hitler! – respondeu Schmidt batendo uma bota na outra. – Um brinde à pátria! Vida longa ao *Führer*! – e entregou um copo gordo e cheio de conhaque a Theodor. – Beba, professor!

– Vida longa ao *Führer*! – repetiram todos.

Friedrich, que acabara de entrar na sala, fez a saudação e correu para abraçar o pai.

– Este é meu menino! Professor Schulz, o futuro da Alemanha está aqui! – disse, apontando para os filhos. – E vamos ver como se apresenta a nossa futura concertista!

Hans Schmidt seguiu para a sala do piano, abraçado aos filhos. Logo atrás, iam Theodor e Frida. Estava claro que tipo de casamento havia feito. O marido devia ser pelo menos quinze anos mais velho que ela. Escolhera uma mulher bonita, saudável, educada, boa dona de casa e mãe exemplar. Em troca, ela tinha uma vida confortável. E só. Mas podia significar muito em tempos como aqueles. Frida vinha de excelente família, só que falida. Hans Schmidt sanou as dívidas do pai, empregou o irmão e para sempre se ligou àquela família.

A apresentação de Ingeborg foi menos desastrosa do que o esperado, para a alegria da mãe, a surpresa do pai e o alívio do professor. O general aplaudiu com entusiasmo e apertou a mão de Theodor calorosamente.

– Professor, estou maravilhado! – disse, enquanto beijava a menina na testa. – Minha querida, você foi esplêndida! Um prodígio!

O elogio fez com que Theodor, Frida e Friedrich baixassem os olhos, constrangidos. Era um pouco demais. O general Hans Schmidt, no entanto, tinha o poder de ver e ouvir o que quisesse e transformar suas opiniões em verdades incontestáveis. O pianista estava bem preparado para o pedido que viria em seguida.

– Sei que estamos todos famintos, mas, *Herr* Schulz, por favor, honre-nos com um pouco de seu talento!

Theodor sentou-se na banqueta, baixou a cabeça por alguns segundos e – como não fazia desde pequeno – orou antes de dedilhar uma sonata de Wagner. Havia ensaiado, nos últimos dias, três estudos do compositor preferido de Hitler, que ele tinha jurado nunca mais tocar.

Ao terminar, Theodor fechou o piano e se levantou. O general Schmidt estava quase às lágrimas.

– Bravo! Bravo! – e não se cansava de aplaudir. – Bravo! Bravo!

Em seguida, foram para a sala de jantar. O fato de fazer a saudação nazista e tocar Wagner com tamanho fervor foi suficiente para colocar o pianista no topo da lista dos escolhidos de Schmidt. O general tinha muito mais poder do que o pianista imaginara. Mandava na SS e tinha muita influência na Gestapo – a temida polícia secreta – e na SD – o serviço de segurança do partido nazista.

Sentaram-se à mesa em meio aos elogios rasgados do oficial.

– Frida, você quis me fazer uma surpresa... e fez! O senhor é de Leipzig, não é?

Theodor assentiu com a cabeça.

– Da terra natal do maior compositor de todos os tempos: Richard Wagner! *Heil* Hitler! – e ele esticou o braço novamente, seguido por Friedrich e também por Theodor. – O senhor tem um futuro brilhante pela frente! Vai tocar para o *Führer*!

A frase inesperada provocou um engasgo no pianista, que havia acabado de beber um gole d'água.

– Não precisa ficar nervoso, rapaz! – exclamou o general, dando um forte tapa nas costas dele e gargalhando.

A empregada colocou a carne assada, as batatas coradas e mais dois acompanhamentos na mesa. O conjunto de odores era maravilhoso, mas a menção ao *Führer* provocou uma leve náusea e tirou o apetite de Theodor.

Frida serviu primeiro o convidado, depois o marido, que começou a comer imediatamente. Em seguida, fez o prato das crianças e, por último, o seu. Theodor esperou que ela abrisse o guardanapo no colo e só então pegou o garfo.

– Coma, professor, não faça cerimônia! Que belo assado, estava com saudades da comida de casa – disse o general, com a boca cheia, esfregando o guardanapo no canto dos lábios. – Me fale do senhor, de sua família. É casado?

– Não, casado ainda não. Minha família há muito deixou Leipzig. Moram numa cidadezinha a cinquenta quilômetros de Munique – mentiu Theodor. Se um dia fosse desmascarado, o pai e as irmãs estariam protegidos. – Eu vim para Berlim estudar música no final dos anos 1920... e por aqui fiquei!

Para ganhar tempo e inventar uma história, tomou um gole do vinho que o general acabara de servir.

– Meu pai é militar na reserva. Foi capitão na Grande Guerra – e encarou o general enquanto lembrava do tio e do orgulho que ele sentia em ter lutado pela Alemanha. – Capitão do primeiro batalhão de artilharia – prosseguiu com a mentira. – Ganhou a cruz de ferro de primeira classe!

– Motivo de muito orgulho, meu rapaz! Lutar pela pátria! Eu também lutei na Grande Guerra! – disse, para o temor de Theodor, que não sabia mais nada do tio além das informações que acabara de dar.

Felizmente – ou não –, o general mudou de assunto para um tema bem mais delicado. Era como se Theodor andasse num campo minado, desviando das perguntas como se fossem bombas.

– É filiado ao partido?

– Ainda não – titubeou Theodor. – Eu sou apenas um músico, general. Minha vida são as partituras, os alunos. Admito que não entendo muito de política…

– Theodor Schulz! – exclamou Schmidt, e, olhando para os filhos, prosseguiu: – O exemplo de um homem sincero e de valor! É disso que a Alemanha precisa, mas não seja tão humilde. Frida me contou que o senhor estudou no conservatório, já deu aulas na universidade, apresentou-se em teatros, fez turnês por várias cidades e países… – Theodor havia falado mais do que devia durante o chá da tarde depois das aulas de Ingeborg. – Professor, me responda sem rodeios – continuou o raciocínio o general. – O que o senhor acha dos judeus?

Theodor gelou. Pensou que jamais deveria ter ido àquela casa. Com certeza, todos os elogios faziam parte de um plano sádico para desmascará-lo.

– Como já disse, me interessa a música. Há compositores judeus, já toquei alguns, mas minha simpatia mesmo – e aí o pianista disse a verdade – é por um mestre nascido na Áustria: Schubert!

– Não é sobre os compositores que eu falo – rebateu Schmidt. – Minha esposa o conheceu animando uma festa de aniversário! O senhor é um concertista! Vai me dizer que não foram pianistas judeus que roubaram seu lugar na universidade, nas turnês? Foram eles que tiraram o seu lugar! O senhor, logo se vê, é um sujeito honesto, trabalhador! Mas eu lhe prometo, essa farra acabou. O mal que afundou a Alemanha será cortado pela raiz!

O cerco se apertava. E se o general lhe pedisse os documentos? O pensamento foi rapidamente cortado pelo bafo quente do homem.

– Professor – continuou Schmidt, esticando a cabeça para a frente, como uma tartaruga, e aproximando o rosto de Theodor, sentado à sua direita –, os ventos sopram a nosso favor! As novas leis, criadas em Nuremberg, logo entrarão em vigor. Vamos cortar as asas dessa raça de miseráveis! Vamos acabar com a conspiração judaica mundial e o complô comunista para destruir a Alemanha! Richard Wagner disse certa vez: "O judeu é o demônio por trás da corrupção da humanidade". Ele estava certo – e, virando-se para os filhos: – Friedrich, quem são os judeus?

O menino levantou depressa e falou timidamente, forçando uma voz firme que não tinha.

– Os judeus envenenaram o povo alemão, se infiltraram em nossas vidas, na nossa economia, nas nossas escolas, roubaram nossos empregos, traíram os ideais do *Führer* – calou-se e esticou o braço direito.

Mal Friedrich se sentou, foi a vez de Ingeborg correr para o lado do pai.

– Deixa eu falar também! – pediu. Enquanto falava, Ingeborg mal continha um raro sorriso. – Os ratos são os animais mais baixos no mundo dos animais. Eles transmitem as piores doenças, não têm higiene, não caçam e se alimentam de restos. Os judeus, papai, são os ratos da raça humana. Em vez de trabalhar, eles passam o tempo pensando em formas de ganhar dinheiro, até as crianças judias fazem isso. Eles não vão à igreja e o Deus deles diz que fazer negócio é sagrado. Está escrito na Bíblia deles. Eles venderam Jesus Cristo!

Ingeborg falava como um cachorro treinado que repete uma ação mecanicamente.

– Nós, alemães, trabalhamos para criar algo de valor, temos princípios. Os judeus não gostam de trabalhar. Eles compram e vendem o que nós criamos com nossa inteligência e dedicação. Aí dominam nossas empresas e roubam nossas casas. Viu, papai? Eu sei quem são os judeus!

O pai não cabia em si de orgulho. Deu um tapinha nas bochechas da filha e ela voltou, com o nariz em pé, para a cadeira vazia ao lado da mãe, na diagonal de Theodor. O pianista secava as mãos ensopadas no guardanapo sobre o colo. Tinha a sensação de que a febre estava voltando. Precisava deixar aquela casa. Aquelas pessoas lhe davam nojo. Como Frida escutava sem dizer uma palavra? Deixar a filha reproduzir tantas mentiras? E o jovem Friedrich, que fechava os olhos para ouvir música, não podia ser tão insensível e sem personalidade! Era nisso que Theodor pensava enquanto discretamente tirava o lenço do bolso e secava a testa.

A essa altura, a empregada já havia retirado os pratos e trazido a sobremesa. O general pediu a garrafa de conhaque, que Frida se apressou em buscar. Durante todo o jantar, ela se limitara a servir a comida. Agora servia a bebida.

– Um brinde, professor! Vejo que este assunto o deixou acalorado. Um brinde à nossa juventude, que levará para a frente o sonho de uma Alemanha pura e bem-formada! – e bateram os copos.

O general pegou a garrafa e encheu o próprio copo até a boca. Theodor mal tinha tocado na bebida. Fez sinal para que o pianista o acompanhasse até o escritório. As crianças deram boa-noite ao pai e ao professor e seguiram com Frida pelo corredor. Para Theodor, estava claro que ele só iria embora quando o general quisesse.

– Sente-se, professor. Me acompanha? – perguntou, mostrando a caixa de autênticos charutos cubanos.

Theodor recusou, alegando um problema na garganta.

– Bem faz o senhor! Meu único desagravo com o *Führer* é esse, se ele experimentasse um puro legítimo não seria antitabagista ferrenho, tenho certeza! A mim só resta fumar em casa, nos raros momentos de lazer.

Deu algumas baforadas em silêncio e, enquanto observava a fumaça se espalhar no ar, retomou a conversa.

– *Herr* Schulz, o senhor me impressionou, e eu não sou homem de me impressionar. Eu vou ajudá-lo a chegar à posição que merece! Semana que vem estou de volta ao trabalho, vá me visitar.

Theodor gelou com a simples possibilidade de entrar no prédio na temida Wilhelmstrasse. Ele nem sequer passava na rua onde ficava o quartel-general da SS e da polícia secreta.

– Chegue mais perto, professor – chamou com um gesto de mão.

Theodor permaneceu em silêncio e esticou o corpo o mais que pôde.

– Em Nuremberg, foram delineadas novas leis para proteger a honra e o sangue alemães. Os judeus se tornarão oficialmente cidadãos de segunda categoria! Casamentos inter-raciais serão proibidos... Judeus não vão poder casar com alemães, nem mesmo ter relações extraconjugais ou sexuais. Quem infringir a lei será condenado a trabalhos forçados! Também não vão poder levantar a bandeira nem usar as cores do Reich. É apenas o começo, professor! – e soltou uma gargalhada.

Theodor forçou um sorriso e pediu licença para ir ao banheiro. Mal fechou a porta, sentiu a comida subir e ajoelhou-se ao lado do vaso. O vômito saiu numa só golfada. As lágrimas escorreram-lhe pela face. Eram lágrimas de raiva.

Lavou o rosto, fez um bochecho com sabão para tirar o gosto ruim da boca e voltou para a sala. Tinha uma pergunta engasgada, iria fazê-la mesmo que lhe custasse a vida.

– General, como já lhe disse, não sou um homem da política, a mim só interessa a música. Mas tem uma questão que me intriga e espero que não a interprete como desrespeito – falou Theodor com o tom mais descontraído que pôde encontrar.

Hans Schmidt fez um sinal com a cabeça para que ele continuasse. Theodor puxou o ar antes de falar.

– General, vê-se que o senhor é um homem com inteligência acima da média, que alcançou o posto que tem hoje por mérito e brilhantismo.

Era preciso inflar o ego do pequeno homem antes de soltar a pergunta que lhe dava um nó na garganta.

– Não me entenda mal, por favor, mas por que a perseguição aos judeus agora? Eles estão na Alemanha há séculos, mesmo antes da unificação já haviam conquistado igualdade legal e cidadania. Há décadas existem casamentos de judeus com alemães, serviram na guerra, e diz-se por aí que foi o dinheiro judeu americano que financiou grande parte da campanha do Partido Nacional Socialista.

Theodor calou-se. Falara demais. A história do apoio dos banqueiros judeus dos Estados Unidos a Hitler era recorrente nas conversas com os companheiros comunistas.

O general ouvia com a boca entreaberta e o olhar meio caído por causa da bebida. Segundos depois de Theodor terminar, levantou-se e aplaudiu lentamente.

– Bravo, mais uma vez, maestro! – exclamou, pegando o charuto e dando uma longa baforada. – Bravo! O senhor é muito mais informado e esperto do que imaginei. Tem humildade, mas não é capacho. Um homem com colhões. O professor sabe que essa colocação sobre a questão judaica seria mal interpretada pela maioria dos meus colegas…, mas eu o entendo perfeitamente! O senhor é dos meus! É de homens como nós que o *Führer* precisa. Não de puxa-sacos e marionetes – e continuou a falar, para surpresa de Theodor, que estava paralisado pelo medo. – Suponhamos que a questão racial seja uma besteira, uma mentira, que judeus e arianos sejam iguais geneticamente. O senhor mesmo disse, casam-se há anos! Estabelecemos a pureza da raça até a geração dos avós… Quatro avós alemães, ariano! Se pesquisarmos a fundo, mais para trás, até as altas esferas do partido correm sério risco! – riu, numa alusão aos boatos de que Reinhard Heydrich, o temido comandante da SS, tinha um antepassado judeu. – Mas vamos ao ponto que interessa: os judeus assassinaram Cristo, são agentes do demônio... É por isso que odiamos tanto os judeus?

Fez uma pausa e deu uma longa tragada para, em seguida, responder à própria pergunta.

– Sejamos realistas! Isso funciona para mentes estúpidas e medíocres. Não passam de ideias medievais, como bruxas, feiticeiras e vudus. O próprio Cristo era judeu! – sussurrou, em tom jocoso. – E se ele foi vendido por um judeu, por que odiamos todos? Por quê?

Fez um breve silêncio e continuou.

– Devemos agradecer aos teólogos cristãos dos primeiros séculos! Eles tornaram o caráter judaico hereditário... Não estou questionando o que considero uma verdade. Apenas respondendo à sua pergunta. Enquanto houver um judeu no mundo, ele será culpado. Enquanto houver um problema no mundo, o judeu será a causa.

– Entendo – e, ao falar, Theodor sentia no peito a dor da própria raiva. – E, se me permite ir além, *Herr* Schmidt, o *Führer* incorporou essa verdade como ninguém! – e esticou o braço da saudação nazista enquanto se perguntava se o próprio general, por acaso, era culpado pela falta de talento de Ingeborg e por sua própria baixa estatura e obesidade.

O pianista queria berrar: o que é hereditário no caráter judaico é a submissão! Por que não nos rebelamos contra tantas injustiças? Por que rezamos em vez de lutar? Theodor tivera essa discussão várias vezes com o pai.

O general, já bêbado, continuou o discurso inflamado.

– A genialidade do *Führer* está na coragem de assumir o que todos sentimos. O antissemitismo é o cimento que une a Alemanha, que une a Europa. É um conceito enraizado nos ricos e nos pobres, nos pecadores e nos carolas, em todo o continente. Discordamos na política, na música, nas mulheres... mas, nessa questão, existe unanimidade.

O antissemitismo nos move como uma onda compacta e uniforme. No fundo, os ingleses e franceses gostariam de fazer a mesma coisa, por isso fingem que não veem o que está acontecendo. Nós nascemos odiando os judeus e os judeus nascem sendo odiados. É simples. O que o *Führer* fez foi trazer isso à tona, às claras, lembrando aos verdadeiros alemães que eles não precisam ficar acuados, que estamos unidos com um único objetivo: acabar com o problema judaico, sanar a Alemanha, a Europa!

Ele encarou Theodor antes de continuar o pensamento.

– É nessa hora que mentes racionais funcionam bem. Não podemos ser passionais. O que fazer? Segregá-los? Exportá-los? Expropriá-los?

Aproximou o rosto de tal forma que o pianista sentiu o hálito forte e podre da mistura da carne com bebida.

– Exterminá-los… Exterminá-los! – e virou o copo de conhaque.

Soaram dez badaladas no relógio da parede da sala. O general levantou-se, acompanhado por Theodor.

– Já é tarde. Foi um prazer conhecê-lo, professor! Passe na segunda-feira no meu escritório. Seu futuro é brilhante, prometo. O primeiro passo é filiar-se ao partido. Faremos uma investigação de pureza racial, vida universitária, coisa simples, de praxe – e fez uma pausa –, mas necessária para passar pelo demônio loiro, embora você vá conquistá-lo com Wagner!

Outra alusão a Heydrich, que, estava claro, era um desafeto do general.

– Eu é que agradeço a hospitalidade. Amanhã tenho um longo dia pela frente. Obrigado pelo jantar – respondeu Theodor.

– Vejo-o na segunda-feira. *Heil* Hitler! – despediu-se Hans Schmidt, batendo uma bota na outra.

Theodor esticou o braço e repetiu a saudação. Jamais voltaria a fazer aquele gesto. O general o acompanhou até a porta. Ele pegou o chapéu e saiu. Era a última vez que punha os pés naquela casa.

12

Theodor perambulou pelas ruas de Berlim, sem rumo. A cidade que o acolhera havia quase dez anos – e que ele amava – não era mais sua. A pátria onde nascera, onde seu pai crescera, o considerava um cidadão de segunda categoria. Em breve, teria sua história roubada.

Chutou com força uma lata de ferro num beco, o lixo espalhou-se pelo chão. Um rato passou rente a seu pé e atacou os restos de comida. Theodor olhou o roedor e começou a chorar. "Os judeus são os ratos da humanidade." As palavras de Ingeborg ecoavam nos seus ouvidos.

– Os ratos são os primeiros a abandonar o navio – pensou alto. – A Alemanha está afundando.

Naquela noite mesmo, arrumou os poucos pertences na mala que o acompanhava desde Leipzig. No dia seguinte, deixaria Berlim rumo a Paris. Escreveu uma carta para *Frau* Frida com a única mentira que poderia justificar o sumiço por tempo indeterminado. Uma morte. Mataria a mãe, já morta, com um infarto fulminante. A repentina tragédia acontecera no momento em que ele jantava com os Schmidt, uma triste peça do destino, ressaltou. Teria de voltar para casa, ajudar o pai doente e os irmãos – inventou mais dois – temporãos. Seria um longo período até que retornasse a Berlim, se retornasse. Assinou e fechou a carta.

No dia seguinte, saiu cedo, pegou o trem para Munique. Iria à cidade apenas para postar a correspondência. De lá seguiria para a França. Ligou para Leipzig, se despediu do pai e contou à irmã mais velha o que acontecera. Pediu que explicasse à família, que tomassem muito cuidado. Implorou que convencesse o pai de que já era mais do que hora de deixar a Alemanha. Em vão. Era o final do ano de 1935. Theodor ficou duas semanas em Paris, depois pegou a estrada de novo. Cruzou a Espanha e chegou o mais longe do nazismo a que poderia chegar: Lisboa.

13

Lisboa, 1936

Clarice e Olívia escutaram a história sem emitir um som sequer. António interferia de vez em quando. Theodor falou ainda do envolvimento com o movimento comunista na capital portuguesa, o que acabou por colocá-lo na lista da polícia de Salazar.

— Quais são teus planos, amigo? Voltar para a Alemanha? Não podes! – perguntou António quando ele terminou de falar.

— Eu sei, o círculo está a fechar-se. Achei que ficaria seguro em Portugal…, mas não! Resta-me voltar a Paris. Lá tenho amigos – respondeu, sem muita convicção. – Só sei que preciso partir amanhã, quando ainda consigo cruzar a fronteira sem levantar suspeitas.

— E para onde vais agora? É perigoso rodar pelas ruas, e se pegas um resfriado? – perguntou Clarice, descansando o rosto no peito de Theodor, que a abraçou. – Por que isso tinha de acontecer? Não fizeste mal a ninguém!

Theodor passou a mão nos cabelos de Clarice e acariciou seu rosto. Queria aproveitar os últimos momentos. Não havia o que dizer. António e Olívia se entreolharam. Ele quebrou o silêncio.

– Clarice tem razão, companheiro! Está uma noite fria, é perigoso lá fora. Ficas conosco... se não te importares de dormir no sofá do escritório. Vamos, Olívia! – e puxou a esposa pelo braço. – Vamos deixar estes dois conversarem! Clarice, faz as honras da casa! Boa noite, amanhã nos veremos antes da tua partida – e seguiu para o corredor.

Olívia deu um beijo na irmã e saiu atrás do marido. Subitamente, Theodor e Clarice se viram sozinhos. Uma oportunidade rara nos quase dois meses desde o primeiro encontro no Bairro Alto. Os momentos que passavam juntos nunca eram a sós. Theodor morava num quarto onde era proibida a entrada de mulheres. E Clarice, na casa da irmã e do cunhado, que mantinha sobre ela uma vigilância de pai. Beijos e abraços ficavam para o cinema, com idas cada vez mais frequentes antes do repentino sumiço de Theodor.

Naquela noite, aos vinte anos, Clarice decidiu que era o momento. Talvez fosse a última vez que veria Theodor. Não importava. Era seu primeiro amor e, ela tinha certeza, o único. Anos depois, já casada, morando em Antuérpia, conheceu uma palavra que só existia em iídiche e que a confortaria pelo resto da vida. *Bashert*. Theodor era seu *bashert*, o que lhe era predestinado. Sua alma gêmea, seu destino. Um amor que não precisava de quantidade: mesmo que a vida os separasse, o pouco tempo valeria pela eternidade. Eram poucas as pessoas que encontravam seu *bashert*. Ela havia encontrado o seu.

Clarice e Theodor não trocaram palavra. Não era preciso. Ela o puxou pela mão e juntos foram para o quarto. Quando os primeiros raios da manhã entraram pela janela, eles se sentiram como Romeu e Julieta. Beijaram-se com ternura e se amaram mais uma vez, sem pressa, sem a sofreguidão da despedida. Theodor prometeu escrever e disse que voltaria para buscá-la quando conseguisse se estabelecer. Clarice cobriu os lábios dele com os dedos e encostou a cabeça no peito branco, quase sem pelos.

– Não fales nada, não neste momento – disse ela, enquanto o pianista a abraçava com força.

Ficaram assim, perdidos no tempo, até que Olívia bateu à porta.

– Clarice, é melhor Theodor ir para o escritório antes que António levante! – sussurrou.

Apesar da óbvia sintonia entre as gêmeas, não era preciso nenhuma grande sensibilidade para supor que os dois tinham passado a noite juntos. É claro que António também sabia – Olívia tinha certeza –, mas ele não podia deixar de lado o papel de homem da casa, responsável pelos "bons costumes".

Theodor vestiu-se rapidamente. Beijaram-se mais uma vez e ele deixou o quarto. Duas horas depois, deixava a casa e Clarice.

14

Rio de Janeiro, 1º de janeiro de 2000

Tita escutava fascinada a história da avó. Aquela senhora tão austera, decidida, por tantas vezes tachada de fria e calculista, era a capa de uma mulher movida pela paixão.

– Vó, eu não sei o que dizer... Como conseguiu guardar isso tanto tempo? Um amor tão lindo, tanto você quanto Olívia... Mulheres fortes, vocês tiveram paixões, viveram amores intensos e correspondidos, mesmo que por pouco tempo. Não consigo imaginar o que seja isso! A dor de perder um filho...

Tita pensava no próprio casamento, que, nos últimos anos, girava em torno de um bebê que não vingava. Agora, depois de mais uma perda, era a hora de encarar a inevitável separação e a si própria. Talvez o caminho dela fosse outro. Se a natureza não queria que ela tivesse filhos de seu próprio sangue, por que insistir tanto?

– Bernardo... – falou a avó com o olhar perdido. – Bernardo será sempre o meu menino... Eu cuidei de Luiz Felipe como se fosse meu filho, fiz tudo que pude, tudo. Olívia teria tanto orgulho do filho...

Tita abraçou a avó. A história era meio rocambolesca, mas agora não havia volta. Queria saber de tudo.

– Vó, sei que é difícil para você – disse, enquanto encarava Clarice. – Não quero que se sinta pressionada, mas sinto que essa também é a minha história. Eu preciso saber!

As duas ficaram caladas. Clarice suspirou e quebrou o silêncio.

– Depois que Theodor partiu, me tranquei no quarto e chorei por dias e dias. Olívia e António tentavam me confortar. Esperava ansiosa por alguma notícia, um bilhete que fosse! Nada me consolava. Minha irmã não sabia o que fazer. Foi quando recebi uma carta dele... Era breve. Estava na Espanha, juntara-se a uma trupe de músicos, sem endereço certo. Disse que eu era o que havia de mais importante, mas não podia me dar a vida que eu merecia, que era melhor esquecê-lo.

Clarice olhou para a neta, com olhos marejados, e continuou.

– Não podia acreditar, não queria acreditar! Theodor era tudo para mim. Perdi o apetite. O que comia voltava. António resolveu chamar o dr. Pontes, clínico da família. Era o começo do mês de junho, um dia lindo de primavera, dia 5 de junho de 1936, me lembro como se fosse hoje... Estava lendo *O Diário de Lisboa* e havia um comentário, logo na primeira página, que me chamou a atenção. Jamais esqueci.

Clarice segurou as mãos de Tita e recitou as palavras puxadas do fundo da memória.

– "Antigamente as esperanças eram como as joias de família, que passavam das avós para as netas e bisnetas. Agora não é assim porque, a cada instante que passa, nós temos necessidade de enterrar uma ilusão" – e fez uma pausa antes de continuar, com a voz embargada. – Era isso que eu estava lendo quando o dr. Pontes entrou. Baixei o jornal. Ele me examinou rapidamente e sorriu. Eu não iria enterrar minhas ilusões... Eu estava grávida. Grávida de Bernardo. Eu tinha Theodor comigo. Dois meses depois, deixei Lisboa rumo à cidade da Guarda.

15

Guarda, agosto de 1936

Clarice chegou à cidade mais alta e fria de Portugal no fim da tarde. Levantou a gola do casaco e fechou os botões. Mesmo no verão, as temperaturas ali eram amenas comparadas às de Lisboa. Respirou fundo, como se o novo ar pudesse clarear-lhe a mente. Tirou da bolsa um endereço riscado num papel sem pauta. Seria sua casa nos próximos meses.

Sentou-se num banco da plataforma. Não era o cansaço da viagem que pesava. Era o cansaço do vazio. A carta de Theodor, Olívia longe, ter um ser crescendo dentro dela, que nasceria num mundo que ela própria não entendia. Um mundo que parecia sempre a um passo de acontecer. Quando conheceu Theodor, Clarice sentiu que a vida finalmente começava. Nascera e vivera até aquele momento acostumada com a perda – a mãe, o pai, Lina, a avó. Theodor era o que a vida podia dar, ao invés de tirar. Ele também tinha partido, mas deixara a vida com ela. Era o que importava. Havia uma vida dentro dela. Essa ela não iria perder.

Clarice levantou-se e pegou as duas malas. Em menos de uma hora, estaria escuro. A estação ficava a cerca de quatro quilômetros do centro. Avistou uma placa de "Alugam-se quartos" num sobrado em frente à construção. O melhor seria passar a noite ali. Precisava fazer uma ligação para Lisboa. Queria dizer a Olívia que estava bem, que não havia com que se preocupar, a cidade a recebera de braços abertos, as pessoas eram gentis, e uma porção de frases feitas que tanto ela como a irmã saberiam ser falsas, mas necessárias para enfrentar a separação. Não foi preciso inventar nada. O rapaz no posto ferroviário até que tentou ajudá-la, mas o telefone estava temporariamente fora de serviço. Nenhuma surpresa, em Lisboa era assim também. No dia seguinte, passaria um telegrama. O que precisava era de um banho e uma boa noite de sono. Não havia espaço para chorar nem lamentar. Havia um bebê a caminho, e ela era tudo que ele tinha.

Passava das dez da manhã quando as batidas na porta acordaram Clarice. Sentou-se na cama, meio perdida naquele quarto escuro, nada familiar. Levantou-se ainda zonza e acendeu a luz. Não havia a mesinha de cabeceira, a penteadeira, a poltrona de leitura. Apenas uma pequena mesa retangular, uma cadeira e um armário desbotado, com duas portas. Uma das malas estava aberta no chão, a outra, fechada. Ajeitou os cabelos com a mão e foi até a porta. Abriu apenas uma fresta, que só deixava ver os olhos.

– Desculpe se acordei a senhorita. É que fiquei preocupada, já passa das dez da manhã… Vim saber se está tudo bem. O café está pronto e há bolo quente a sair do forno…

A senhora rechonchuda falava ao mesmo tempo que sorria. Ela também a recebera no dia anterior. Seu nome era Flora. Clarice agradeceu e disse que desceria em seguida. Fechou a porta e escorregou até o chão, abraçando os joelhos. As palavras gentis, o olhar puro derrubaram Clarice. O choro que ela segurava havia dias veio num jorro. Tentara ser forte, não pensar nem aceitar o medo que sentia, mas, ao se ver frente a frente com alguém que não tinha ideia de quem ela era e oferecia tanta gentileza, não havia como não desabar. Clarice não mentiria para Olívia. Estava sendo recebida de braços abertos. Era um presságio de que as coisas podiam não ser tão ruins.

Vestiu o roupão e foi até o banheiro, no fim do corredor, onde se preparou rapidamente para descer. O cheiro do bolo e do café fresco abriu-lhe o apetite. A mesa estava posta com pão, manteiga, geleia, biscoitos de nata, leite e queijo típico da região.

– Sente-se, minha filha, que você está com cara de quem não come há dias! – falou Flora, servindo o café com leite e cortando uma fatia grossa do queijo. – Experimente, sou eu mesma que faço. É o melhor de toda a Serra da Estrela, o melhor de Portugal. Receita de família, nossas ovelhas têm o pasto mais verde! – disse, enquanto ela própria engolia um pedaço do queijo cremoso como manteiga e beijava a ponta dos dedos.

Clarice obedeceu. Quando deu o primeiro gole da bebida quente é que percebeu que estava com fome. A última refeição fora o sanduíche preparado por Olívia, que ela comera no trem.

– Nesse estado, precisa alimentar-se! – e a frase escapuliu com uma piscadela cúmplice.

Clarice engasgou-se com um pedaço de pão e geleia. Fechou os olhos ao tossir e bater de leve no peito.

– Minha querida, não fique envergonhada… Dei à luz oito filhos, reconheço uma grávida pela sombra, pelo cheiro! – completou, soltando uma gargalhada. – O que a trouxe à nossa cidade?

Clarice ficou em silêncio por alguns segundos. Deu um suspiro antes de responder.

– Minha avó materna era daqui – e essa foi a única parte verdadeira do que ia dizer. – Depois da morte de meu marido – agora contava a parte combinada com Olívia –, fiquei sozinha em Lisboa, sem família, sem referência.

Baixou a cabeça, dando o sinal de que aquilo era tudo que falaria.

Assim Clarice começava nova vida, nova identidade. Não era mais Clarice Braga. Era Clarice Pontes. Usaria o sobrenome da mãe. Não tinha parentes na cidade, apenas as lembranças da avó. A casa onde iria morar ficava na parte antiga, dentro das muralhas. O aluguel fora negociado em Lisboa, através de um conhecido de António. A decisão de partir fora sofrida e difícil, mas não havia outra saída.

O plano das irmãs era simples. Clarice partiria para qualquer cidade que não fosse Guimarães e arredores, lá teria o bebê e voltaria meses depois. Aos vizinhos, as irmãs diriam que Clarice era prometida de um primo, casou-se e ficou viúva em seguida. Não era de todo incomum engravidar na lua de mel. Ela seria uma pobre viúva de vinte anos em vez de uma mãe solteira – um escândalo para a época. Quanto ao nome do pai no registro do bebê, António prometeu uma solução, havia tempo para pensar.

O que mais entristecia Olívia era o fato de não poder acompanhar a gravidez da irmã, e muito menos ficar ao seu lado na hora do parto. Clarice estaria sozinha, mas era a única saída para que ela pudesse recomeçar a vida em Lisboa com a criança. Quem sabe, encontrar um bom marido que criasse o bebê como seu.

Clarice sofria em silêncio uma dor maior. Ela acreditara em Theodor, no encontro de almas, que eles eram complemento um do outro.

Doía apenas a ideia de imaginar que tudo não tivesse passado de uma aventura. O que ela sentia era tão intenso e profundo que era impossível ser só dela. Nenhum ser humano era capaz de se encher, transbordar de tanto amor, se não lhe fosse dado. O que ela sentia também viera de fora para dentro. Clarice recebera de Theodor e vice-versa. "O amor é meu, mas te pertence", dissera ele tantas vezes. Eles eram um do outro.

Theodor viria buscá-la. Aquela carta não fora escrita com o coração. Ele vivia em fuga. Primeiro, da Alemanha para Portugal, e agora, de Portugal para a Espanha, onde a guerra estourara havia pouco mais de duas semanas. Theodor era um sobrevivente. Ele superaria mais esse desafio e viria buscá-la. Era a isso que Clarice se apegava. Ela tinha de acreditar, nem que fosse pelo bebê.

A cidade da Guarda fora a escolha natural por causa da avó e das memórias da infância no Norte de Portugal. O castelo já não existia, mas havia uma torre e resquícios da muralha. As casas de pedra lembravam a da quinta. Em conversa com Flora, Clarice ficou sabendo que a Guarda, por caminhos tortuosos, a ligava ainda mais a Theodor. A casa onde ela moraria, e onde provavelmente teria o bebê, ficava nas proximidades da Porta d'El Rei, no antigo bairro judeu, no centro velho. As muralhas haviam sido erguidas em granito, na época medieval, para proteger a cidade dos ataques de Castela. O contorno irregular acompanhava o terreno acidentado, com altos e baixos. Das cinco portas que garantiam o acesso, restaram apenas três.

Aquilo soava como uma estranha coincidência. Clarice jamais ouvira falar de judeus até conhecer Theodor, e muito menos que tivessem vivido em Portugal há centenas de anos. No final do século XV – com a temida Inquisição –, tinham sido expulsos ou obrigados à conversão. Flora narrava a história com detalhes. Ela mesma era descendente de cristãos-novos.

Enquanto ouvia a velha senhora falar, Clarice só conseguia pensar em como ela lembrava a avó, que gostava de contar histórias de príncipes e princesas do reino de Portugal. Como ela sentia falta da avó. Tinha sido mãe, pai, tudo para ela e Olívia. A avó era a razão de estar ali agora, viva, enfrentando o mundo. A força para encarar as dificuldades, cair e levantar, mesmo que a dor fosse insuportável. Aquela era a sua herança. Do nada, veio um sorriso. Mais uma vez, o destino traçando as coincidências. A avó dera à luz sua mãe ali, na mesma cidade que ela agora escolhia para ter seu filho. Clarice não estaria sozinha. Bernarda estaria com ela, segurando sua mão. Daria à criança o nome da avó. Se fosse um menino, Bernardo.

16

Clarice chegou à sua nova casa pouco depois do meio-dia. Flora a acompanhava. Seguiram num carro velho e barulhento. O marido de Flora dirigia calado e alheio aos comentários da mulher. Mostraram onde ficava o posto dos correios e telégrafos – uma caminhada de menos de dez minutos até o novo endereço. O casal estacionou na praça em frente à catedral. A grandiosidade do monumento deixou Clarice extasiada, os olhos grudados nas pequenas torres, cones pontudos que espetavam o céu limpo.

– Ali é a Catedral da Sé – apontou para a igreja ao fundo. – E esta é a praça Luís de Camões – continuou, mostrando o espaço arborizado, com bancos. – Toda cidade tem um passeio público... Aqui é o nosso – e puxou Clarice pelo braço. – A sua nova casa fica na rua de trás.

Flora insistiu em acompanhar Clarice até o endereço. O marido ficou esperando no carro. Desceram por uma viela íngreme numa das esquinas da praça, em frente a um belo solar, que também devia estar ali havia muito tempo. Cruzaram uma rua e caíram numa outra viela mais estreita. Pararam em frente à terceira casa.

Flora se ofereceu para ajudar naquela primeira arrumação, mas Clarice recusou com toda a gentileza. Precisava de um pouco de silêncio para sentir o espaço que seria só dela nos próximos meses.

Convidou a nova amiga para voltar no dia seguinte para um café ou chá. Despediram-se com um abraço. Clarice respirou fundo e abriu a porta.

Os raios de sol do começo da tarde rapidamente iluminaram a sala. Clarice entrou e, ainda com a porta aberta, abriu a janela de madeira que dava para a rua. Parte dos móveis estava coberta com lençóis puídos que ela foi puxando, um a um. Um sofá de dois lugares, encostado na parede, uma mesa baixa de centro e duas cadeiras com estofo avermelhado. Num canto, uma pequena mesa retangular e mais duas cadeiras. Sobre o tampo de madeira escura, um vaso com flores do campo. Estavam frescas e as cores brilhavam com a luminosidade do sol. Sinal de que a casa fora aberta recentemente. Decerto, o proprietário – que morava em Lisboa – pedira a algum conhecido. Não havia poeira acumulada nem cheiro de mofo.

Uma porta ao fundo ligava o cômodo à cozinha. Havia mais duas portas, uma para o banheiro e outra para o quarto. Em menos de dez minutos, Clarice fez uma ronda minuciosa pela casa. Desfez as malas, não tinha muito o que guardar.

Depois da rápida inspeção, ela seguiu para uma volta pela vizinhança. A porta logo ao lado levava ao segundo andar da casa. As janelas estavam fechadas. Seguiu em direção aos correios. O senhor do guichê foi atencioso e gentil. Esperou com paciência até que ela montasse um texto curto que dissesse tudo que queria. O mais importante, e era verdade, é que fora bem recebida. Primeiro, Flora e o marido; agora, o funcionário dos correios. A casa, apesar de pequena, era limpa e acolhedora. Escreveria uma carta detalhada mais tarde. Aliás, toda a correspondência que ela mandasse dali para a frente seguiria para uma caixa postal no correio de Lisboa.

Clarice passou o resto da tarde explorando o bairro. Bem que Flora lhe dissera que não havia melhor vizinhança para viver. Estava grudada na rua do Comércio – o nome já dizia tudo. As vielas eram estreitas – por vezes, podiam-se abrir os braços e quase tocar os dois lados da rua ao mesmo tempo – e o calçamento, de pedras irregulares. As construções de um ou dois andares, também de pedra, davam direto para a rua. Algumas tinham sacadas. Os vasinhos com flores nos parapeitos eram o mais perto que se chegava de um jardim. As portas davam diretamente para a calçada e muitas estavam abertas para deixar o vento circular. Algumas eram tão pequenas que se tinha de abaixar a cabeça para entrar.

Passou na venda e comprou pão, queijo, legumes e verduras. Uma sopa seria a primeira refeição na casa nova. No fim da tarde, acompanhou o movimento na praça da Catedral. As pessoas voltavam do trabalho, cumprimentavam os vizinhos, as meninas pulavam corda e os meninos jogavam bola. Lembrava a vida na sua cidade natal. Deixara a quinta havia quase dois anos, mas parecia uma eternidade. Tantas mudanças, que ela jamais imaginara. O melhor, a partir de agora, seria pensar apenas no dia de hoje e deixar o amanhã chegar. Seria assim até o nascimento do bebê.

Arranjaria um emprego, qualquer trabalho para se ocupar, embora o dinheiro que trouxera fosse suficiente para viver os próximos seis meses, com parcimônia. António adiantara três meses de aluguel.

Depois de jantar, sentou-se e escreveu uma longa carta para Olívia e outra para Theodor. Seria essa a alegria de suas noites. Escrever para a irmã e para o amado como se fosse um diário, contar seu dia, o crescimento da barriga, o que ela sentia, os pontapés, as mexidas do bebê. Sim, seria essa a alegria de suas noites, repetiu para si mesma. No dia seguinte, voltaria a encontrar o senhor simpático nos correios e postaria a carta para a irmã. A de Theodor iria para a gaveta.

Ouviu um barulho de chave na porta ao lado e foi até a janela. Não viu quem entrou. Não seria nesse primeiro dia que iria conhecer o vizinho. Apagou a luz e foi para o quarto. Colocou o porta-retratos com a foto dela e da irmã, ainda crianças, na mesa de cabeceira. A fotografia de Theodor, ela a colocou ao lado, no travesseiro. Adormeceu olhando para ele enquanto acariciava a barriga.

17

Os primeiros dias foram de visitas e apresentações. Com a ajuda de Flora, que praticamente adotou Clarice, tudo ficou fácil. O padeiro, o verdureiro, o açougueiro, o dono da mercearia e também o padre, o farmacêutico, o clínico geral, a costureira, a professora, o advogado. Flora conhecia praticamente todo mundo que era preciso conhecer na Guarda. Comandava a cozinha do melhor restaurante da cidade e da padaria que ficava ao lado. Fazia doces como ninguém. Fosse inverno ou verão, se gabou para Clarice, longas filas se formavam atrás dos filhós, rolinhos, morgadinhos. Não era à toa que todos a cumprimentavam e a tratavam bem.

Depois de uma semana, Clarice já havia criado uma rotina. Estava prestes a conseguir um trabalho na biblioteca da cidade, também com a ajuda de Flora. Escrevia cartas à noite; durante o dia, cuidava da casa, preparava o enxoval do bebê, lia, explorava os arredores. Tudo corria bem, muito melhor do que ela poderia imaginar. Sentia-se culpada pela história mentirosa, inventada com Olívia, sobre ser uma viúva sozinha no mundo. Mas, se falasse da irmã, ainda mais gêmea e morando em Lisboa, não haveria explicação para ter partido sozinha para a Guarda. De certa forma, também fora essa história que despertara a comoção e o carinho daqueles estranhos. Ela ia precisar muito desse apoio até o nascimento do bebê.

O sol pôr-se-ia em breve. Clarice colocou os legumes e as batatas para cozinhar com um pedaço de frango e foi até a janela. Olhou o céu ainda claro. As primeiras estrelas começavam a aparecer. A irmã, com certeza, fazia o mesmo em Lisboa. Fora um acordo das duas quando se separaram. Uma forma de se manterem unidas. Procurar a estrela mais brilhante e olhá-la fixamente ao cair da tarde. Aí saberiam que uma pensava na outra naquele exato momento. Clarice encontrou a estrela, mas os pensamentos fugiram para Theodor. Onde ele estaria? Como estaria? Será que ela ocupava a mente dele como ele a dela?

Clarice estava tão absorta que não percebeu a aproximação do rapaz, pouco mais velho do que ela, que parou em frente à porta ao lado da sua. Foram segundos em que ela observava o céu e ele a observava. Ele esperou mais alguns instantes e se aproximou. Só aí ela notou a sua presença.

– Teremos uma linda noite estrelada… Ali, a constelação de Órion – e apontou para as três estrelas alinhadas que brilhavam mais forte.

– As Três Marias – disse Clarice, abrindo um sorriso.

O rapaz respondeu com outro sorriso. Ficaram os dois olhando para o céu, até que Clarice quebrou o silêncio e esticou a mão para o estranho.

– Clarice Pontes, muito prazer.

A resposta saiu com uma euforia natural. Clarice realmente estava curiosa para conhecer quem saía antes de ela acordar e voltava quando ela já estava com roupa de dormir. Sabia apenas que era funcionário público, sozinho e de pouca conversa. Imaginava um sujeito taciturno e antipático. Aquele primeiro encontro, portanto, era uma surpresa. Ele era jovem e muito simpático. A empatia foi imediata.

– A senhora é muito mais jovem do que imaginei, dona Clarice! – respondeu ele, enquanto apertava a mão dela. – Mariano Sampaio, seu vizinho – e indicou o andar de cima.

– Pois então chame-me de Clarice! – falou, lançando-lhe mais um sorriso, em que deixou aparecer os dentes brancos e perfeitos.

– Seja bem-vinda, Clarice. Desculpe não ter me apresentado antes, mas tive uma semana de longas jornadas na prefeitura, é lá que trabalho – e, aproximando o rosto da janela, falou, em tom de cochicho: – Também achei que a nova vizinha fosse uma velhinha bem ranzinza, até mais que a anterior – depois afastou o rosto e continuou: – Que alívio! No que precisar, é só bater com o cabo da vassoura no teto.

Ela riu como uma criança. Foi a deixa para Mariano desandar a fazer piadas e imitar a antiga moradora, uma senhora de oitenta anos, mal-humorada, e que reclamava da forma barulhenta como ele se movimentava, mesmo quando não estava em casa.

– Eu, com toda a paciência, dizia – e empostou a voz em falsete: – "Dona Gertrudes, o que a senhora escuta se eu estou no trabalho?". E eu mesmo respondia: "Já sei! Sou tão barulhento que, quando atravesso a porta, o eco dos meus passos permanece!".

Os dois caíram na gargalhada. Subitamente, Clarice se deu conta de que já era noite. A sopa devia estar pronta, o cheiro da mistura bem temperada tomava a sala. Havia suficiente para os dois. Não ficava bem para uma moça sozinha chamar um homem que não conhecia para entrar em casa. Mas estava cansada de sentar-se à mesa sem companhia. Que mal teria em convidá-lo? Ela estava se divertindo tanto. Mariano, de certa forma, a fazia lembrar-se de Olívia, dos momentos da infância e adolescência em que as duas ficavam horas falando besteiras e imitando os velhinhos da cidade.

– Tenho a sensação de que somos amigos antigos, que se reencontram depois de anos – falou ela, num impulso. – Gostaria de tomar uma sopa? Acabei de prepará-la. Está fresquinha.

Mariano enrubesceu. Um calor subia-lhe pelo corpo. Enfiou as mãos suadas nos bolsos do terno. Clarice sentiu o mal-estar e correu a se desculpar.

– Desculpe, não me interprete mal. Acabamos de nos conhecer! Não sou dada a esses rompantes…, mas é que o senhor me lembra alguém muito importante em minha vida, da minha infância.

Clarice não podia dizer que ele lhe lembrava a irmã porque, na história que iria contar, ela não existia.

– Por favor, chame-me de Mariano – e encarou Clarice. – E não há o que desculpar! Estou na cidade há pouco mais de seis meses. É o primeiro convite que recebo. Só posso agradecer... e aceito, sim!

Ele pediu alguns minutos para deixar a pasta com a papelada do trabalho em casa e jogar uma água no rosto. Desceria em seguida. Clarice se despediu sorridente e foi conferir a sopa. Deixou a porta aberta.

A temperatura havia caído um pouco e uma leve brisa cortava o ar. Para Mariano era como uma lufada de calor. As gotas de suor escorriam pela lateral do rosto enquanto ele subia as escadas. Ao entrar em casa, jogou a pasta na mesa e caiu no sofá afrouxando a gravata. Sentiu dentro do peito uma alegria que não conseguia descrever, uma vontade de dançar, pular, gritar ao mundo que estava feliz. Feliz porque ia tomar sopa com a nova vizinha. Feliz porque, finalmente, não comeria pão com queijo e salame mais uma noite. Feliz porque ouviria a voz dela, sentiria o perfume, acompanharia o movimento dos lábios.

Mariano estava apaixonado. Naquele momento, ele ainda não sabia dar nome ao que sentia. Sabia apenas de uma sensação plena de felicidade, de que a vida poderia acabar ali.

18

Aos poucos, Clarice se adaptava à nova vida. Estabeleceu uma rotina cheia de ocupações. Acordava cedo, arrumava a casa, passava na venda, preparava o almoço. Flora aparecia para um café no meio da manhã, sempre com alguma guloseima. "Tu precisas cuidar deste bebê, tens de te alimentar bem", frisava ela no mesmo tom de voz da avó. No começo da tarde, Clarice ia para a biblioteca. Voltava ainda com o dia claro e esperava o vizinho. Mariano chegava antes de o sol se pôr. Os dois saíam para uma longa caminhada e depois tomavam uma sopa, muitas vezes feita por ele, mas sempre na casa dela.

Mariano tinha um gramofone antigo que deixou com Clarice quando soube da paixão dela por música. Depois do jantar, sentavam-se, ele no sofá e ela numa das cadeiras estofadas. Ouviam clássicos em silêncio. Perto das nove da noite, se despediam. Clarice escutava os passos na escada ao lado, a porta se abrir e fechar. Daí para a frente, um pequeno barulho e outro. Era como se uma pluma morasse no andar de cima. Ela, então, punha a camisola, escovava os dentes, lavava o rosto e penteava os cabelos. O ritual para a parte mais esperada do dia: escrever as cartas. Para a irmã seguia uma por semana. As de Theodor iam para uma caixa no fundo do armário.

O que Clarice não imaginava era o que se passava com Mariano depois que ele entrava em casa. Primeiro, tirava os sapatos delicadamente para que o contato da sola com o chão não perturbasse a vizinha de baixo. Vestia o pijama, acendia um cigarro e abria a janela com tanta delicadeza que nem o mínimo som era emitido. Mariano não era um homem dos livros, nem da música – por isso, não se importara em deixar o gramofone com ela. O que ele mais gostava era de admirar as estrelas. A luneta ficava armada, fixada no pé de apoio. Desde criança, o céu fascinava Mariano. Ele sonhava em ser como Galileu e construir um instrumento que revolucionasse a astronomia. Fazia esboços, protótipos, que enchiam as gavetas.

O sonho de criança logo foi substituído pelo dever da vida adulta. A morte do pai, quando Mariano tinha apenas doze anos, foi o estopim para a vida real: seria funcionário público, com uma sólida carreira pela frente. Agora, com apenas vinte e dois anos, estava conformado com o destino. A mãe e a irmã moravam numa cidade a cinquenta quilômetros da Guarda. Ele mandava-lhes dinheiro mensalmente.

A vida corria assim, do trabalho para casa, da casa para o trabalho. As noites embaladas pelas estrelas. Nos fins de semana, um passeio no campo, uma visita à família. Mariano não era homem de vícios. Não bebia, não jogava, não andava atrás de prostitutas nem de mulheres casadas. Não cultivava amizades no trabalho, tampouco inimizades. Era solícito, mas não dava intimidade. Aos poucos, os colegas se acostumaram e pararam de convidá-lo para o trago depois do expediente.

Mariano fazia o tipo comum. Na repartição e na vida. Não era lindo nem, de forma alguma, feio. Nem alto, nem baixo. Não era falante, nem de todo calado. Tinha um bom humor que deixava transparecer no sorriso doce e nas tiradas engraçadas que soltava vez por outra. Era o que se classificava de "bom moço". Os anos passariam logo e, quando se aposentasse, finalmente dedicar-se-ia exclusivamente à sua paixão: o espaço sideral. Descobriria uma estrela, quem sabe

Uma praça em Antuérpia 89

uma constelação. Teria seu nome gravado no céu. Até aquela altura da vida, era essa toda a sua ambição.

Nas últimas semanas, porém, o céu tornara-se diferente, como se ele nunca tivesse realmente percebido aquela imensidão que era o teto do mundo. Havia brilho, uma luz intensa, tanta vida no espaço desconhecido, que Mariano deixava a luneta de lado e observava a olho nu toda aquela beleza. A ansiedade dava lugar à contemplação. Esquecia-se do tempo e deixava-se levar pela alegria que invadia o corpo e a mente. Uma sensação de plenitude e calma. Era como se a descoberta que ele projetava para o futuro estivesse acontecendo agora. Ele não iria achar uma estrela no céu que fosse só sua, porque sua estrela estava na Terra. Sua estrela era Clarice.

19

Um dos passeios preferidos de Mariano e Clarice era a subida ao ponto mais alto da cidade, a Torre da Menagem, um dos poucos remanescentes do Castelo da Guarda. Saíam de casa, atravessavam o passeio público e entravam numa das ruas laterais à catedral. O acesso ao morro surgia alguns metros depois. Subiam devagar, conversando e admirando a paisagem. Era ali que começavam e terminavam as muralhas que, no passado, haviam circundado todo o centro da cidade. Ficava a mais de mil metros de altitude e era a estrutura principal de vigilância e defesa das fronteiras. De lá, tinham uma visão de trezentos e sessenta graus da Guarda e dos arredores.

Além do contorno das muralhas, era possível ver, de cima, a Catedral da Sé e o Liceu. Também se podiam admirar a Igreja da Misericórdia, os jardins do sanatório e, mais além, a fortificação de Trancoso. Em dias claros, como naquela manhã de outubro, se enxergavam até as cidades vizinhas de Almeida e Belmonte e a própria Serra da Estrela, ao fundo, com os picos cobertos de branco.

– Demos sorte hoje, Clarice – disse Mariano, virando-se para o outro lado. – Que dia lindo de outono, sem uma nuvem!

Clarice respondeu com um sorriso e o olhar vazio. Era óbvio que o pensamento dela não estava ali. Fazia pouco mais de dois meses que chegara à cidade e quase cinco meses que não tinha notícias de Theodor. Recebera uma carta de Olívia no dia anterior. As notícias do dia a dia em Lisboa, as preocupações de António com a guerra na Espanha e o abastecimento da venda. Os temporais daquele ano haviam prejudicado severamente as plantações. Encontrar frutas e legumes de qualidade, a preço acessível, era uma raridade. Será que na Guarda também era assim? Ela estava se alimentando bem? E o dinheiro estava dando?, perguntava a irmã, em meio a expressões de saudade e de preocupação com o bebê. Clarice responderia da mesma forma de sempre, que Olívia não se preocupasse. Flora cuidava dela como a avó cuidaria, a comida e o dinheiro eram suficientes, o trabalho na biblioteca ajudava a passar o tempo, a barriga ganhava a forma de um melão e o bebê gostava de dar o ar da graça nos fins de tarde. "E o vizinho? Continua solícito e bom amigo?", perguntava Olívia, sem esconder a curiosidade.

Desde a primeira vez que Clarice falara de Mariano, logo depois do primeiro encontro, Olívia insinuara que o rapaz estaria encantado com a irmã. As atitudes dele iam além da amizade. Emprestar o gramofone, as caminhadas diárias, a companhia no jantar. "Ele está a fazer-te a corte!", escrevia a irmã. "Parece-me um bom moço, talvez devesses olhá-lo de outra forma." Era a maneira de Olívia dizer-lhe que estava na hora de esquecer Theodor e perceber que a vida estava lhe dando uma nova chance de recomeçar. Clarice desconversava. Mariano era apenas um bom amigo, mais do que isso, era o irmão que não tiveram. Ela adorava a companhia, as conversas, o jeito como ele a tratava. Admitia que sentiria muita falta quando voltasse a Lisboa, depois do nascimento do bebê. Muitas vezes, desejava contar a Mariano toda a verdade, como se devesse isso a ele. Não era o amor de uma mulher por um homem o que sentia. Era um amor fraternal.

A verdade é que Mariano e Clarice falavam sobre todos os assuntos, mas jamais sobre suas vidas pessoais. De vez em quando, vinha à tona uma lembrança da infância de um ou de outro, mas nunca num contexto mais íntimo. Dele, Clarice sabia apenas que tinha a mãe viúva e uma irmã mais nova. Não fazia perguntas para não dar margem a perguntas da outra parte. Estava bom daquele jeito, pensava Clarice, ali no alto da cidade.

Na descida, ainda antes de chegar ao largo atrás da catedral, pararam para descansar na sombra de um pinheiro. Ele esticou o lenço que trazia no bolso sobre uma das rochas que surgiam entre os tufos de mato baixo e desordenado. Ela sentou-se. Ficaram alguns segundos calados, até que ele quebrou o silêncio.

– Não quero parecer intrometido, nem invasivo, mas julgo que já temos certa intimidade para que te pergunte algo pessoal e que me intriga. Posso?

Clarice encarou Mariano e arqueou as sobrancelhas num misto de estranhamento e consentimento. Era como se ele tivesse lido seus pensamentos. Será que era um sinal para que ela contasse a verdade?

– Podes... – respondeu, enquanto desviava os olhos e cutucava a grama com um graveto.

– Tu nunca falas do pai do bebê... Apenas uma vez disseste que eras viúva, sem família próxima... portanto, sozinha no mundo. Não quero intrometer-me, mas que futuro esperas para esta criança? Como vais criá-la? Tens apenas vinte anos! Preocupo-me!

As palavras saíram apreensivas.

Clarice levou o dedo ao canto dos olhos para afastar uma lágrima. Talvez fosse a hora de se abrir, desmoronar, falar do medo que sentia, da esperança de que Theodor estivesse vivo e viesse buscá-la. Num ímpeto, se levantou e abraçou Mariano. Começou a chorar, chorava de soluçar. Sem saber o que fazer, ele abraçou-a de volta.

Naquele exato instante, Mariano constatou que não era mesmo senhor de sua vida. Ele pertencia a Clarice. O frescor do pescoço, o perfume dos cabelos, a maciez do corpo que ele sabia existir debaixo do vestido o excitaram de tal forma que se desvencilhou rapidamente, envergonhado. A barriga saliente afastou os pensamentos libidinosos e ele enrubesceu. Clarice estava grávida, e ele a desejava muito mais do que fisicamente. Ele a desejava mais do que tudo na vida. Queria cuidar dela. Ela era sua estrela. Clarice foi a primeira a falar.

– Desculpa, Mariano, tu tens sido o melhor amigo que alguém pode ter, uma fortaleza que me protege... Eu preciso dizer-te tantas coisas!

As palavras saíram em meio aos soluços, agora mais contidos.

Como o lenço estava no chão, sujo de terra e grama, Mariano passou os dois polegares sob os olhos de Clarice, carregado de lágrimas. As mãos permaneceram em volta do rosto dela.

– Deixa-me falar primeiro. Eu é que preciso dizer-te muitas coisas – respirou fundo e continuou, mergulhado nos olhos dela. – Deixa-me cuidar de ti, Clarice, deixa-me cuidar desta criança – falou, tocando de leve a barriga. – Amo-te desde o primeiro momento em que te vi. Tu trouxeste tanta alegria e felicidade à minha vida. Que eu possa ser a alegria da tua!

Mariano aproximou-se para beijá-la. Foi instintivo. Clarice desviou e afastou-se dele. Cruzou os braços sobre o peito. O choro voltou e, dessa vez, foi ela que enxugou os próprios olhos com o dorso da mão, como uma menininha que acabava de levantar de um tombo e não tinha a mãe por perto.

– Desculpa, mil perdões, não queria desrespeitar-te! – disse Mariano, envergonhado. – Eu quero casar e dar meu nome ao bebê. Amarei este bebê como se fosse meu, eu juro! Amo-te mais do que tudo, daria a vida por ti, Clarice!

Mariano falava em tom de súplica.

Clarice não podia acreditar no que ouvia. A irmã estava certa. Toda a gentileza, a amizade e o cuidado mascaravam a paixão. Ela jamais dera margem a qualquer sentimento além do fraterno. Diferentemente do que acontecera com Theodor, com Mariano nunca houvera um olhar a mais, nem um único roçar de braços, nem quando foram ao cinema. Jamais dividiram o silêncio cheio de calores típico dos apaixonados. O coração dela não acelerava quando via Mariano, impossível que o dele acelerasse! Eles tinham uma relação de irmãos. A declaração de amor caíra como uma bomba. Clarice não podia dizer que não era viúva e que amava loucamente o pai de seu bebê, mesmo sem saber se ele estava vivo ou morto. Não podia alimentar o sentimento de Mariano e, ao mesmo tempo, sentia a dor de perdê-lo. Como explicar isso a ele?

Talvez se nunca tivesse existido Theodor, apenas Mariano, talvez, então, tivesse se enamorado dele, talvez até se casasse com ele. Seria um casamento morno, mas ela não saberia e acharia que casamento fosse aquilo mesmo, uma relação baseada no companheirismo. Mas não. Theodor existia, e Clarice sabia o que era amar visceralmente, e ser correspondida. Esse era outro ponto de que gostaria de falar para Mariano. Queria dizer-lhe que ele estava apenas encantado por ela. Clarice não acreditava que o verdadeiro amor fosse de mão única.

Enquanto todos esses pensamentos lhe passavam pela cabeça, Clarice permanecia em pé, paralisada, com o olhar baixo. Quando levantou o rosto, notou que Mariano estava de costas para ela, com a testa encostada no tronco da árvore. Soluçava como um menino. Ela se aproximou e tocou gentilmente as costas dele. Ele não se virou quando ela falou.

– Mariano, tu foste o melhor que me aconteceu neste momento da vida. Cheguei aqui sozinha, com medo, carregando uma criança no ventre, sem saber que futuro me esperava. Tu me acolheste, fizeste meus dias serem sempre ensolarados e encantaste minhas noites com histórias de estrelas e constelações.

Clarice media as palavras para não o magoar.

– Tu és meu grande companheiro, mais do que um amigo, és o irmão que não tive. Esse amor fraterno é, e será sempre, teu. Mas não posso dar-te mais que isso. O pai do meu filho não está aqui fisicamente, mas vive comigo no coração.

Foi neste momento que Mariano se virou. Os olhos estavam encharcados e vermelhos, o que fazia com que ele parecesse mais jovem do que os vinte e dois anos que tinha. Colocou as mãos delicadamente nos ombros de Clarice.

– Clarice, não peço que me ames, peço só uma chance. Casa-te comigo. O amor que há em mim é tanto, que vale por nós dois, por nós três – disse, e apontou para a barriga. – Tu estás sozinha no mundo. Juro que te farei a mulher mais feliz e que este bebê será um príncipe, ou uma princesa. Será mais meu filho do que se fosse do meu sangue. Juro pelo que há de mais sagrado – e fez o sinal da cruz. – Não quero nada em troca. Só olhar-te, ouvir tua voz, me basta. Respeitarei o sentimento que tens pelo teu falecido marido e, quem sabe um dia, um pouco dele venha para mim... E, mesmo que não venha, a vida a teu lado terá valido a pena.

Clarice escutava comovida e, ao mesmo tempo, sentia-se culpada. Mariano estava se humilhando, mendigando seu amor. Se ela contasse que tinha esperanças de que Theodor aparecesse a qualquer momento, que ela não era viúva nem sozinha – tinha uma irmã, ainda por cima gêmea – e que deixaria a Guarda logo após o nascimento do bebê, ele jamais a perdoaria.

Era melhor acabar com as ilusões agora, mesmo que isso custasse a única amizade que fizera ao longo da vida.

– Mariano, preciso que me escutes com atenção – disse, segurando a mão dele. – Comove-me tudo o que disseste. Jamais conheci alguém mais generoso. Dói pensar no dia a dia sem tua presença, mas não posso aceitar o que me propões. Não seria justo, principalmente contigo. Tu mereces uma mulher que retribua todo o amor que és capaz de dar. Estarei sempre ao teu lado para o que precisares, mas como uma irmã, uma amiga fiel. Não peças mais do que isso. Não posso dar mais do que isso!

Mariano secou os olhos com o lenço sujo de grama e assoou o nariz. O entardecer dava lugar à noite. Ele apontou para o céu.

– Começa a surgir a Ursa Maior... Melhor voltarmos antes que anoiteça – e sorriu para ela, mudando de assunto. – Está na hora de alimentar este bebê.

Clarice sorriu de volta. Os dois seguiram em silêncio por todo o trajeto. Ao chegar à porta de casa, Clarice perguntou se ele queria um pouco de sopa ou um sanduíche de queijo com chouriço. Mariano sacudiu a cabeça dizendo que não.

– Tu és o melhor amigo que já tive em toda a vida. Jamais te esqueças disso – falou, enquanto o encarava.

– Não vou esquecer – respondeu ele, sem baixar os olhos.

– Amigos? – perguntou Clarice, esticando a mão.

– Amigos – respondeu Mariano, com um sorriso forçado. – Amigos...

Mariano esperou Clarice entrar e fechar a porta. Seguiu, então, pela rua. Precisava arejar um pouco a cabeça. Acendeu um cigarro e olhou para o céu. Não achou a menor graça nas estrelas.

20

No dia seguinte, segunda-feira, Mariano saiu cedo para o trabalho, antes de clarear. Deixou um bilhete embaixo da porta, como se o domingo não tivesse existido, dizendo que não chegaria em casa a tempo da caminhada do fim de tarde. Desejou um bom-dia a ela e ao bebê.

Foi assim durante toda a semana. Saía cedo, ou saía atrasado. Entrava em casa correndo, esbaforido, sempre havia algo a fazer que adiava um encontro com Clarice. Na sexta-feira, ela ficou horas na janela esperando-o chegar. Queria tirar a situação a limpo de uma vez por todas. Já passava das oito quando ele surgiu no fim da rua. Clarice foi para a porta. Mariano se aproximou com o olhar cabisbaixo, os ombros curvados.

– Só assim para te ver! Tudo bem? – disse ela, com um tom de receio. – Estás a evitar-me? – foi direto ao assunto.

– Não, é claro que não! – respondeu Mariano, sobressaltado. – Tive uma semana muito pesada na prefeitura. Vão fazer auditoria nas contas – e apontou para a pasta. – Trabalho um bocado lá e ainda trago mais papelada para casa.

– Entra, que te preparo algo para comer – disse Clarice, puxando Mariano pela mão, não dando chance para que ele recusasse o convite.

Clarice trouxe um prato de sopa, pão e queijo, e preparou a mesa. Colocou um disco para tocar e sentou-se. Mariano estava abatido, com olheiras profundas. Falaram de diversos assuntos, menos do fim de semana. Nem uma hora se passara, ele pediu desculpas. Tinha de subir.

– Obrigado por alimentar um faminto. Eu não teria forças nem para acender o fogo – brincou.

Clarice retribuiu com um sorriso. Sentia certo alívio. Queria acreditar que o velho Mariano estava de volta. Não perdera o amigo.

– Vou subindo, porque amanhã acordo cedo – disse ele, se levantando. – Desculpa pela falta de educação, comer e dar no pé, mas somos como irmãos, não é? – e piscou para ela. – Vou visitar minha mãe, que não anda bem de saúde.

– Espero que não seja nada grave! Falas tão pouco da tua família... Queres que prepare algo para levares na viagem? – perguntou, já seguindo para a cozinha.

Mariano segurou o braço de Clarice.

– Não é necessário. O que preciso mesmo é de uma boa noite de sono.

Despediram-se com um aceno de mãos. Ele prometeu que, no domingo à noite, conversariam com calma. Mariano subiu e Clarice fechou a porta. Ela ficou alguns minutos pensativa. Ele não a estava evitando, pensou. Eram as circunstâncias. Tudo voltaria a ser como antes, como se a conversa daquele domingo jamais tivesse ocorrido. Ela acariciou a barriga e foi sentar-se para o momento mais esperado do dia: escrever a carta para Theodor.

Mariano abriu a porta do segundo andar e atirou a pasta no sofá. Não havia papelada para trabalhar em casa, não havia expediente extra, não havia doença da mãe. Havia um coração machucado, havia uma tristeza profunda que o fazia perambular pelas ruas ao deixar a prefeitura, perder o apetite e o sono. As noites não eram dormidas, eram choradas. Ele amava aquela mulher com cada centímetro de seu corpo. Tivera de se controlar para não cair em prantos e implorar, mais uma vez, que ela lhe desse uma chance.

Mariano se sentia a escória dos homens. Perder Clarice para o falecido esposo – dizia ele para si mesmo – era a pior forma de rejeição. Ninguém competia com a lembrança de um morto. Fugira dela a semana inteira e amanhã pegaria um trem para qualquer destino, onde vagaria a esmo para voltar, domingo à noite, com alguma mentira sobre a família. Lembrou-se do conselho que, certa vez, ouvira a mãe dar à tia caçula abandonada pelo noivo. "Afasta-te, ignora-o, que ele voltará a correr, com medo de te perder." Era isso que Mariano havia feito nos últimos dias. Clarice o havia procurado, é fato, mas não do jeito que ele queria. No final, quem tinha medo de perder era Mariano, uma vez que ele, de qualquer forma, já era dela para sempre. Ela jamais iria perdê-lo. Por mais uma noite, Mariano revirou-se na cama e chorou com o rosto enfiado no travesseiro. Temia que Clarice pudesse ouvir os soluços. Quando os primeiros raios de sol despontaram, levantou-se e partiu.

Voltou para a Guarda no fim da tarde de domingo. Como prometido, encontrou-se com Clarice. Inventou uma história sobre a doença da mãe e rapidamente mudou o rumo da conversa. Comeu o guisado que ela havia preparado, com mais batata e cenoura do que carne, mas bastante apetitoso. Ouviram música e olharam as estrelas. Tudo como antes. Era como se Mariano tivesse trancado num cofre – e jogado fora a chave – o que sentia por Clarice. Ele havia pensado muito durante a viagem. Era difícil ficar ao lado dela, mas ficar longe era insuportável. Então que fosse do jeito que ela queria.

Aos poucos, a rotina foi retomada. As caminhadas nos fins de tarde e os passeios, com piqueniques, nos arredores da cidade, nos fins de semana. Flora, vez por outra, fazia comentários sobre a amizade dos dois. Não ficava bem uma moça viúva e grávida às voltas com um homem solteiro. Clarice desconversava. Mariano era um irmão para ela, dizia. Além do mais, não devia satisfações a ninguém e não estava fazendo nada de errado. Também omitiu de Olívia a declaração de amor que recebera. Era algo só dela e dele. Já fora superado. Pelo menos, ela precisava acreditar que sim.

Estavam no fim de novembro. Dali a um mês, seria Natal e ela já passava dos seis meses de gravidez. A previsão para o nascimento era fevereiro. Em abril, o mais tardar, estaria de volta a Lisboa. Clarice continuava a escrever diariamente para Theodor. Uma estranha paz tomava conta dela. Não recebera uma notícia sequer além daquela única carta, ainda em Lisboa. Tinha certeza, porém, de que ele estava vivo e pensava nela tanto quanto ela nele. O músico só não poderia imaginar que ela carregava um filho, um filho dele. Sentou-se para redigir a carta. Colocou Schubert para tocar no gramofone.

Mariano, por sua vez, vivia, dia após dia, com uma única esperança. Hoje ainda não, amanhã ela vai me amar. Imaginava-se segurando a mão de Clarice quando ela tivesse as primeiras contrações, a espera ansiosa pelo nascimento da criança e, finalmente, ser o primeiro a carregá-la nos braços. A maternidade muda as mulheres. Não é o que diziam? Quando Clarice visse os olhos dele brilharem com o bebê no colo, que pai maravilhoso ele seria, ficariam juntos para sempre. Ele era o homem que mudaria a vida dela – gostava de pensar assim – e, um dia, Clarice teria consciência disso. Naquele momento, ele sonhava, mas jamais poderia imaginar a forma como isso se daria.

21

Lisboa, 5 de dezembro de 1936

Um forte nevoeiro cobria a cidade de Lisboa. António abriu a venda às sete da manhã, como de costume. Por volta das dez, deu um suspiro longo e foi até a porta. Não havia quase ninguém na rua. O tempo não ajudava. Deixou o ajudante cuidando do balcão. Faria uma surpresa para Olívia. Tomariam café com bolo na varanda. De lá, ele observaria o movimento. Se aumentasse, voltaria. Tirou o avental e seguiu para casa.

– Não vás ficar colado ao rádio, que estou de olho em ti! – disse, brincando, para o rapaz que, displicente, secava os copos, na falta do que fazer.

Tudo como previsto. O bolo acabara de sair do forno. Era a rotina dos sábados: Olívia cortava duas fatias gordas e, ainda quentes, as levava para António e o rapaz junto com um bule de café fresquinho. Ele entrou na cozinha sem fazer barulho, esperou que ela colocasse a fôrma no tampo de mármore da pia e a abraçou por trás.

– Ai, assim tu matas-me do coração! – exclamou Olívia, se virando num sobressalto e beijando-o. – Que surpresa boa, meu amor... Com certeza não há cliente algum, para deixares o trabalho por mim – completou, irônica.

– Tu bem sabes que, estando lá ou aqui, meu pensamento está sempre contigo – disse ele, passando a mão nos cabelos dela, com delicadeza.

António pegou a bandeja e seguiram para a varanda. O dia cinzento era um convite para não fazer nada. Já estavam casados havia mais de dois anos e o amor por ela só crescia. O que faltava era um bebê. A gravidez de Clarice abalara Olívia, embora ela não falasse do assunto. As gêmeas eram tão parecidas, mas, no quesito fertilidade, Clarice estava na frente. Engravidara na noite em que perdeu a virgindade. Olívia não entendia por que o mesmo ainda não acontecera com ela. Será que tinha algum problema? O doutor dizia para se acalmar, parar de pensar no assunto, que o destino se encarregaria.

– Clarice está a entrar no sétimo mês. Como sinto falta dela, de ver a barriga! – suspirou, enquanto cortava o bolo e passava o prato para António.

Ele deu uma garfada e fechou os olhos.

– Eu morro feliz por este bolo! – e virou-se, em seguida, para Olívia: – Meu amor, em breve, tua irmã estará de volta com um lindo bebê. Ela vai encontrar um homem decente e tudo voltará ao normal!

Pôs o prato na mesa e pegou o jornal, mudando de assunto.

– Esses ingleses… Que situação!

Referia-se à crise no Reino Unido causada pelo escandaloso romance do rei Eduardo VIII com uma americana divorciada. O assunto não interessava particularmente a António. A ele incomodava muito mais o péssimo ano para as uvas. Fora a pior colheita em mais de duas décadas. O preço do vinho tornara-se absurdo, e, com ele, as reclamações dos clientes. António praticamente não tinha margem de lucro. Isso o preocupava. Mas não era conversa para Olívia. Melhor falar das fofocas dos britânicos.

– Pois, neste momento, eu gostaria de ser inglesa! Acho lindo o romantismo do rei Eduardo! Capaz de abdicar do trono por uma paixão – disse ela, sonhadora.

– Pois eu acho é que ele está cego! Mal herdou a coroa! – retrucou António. – E o compromisso com o povo? Onde fica? Além do mais, uma mulher que já teve um primeiro marido e tem um segundo para se divorciar! Quem garante que ela não vai largá-lo também... e apaixonar-se por um xeique das arábias?! – e riu da própria piada.

– Homens! – exclamou ela. – Como são insensíveis! Então a senhora Simpson não tem direito a tentar a felicidade? – e sentou-se ao lado de António e o abraçou. – Nem todas as mulheres têm a sorte que eu tenho!

Deitou a cabeça no ombro dele e ficaram em silêncio. Não escutaram o portão se abrir nem os passos leves que se aproximaram.

– Olá!

O cumprimento saiu baixo e temeroso.

– Theodor?! – exclamou Olívia pulando do sofá, espantada. Ela não sabia se abraçava Theodor, ou se batia nele por ter abandonado a irmã.

– Clarice está em casa? Sei que é um abuso aparecer de repente depois de tanto tempo, mas... posso falar com ela? – perguntou ele, cabisbaixo.

António deu um forte aperto de mão e puxou Theodor pelo braço. Os três entraram na casa.

Olívia foi a primeira a falar.

– Clarice não está aqui. Ela seguiu para a Guarda em agosto, três meses depois da tua partida... e daquela carta dizendo para ela que te esquecesse...

Fez um breve silêncio, para completar em seguida:

– Ela está grávida, Theodor. Clarice carrega um filho teu.

Theodor deixou-se cair no sofá. O rosto estava branco como uma folha de papel. Não emitiu nenhum som. Sentia muita culpa por ter abandonado Clarice sem notícias, por tanto tempo. O tempo da gravidez que ela enfrentava sozinha.

Aos poucos, foi recuperando a fala. Estava confuso, sem saber o que dizer, o que perguntar. Ela estava bem? Por que fora embora, para longe da família? Eles tinham parentes na Guarda? Como ela teria o bebê longe de Olívia?

Olívia encheu um copo d'água com um pouco de açúcar. Esperou que ele bebesse e se acalmasse. Estranhamente, ela não tinha raiva dele. No fundo, sabia que o tempo sem notícias tinha uma justificativa. Fora para proteger a irmã.

22

A história de Theodor parecia um filme. Aliás, como vinha sendo sua vida desde que fugira da Alemanha, um ano antes.

Depois de se despedir de Clarice, naquele amanhecer, Theodor seguiu para o Hotel Avenida Palace, no centro de Lisboa. Tinha uma única carta na manga para driblar a polícia política e deixar Portugal. Era uma ideia tão mirabolante que poderia dar certo. O máximo que receberia era um não, e isso ele já tinha.

Estava hospedado no Avenida um famoso pintor russo, que morava em Paris, mas vivia temporariamente em Madri, para onde voltaria naquele 5 de maio. Fora a Lisboa acertar exposições, uma delas sobre velhas sinagogas europeias. Havia até um livro com as reproduções em preparação na Inglaterra.

O artista estivera diversas vezes na Alemanha, Polônia, Hungria, Tchecoslováquia, Iugoslávia e outros países. Na Alemanha, tivera contato com o pai de Theodor quando fazia estudos sobre a sinagoga de Worms – que o músico soubesse, a mais antiga da Europa, ou pelo menos uma das mais antigas.

O pai de Theodor, além de sábio das escrituras, era um apaixonado pela arquitetura dos templos. Numa semana em que o músico visitava a família, em Leipzig, estava por lá também o pintor. O encontro do artista com o velho rabino fora rápido, mas marcante. Isso Theodor constataria em Lisboa.

No fim de semana anterior, Theodor passara no Hotel Avenida para encontrar um companheiro que trabalhava lá. Fora, então, reconhecido pelo pintor. O pianista estava assustado e virava-se o tempo todo com medo de estar sendo seguido. O pintor não fez perguntas. Disse que deixaria Lisboa na terça-feira e que o procurasse se precisasse de algo. Há momentos em que o silêncio entre as palavras é mais forte do que as próprias palavras. Se pudesse – Theodor tinha certeza –, aquele estranho o ajudaria.

O músico ficou na porta do hotel por quase uma hora, até que o pintor saiu. Enquanto a bagagem era colocada no carro, Theodor se aproximou.

– Desculpe importuná-lo. Preciso da sua ajuda. Tenho de deixar Lisboa imediatamente. Não tenho a quem recorrer – disse, indo direto ao assunto, e, em seguida, calou-se.

O pintor deu um longo suspiro. Passou o braço em torno do ombro de Theodor e o levou para o carro.

– Entre. Venha comigo para Madri. Tenho grande admiração por seu pai. Um homem verdadeiramente sábio.

Os dois seguiram para a estação. O pintor viajava na primeira classe e fez questão de pagar a passagem de Theodor. Era a única forma de ele chegar à capital espanhola sem suspeitas. Não houve perguntas nem conversa. No embarque, no controle de passaportes, nas paradas, o músico permanecia calado. O outro é que falava e mostrava os documentos. Embalado pelo trem, finalmente conseguiu dormir sem sobressaltos.

Despediram-se logo na chegada a Madri. O pintor deixou o endereço caso Theodor precisasse de algo. Os dois sabiam que jamais se veriam novamente.

– Por que o senhor me ajudou? – perguntou o músico, antes de seguir seu caminho.

A resposta veio com um sorriso enigmático.

– E por que não o ajudar? Não é isso que diria seu pai? – respondeu, baixando a cabeça e entrando no carro que o esperava na porta da estação.

Uma pergunta era a resposta para a outra pergunta. Um desconhecido salvara sua vida. Theodor esperou o automóvel dobrar a esquina e tomou a direção oposta.

Numa Europa que via crescer a força das ditaduras, a Espanha era o melhor destino para um comunista ateu – judeu de nascimento – como Theodor. Os republicanos haviam vencido a eleição de abril. Havia um despontar de esperança, embora os nacionalistas não aceitassem a vitória da Frente Popular.

Theodor se juntou a uma trupe de músicos e, na semana seguinte, seguiu com o grupo para o norte. Eram oito camaradas num ônibus velho e colorido. Não havia cachê. Tocavam em vilarejos, no meio da praça. No começo era um pouco difícil entender e ser entendido, mas logo sua habilidade para aprender línguas estrangeiras se fez notar. Recebiam alguns trocados, comida, combustível, o que houvesse. Dormiam em barracas improvisadas, ao relento, como ciganos. Na falta do piano, Theodor tocava violino e instrumentos de sopro. Era um músico em essência. Tocava de ouvido.

Pensava em Clarice todos os dias, ao acordar e ao adormecer. Por isso escrevera a carta. Se ele não podia dar-lhe uma vida decente, por que dar alguma esperança?

No meio de junho, o grupo chegou à cidade de Burgos, na região de Castela. Era uma cidade próspera dentro do possível na época. Ficaram alguns dias. Theodor recebeu proposta para tocar num hotel. Estava cansado da vida nômade das últimas semanas. Precisava dormir numa cama decente, tomar um banho quente, mesmo que rápido, ter um lugar para pôr as ideias em ordem, decidir o que fazer da vida. O dinheiro era pouco, mas ganharia um quarto e comida.

Fazia quase dois meses que deixara Lisboa. Sentia um misto de desprezo por si mesmo e vergonha. Clarice devia estar magoada e até com raiva. Era melhor assim. Que futuro ela poderia esperar de um homem com mais de trinta anos que não tinha profissão, emprego, casa, nem sequer país?

Em menos de um ano, Theodor havia perdido tudo. Deixara a Alemanha para salvar a própria vida. Mas a que preço? Era um ser sem identidade. A sensação de covardia só não era maior do que o sentimento que tinha por Clarice. Era isso que o fazia não se arrepender de não ter ficado e lutado contra os vermes que, aos poucos, destruíam a pátria que ele tanto amava.

Os dois meses que haviam passado juntos eram, agora, o alimento da sua vida, e assim seria para sempre. Para ela, não passariam de uma lembrança indesejável do passado, pensava ele. Clarice tinha apenas vinte anos. Encontraria um homem que lhe desse o mundo que ele não podia dar. Mal conseguia cuidar de si.

Theodor aceitou o emprego. Tocava todas as noites no bar do hotel. Arranjara um outro bico à tarde, numa casa de chá. Lá as gorjetas eram melhores. A ele pouco importava. O que queria era não pensar. A música transportava-o para um mundo sem guerra, sem ódio, sem dor. Não esqueceria Clarice, mas tampouco a procuraria.

Durante um mês, vivera em sua própria concha, alheio à política, às disputas. Estava cheio dos nacionalistas, dos monarquistas e dos direitistas, e também dos republicanos, dos sindicalistas, dos comunistas e anarquistas. Durante muitos anos, Theodor se prendera a um ideal de justiça, de uma sociedade onde todos fossem iguais, com os mesmos direitos e deveres. Embora tivesse defendido com unhas e dentes o ideal socialista da União Soviética, começava a suspeitar que Stalin, no fundo, não era tão diferente de Hitler, Mussolini ou Salazar.

O distanciamento de Theodor da política não duraria muito. No dia 13 de julho, segunda-feira, levantou-se por volta das nove da manhã e sentou-se, como de hábito, na mesa atrás da pilastra para tomar o café. Logo notou o burburinho. Funcionários e hóspedes formavam pequenos grupos. Algo havia acontecido. Virou a xícara e seguiu em direção à cozinha, o acesso mais rápido para a área externa, onde os empregados se reuniam para fumar. Até então, Theodor evitava conversas, mantinha-se calado, não confiava em ninguém. Para os companheiros, ele era um enigma. Republicano, comunista, monarquista, direitista? A chegada de Theodor causou um breve silêncio. Ele acenou com a cabeça e acendeu um cigarro. O burburinho voltou.

– A história está mal contada, o governo não ia fazer a burrice de mandar matar Sotelo! Não neste momento! – esbravejou o chefe dos cozinheiros, um homem grande, mais velho que Theodor, com um sotaque do Leste Europeu.

Theodor levantou os olhos, espantado.

– Calvo Sotelo morreu? – perguntou, chegando-se ao grupo.

– Quer dizer que o Alemão sabe falar! – o comentário irônico foi feito por um garçom. – O senhor é monarquista?

Theodor ignorou a intervenção e pediu licença para ler a notícia. Um calafrio tomou-lhe o corpo. Era o prenúncio de que a aparente tranquilidade das últimas semanas era mesmo aparente. Estava claro que o assassinato do deputado da oposição teria consequências para o regime republicano. Sotelo era respeitado até pelos adversários. A reportagem dizia que o gabinete designara dois juízes para a investigação e que o caso não ficaria impune.

– Jogaram o cadáver do homem no cemitério! O governo nega qualquer envolvimento... O que se diz é que Sotelo foi sequestrado por elementos da Guarda de Assalto, que estariam vingando a morte do tenente Castillo – continuou o garçom.

– Só que o tenente tinha matado o primo do Sotelo! – completou um outro garçom. – O que eu sei é que é hora de voltar ao trabalho... ficar quieto, sem muito alarde... Eles que se resolvam! – disse, apagando o cigarro e seguindo para dentro do hotel.

Theodor continuou sem dizer palavra. Lia atentamente a notícia. Um a um, os homens foram entrando. Restou apenas o chefe dos cozinheiros. Ele olhou para os lados, certificando-se de que estavam a sós.

– Escute, Alemão – disse, aproximando-se de Theodor. – A situação não está nada boa e vai piorar. Eu o observo desde sua chegada por aqui. Essa morte é o estopim... Os militares não vão deixar passar... De que lado você está? – perguntou, olhando nos olhos de Theodor.

O pianista deu uma última tragada e apagou o cigarro.

– Eu estou do lado da música. É só isso que me interessa – disse, dirigindo-se para a porta.

O cozinheiro segurou Theodor pelo braço.

– Espere! A Espanha é um barril de pólvora... Mais cedo ou mais tarde, vai estourar. E sua música vai lhe servir de quê? Você sente como eu o anúncio de uma guerra... Estamos do mesmo lado e precisamos da união mais do que nunca!

A voz, firme, tinha saído como uma espada.

– Como é que você sabe de que lado eu estou? – rebateu Theodor.

– Quem tocaria Miaskovski num piano de hotel, no interior da Espanha, se não fosse um comunista? – perguntou, e ficou alguns segundos em silêncio para continuar em seguida: – Eu cozinho batatas, mas meu cérebro não é feito delas. Se quiser saber mais, me procure. Caso contrário, esqueça nossa conversa – disse, passando os dedos pela boca como se fechasse um zíper e seguindo para dentro do hotel.

Theodor ficou sozinho. Acendeu outro cigarro e deu uma tragada longa. Era como se algo dentro dele dissesse que um furacão se aproximava, e não havia nada a fazer a não ser esperar.

23

Dias depois, o furacão chegou. Theodor se juntou ao grupo de oito homens, entre garçons e funcionários da cozinha, que se colocou em volta de um rádio no volume mínimo na manhã de sábado. Havia também um recepcionista do turno da noite e um porteiro manobrista.

– A guerra começou... Agora é para valer.

As palavras saíram da boca do cozinheiro, carregadas de preocupação.

As informações não eram claras, até porque o próprio governo, como forma de proteção, restringira a comunicação. Telefones não funcionavam e os postos dos correios e telégrafos eram vigiados. O que se ouvia de concreto vinha do sinal clandestino.

Cinco dias após o assassinato de Sotelo, naquele julho de 1936, a rebelião havia começado em Marrocos, nas áreas sob domínio da Espanha. A temida Legião Estrangeira – a elite militar – insurgira-se contra o governo. Tomaram as cidades de Larache, Tetuão e Melila, onde haviam decretado a lei marcial, e já estariam controlando outras localidades. Era a preparação para invadir o continente, onde já havia importantes focos de resistência contra o governo. A cidade de Burgos era um deles.

A nuvem de fumaça era o termômetro da tensão no hotel. No saguão, nos corredores, nas áreas restritas, acendia-se um cigarro após o outro. No início da tarde, o gerente-geral convocou hóspedes e funcionários e leu o comunicado oficial de Madri.

– Atenção, peço a atenção de todos para o comunicado do presidente da República, senhor Azaña – e impostou a voz para ler a nota emitida pelo governo da capital. – Abre aspas – começou –, uma nova e criminosa tentativa contra a República acaba de malograr-se: uma parte do exército que representa a Espanha em Marrocos levantou-se em armas contra a República, sublevando-se contra a própria pátria. O governo declara que o referido movimento popular se encontra circunscrito a determinadas cidades do protetorado espanhol em Marrocos, nada de extraordinário sucedeu na península. Todos os espanhóis são unânimes em manifestar indignação frente ao ato de rebeldia – afirmou, seguindo para o fim do comunicado: – O governo da República, que domina a situação, espera poder anunciar à nação, dentro em pouco, que a ordem pública se encontra restabelecida e jugulado inteiramente o movimento sedicioso de Marrocos, fecha aspas – disse, dobrando a nota e pondo-a no bolso do paletó. – Agora, nos resta seguir a vida. Madri tem o controle da situação. Aos empregados, que voltem às suas funções, e aos nossos hóspedes, que aproveitem a estada!

Imediatamente formou-se um burburinho. Um senhor com um bigode fino e o cabelo encharcado de gomalina levantou a bengala, como se fosse uma bandeira, e gritou:

– Tudo balela! O governo censura as notícias! O general Franco, em breve, chegará ao continente! É um golpe! A República está com os dias contados!

Theodor e o cozinheiro se entreolharam. No fundo, sabiam que aquelas palavras tinham fundamento. O conflito na Espanha não era apenas político, uma rivalidade entre esquerda e direita. Era muito maior. O país era dividido etnicamente. Castelhanos, catalães, bascos, galegos. Vários povos e diferentes visões.

A guerra se mostrava um caminho sem volta. Na própria noite do dia 18 de julho, Casares Quiroga apresentou a demissão coletiva do gabinete ao presidente Azaña. No seu lugar, assumiu Martínez Barrio, que ficaria vinte e quatro horas no poder até passar o cargo a José Giral. No domingo, o general Franco mandou um recado através do posto da Guarda Civil em Tetuão, que transmitia clandestinamente as mensagens do movimento em Marrocos para os oficiais que apoiavam a rebelião em Sevilha, Cadiz e Almeria. "O movimento militar já não pode deixar de vencer. Viva a Espanha!", foram as palavras do general.

Um turbilhão de acontecimentos se deu nos dias seguintes. A morte do general Sanjurjo em Portugal, num acidente aéreo, fortaleceu Franco. Sanjurjo, cabeça do golpe, seguia para a Espanha justamente para assumir o controle das tropas rebeldes. Salazar, que lhe dera asilo, não escondia o apoio aos militares espanhóis.

Conflitos estouravam em várias cidades do país. O governo armava civis para se juntarem às forças antifascistas. Na capital, a revolta fora controlada, mas o caos imperava em várias localidades. O governo não conseguia estabelecer uma unidade e, mesmo em seus redutos, o poder passou para as mãos de milícias ligadas a sindicatos e partidos. A Espanha estava realmente dividida. Guarda Civil, Guarda de Assalto, militares, policiais. Parte apoiava os rebeldes, parte, a República.

Nem uma semana depois do começo da revolta – e com a morte do general Sanjurjo –, os militares formaram em Burgos a Junta de Defesa Nacional, a inteligência do movimento golpista, uma espécie de governo provisório dos rebelados.

A revolta iniciada em Marrocos era uma reação às reformas que a Frente Popular pretendia implementar, e a rebelião detonou uma caça às bruxas. Nos lugarejos onde os nacionalistas haviam tomado o poder, os militantes da Frente foram perseguidos, presos e mortos. O que ficava claro naqueles primeiros dias era que o golpe falhara, mas empurrara o país para uma guerra civil.

Certa manhã, o chefe dos cozinheiros aproximou-se de Theodor durante o café.

– O que você decidiu, Alemão? Junta-se a nós ou vende-se a eles? Viu como está o hotel? Fardas por toda parte. Eu parto hoje, não vai demorar que cheguem até mim... Nunca escondi minhas preferências. O Sul está tomado, a Galícia também. Há confrontos na fronteira com a França, em Barcelona fala-se em oito mil mortos... mas resistimos bravamente. E Madri é nossa! E então?

Theodor deu uma última tragada e virou a xícara de café.

– Com licença, estou atrasado – disse, levantando-se enquanto apagava o cigarro.

Saiu sem rumo pelas ruas da vizinhança. Tinha deixado a Alemanha por causa dos fascistas, da perseguição, da opressão. Em Portugal, a mesma situação. Por um curto período de tempo, acreditou que poderia ter paz na Espanha, que poderia se estabelecer. A República caminhava, ele não se envolvia em política, estava juntando dinheiro. Voltaria a Lisboa para pegar Clarice. Na véspera do assassinato de Sotelo, chegou a escrever uma carta para ela. Rasgou-a no dia seguinte, depois da notícia da morte.

– Comunista, ateu, abaixo a República! Viva a Espanha!

Os gritos trouxeram Theodor de volta. Vinham da porta do hotel. Aproximou-se e levantou-se na ponta dos pés para ver o que se passava. Lá estava ele, calado, mas com a cabeça erguida. O chefe dos cozinheiros era levado para um caminhão onde estavam mais sete ou oito homens. Cruzou o olhar com o de Theodor. Não era um olhar de revolta, era um olhar de esperança, de orgulho. Aquele homem não tinha medo da morte. Era iminente, mas não em vão. Naquele momento, a guerra começou para o pianista.

Nesse mesmo dia, Theodor arrumou a pequena mala e deixou o hotel. Estava cheio de fugir. Enfrentaria o inimigo de frente. Pegaria em armas, se fosse preciso. Juntou-se a um grupo de guerrilha e partiu com os companheiros rumo à Catalunha. Em Barcelona, o movimento revolucionário era forte. Barricadas eram montadas nas ruas. Sindicalistas e operários saíram armados para ajudar as forças fiéis à República.

Theodor era fluente em alemão. Entendia francês e italiano. Era fundamental na interceptação das notícias do inimigo. Franco havia pedido ajuda a Hitler e Mussolini. Em agosto, caças alemães chegariam à Espanha.

O grupo de Theodor ficou conhecido como Guerrilheiros da Liberdade. Não chegaram a Barcelona. Seguiram em missões nas áreas dominadas pelos nacionalistas. Viviam acampados na região dos Pireneus, na fronteira com a França. Sabotavam linhas de trem, detonavam explosivos em estradas, atacavam carregamentos de armas. Era um movimento, de certa forma, suicida. Havia um acordo entre eles. Se um dos companheiros fosse atingido em alguma operação, o outro o mataria para que não caísse nas mãos dos falangistas.

Assim seguiram por mais de um mês. Durante esse tempo, Theodor esqueceu Clarice, esqueceu o piano. Não havia tempo para pensar, apenas agia. As missões faziam sentido porque passaram a justificar sua existência. Era o papel dele no mundo. Ele, finalmente, tinha utilidade. Lutava pela liberdade, por um ideal de igualdade.

No final de agosto, foi deslocado para uma operação na cidade fronteiriça de Irún. Um rio a separava da França. Lá se travava uma batalha ferrenha com os nacionalistas. Era estratégica. Por Irún entravam mantimentos e armamentos traficados dos vizinhos franceses para a resistência republicana no País Basco e nas Astúrias.

No dia 5 de setembro, os republicanos deram a disputa por perdida e bateram em retirada. Parte da população fugiu para o norte e a cidade foi incendiada. A situação era de caos. Theodor usava um uniforme das forças franquistas, parte do disfarce para a missão que não chegaria a cumprir. Levou um tiro no braço e outro no peito. Caiu e bateu com a cabeça numa pedra. O companheiro que estava com ele foi abatido na hora. Confundido, o pianista foi levado como prisioneiro por militantes da mesma causa.

Quando acordou, dias depois, estava num acampamento com húngaros, iugoslavos e tchecos. Havia homens e mulheres. Eram militantes comunistas do Leste Europeu que se juntaram à resistência espanhola. Mais uma vez, Theodor teve a ajuda do pai, mesmo que distante. O colar com a estrela de Davi, presente que o pianista jamais tirava, salvou sua vida. Duas vezes. Primeiro como escudo para a bala. Depois, para identificá-lo como judeu. Ele podia ser qualquer coisa, menos um nacionalista espanhol.

A recuperação demorou algumas semanas. Ficou sabendo das notícias da Alemanha, do avanço do Reich, da postura dos governos de Paris e Londres, que pareciam não ver, ou não queriam ver, que Hitler violava os tratados internacionais. A ocupação da fronteira com a França, no começo do ano, era uma prova disso. Um dos companheiros, tcheco, trazia informações dos Jogos Olímpicos de Berlim, que tinham acontecido menos de um mês antes.

– Foi vergonhoso o que se viu em Berlim. Propaganda fascista. Hitler usou os jogos para fazer propaganda da superioridade alemã e de quão pacífico ele é... Até os cartazes antissemitas desapareceram da capital! – relatou, num misto de ironia e raiva. – Superioridade de merda! Apologia da mediocridade, o mundo se curva aos delírios de um louco! Atletas, imprensa, governantes! – esbravejou.

– Mas, pelo menos, os alemães tiveram de engolir as medalhas de Owens! Dizem que Hitler deixou o estádio para não ter de apertar as mãos de um negro – rebateu um outro. – Eu queria ver aquele porco nazista saindo com o rabo entre as pernas! – e rebolou, colocando o dedo indicador sobre os lábios simulando o bigode do ditador.

– Estão todos cegos? – continuou o tcheco, sem dar ouvidos à interrupção. – A sujeira é empurrada para debaixo do tapete e todos fingem não ver! Não existe movimento de resistência na Alemanha... O medo de bater de frente com Hitler agora terá consequências irreversíveis mais adiante. Escrevam o que eu digo! – e saiu para fumar com mais dois companheiros.

Theodor escutava mais do que falava. Não tinha notícias da família havia meses. Desde que deixara a Alemanha, falara apenas uma vez com a irmã. A vida seguia com mais restrições, um decreto aqui, outro ali. Mas eles tinham certeza de que iria passar. A Europa mal se recuperara da Grande Guerra. As grandes potências não deixariam acontecer de novo. Theodor era pessimista. Ou seria realista? Ele concordava com o companheiro tcheco. O mundo caminhava para uma catástrofe e continuava a alimentar o monstro. Ao contrário de acalmá-lo, fortalecia-o.

No meio de outubro, Theodor estava recuperado. Era hora de partir. Ele havia tomado uma decisão. O ferimento do braço deixara sequelas. Jamais tocaria piano como antes. Quase perdera a vida por uma Espanha livre e nada havia mudado naqueles meses de batalha. Sua morte não faria diferença para o mundo.

Se tivesse de morrer lutando, que fosse pela Alemanha. Voltaria à sua pátria. Organizaria um movimento contra os nazistas. Clarice seria a lembrança boa de outra vida. Do mundo que não foi. Clarice e Schubert. Isso lhe trouxe paz.

Theodor deixou a Espanha com dois companheiros húngaros pela fronteira de Irún, naquela altura já sob total controle dos nacionalistas. Cruzaram o rio Bidasoa num pequeno barco pesqueiro que os deixou a pouco menos de um quilômetro da margem francesa. Foram lançados ao rio com uma tábua de madeira que servia de apoio para as mãos e de suporte para as três mochilas com poucos pertences. Agitavam as pernas submersas com força para espantar o frio e vencer a correnteza sem espalhar água. Eram guiados pelas luzes da cidade de Hendaye. À medida que se aproximavam, aumentava a tensão. Estavam jogados à própria sorte. Tinham de chegar à margem antes de mais uma ronda da patrulha marítima. Sentiam a agitação na água e o clarão do canhão de luz, mas não olhavam para os lados. Quando a água estava na altura da cintura, abandonaram a tábua de madeira e seguiram caminhando lentamente, até pisar na terra úmida, na outra margem do rio. Estavam salvos. O pequeno posto da fronteira francesa ficava a uns duzentos metros do local por onde passaram clandestinamente. A casinha branca não era muito maior do que uma guarita. Os guardas se concentravam ali. Theodor e os amigos usaram cordas para escalar o barranco coberto por um matagal. Finalmente, pisaram em solo francês.

Em Hendaye, procuraram um comerciante que apoiava a resistência espanhola e atuava no mercado negro. Foi dirigindo um caminhão vazio, que traria mercadorias, que o pianista chegou a Paris. Antes de partir, olhou uma última vez para a outra margem desejando poder voltar, um dia, a uma Espanha livre e democrática. Naquele final de outubro, Theodor não poderia imaginar que, menos de quatro anos depois, voltaria àquela mesma fronteira, em condições bem diferentes.

Na capital francesa, mais um golpe do destino colocou Theodor em outros trilhos. Por causa do tiro no braço, jamais conseguiria tocar horas seguidas sem sentir dor. Os trabalhos nos cafés e cabarés exigiam resistência e muito improviso. Uma música emendava na outra. Theodor também não queria mais aquela vida. Seguiria para Berlim e organizaria um grupo de guerrilha para sabotar os planos do Reich. Era para isso que viveria. Impedir uma guerra.

Com a ideia fixa de voltar a Berlim, Theodor procurou um conhecido, um violinista alemão e judeu que vivia, havia anos, em Paris. Casara-se e deixara a profissão de músico. Também abandonara a política, a militância comunista. Trabalhava com o sogro no mercado de diamantes. Em breve, nasceria seu primeiro filho.

– Meu amigo, essa vida dos companheiros não é mais para mim. Cansei de andar apressado, sempre à espreita, em discussões intermináveis, noites em claro, codinomes, tocando aqui e ali para sobreviver. Falamos em igualdade, em justiça, em educação, um mundo sem guerras, sem violência... E, no final, não temos outra moeda para negociar senão a mesma dos opressores – disse, olhando nos olhos de Theodor. – E quando vemos a vida crescendo tão perto – e apontou para a barriga da esposa –, a gente percebe que o mundo melhor está ali. Eu vou ser pai, essa é a minha causa. Minha família. É por ela que eu luto hoje. As guerras vão e voltam, independentemente da nossa vontade; já nossas sementes somos nós que plantamos e temos de cuidar para que vinguem.

Assim, numa conversa simples e banal, Theodor percebeu que, se ele tinha algo por que lutar, se tinha sobrevivido e chegado até ali, era por Clarice.

24

Lisboa, 5 de dezembro de 1936

Theodor terminava sua história. Olívia e António permaneciam calados.

– Naquele momento, decidi. Não ia desistir, ia lutar por Clarice. Iria começar tudo de novo. Meu amigo apresentou-me ao sogro. Segui com ele para a Bélgica. Em Antuérpia, mais uma vez, tive a ajuda de meu pai. Ser filho de um rabino, mesmo não sendo eu religioso, abriu-me portas. Fui trabalhar com um lapidador de pedras, e com ele estou até hoje. Ensina-me o ofício como a um filho e diz que sou bom no que faço. Moro num pequeno apartamento ao lado da loja e trabalho quinze horas por dia. Tenho um emprego e posso cuidar da mulher que amo. Voltei para levar Clarice. Para casar com ela. Agora mais do que nunca. Essa criança tem um pai.

Ele calou-se subitamente, engolindo a emoção. Depois, continuou, com a voz embargada.

– Jamais poderia imaginar que Clarice estivesse grávida. Em muitos momentos, imaginei que ela tinha me esquecido e que isso era o melhor para ela. Uma vida digna e tranquila, com todo o conforto, em vez de viver de canto em canto com um pianista perseguido e sem emprego fixo! Mas a chegada a Antuérpia e a proposta de trabalho

Uma praça em Antuérpia   121

deram-me esperança. Por isso voltei, mesmo correndo o risco de encontrá-la com outro... Espero que ela me perdoe! – completou Theodor com os olhos molhados.

Olívia sentou-se ao lado dele. Queria sentir um pouco de raiva, mas não conseguia. Estava feliz pela irmã.

– Theodor, não há um dia em que minha irmã não pense em ti. Nas cartas que me manda, sempre há algo que remete a ti... E ela escreve-te todos os dias... Clarice jamais deixou de acreditar que tu voltarias para buscá-la.

Theodor enxugou as lágrimas e levantou-se.

– Eu vou para a Guarda ainda hoje.

Despediu-se do casal. Theodor e António deram um longo abraço, unidos que eram pelas gêmeas. Foi a última vez que se viram.

25

Guarda, 6 de dezembro de 1936

O domingo amanheceu cinzento e frio, um prenúncio do inverno que se aproximava. Mariano levantou antes das seis. Preparou um café fazendo o mínimo de barulho para não acordar a vizinha. Queria fazer uma surpresa para Clarice. Seria o primeiro Natal do bebê, mesmo que ainda na barriga. Seria o primeiro Natal de Mariano com o que ele sonhava ser uma família.

Quase três meses haviam passado desde o fim de semana em que Mariano se declarara. Jamais tocaram no assunto. Um dia dando lugar ao outro, e os dois retomaram a rotina daquela amizade de irmãos, ao menos para ela.

Mariano não conseguia estar longe de Clarice. Se era dessa forma que ela queria, assim seria. E, se ele tinha uma qualidade, era a paciência. Mariano sabia esperar. Tinha certeza de que o nascimento do bebê mudaria as coisas. Ele seria o pai daquela criança.

A surpresa em mente era a árvore de Natal. Havia contratado um frete e iria a um lugarejo, a duas horas da Guarda, comprar o mais belo pinheiro da região. Estaria de volta no fim da tarde e juntos, quem sabe, começariam a decorar a árvore. Seria um Natal inesquecível. E foi, mas não do jeito que ele imaginava.

Mariano chegou ao entardecer. O carro o deixou na Porta d'El Rei. Ele cruzou o arco de pedras e virou à esquerda. Andou até a casa arrastando o pinheiro de quase três metros. As gotas de suor concentravam-se sobre o lábio, como um bigode d'água. O coração pipocava no peito, o corpo tremia forte. Colocou a árvore em frente à porta e bateu de leve. Uma vez, duas, três vezes.

Não houve resposta. Uma sensação ruim percorreu-lhe o corpo. Subiu as escadas num misto de desespero e agonia. O envelope, com a chave da casa de Clarice e um bilhete, estava sobre o capacho.

Querido Mariano,

Jamais conseguirei expressar todo o carinho e a amizade que sinto por ti. Foste mais que um irmão, foste meu amparo, minha alegria, meu alicerce, quando achei que a vida me tinha tirado tudo. Sinto não poder dizer-te estas palavras olhando-te nos olhos, sinto não poder dar-te um abraço de despedida.

O pai do meu filho voltou. Veio buscar-me. Uma longa história que não cabe neste curto espaço. Perdoa-me se omiti verdades e talvez entendas agora muitas de minhas atitudes. Quem sabe um dia nos reencontraremos e eu possa contar-te tudo. Agradecer-te frente a frente, o que é impossível neste breve bilhete.

Prometo que a criança que carrego saberá quem tu és, o homem que lhe ensinou as estrelas quando ela ainda vivia no calor do útero materno, que cuidou dela e de sua mãe com todo o respeito e a dedicação que só a total pureza de sentimentos permite.

Perdoa-me por partir sem dar-te adeus. Deixo a chave da casa para que pegues teu gramofone. Deixo-te os discos, para que te lembres de mim.

Obrigada por tudo. Sê feliz, tu mereces mais do que ninguém.

Clarice

Mariano dobrou o bilhete e o colocou de volta no envelope. Depois desceu. O pinheiro estava na porta. Arrastou a árvore até o fim da rua e seguiu andando a esmo. Os galhos se esparramaram pelo caminho. Jogou o fino tronco num terreno baldio.

26

Rio de Janeiro, 1º de janeiro de 2000

– Então Theodor foi para a Guarda... Como foi vê-lo? Como foi esse reencontro? – perguntou Tita, fascinada.

– Minha querida, eu mal pude acreditar – respondeu Clarice, com os olhos marejados. – Me emociono só de lembrar... Ouvi as batidas na porta, já passava das dez da noite, achei que fosse Mariano. Corri para atender, preocupada! Quando abri... as lágrimas me encheram os olhos, e chorei tanto, tanto... E Theodor também. E assim ficamos, sem palavras, abraçados. Ele com a cabeça colada à minha barriga. No dia seguinte, partimos para a Bélgica. Me arrependo de não ter me despedido de Mariano. Deixei-lhe apenas um bilhete... pouco antes de Mariano voltar com o pinheiro. Nossa árvore de Natal. Talvez tenha sido covardia de minha parte... Mas não quis machucá-lo... Era uma história longa, e não havia tempo para explicações – e fez uma pausa. – Dez anos depois, quando a guerra já havia acabado, voltei à Guarda uma única vez, mas não o encontrei. Foi o único amigo que tive. Pena que nunca pude contar-lhe a verdade – disse, com a voz carregada de nostalgia.

A história caminhava para uma tragédia e Tita não conseguia juntar as peças.

– E Theodor? Quero saber mais sobre meu avô... E sobre Bernardo... O que aconteceu depois? – perguntou a neta, sem conter a ansiedade.

– Teu avô era um homem extremamente talentoso. O ferimento da bala limitou-lhe o movimento do braço para o piano, mas as mãos eram de uma delicadeza única. As mais belas mãos que já vi... Tornou-se um exímio lapidador!

O olhar apaixonado era o mesmo de seis décadas atrás. Clarice suspirou. A todo momento passava os dedos pela foto.

– Deixamos Portugal e atravessamos a Espanha em plena guerra. Ele sabia os caminhos. Madri acabara de ser bombardeada pelas tropas do general Franco. Eu estava com uma barriga de sete meses. Deus sabe como passamos por tudo aquilo ilesos. Em seguida, fomos para o norte, de onde seguimos para Paris. Os trens funcionavam precariamente na Espanha, as fronteiras eram vigiadas por causa da quantidade de refugiados que queriam deixar o país. Seu avô, que era um comunista ferrenho, viera a Portugal com pedras preciosas para partidários do governo. Salazar havia acabado de cortar relações com os republicanos espanhóis... Confesso que política não me interessava naquela época. Sei que teu avô conseguiu um jeito de chegar e sair de Lisboa com um salvo-conduto, e foi assim que ele me levou para a Bélgica, uma prova de amor! Sei que se sentiu um traidor, embora não falasse nisso. Tinha vergonha, mas não havia outro jeito... Depois de Paris, fomos para Antuérpia. Para mim, era tudo novo, eu jamais tinha saído de Portugal, era uma aventura... Um mundo que se abria... Viajava no meio de uma guerra, de tanta destruição e morte, mas não segurava minha alegria. Eu tinha vinte anos, um filho a caminho, um amor único. Tinha a vida pela frente! Pode parecer egoísta, e de certa forma era, mas eu me sentia a pessoa mais feliz do mundo! – e Clarice apertou a mão da neta com força.

Era como se a memória de Clarice fosse um armário aberto depois de anos. A poeira era espanada aos poucos. Cada gaveta guardava um pedaço de passado, uma lembrança estacionada no tempo que ganhava vida e emoção ao ser narrada. Clarice tinha mais de oitenta anos, e Tita conseguia vê-la aos vinte.

A chegada a Antuérpia foi revivida naquele quarto de hotel por uma senhora de vinte anos. Uma cidade plana, com prédios suntuosos, e a estação de trem mais bela que ela já tinha visto. Ao lado, ficava o zoológico. O porto era um dos mais importantes da Europa, ouviam-se muitas línguas, mas nada tão estranho como a língua dos belgas. Falavam flamengo. Tão diferente do português. Não havia uma palavra que ela reconhecesse.

– Era tudo novo, diferente! O próprio nome, Antuérpia, soava como algo de outro planeta. Antuérpia poderia ser uma constelação.

Clarice lembrou-se de Mariano.

– O nome queria dizer mão arremessada... e tinha origem numa história como a de Davi e Golias. Havia a lenda de um gigante que cobrava pedágio para os viajantes que queriam atravessar o rio Escalda, que banhava a cidade. Os que se recusavam tinham a mão cortada e atirada ao rio. Um dia, um jovem resolveu desafiá-lo. Ele matou o gigante e jogou a mão dele no Escalda. E assim a cidade foi batizada! Quantas vezes contei essa história para Bernardo! – disse, tocando o rosto da criança na foto que tinha, ao fundo, a estátua do jovem herói Brabo.

Não era só Antuérpia, frisou com um sorriso, que parecia outro planeta. Pela primeira vez, ela convivia com judeus. No prédio, na rua, nas redondezas. Homens de terno preto e chapéu, barbas longas e uns cachinhos que caíam das costeletas. As mulheres com saias compridas – no verão também era assim – e lenços cobrindo a cabeça.

O maior estranhamento foi não celebrar o Natal. Ela contava para Tita as primeiras impressões da mesma forma que havia contado para Olívia, mais de sessenta anos antes.

– Morávamos num apartamento pequeno, mas aconchegante. Íamos a pé para a estação e para o parque. Em fevereiro, 4 de fevereiro de 1937, nasceu Bernardo. Meu filho. Foi o dia mais feliz da minha vida, não me entenda mal, o nascimento de Helena também foi uma felicidade para mim.... Mas Bernardo, aquele momento, o momento do nascimento, tudo era perfeito. Era o meu mundo perfeito – calou-se e deu um longo suspiro. – Os anos que se seguiram foram de alegria. Foram eles que me deram força para continuar depois de tudo o que aconteceu. Durou pouco mais de três anos... Essa foi a vida de Clarice – disse ela, como se falasse de alguém que havia conhecido há muito tempo.

Tita pegou a foto em que os três, Clarice, Theodor e Bernardo, posavam juntos num dia frio e cinzento, numa praça perdida no tempo.

– Quando tiramos a foto, a guerra já tinha começado. Não via Olívia desde que eu deixara Lisboa, grávida de Bernardo. Nos falávamos de vez em quando. As ligações telefônicas não eram fáceis como hoje, mas trocávamos cartas sempre. Dividimos a alegria da gravidez de Luiz Felipe e seu nascimento. Sonhávamos com o encontro dos nossos filhos! No fim de julho de 1939, Luiz Felipe tinha menos de três meses, Olívia me falou, apreensiva, dos planos de partida de António para o Brasil. Ele se preocupava com a iminência do conflito na Europa. A Espanha estava devastada pela guerra civil. Um confronto que tomasse o continente poderia ter consequências em Portugal, era o que ele temia. Minha irmã achava um pouco de exagero do marido, Portugal vivia uma época de aparente prosperidade com Salazar... Desde que não se metesse em política, o que era o caso de António, não havia com o que se preocupar. Só que ele enxergava longe, não se deixava levar por toda aquela maquiagem do regime. Negociou a venda da mercearia e da casa em Lisboa e comprou um pequeno armazém em Copacabana. Em meados de agosto, veio para o Brasil. O plano era se estabelecer e trazer Olívia e Luiz Felipe no ano seguinte.

Tita interrompeu a avó.

– Sim... A primeira loja no Brasil... Mas como você conseguiu forças para continuar?

– Isso foi mais para a frente. Eu não tive outra saída... e você vai saber por quê... – disse Clarice, encarando a neta. – Naquele momento, eu era apenas uma jovem dona de casa, vivendo na comunidade judaica de Antuérpia, num grupo que me acolheu, me ensinou tradições. Nos reuníamos às sextas-feiras para o *Shabat*. Até Theodor passou a frequentar a sinagoga. Havia uma comunidade de origem portuguesa, isso ajudou na minha integração. Tínhamos uma vida pacata, éramos felizes... Mas o cerco ia se fechando. As notícias da Alemanha não eram boas. Teu avô e os outros homens se reuniam em volta do rádio e acompanhavam o avanço do Reich. Nós, mulheres, ficávamos à parte... Não queriam que nos preocupássemos. Até que Hitler invadiu a Polônia no começo de setembro de 1939.

A GUERRA

27

Lisboa, 3 de setembro de 1939

O domingo passava triste sem António por perto. A semana era mais fácil de enfrentar, já que ele ficava a maior parte do tempo na venda. Mas o domingo não. Era apenas o segundo desde que ele partira para o Brasil.

Enquanto amamentava Luiz Felipe, na varanda da casa, Olívia se lembrava do marido. A felicidade com o nascimento do filho. Cinco anos de espera. A cada alarme falso de gravidez, ele não se abatia e nunca deixara transparecer nenhum sentimento de fracasso em relação a Olívia. Pelo contrário, se alguém tinha um problema, António gostava de deixar no ar que era ele. Uma atitude rara em qualquer homem, ainda mais naquela época.

Olívia sabia que de nada adiantaria tentar dissuadi-lo do plano de partir para o Brasil e recomeçar a vida por lá.

— Nosso filho vai ter o melhor, será criado como um príncipe. Passei por uma guerra, era criança, mas lembro, não quero isso para Luiz Felipe. Escuta o que te digo, minha querida, a coisa vai piorar por aqui... Os alemães não vão parar! Vê o que aconteceu com a Espanha... Devastada! De que adiantou tanta luta? Os fascistas venceram... A turma de Salazar.

António falava com apreensão.

– Não temos saída… Se ingleses e franceses temem o avanço de Hitler, o que dirá de nós? E com guerra ou sem guerra, Salazar não vai cair… Não quero criar meu filho sob as asas de um ditador.

Olívia apenas escutava. Confrontos, batalhas eram algo distante para ela. Achava um exagero de António. Portugal era aliado da Grã-Bretanha. Por outro lado, era simpatizante dos militares na Espanha e também dos italianos e dos alemães. Para Olívia, os portugueses atuavam como verdadeiros diplomatas. Sentavam-se à mesa com os dois lados e, na hora de tomar uma posição, pediam licença e se levantavam para ir ao banheiro.

Salazar era um ditador – frisava António o tempo todo – capaz de fazer sumir do mapa quem se opusesse às suas ideias. Só que, no dia a dia, o que Olívia constatava era uma Lisboa que prosperava, com obras por todo lado, novos bairros, espetáculos, aquilo não combinava com guerra. Os negócios iam bem, no fim das contas, mas Olívia sabia que, quando António punha algo na cabeça, era impossível demovê-lo. A ida para o Brasil era um sonho antigo, desde antes de se casarem. Quando surgiu a oportunidade da compra do armazém, ele não pensou duas vezes. Conseguiu um bom dinheiro com a negociação da venda e da casa em Lisboa, que só seria entregue dali a um ano e meio. Deixara dinheiro suficiente para que a esposa tivesse uma vida confortável no período. Cesária cuidaria de Olívia e do bebê como se fossem parentes. A velha governanta viera trabalhar na casa quando Olívia engravidou. Era uma senhora viúva, sem filhos, e fazia António lembrar a própria mãe. Lina fora trabalhar com a mãe de Olívia e Clarice, quando ela ainda estava grávida. Cesária olharia por Olívia e pelo filho até que ele voltasse para buscá-los no ano seguinte.

Assim, António partiu, levando duas malas, muitas saudades e sonhos de um futuro que jamais se concretizou. Olívia sentiu um aperto no coração. Na despedida no cais, o abraçou forte.

– Leva-me contigo. Deixa-me ir junto! – disse ela, sabendo de antemão a resposta.

– Meu amor… – falou ele, segurando o rosto de Olívia entre as mãos. – Sabes que te amo mais do que tudo. Um ano voa para quem tem uma linda vida pela frente… Também sabes que faço isso por ti e pelo pequeno. Pô-lo num navio agora seria muito sofrimento… Tem só três meses. Cesária vai cuidar de vocês, não é? – e piscou para a governanta. – Prometo que pensarei em ti todos os dias! Trabalharei sem cansar para que tenhamos uma casa de frente para o mar. Nosso filho vai crescer com o sol, num país sem guerras.

António beijou Olívia e pegou o filho no colo. Os três ficaram juntos, como se fossem um só, por alguns minutos. Olívia sentiu um aperto e, ao mesmo tempo, uma grande calma. Paz. Havia muito barulho no cais, mas ela nada ouvia. Aquele instante era de plenitude, não havia o que temer.

Olívia via António nos olhos de Luiz Felipe enquanto o amamentava. Olhos grandes, castanhos, com longos cílios. Sorriu para o menino, que respondeu balançando os braços gordos. Passava das seis da tarde e logo Cesária chegaria da missa e as duas tomariam um lanche e ouviriam música.

António estava certo. A governanta se tornara um misto de avó, mãe, irmã e amiga de Olívia. Ela sentia muita falta de Clarice – fazia três anos que não se viam –, mas já se habituara à rotina das cartas e aos telefonemas de quando em quando. Trocavam fotos das crianças, das casas, das vidas completamente diferentes que levavam. Clarice se dedicava com afinco ao flamengo e às lições de judaísmo. Mais do que a religião, era o acolhimento que atraía Clarice. Aquele grupo a recebera. Pela primeira vez, ela se sentia verdadeiramente parte de algo, dizia para a irmã. Tinha uma vida em comunidade e festas que substituíam o Natal, de que ela admitia sentir falta. Uma falta carregada de saudade de Olívia, da avó, de Lina, de António e até do próprio pai. Aquele tempo jamais voltaria, com ou sem Natal.

Foi em meio aos pensamentos de Olívia que Cesária se aproximou com uma bandeja. Sentou-se na cadeira, ao lado do carrinho onde Luiz Felipe descansava depois de mamar. Era uma senhora de quase sessenta anos, cabelos negros, com alguns fios brancos, rechonchuda e alegre. Viúva havia menos de dois anos, precisara começar a trabalhar. Como não tinha profissão – mas sabia cuidar de uma casa como poucas –, foi um caminho natural. O marido de Cesária era velho cliente da venda. A morte de Januário se deu um pouco antes da gravidez de Olívia. O convite partiu de António. Cesária ajudaria Olívia com a casa e o bebê. Mais do que isso, seria uma companhia. A combinação foi perfeita. As duas se entenderam desde o começo.

Naquele fim de tarde, a falante Cesária estava pensativa e calada. A testa franzida realçava a tensão do rosto.

– Cesária, o que se passa contigo? – perguntou Olívia, enquanto cortava o bolo. – Estás com cara de enterro! O que te disse o padre? – disse com um sorriso.

Cesária deu um suspiro antes de começar a falar. Não queria preocupar Olívia, mas não era possível mantê-la numa redoma. Desdobrou o jornal e mostrou a manchete.

– A Inglaterra declarou guerra à Alemanha! – leu a manchete, que vinha em letras garrafais. – Não se falava de outra coisa antes e depois da missa! – e aproximou o jornal para ler os detalhes. – O governo diz que não é preciso correr para as prateleiras, não vai faltar comida nem gêneros de primeira necessidade – continuou, enquanto passava o dedo sobre as letras miúdas. – O abastecimento está garantido! – o tom era de desconfiança. – E mais… vai reprimir severamente os especuladores!

Ela colocou o jornal de lado e continuou:

– Eu é que não acredito! Amanhã cedo já corro para o mercado…

Cesária seguiu para dentro de casa fazendo uma lista em voz alta do que iria comprar. Olívia pegou o jornal e leu atentamente. Dois dias antes, a Alemanha tinha invadido a Polônia. Havia esperança de que Hitler recuasse diante da pressão dos franceses e ingleses, que se puseram na defesa do governo de Varsóvia. Não houve recuo. Berlim não iria retirar as forças do território polaco. Pouco antes do meio-dia daquele domingo, o primeiro-ministro britânico fizera um pronunciamento à nação. O jornal português trazia o breve discurso. Por meio da rádio estatal, Chamberlain confirmara que, não tendo recebido resposta do *Führer*, a Grã-Bretanha encontrava-se em estado de guerra com a Alemanha desde as onze horas daquele 3 de setembro.

Olívia baixou o jornal. O que a atormentava não eram os problemas de abastecimento. Muito menos uma eventual participação de Portugal na guerra. António estava no Brasil, não seria convocado. A venda e a casa já tinham sido negociadas e pagas. A preocupação era com Clarice. A Bélgica era vizinha da Alemanha. Olívia lembrou-se do relato de Theodor, anos atrás, sobre os nazistas e a perseguição aos judeus. O que era tão distante tornara-se próximo. Clarice se casara com Theodor. Agora ela era Clarice Zuskinder. E mais, tinha um filho dele. Um calafrio percorreu o corpo de Olívia. Instintivamente, pegou Luiz Felipe no colo e o abraçou com força. No dia seguinte, ligaria para a irmã.

28

Antuérpia, 3 de setembro de 1939

Os domingos em Antuérpia eram diferentes dos de Lisboa. Clarice já se habituara à rotina depois de mais de dois anos na cidade. Levantava-se às seis horas e preparava o café e as panquecas polvilhadas com açúcar e geleia. Theodor as devorava rapidamente e seguia para a oficina. No começo, ela havia estranhado os hábitos daquela pequena comunidade da qual fazia parte agora. O sábado era o dia de descanso. O domingo, o início da semana. Theodor nunca fora religioso, nem seria, mas Clarice foi, aos poucos, introduzindo as tradições e costumes na casa. Era preciso pertencer, e ela pertencia. As mulheres a acolheram sem questionar a barriga de sete meses e foram sua família no nascimento de Bernardo.

Tornar-se judia foi um caminho natural. Ia além da religião. O que a encantava era o fato de finalmente sentir-se integrada a algo. O filho foi circuncidado e ela tomou o banho da conversão. Às sextas-feiras, acendia as velas do *Shabat*. Ia à sinagoga quase todos os dias, e ali aprendia receitas e dicas para administrar a casa e os negócios. Muitas daquelas mulheres ajudavam os maridos no comércio.

Já Theodor ia somente no *Shabat* e nos feriados. Não contrariava Clarice nem aqueles que o acolheram e ajudaram a recomeçar a vida. O velho Schlomo e dois primos, do ramo das pedras preciosas, haviam deixado a Polônia rumo à Bélgica havia mais de duas décadas. Até o começo dos anos 1930, Amsterdã, na Holanda, era a capital mundial dos diamantes. Aos poucos, foi perdendo espaço para Antuérpia, que oferecia melhores taxas para os lapidadores. Um mercado praticamente formado por judeus. Viviam segregados numa comunidade próspera. Mesmo que não tivessem cidadania belga, seria difícil imaginar, naqueles dias, um país que os aceitasse tão bem.

O pianista, como sempre, tinha uma pulga atrás da orelha. A Bélgica fazia fronteira com a Alemanha. Desde o final de 1938, era como se vivesse em estado de alerta. Os *pogroms* de novembro, em várias cidades alemãs e austríacas, haviam sido claramente orquestrados pelos nazistas, embora fossem atribuídos à população indignada com o assassinato de um diplomata alemão por um jovem judeu, em Paris. Os *SS*, os *SA* e a Juventude Hitlerista deixaram os uniformes em casa e levaram o ódio para as ruas. Espalharam terror e vandalismo. Sinagogas, lojas e casas foram destruídas.

No final, os judeus tiveram de pagar multas absurdas pela depredação de suas propriedades. Quase cem pessoas morreram e mais de vinte mil, todas de ascendência judaica, foram presas e enviadas para campos de concentração.

Theodor soubera dos horrores daquela noite pela irmã, cujo marido havia sido detido. O mais repugnante, dissera ela, é que os alemães estavam chocados com os incêndios e a depredação, mas não com o fato de judeus serem vítimas de ataques e agressões físicas.

O antissemitismo era crescente e visível. Não bastassem todas as leis discriminatórias, o ódio se disseminava de forma rápida e gratuita. Com ele, as delações, os confiscos, as prisões. Theodor temia pelo pai e pelas irmãs. Se antes era difícil, agora era praticamente impossível deixar a Alemanha, a não ser que se tivesse dinheiro para conseguir novos documentos, vistos e transporte.

Para Clarice, estavam protegidos na Bélgica. O povo era amistoso e defenderia, até o fim, o território e aqueles que nele vivessem. Ela tinha uma família que amava, uma casa, uma vida social. Descobriu talentos que jamais pensou ter, como a facilidade para aprender línguas. Naquele curto período de tempo, já dominava o flamengo, o alemão e ia bem no francês. Theodor era um exímio lapidador, e, em alguns anos, eles teriam sua própria loja. O apartamento, pequeno e aconchegante, tinha dois quartos e uma sala integrada à cozinha, com espaço suficiente para a mesa com quatro cadeiras e o piano de armário. Eram suas conquistas. Não seria um sujeito de bigodinho fino, ela desafiava o marido, que iria destruir o que eles haviam construído.

O prédio de tijolos vermelhos e três andares ficava na Lange Straat, no quarteirão dos diamantes, bem próximo à estação de trem. A família morava no segundo lance de escadas. Theodor trabalhava na rua paralela, a poucos metros de casa. Sentia saudades do piano – passara a ser um hobby –, mas não desgostava do novo ofício. Ficava horas debruçado sobre a bancada. Aparava, polia, raspava minuciosamente.

– Quatro fatores determinam a qualidade de um diamante: a cor, o peso, a pureza e a lapidação.

A voz do velho Schlomo era um sopro constante.

– Pode ser redonda, oval, retangular, em forma de gota, de coração. O que importa é que, muitas vezes, um diamante de menor quilate vale mais se for superior nas outras características. Daí a importância do lapidador. O toque do homem faz a diferença! – reforçava o sábio comerciante.

Eram as pedras mais duras e, portanto, mais difíceis de serem trabalhadas. Tão duras, que um diamante era o que havia de mais perfeito para lapidar outro. Concentração, foco, precisão – e mãos habilidosas – transformavam a pedra bruta, sem viço, numa joia brilhante que hipnotizava os homens e seduzia as mulheres. A primeira batida do martelo exigia nervos de aço. Um erro milimétrico e o diamante se espatifaria. Era preciso observar a gramatura, o formato, o lugar certo do corte. Um trabalho de meses, dependendo do tamanho da pedra.

De certa forma, era o que Theodor sempre fizera com a música. Estudava as partituras, nota a nota, acariciava as teclas, virava uma extensão do piano. Produzia sons que pareciam nascer do ar. Fascinava qualquer um que o ouvisse tocar. Ele havia apenas mudado de instrumento. As horas passavam sem que percebesse. Ao meio-dia, Schlomo surgia, a barba longa e grisalha, na porta da oficina. Os homens punham as limas de lado. Esticavam os braços e as pernas. Hora de ir para casa almoçar e tirar um cochilo breve e profundo que repusesse as energias para o segundo turno, até que a tarde caísse.

Naquele domingo, a rotina foi quebrada. O velho comerciante entrou na oficina e ligou o rádio. Havia fechado a loja mais cedo.

– Começou – disse ele, num tom que fez Theodor gelar. – A batalha começou. Os ingleses declararam guerra à Alemanha.

Os homens se entreolharam e permaneceram quietos.

– Vão para casa. Eu também vou. Levem a família para um passeio. A Grã-Bretanha não vai se curvar aos nazistas e a Bélgica vai nos defender, precisam de nós – aconselhou, sem muita convicção, enquanto alisava a barba.

Theodor colocou o chapéu na cabeça e saiu cabisbaixo. Não foi direto para casa. Desceu a rua e parou alguns minutos em frente à sinagoga Beth Moshé, três números acima da loja. Mal se percebia a pequena construção espremida entre dois prédios. Logo que chegaram a Antuérpia, foi aquela comunidade, de rito sefardi português, que acolheu Clarice. Muitas mulheres falavam ladino, uma delas era a esposa de Schlomo. Ensinaram os costumes e as tradições, contaram a história dos convertidos à força em Portugal, que fugiram para a Inglaterra, Itália, Holanda e para a região de Flandres. Algumas descendiam desses conversos que tinham retornado ao judaísmo havia mais de trezentos anos, depois de fugirem da Inquisição. Costumavam dizer que o sobrenome de Clarice era de cristão-novo: Braga.

A conversão se deu naturalmente. Clarice agora era judia, casada com um judeu de origem polonesa nascido na Alemanha. Não havia mais Polônia nem Alemanha para cidadãos como ele. Era um sem--pátria. Como conseguiria proteger sua família?

Mais de um ano antes de o conflito estourar, diplomatas, em Berlim, relatavam aos seus respectivos governos as barbaridades e injustiças que os judeus vinham sofrendo. Haviam perdido empregos, licenças de trabalho, vagas nas escolas, assistência médica. Eram discriminados, segregados, detidos sem nenhuma explicação. Mas, ao mesmo tempo, os diplomatas alertavam para o risco da emigração em massa.

A questão atravessara o Atlântico. Em junho de 1938, o presidente americano Franklin Roosevelt convocara um encontro, na França, que reuniu representantes de mais de trinta países. A pauta em discussão eram os refugiados judeus. Estados Unidos e Grã-Bretanha já haviam recebido milhares de famílias em fuga e o número de pedidos de visto aumentava a cada dia. Era preciso que outros países os acolhessem. Apenas a República Dominicana concordara em receber mais imigrantes. O cerco começava a se fechar bem antes da invasão da Polônia. A Conferência de Evian ganhou destaque na imprensa nazista. Era como se o mundo, de certa forma, desse um aval à política de Hitler. Mas como identificar um judeu, já que denominá-los como raça era um conceito estabelecido pelo Reich? Não havia raça judaica, como não havia raça ariana.

Ainda em 1938, os judeus que viviam na Alemanha tiveram os passaportes confiscados. Novos documentos foram emitidos com a letra J carimbada. A medida valia também para a Áustria, já incorporada, e foi estendida, no ano seguinte, aos demais países ocupados.

A marcação identificava aqueles que, se conseguissem deixar a pátria, não poderiam voltar. Além de perder a nacionalidade, perdiam também os bens, pois estavam impedidos de transferi-los. Mesmo os que estivessem dispostos a abdicar de tudo precisavam de visto definitivo, de preferência em algum lugar fora da Europa, além de vistos de trânsito para chegar aos países que os levariam a seus destinos. Portugal era o porto mais visado. A porta de saída do continente. Até chegarem lá, eram necessárias autorizações para passar pela França e pela Espanha. Nada era de graça. Era preciso ter contatos e, acima de tudo, dinheiro para lidar com a burocracia. O J no passaporte virou sinônimo de imigrante. Os governos estrangeiros não podiam receber tantos refugiados. A diplomacia lavava as mãos.

Theodor via uma dança das cadeiras em que cada uma representava um país. A cada rodada, tirava-se uma cadeira. De pé, sempre um judeu que jamais sentava. Até sobrar apenas uma: a da Alemanha. Os pensamentos o levaram até a estação central. O vasto teto de vidro formava uma imensa claraboia que iluminava o local. Theodor entrou apressado no saguão. O primeiro impulso foi comprar uma passagem para o próximo trem que o levasse para bem longe. Mas esse lugar não existia. Agora, também já não era só ele. Theodor subiu as escadas e olhou o imponente relógio com algarismos romanos acima do brasão dourado. Os ponteiros marcavam duas horas e cinquenta minutos.

– Os belgas precisam de nós. Nada vai nos acontecer – falou para si mesmo, como se as palavras ditas em voz alta tivessem o poder de concretizar uma vontade.

Olhou, mais uma vez, o guichê de passagens, os destinos estampados nas placas pretas, os trilhos, os passageiros que entravam e saíam. Tudo estava igual, como se o conflito acontecesse muito longe dali. Talvez o velho Schlomo tivesse razão. Se a Bélgica entrasse na guerra, seria ao lado dos ingleses. Ele se alistaria, como voluntário, e finalmente combateria os nazistas. A possibilidade trouxe um lampejo de ânimo que logo foi dissipado por pensamentos pessimistas.

Theodor cruzou novamente o saguão e passou pela entrada principal. O zoológico ficava ao lado da estação. Poucos metros o separavam da pequena selva na cidade.

Tal como fazia em Berlim, também ali o pianista costumava passear em meio aos bichos quando se sentia acuado. Estava num desses momentos. Sua jaula não tinha grades, mas ele estava preso do mesmo jeito. Como aqueles animais, ele também não tinha para onde fugir.

Eram três e meia da tarde quando deixou o zoológico e seguiu para casa. Não queria assustar Clarice. A guerra começara. Naquele momento, a mulher devia estar com o filho no parque. Ele brincava com as outras crianças e ela conversava com as amigas. Tudo isso enquanto a guerra começava. Fez exatamente o mesmo percurso na volta para casa.

Schlomo e a esposa, Faiga, moravam no prédio ao lado, num apartamento três vezes maior que o dele. Tinham uma empregada, que viera da Tchecoslováquia, e telefone. Faiga tratava Clarice como uma filha. Subiu os três lances de escada, apressado. O casal não estava. A empregada deu o recado: Olívia havia ligado de Lisboa, preocupada com as notícias da guerra. Faiga, que falava um pouco de português, a acalmara. Estavam protegidos ali, era o que o marido havia falado.

Theodor se despediu e desceu pulando os degraus. Por mais que ele tentasse, uma imagem não lhe saía da cabeça. A da pequena Ingeborg recitando para o pai quem eram os judeus.

29

Antuérpia, 4 de fevereiro de 1940

Cinco meses haviam se passado desde aquele domingo em que a Inglaterra declarou guerra à Alemanha e não houve recuo. A Polônia havia acabado. A União Soviética ocupara o leste do país como parte de um tratado de não agressão. A região na fronteira fora incorporada ao território alemão e colonos se mudaram para lá. A população local foi expulsa para a região central, também sob administração do governo nazista. Os poloneses, considerados "raça inferior" pelo Reich, foram obrigados a prestar trabalhos forçados. Os judeus poloneses, considerados duplamente inferiores, além do trabalho escravo, foram colocados em guetos.

No final de novembro de 1939, tornou-se obrigatório o uso da estrela de Davi para identificá-los. Nessa mesma época, Theodor e Clarice tiveram a notícia que, em outros tempos, traria somente alegrias. Clarice estava grávida novamente. Pela previsão do médico, o bebê nasceria no início de julho.

Nesses cinco meses, até aquele começo de fevereiro, dia do aniversário de três anos de Bernardo, as irmãs haviam se falado pelo telefone umas cinco ou seis vezes. A apreensão de Olívia crescia, por mais que Clarice tentasse acalmá-la. Ela implorava que a irmã deixasse a Bélgica. A família deveria ir para Portugal. Seguiriam juntos para o Brasil. António insistia que era o país de futuro. Theodor dominava a língua. Arranjaria emprego sem dificuldade, fosse como pianista ou no ramo das pedras preciosas.

Clarice dizia que sim, que era uma possibilidade, um caso a se pensar, mas que estava tudo sob controle. A Bélgica era um país seguro, eles tinham casa, emprego, uma vida boa. Além do mais, Theodor já tivera uma passagem nebulosa por Portugal. Salazar poderia, a qualquer momento, cair para o lado alemão, já que não escondia a simpatia pelos ditadores e a antipatia pelos judeus. O mesmo podia acontecer com o Brasil. O governo do presidente Getúlio Vargas também assumira uma postura neutra, mas era anticomunista e mantinha muitos simpatizantes do nazismo. Havia uma forte e atuante colônia alemã no Sul do país.

A verdade é que não havia muito para onde ir, principalmente com um bebê a caminho. Tinham de esperar o nascimento. Resolveriam em seguida. Eles não podiam abandonar de uma hora para outra tudo que haviam construído. Era necessário um planejamento. Além disso, a gravidez estava mais complicada que a de Bernardo, com enjoos e pressão alta. Clarice precisava de cuidados médicos e maior atenção – e com um agravante: Olívia não sabia de nada. Contar agora só deixaria a irmã em pânico. Clarice esforçava-se para acreditar na resistência belga, embora não abandonasse o sentimento de urgência da fuga.

Difícil era convencer Theodor a empurrar o tempo com otimismo. Ele acordava sobressaltado, no meio da noite, algumas vezes suando tanto que tinha de trocar de pijama, mesmo em pleno inverno. Eram pesadelos com Ingeborg, *Herr* Schmidt, uma invasão de ratos, as botas lustradas dos oficiais da Gestapo. Theodor sabia que o exército alemão entraria na Bélgica mais cedo ou mais tarde. Uma certeza que martelava em sua mente. A questão era quando. Tem de ser mais tarde, dizia para si mesmo, cinco meses pelo menos. O tempo de o bebê nascer, o tempo de o bebê nascer, repetia. Nas outras vezes em que estivera em situação parecida, era só consigo que tinha de se preocupar. Agora, ele era responsável por duas vidas e uma terceira a caminho. Precisava se acalmar, tranquilizar Clarice. Trabalhava com afinco num lote de lapidações que renderia um bom lucro. Sem dinheiro, eles não iriam a lugar algum.

Naquele domingo, 4 de fevereiro, as irmãs se falaram pela manhã. A empregada de Faiga viera chamar Clarice por volta das nove horas. Bernardo brincava com a pequena locomotiva que o próprio Theodor talhara na madeira escura. Presente de aniversário. A jovem se ofereceu para olhar Bernardo enquanto Clarice corria até o prédio ao lado. Vestiu o sobretudo e desceu. O ar congelou-lhe o rosto assim que ela pôs os pés na rua. Levantou a gola do casaco e atravessou rapidamente os poucos metros entre uma portaria e outra. A rua estava coberta de branco. A neve dera uma trégua. Há exatos três anos, também numa manhã fria e cinzenta, Bernardo viera ao mundo. Acariciou a barriga e deu um sorriso: um filho da neve, um filho do sol. O bebê nasceria em pleno verão. Como queria contar para Olívia que seria mãe de novo. Mas não queria preocupar ainda mais a irmã.

A ligação era de parabéns pelo aniversário do sobrinho. Olívia falou novamente do Brasil, do calor do verão, dos negócios de António, que prosperavam mais rápido do que ele imaginara. A guerra não foi citada, embora fosse a sombra que tirava a naturalidade da conversa e levasse, mais uma vez, à insistência de Olívia em que a irmã deixasse a Bélgica.

– Minha querida – por mais que Olívia quisesse mostrar descontração, a voz soava tensa –, António garante que é o país para quem gosta de pôr a barriga no balcão! Trabalho duro, mas bem recompensado... Os brasileiros são acolhedores e também há muitos estrangeiros a chegar por lá. Tenho certeza de que Theodor será bem-sucedido! Pedi a meu marido uma carta de referência. No caso de Theodor querer pedir o visto, já tem garantidos moradia e trabalho.

De resto, os filhos dominaram a conversa. Luiz Felipe ensaiava os primeiros passos, a atenção tinha de ser redobrada. Bernardo assopraria as velinhas no fim da tarde, quando Theodor chegasse do trabalho. Seguiram por assuntos banais, do cotidiano, a que nem uma nem outra, no fundo, prestava atenção. Despediram-se com as saudades de sempre. Ao colocar o telefone no gancho, tanto Clarice quanto Olívia estampavam o mesmo cenho franzido.

30

Theodor estava curvado sobre a bancada. Desde que chegara à oficina, pouco antes das sete da manhã, não conseguia se concentrar. Saíra de casa apressado depois de dar um beijo de feliz aniversário no filho, que dormia profundamente. No fim da tarde, iriam celebrar com bolo e doces. Era quase meio-dia e o trabalho não evoluía. Segurava a pedra com mais de um quilate entre o indicador e o polegar e a observava com a lupa de olho. A mente estava longe. Schlomo percebeu e se aproximou.

– Onde estão seus pensamentos, meu rapaz? – perguntou de uma forma que fez Theodor lembrar-se do pai.

Ele levantou os olhos e encarou o patrão. Pegou o jornal e mostrou as manchetes.

– Será que fazemos o certo ficando aqui? O senhor realmente acredita na força dos franceses e dos ingleses? Ainda mais com o apoio dos soviéticos aos alemães? – e apontou para a notícia sobre o confronto na Finlândia. – Fala-se em quatrocentos mortos nos bombardeios russos de ontem... e isso porque o inverno está a favor dos finlandeses! Moscou já avisou que tem mais de vinte mil homens preparados para o combate assim que o tempo melhorar... Eu não sei... A situação piora a cada dia...

O velho colocou o jornal de lado.

– Escute, a Finlândia está longe daqui. Os alemães têm os russos, mas nós temos a América! Os canadenses estão mandando soldados para a Inglaterra. Os Estados Unidos vão enviar caças ultrarrápidos e armamento moderno para reforçar a defesa finlandesa. A França e a Grã-Bretanha estão unidas para conter o avanço de Berlim.

Em seguida, deu um longo suspiro e segurou os ombros de Theodor.

– Nada do que eu disser vai acalmá-lo. O que se pode fazer? Fugir para onde? Eu, nesta idade? – e passou os dedos pela barba grisalha. – Deixar para trás tudo que construí e recomeçar? Como? Minha Faiga também está velha, não tivemos filhos. Antuérpia nos acolheu e deu tudo que temos. É nossa cidade. A Bélgica jamais nos virou as costas.... É nossa pátria – fez uma pausa, para continuar em tom baixo, mas enérgico. – Quanto a você, precisa ter tranquilidade. Não há como sair agora, não até Clarice ter o bebê... Vamos fazer uma coisa.... Você precisa de um pouco de descanso!

Tirou do bolso um maço de notas e separou algumas.

– Meu presente para Bernardo. Tire a tarde para comemorar o aniversário do menino. Leve a família a uma bela confeitaria!

Theodor fez menção de recusar, mas Schlomo rapidamente enfiou as notas no bolso do terno.

– Nem pense nisso! Eu o considero um filho e Bernardo, um neto! – e, de novo, segurou os ombros do pianista. – Vai dar tudo certo. Lembre-se de seu pai, é preciso um pouco de fé.

Theodor baixou os olhos. A única lembrança que lhe vinha à cabeça era a de *Herr* Schmidt e da pequena Ingeborg. Guardou os objetos de trabalho e arrumou a bancada. Deixou a loja e foi para casa.

A tensão da caminhada até o prédio se desfez no momento em que a porta se abriu e Bernardo pulou no seu pescoço. Pendurou o sobretudo salpicado de branco e passou o menino para as costas.

– Olha o cavalinho!

Disparou num trote pela sala. O menino soltava gargalhadas cada vez que Theodor dava uma freada brusca e abaixava a cabeça.

Depois, sentaram-se ao piano, lado a lado. Dedilhou canções infantis acompanhado pelo filho, que apertava as teclas aleatoriamente, às vezes mais forte, às vezes mais leve.

– Venham os dois agora, senão a comida esfria!

Clarice colocou a travessa com o bolo de carne e as batatas cozidas no centro da mesa. Ela se aproximou do piano, pegou o menino no colo e o encheu de beijos no curto caminho até a cadeirinha de pés altos. Theodor acompanhou a cena e sentou-se em seguida. Existia realmente uma guerra? Não cabia naquela sala.

– Tenho uma surpresa para este domingo muito especial... – disse Theodor, ao cortar a carne. – Quem quer comer torta de chocolate e panquecas com açúcar no melhor lugar da cidade... depois de fazer bonecos de neve na praça?

– Eu, eu, eu! – gritou Bernardo batendo palmas rápidas.

– Pois esta tarde estou à disposição do aniversariante! Tudo o que meu pequeno mestre mandar! – completou Theodor, em tom de brincadeira, fazendo uma reverência com a cabeça. – Não volto para a loja. O senhor Schlomo me liberou para passar este dia especial com as pessoas que mais amo! – disse, enquanto segurava a mão de Clarice de um lado e a do filho, do outro.

Terminaram o almoço e, uma hora depois, estavam na rua. Um tapete de neve cobria as calçadas. Moradores e comerciantes empurravam a massa branca para os lados formando pequenos montes que faziam a alegria das crianças.

Até o centro histórico era uma caminhada de mais de dois quilômetros. Não havia vento, o que tornava o frio menos congelante. Theodor e Clarice, no fundo, precisavam de ar. Optaram por ir a pé. Agasalharam Bernardo e o acomodaram no carrinho de rodas largas que um dia fora berço. Hoje, ele cabia sentado. Segurava um pequeno círculo de arame, que girava para um lado e para o outro, como se fosse um volante.

Subiram a rua até cair na De Keyserlei. Logo que entraram no *boulevard*, Clarice virou-se para a direita. Ao fundo, imponente como uma catedral, estava a estação de trem. O domo, ladeado por torres, sobressaía no céu cinzento.

– Jamais conseguirei ser indiferente a esta paisagem – disse ela, sem olhar para Theodor. – Será que existe uma estação de trem mais bela do que esta? Bernardo, esta é a tua cidade, meu filho – e acariciou os cabelos do menino. – No verão ou no inverno... tudo tão lindo... Tu nasceste aqui!

Antwerpen-Centraal. Clarice jamais esqueceria a emoção da primeira vez que desembarcara ali. Tantos mármores e pedras davam um colorido único ao interior do prédio. Cada quina, cada coluna, cada metro do espaço tinha um detalhe bem trabalhado. O viajante se perdia só de olhar. Tudo era grandioso, os acabamentos dourados, o chão de losangos. O teto de vidro e ferro se estendia por quase duzentos metros. Só a estação valia a ida a Antuérpia, ela costumava falar para Olívia.

Theodor permanecia mudo enquanto Clarice conversava com Bernardo como se ele fosse um adulto. Antuérpia tinha um dos principais portos da Europa e fora uma das maiores cidades do continente nos séculos XVI e XVII. A prosperidade e riqueza a transformaram num chamariz natural para artistas.

– Rubens morava ali – disse, apontando o belo casarão para o filho, ao seguir pela rua Meir em direção ao centro histórico. – E já era um pintor reconhecido em sua época, diferente de muitos de seus contemporâneos!

O que fascinava mesmo o menino era o Boerentoren, a Torre dos Fazendeiros, como era conhecido o primeiro arranha-céu da Europa. O prédio com quase noventa metros de altura havia sido construído num local bombardeado durante a Grande Guerra, no centro da cidade. Começara a ser erguido pouco antes da Exposição Internacional de Antuérpia, em 1930, comemorativa do centenário de independência da Bélgica. Ficara pronto dois anos depois e ainda mantinha o título de mais alto edifício do continente.

Pararam para admirar o topo. A fachada *art déco* encantava Clarice. Para Bernardo, a torre era o gigante de pedra. Theodor observava os dois olhando para cima. O menino, a essa altura no colo da mãe, se agarrava ao pescoço dela e escondia o rosto num misto de excitação e temor.

– Bernardo, não precisas ter medo... Não vais cair! A mamã está aqui! – encorajava ela o filho. – O gigante de pedra é nosso amigo!

O impulso de Theodor era também de mergulhar o rosto no colo de Clarice. Como ela podia permanecer tranquila, como podia haver espaço para serenidade, para a beleza da estação de trem, para a genialidade de Rubens, para a imponência do arranha-céu, com a sombra de um ataque iminente, de um gigante que não era amigo? A esposa e tantos outros moradores – assim pensava ele – ainda viviam no tempo em que as muralhas protegiam a cidade.

Não precisava ser grande estrategista para imaginar que Antuérpia era alvo certo pelo simples fato de ter um porto. A questão era quando. Essa era a dúvida que atormentava Theodor dia e noite. Teria tomado a melhor decisão ao optar por esperar o nascimento do bebê?

Ele, porém, se enganava ao considerar Clarice uma alienada. Ela tinha o mesmo receio, mas percebia a agonia do marido e não queria deixá-lo mais ansioso. Nesse momento, a sanidade do casal, da família, dependia dela. Procurava forças no tempo em que ficara na Guarda. Chegara sozinha, com uma criança na barriga. O futuro era o minuto seguinte, nem um instante a mais. Era assim que tinha de pensar. O futuro era sentar numa bela doceria, comer torta de chocolate e tomar um café com leite bem cremoso. O futuro era celebrar os três anos de Bernardo, o domingo sem enjoos, Theodor de folga e a vida que crescia dentro dela.

– Quem está com fome, além do bebê? – perguntou ela, acariciando a barriga.

A confeitaria ficava numa esquina da Grote Markt. Mal entraram na praça, Bernardo esticou os braços para sair do carrinho. Da estátua de Brabo brotavam pedaços de gelo. Crianças brincavam com trenós de madeira no chão salpicado de neve.

Clarice pegou a mão do filho e juntos fizeram um giro lento, de trezentos e sessenta graus, com o olhar fixo no alto das construções. Costumava dizer que eram duas praças num mesmo espaço. No centro, ficava a fonte com a imponente estátua do herói pronto para arremessar a mão do gigante derrotado. Cavalos de pernas compridas e crina penteada puxavam pequenas charretes. Cruzavam o chão de paralelepípedos e seguiam para as ruas estreitas do centro histórico da cidade.

Prédios dos séculos XV e XVI, entre eles o da prefeitura, traçavam o contorno quadrado. Eram colados uns nos outros. Muitos tinham telhado de duas águas. A outra praça ficava justamente no topo desses edifícios. Estátuas douradas que davam nome às construções. A caravela, o lobo, o leão, o cavalo, a águia, o falcão e muitas outras representações. Mesmo cobertas de neve, podia-se identificá-las. Era como se estivessem permanentemente em sentinela, cuidando da Grote Markt e observando os humanos que por ela passavam. No topo do prédio de esquina onde ficava a confeitaria o falcão reinava. Era uma construção de quatro andares com mais de trezentos e cinquenta anos. Clarice entrou sozinha e pegou uma mesa próxima à janela, bem de frente para o monumento erguido sobre a fonte. Bernardo e Theodor construíam um pequeno boneco com duas bolas de neve. Acenaram.

O garçom se aproximou e Clarice adiantou os pedidos. Torta de chocolate e um copo de leite para Bernardo. Para os adultos, panquecas salpicadas de açúcar e torta de maçã com chantili, acompanhadas de um café cremoso. Ficou olhando o filho e o marido enquanto acariciava a barriga. Teve um súbito rompante de felicidade. Nunca gostara tanto de uma tarde cinzenta. Os vincos na testa de Theodor deram lugar a um sorriso largo. Era a primeira vez, em meses, desde que a guerra começara, que ele parecia relaxar. Olhou mais uma vez para cima. Talvez aquelas estátuas fossem realmente protetoras. A sensação se desfez quando Clarice percebeu a imagem no alto do prédio da prefeitura, no outro lado da praça. A águia provocou-lhe um calafrio. Era o símbolo da Alemanha, estampado no brasão e adotado pelos nazistas. A atenção foi desviada pelo garçom, que parecia trazer o futuro na bandeja. Clarice bateu de leve no vidro, chamando os dois.

Ao entrarem, sentiram a lufada quente e repleta de cheiros. O salão estava cheio. O aroma do café se misturava ao do chocolate e dos vários sabores de chá. Theodor estava tão orgulhoso e feliz que passava pelas mesas exibindo o filho.

– Três anos hoje! Dá para acreditar? Já é um homenzinho! – falou, abraçando o menino, que recebia os cumprimentos.

O garçom voltou à mesa trazendo três velinhas que foram postas sobre o bolo de chocolate. Cantaram parabéns e devoraram a gorda fatia, as panquecas, a torta de maçã. Pediram mais. Clarice suspirava a cada mastigada, não sentia enjoo – "o bebê está faminto!", dizia. Theodor enchia a boca com pedaços enormes enquanto juntava as migalhas com os dedos. Bernardo lambuzava o rosto com a calda escura. Era como se os três não vissem comida havia dias. A voracidade levava embora a ansiedade dos últimos meses. Pelo menos por algumas horas. Não havia pensamentos ruins nem temores. Apenas o prazer da gula em boa companhia.

Theodor pediu a conta. Dali a pouco começaria a escurecer. Acomodaria a mulher e o filho num táxi e voltaria a pé empurrando o carrinho. Clarice arrumava o cachecol em volta do pescoço de Bernardo quando um senhor se aproximou.

– Que bela família, não querem registrar o momento? – perguntou, apontando para a máquina fotográfica sobre o tripé. – Faço duas cópias pelo preço de uma… Também tenho um menino nessa idade. Será uma bela lembrança!

O olhar suplicante encontrou o de Theodor. Os tempos estavam difíceis para todos, pensou.

– Por que não? Afinal, hoje é o dia do aniversário do meu menino... e estamos com um bebê a caminho! – disse, olhando em volta. – Mesmo cinzenta, é uma bela tarde. O que achas, Clarice? Tiramos uma foto? – e piscou para ela.

Na semana seguinte, o fotógrafo deixou as duas cópias. Eram menores do que o tamanho prometido, mas tinham boa qualidade. Ao fundo, a estátua de Brabo. Clarice pegou a caneta-tinteiro e escreveu:

Antwerpen, Familie Zus, Verjaardag Bernardo, drie jaar, 4 februari 1940.

Foi a última fotografia que tiraram juntos e a única da família reunida, mesmo que Helena ainda estivesse na barriga.

31

Rio de Janeiro, 1º de janeiro de 2000

O céu cinzento dava ao mar de Copacabana uma coloração escura naquele primeiro dia do ano. Uma paisagem em branco e preto, carregada de melancolia, como a história que Clarice contava. Passava das três da tarde e a bandeja com frutas e frios que o rapaz do serviço de quarto deixara ali, havia pouco mais de uma hora, continuava praticamente intacta.

A avó permanecia sentada, com a fotografia amarelada nas mãos. Ao fundo, a neblina se fundia com o mar cinzento. A chuva ia e voltava. Helena ligara mais cedo e Tita inventou uma desculpa. Aquele dia era somente das duas.

– Nossa última foto... Como eu poderia imaginar? Como alguém poderia imaginar o que nos esperava?

Aquela pergunta, que Clarice tantas vezes se fizera nas últimas seis décadas, vinha carregada do pesar por uma perda adormecida em algum canto escuro do cérebro, como um lampião velho e enferrujado. Ao receber um pouco de querosene, esse canto é iluminado por um clarão da consciência, mas logo se esvai. O lampião é que permanece ali, até receber mais combustível, acender e novamente apagar.

Clarice aprendera a viver com os repentinos clarões do lampião no sótão da mente. Eles iam e voltavam, jamais ficavam. Não sabia ser de outra forma. O próprio nascimento vinculado a uma tragédia – a morte da mãe – traçara a personalidade das gêmeas. O tempo não volta, o "se" é uma possibilidade que jamais se realizará. "Pensa no que é. Não sejas como teu pai." As palavras da avó materna lhe martelavam os neurônios. Era assim desde sempre.

Tita olhava Clarice de perfil tentando imaginar o que se lhe passava pela cabeça. Sentia mais do que nunca a perda do bebê e, de alguma forma, sua dor se encontrava com a da avó. Clarice percebia a sintonia – Tita tinha certeza –, e por isso resolvera se abrir. A neta não pediria explicações nem se prenderia aos porquês.

Tita levantou-se e pegou o bule na bandeja.

– A senhora quer mais chá? – perguntou, já servindo a bebida quente.

Clarice agradeceu com um balanço positivo da cabeça e depois, segurando a xícara com as duas mãos, deu um gole longo e continuou:

– Era como se os dias fossem como o de hoje, uma nuvem carregada pairando no ar, à espera de uma tempestade. Muitas vezes, almoçávamos calados, Theodor com a cabeça longe. Eu não perguntava nada. No nosso dia a dia, não havia mudança, a vida corria do mesmo jeito. Não sei explicar bem... Uma sensação de saber, mas não querer enxergar. A questão não era em quem acreditar, mas no que acreditar. E foi assim naqueles primeiros meses de 1940. A barriga ia crescendo. Olívia me mandava as notícias do Brasil. António falava com conhecidos, mexia os pauzinhos, como se diz, mas não era fácil... Todos queriam deixar a Europa. Se, por algum motivo, alguém implicasse com o passaporte de Theodor, seríamos deportados para a Alemanha. Teu avô certamente iria para um campo de trabalho, naquela época ainda não se falava em campo de extermínio. Na prática, Theodor não tinha mais cidadania, apenas um documento de identidade. Tínhamos de juntar dinheiro. Os vistos custavam caro, a viagem era cara, recomeçar do zero era caro. Precisávamos ter o bebê em segurança, tínhamos um filho pequeno... Tínhamos medo. O medo gera imobilidade.

Clarice repetiu a última frase enquanto apertava as mãos de Tita. A neta engoliu em seco e manteve o silêncio.

– Até que, no começo de abril – e Clarice fez uma pausa antes de prosseguir com a história –, a Dinamarca e a Noruega foram invadidas pelo exército alemão. Lembro-me como se fosse hoje. Teu avô chegou em casa cabisbaixo e foi direto para o quarto. Mal deu atenção a Bernardo. "O cerco está se apertando", me disse ele, "a quem estamos enganando, a nós mesmos?" – falou, reproduzindo as palavras de Theodor. – No dia seguinte, 10 de abril, decidimos que não daria para esperar o nascimento do bebê.

Era como se Clarice fosse abrindo gavetas da memória devidamente etiquetadas, com datas e fatos precisos.

Theodor ligou para Olívia. Mais do que nunca, precisavam do visto para o Brasil. António estava providenciando um documento pelo qual se responsabilizava pela família Zuskinder. Mandaria a correspondência para Lisboa. Era preciso também uma boa soma para pagar o visto – ou melhor, os vistos –, além das despesas de transporte e viagem. Para chegar ao Novo Mundo, teriam de passar antes pela França, Espanha e Portugal, onde, finalmente, embarcariam. Theodor trabalhava sem parar num lote que lhe renderia um bom dinheiro. Corria contra o relógio. Eles tinham de partir para Lisboa o mais rápido possível.

– Exatamente um mês depois, no dia 10 de maio de 1940, nosso maior temor se concretizou.

32

Antuérpia, 10 de maio de 1940

– Mamã, mamã!

Bernardo entrou gritando no quarto e pulou na cama entre Clarice e Theodor. Os dois acordaram, sobressaltados, ao mesmo tempo que puxaram o menino para debaixo do lençol.

Ela abraçou o filho, pressionando a orelha dele contra o peito e tapando a outra com a mão, como se dessa forma amenizasse os estrondos.

– Calma, a mamã e o papá estão aqui. Nada vai acontecer!

As frases saíam tensas, carregadas de medo.

Uma explosão, seguida de um barulho crescente, emendava em outra, e assim sucessivamente. Theodor levantou da cama e foi até a janela. Afastou a cortina.

O dia amanhecia, não eram nem seis da manhã. Uma fumaça negra e densa cobria o céu ao longe, nos lados da zona portuária. Os barulhos dos aviões e das rajadas das metralhadoras da defesa antiaérea soavam como trovões.

– Começou, Clarice, começou – disse ele, como se pensasse em voz alta, sem se virar para a mulher.

Clarice apertou o filho com força e encostou a cabeça dele na barriga. No rosto, uma expressão de angústia, que ela disfarçou com um sorriso. Não conseguiu, porém, conter as lágrimas, que escorreram pelo canto dos olhos.

– Escuta, Bernardo, cola o ouvido na barriga da mamã... É o teu irmãozinho que nos chama. Sentes?

O bebê chutava o lado esquerdo de forma lenta e constante, como se tentasse romper a pele.

– Daqui a pouco, ele chega. Por enquanto, diz para ele ficar calmo, que tu estás aqui para protegê-lo! – continuou, enquanto beijava a cabeça do filho.

Bernardo levantou os olhos e encarou a mãe.

– Por que é que estás a chorar? – perguntou o menino. A essa altura, o barulho das explosões passara para outra dimensão. – Eu vou te proteger também... Não precisas ter medo, mamã! – falou ele com a testa franzida, e tanta firmeza, que Clarice, por alguns momentos, viu o homem que ele seria.

Ela passou as costas da mão nos olhos, mas não conseguiu conter as lágrimas que escorriam pelas bochechas. Theodor voltou para a cama e aconchegou os dois num abraço apertado. Ela encostou a cabeça no ombro dele. Bernardo permanecia com o ouvido colado à barriga da mãe. Não havia o que falar, não naquele momento.

A guerra chegara a Antuérpia. O dia clareava sob o bombardeio alemão.

Às sete horas da manhã daquela sexta-feira, 10 de maio, a notícia se confirmou pelo rádio. A embaixada de Berlim, em Bruxelas, comunicou oficialmente a invasão da Bélgica. Aviões da Luftwaffe bombardearam Antuérpia. Os ataques eram uma resposta preventiva à suposta conspiração dos belgas, com franceses e britânicos, para invadir a Alemanha.

– Vou para a loja – disse Theodor, logo depois de desligar o aparelho. – Ver como estão as coisas – e beijou Clarice na testa, e fez-lhe um carinho no rosto. – Não saias de casa até que eu volte, sim? – completou, dando um leve sorriso. – Tudo vai ficar bem, eu prometo. Se sentires medo, desce e fica debaixo da escada. Eu volto logo!

Ela sorriu de volta. No fundo, nenhum dos dois se acalmaria com palavras, muito menos com sorrisos.

Theodor fez um percurso mais longo do que o normal até a oficina. Gostava de pensar enquanto caminhava. Nas ruas, as pessoas estavam desorientadas, andavam apressadas, conversavam em grupos. Ninguém sabia ao certo até onde iria aquele ataque. Pouco mais de duas décadas depois de os dois países se enfrentarem na Grande Guerra, o pesadelo voltava.

O bombardeio acontecia na véspera do feriado de Pentecostes. As escolas não funcionaram. Alguns comerciantes cerraram as portas. Nos meses que sucederam à invasão da Polônia, o governo havia organizado um plano de defesa no caso de um eventual ataque. Na hora em que ele se deu, todos desapareceram. Não havia ordem e coube a voluntários cavar trincheiras no parque.

Theodor abriu a porta da loja sem fazer barulho. Schlomo e mais três funcionários estavam sentados em volta do rádio. O velho fez sinal para que ele se aproximasse.

– Há relatos de paraquedistas alemães aterrissando por toda a Bélgica – disse Schlomo, apontando o aparelho que pegava uma frequência amadora. – Também já tomaram a Holanda… mas as tropas britânicas e francesas logo chegarão aqui. Estão a caminho.

As informações foram passadas sem vibração, de uma forma mecânica. Nenhum daqueles homens punha fé nos ingleses e franceses, mas não tinham coragem de expressar o medo.

Schlomo desligou o rádio. Os homens seguiram com seus afazeres. O velho se aproximou de Theodor.

– Quero falar contigo, vamos fumar um cigarro.

Theodor já havia tirado o terno. Com a camisa arregaçada, acompanhou Schlomo. Saíram pelos fundos. O beco estava vazio.

– Escute, chegou a hora de partir. Não dou uma semana para os nazistas tomarem a cidade. Somos judeus, não temos cidadania belga... A deportação é certa.

Ele franzia os lábios e esfregava a longa barba com a mão enquanto falava.

– Quero lhe fazer uma proposta, mais do que isso, lhe pedir um favor, porque só confio em você – falou, o olhar firme dava os primeiros sinais de cansaço.

Theodor balançou a cabeça para que ele continuasse.

– Pois bem...

O velho pôs a mão no bolso e tirou um saquinho aveludado, escuro, amarrado com uma fita. Abriu-o e mostrou as pedras brilhantes, um punhado delas.

– Para uma emergência, como esta... O resto está no banco, e receio que ficará por lá.

Os bancos não tinham aberto por causa dos bombardeios e, se reabrissem, seria apenas na terça-feira após o feriado. Eles precisavam partir o quanto antes. Theodor arqueou as sobrancelhas.

– Do que o senhor precisa?

Foi a deixa para que o velho fosse direto ao ponto.

– Sei que sua vontade é partir para o Brasil. Mas venha antes para De Panne conosco. Lá, estaremos protegidos. Confio em você para nos arranjar transporte.

Theodor encarou o velho. Ele continuou:

– Tenho a você como um filho, Theodor. Clarice pode ter o bebê com calma e depois vocês partem. Vocês ficam conosco até a situação melhorar.

O balneário ficava na costa norte do país, perto da fronteira com a França. Durante a Grande Guerra, a cidade não fora ocupada pelos alemães. Havia a esperança, talvez pelo desespero de acreditar em algo, de que lá estariam protegidos. O velho Schlomo tinha um apartamento que ocupava durante o verão. No resto do ano, mantinha-o fechado. Talvez, inconscientemente, ele esperasse uma nova guerra quando comprara o imóvel, fazia mais de dez anos.

Theodor era um homem de poucas palavras e atos comedidos. Naquele momento, ele desabou. Abraçou o velho Schlomo e chorou de soluçar como jamais havia feito, nem com o pai.

– Tome – disse Schlomo, passando mais de dez pontinhos brilhosos para as mãos de Theodor. – Veja o que consegue arranjar... um carro, o que for... Vá para casa e converse com Clarice – e segurou firme os ombros do pianista. – Eles não vão nos pegar. Não vão.

33

Os dias que se seguiram ao primeiro ataque foram de caos. Famílias se aglomeravam na Estação Central. Via-se gente dormindo por todo lado. Era praticamente impossível conseguir um bilhete. Os trens estavam a serviço da guerra. Theodor arranjou um carro que os levaria no domingo. O motorista cobrara uma pequena fortuna por uma corrida de menos de duzentos quilômetros até De Panne. Um preço bem superior a uma ida e volta a Paris num automóvel de luxo.

As notícias do *front* chegavam em ondas de boatos. As frases soltas eram ouvidas nas esquinas. Quando se juntavam, formavam uma realidade assustadora. "Os alemães tomaram o Forte Eben-Emael em menos de meia hora! Não há como segurá-los! Logo estarão aqui!"

A fortaleza era um orgulho para os belgas, considerada inatingível. Fora construída na década de 1930, num ponto alto e estratégico do Albert Canal, que ligava Liège a Antuérpia. Protegia pontes e estradas que vinham da Holanda. O muro de concreto cercava a área de quase um quilômetro. Em alguns pontos, atingia quarenta metros de altura. Havia dispositivos de inundação, trincheiras, canhões, suprimento e munição para resistir por mais de um mês, além de produzir a própria energia elétrica. Num plano ousado, planadores alemães aterrissaram dentro do forte, neutralizando a ação dos canhões e das metralhadoras, voltados para fora. O inimigo estava em casa.

Famílias deixavam Antuérpia a pé. Carregavam o que podiam. Bicicletas seguiam amontoadas de malas, trouxas, utensílios. Alguns empurravam carrinhos de mão. Não havia ordem, desconfiava-se de todo mundo. Placas metálicas, de produtos alemães, eram retiradas das lojas porque alguém dissera que elas continham sinais codificados para as forças inimigas. Os aviões continuavam a bombardear a cidade e os vilarejos vizinhos.

Clarice preparou duas malas pequenas e uma mochila para Bernardo. Entre as roupas, comida não perecível e tudo que pudesse ser trocado por alimentos, combustível e hospedagem. Havia os candelabros de *Shabat* e uns poucos talheres de prata. De joias, apenas duas medalhas de ouro, o anel que herdara da mãe e a aliança com um pequeno diamante que ganhara do marido. Foram colocados num bolso costurado na parte de dentro do vestido. Theodor pegou o dinheiro que guardava em casa, dentro de uma meia no fundo do armário, e as pedras que ganhara como pagamento, nos últimos meses, não tão valiosas como as de Schlomo, mas que poderiam agradar aos guardas de fronteira. Acomodou-os no forro do terno.

Na manhã de domingo, conforme combinado, Theodor, Clarice e Bernardo deixaram o apartamento. Antes de trancar a porta, Clarice olhou demoradamente cada canto, cada milímetro daquele pequeno espaço onde vivera a época mais feliz de sua vida. Nenhum dos três voltaria ali. Theodor tirou a Mezuzah do umbral e a pôs no bolso do terno.

– Para a nova casa – disse, depois de dar uma piscadela para Clarice, mas ela estava tensa demais para sorrir.

Na rua, encontraram Schlomo e Faiga. Estavam sentados sobre dois pequenos baús. Pela primeira vez, Theodor notou como o casal era velho e frágil. Ou será que os últimos dois dias tinham acelerado o tempo? Foi no meio desse pensamento que a voz de Clarice atravessou-lhe a mente.

– Senhor Schlomo, me desculpe... mas será que posso subir ao apartamento antes de partirmos? Preciso avisar minha irmã, não sei quando teremos acesso a um telefone novamente.

Schlomo pegou a chave e a pôs na mão dela.

– Vá lá, tranquilize sua irmã. Em breve, vocês estarão em Portugal – falou sem nenhuma convicção, como se seguisse um protocolo de respostas.

– Não demores, por favor! – disse Theodor, se aproximando e pegando Bernardo no colo. – O motorista vai chegar a qualquer momento.

Em menos de vinte minutos, Clarice estava de volta. Do carro, nem sinal. Passados quarenta minutos do horário marcado, Theodor tomou a decisão.

– Vou atrás desse homem, não é possível! O preço combinado foi exorbitante, duvido que tenha encontrado oferta melhor – e virou-se para Schlomo: – Vou atrás dele... Vamos fazer assim, as mulheres sobem e esperam em casa, eu ligo quando tiver alguma informação... E o senhor espera aqui, no caso de ele aparecer.

Nenhum dos três teve tempo de responder. Theodor ajeitou o chapéu e seguiu pela rua. Andou alguns metros e o carro surgiu na esquina. Trocou breves palavras com o motorista. O carro deu meia-volta e Theodor também.

Respirou fundo e, por alguns segundos, olhou o pequeno grupo que o esperava ansioso. E se não fossem sua família? Se ele sequer os conhecesse? Passaria ao largo, com a cabeça baixa, e viraria para trás com pena da sina daquelas pessoas. Uma jovem grávida, quase parindo, uma criança até ontem bebê, um casal de velhinhos. Não sobreviveriam à guerra. O que ele faria? Deixaria ali, abandonados? Não! Theodor voltaria e tomaria aqueles estranhos sob sua responsabilidade. A gente não foge à nossa natureza. Ele iria ajudar aquelas pessoas, mesmo que fossem desconhecidos. Mas não eram. Daria a vida por eles.

34

À medida que Theodor se aproximava, era possível ver a expressão de angústia aumentar nos rostos de Clarice, Schlomo e Faiga. Os três estavam alinhados, os braços caídos. Só Bernardo permanecia alheio ao que se passava. Corria entre as malas, como se dirigisse um carro numa montanha sinuosa. O menino fazia barulhos com a boca, simulando o motor.

– Quieto, por favor! – Clarice pegou o filho pelo braço e apertou a mão dele. – Depois brincas!

Bernardo fez cara de choro, mas não soltou uma lágrima. Era como se entendesse que alguma coisa séria acontecia e que ele precisava ficar invisível. Theodor se colocou à frente dos três. Passou a mão pela nuca, como normalmente fazia para ganhar tempo.

– As notícias não são boas – falou, mordendo o lábio inferior antes de continuar. – Nosso motorista, e principalmente o carro, não pode deixar a cidade. Ele recebeu uma convocação. Está a serviço do governo… Ele e muitos outros que têm automóveis.

O velho Schlomo levou as mãos à cabeça e interrompeu Theodor.

– O que faremos agora? – gritou, atormentado. – Precisamos sair! Os alemães são como os cossacos, eles vão nos pegar… Vão queimar tudo… Nós não vamos passar por isso novamente! Você precisa nos tirar daqui! Precisa nos tirar daqui! Você prometeu! – e enquanto falava, o corpo tremia.

Faiga abraçou o marido. Fez com que ele se sentasse numa das malas. O velho encostou a cabeça no ombro de sua mulher como se fosse uma criança. Foi se acalmando, o olhar focado em algum lugar bem longe dali.

– Desculpe, Theodor, ultimamente ele tem tido pesadelos com os ataques à aldeia onde nasceu. Você conhece meu marido, ele o considera um filho! – explicou Faiga, enquanto acariciava a cabeça de Schlomo.

Theodor se ajoelhou em frente ao velho lapidador e segurou as mãos dele.

– Olhe para mim. Me escute! – falou, com firmeza. – Nós vamos sair daqui. Confie em mim. Eu preciso apenas de algumas horas. Mas o senhor precisa estar bem e cuidar das mulheres – e sacudiu as mãos dele. – Vocês vão subir e esperar no apartamento, não saiam de lá de jeito algum.

O velho levantou-se, como que entorpecido, e balançou a cabeça positivamente, silencioso. Theodor trocou olhares com Faiga e Clarice. Elas é que cuidariam de Schlomo. Deu um beijo na esposa e no filho.

– Não se preocupem. Eu sei o que fazer – disse, seguindo com passos rápidos, sem virar para trás.

Assim que dobrou a esquina, Theodor encostou-se na parede de um prédio e enxugou o suor da testa com o lenço. Ele não sabia o que fazer. O motorista fora o mais pessimista possível. Nem um cavalo ele conseguiria. Foi andando a esmo, esbarrando nas pessoas. Famílias deixavam a cidade a pé, com bicicletas abarrotadas de bagagens, como se fossem burros de carga. Parecia a única forma de fugir. No caso dele, impossível. Clarice não tinha como andar com uma barriga de oito meses. Faiga e Schlomo não aguentariam um quilômetro. Bernardo teria de ir de cavalinho nas costas.

A sirene de alerta de bombardeios aéreos soava a todo momento, mas não era acompanhada de ataques. Depois do terceiro ou quarto alarme falso, as pessoas já não corriam para os abrigos.

Em meio aos civis, passavam tropas inglesas e francesas. Tinham entrado em Antuérpia para formar uma linha defensiva. Os soldados ingleses vinham fardados, em veículos militares, carregando armamentos e equipamentos. Inspiravam mais confiança que os franceses. Estes eram, em grande parte, reservistas, muitos com os uniformes da guerra de duas décadas atrás. Vinham em caminhões grandes e pequenos, que mantinham os logotipos estampados de padarias e outros negócios privados. Num canto e outro, via-se um deles abandonado, por falta de combustível ou porque simplesmente havia quebrado.

Theodor observava aqueles homens perdidos, convocados em cima da hora, que mal haviam tido tempo de se despedir das famílias. Eram eles que defenderiam a cidade do poderoso exército alemão? Só havia uma resposta para a pergunta. E não era otimista.

Foi ao olhar uma daquelas caminhonetes largadas que Theodor teve a ideia. Precisava urgentemente de um telefone. Entrou num café na Groenplaats. Pediu uma bebida e pagou o dobro para fazer a ligação.

– Alô? Alô?

Theodor tapou um dos ouvidos para escutar melhor.

– Linus? Aqui é Theodor Zuskinder – e balançou a cabeça, sorrindo. – Sim, Theodor, o pianista das pedras! Eu preciso de um favor – disse, fazendo uma pausa. – E posso pagar bem.

35

Era quase noite quando Theodor voltou para casa. Na terça-feira, eles partiriam. Não seria da forma mais confortável, mas Linus não falharia. A fuga da Alemanha, a saída às pressas de Portugal, a passagem pela Espanha haviam ensinado a Theodor que, em tempos de guerra, dinheiro e contatos no submundo eram o melhor passaporte. Era nisso que pensava quando Clarice abriu a porta do apartamento de Schlomo.

– Graças a Deus! Estava preocupada! – exclamou ela, enquanto o abraçava com força.

Ele beijou a mulher e entrou. Faiga e o velho lapidador se aproximaram. Theodor abriu um sorriso.

– Depois de amanhã, deixaremos Antuérpia. E desta vez é seguro!

Faiga deu um suspiro de alívio.

– Eu falei, meu querido, Theodor ia conseguir! – e sacudiu os ombros do marido. – Nós vamos embora! Vamos embora!

Theodor esperou que ela se acalmasse.

– Sim, vamos embora. Mas não será da forma mais confortável…

O pianista foi breve. Ele conseguira lugar para os cinco num caminhão aberto com mais três famílias belgas, em torno de vinte pessoas. Não era garantido que os levasse até De Panne, mas iriam até o mais próximo da fronteira com a França. Era o que havia no momento.

Pediu ao velho Schlomo que aparasse a barba. O melhor seria tirá-la, frisou. O velho concordou com a cabeça e foi para o banheiro.

– Obrigada, Theodor – disse Faiga, passando a mão pelo rosto dele. – Tente descansar um pouco.

Ele retribuiu o carinho com um beijo na testa da velha senhora, que poderia ser sua mãe. Pegou as malas e seguiu com Clarice e Bernardo para casa.

– Por favor, evitem sair amanhã, aproveitem para repousar. Guardem as energias para a viagem. Mais uma coisa... Mantenham as cortinas fechadas e o mínimo de luz – completou quando já estava na porta, como se, dessa forma, pudessem se proteger dos bombardeios. – Dona Faiga, tente diminuir a bagagem... Levem malas menores.

Já em casa, Theodor colocou Bernardo na cama enquanto Clarice preparava algo para comerem. Nenhum dos dois tinha fome, mas engoliram o sanduíche. Em seguida, Theodor sentou-se ao piano e tocou por longas horas, até Clarice adormecer no sofá e ele não sentir mais o braço ferido na Espanha.

A segunda-feira custou a passar. Theodor telefonou para Linus pela manhã e mais uma vez no fim da tarde. Na terça-feira, a família Zuskinder e o casal de idosos se juntaram ao grupo de vinte pessoas que ocupava a caçamba aberta de um caminhão.

Na última hora, Theodor pegou a bicicleta. Foi amarrada no teto da cabine, com mais uma. O chão estava coberto de palha. As crianças foram acomodadas junto às trouxas, às malas e aos baús com utensílios pendurados nas alças. Os adultos se sentaram no estrado de ferro que contornava a parte interna do veículo.

Desde a invasão alemã, havia quatro dias, os rumores do avanço das tropas nazistas se intensificavam. Dizia-se que estavam a menos de vinte quilômetros de Antuérpia. Na vizinha Holanda, não só a família real mas os representantes do governo haviam fugido para o Reino Unido. Falava-se em milhares de mortos no bombardeio a Roterdã. A cidade estava em chamas.

No caminhão, além de Theodor, havia mais três homens e um rapaz de dezoito anos. Os outros passageiros eram idosos, mulheres e crianças. Eles eram os únicos judeus.

Por causa da gravidez, Clarice foi acomodada na cabine, ao lado do motorista. O veículo andava devagar entre os pedestres e tanques que ocupavam as ruas. Iria cruzar o túnel por baixo do rio Escalda, na direção de Ghent. E dali, para um pequeno vilarejo na fronteira com a França. De lá, teriam de arranjar um jeito de subir para De Panne.

O congestionamento aumentava à medida que o caminhão seguia para a entrada do túnel. Como num funil, os veículos se espremiam até formarem uma única fila. Soldados britânicos conferiam os documentos. Theodor alertara Schlomo e Faiga para falarem o mínimo possível e só em flamengo, mesmo entre si, atentando para o sotaque. Nenhuma palavra em iídiche, reforçou, já que soava como o alemão. As pessoas estavam tão desorientadas, que havia rumores de prisões de poloneses e outros cidadãos do Leste Europeu, na maioria judeus, por suspeita de serem espiões alemães.

À medida que se aproximavam do posto, Theodor temia que os ingleses implicassem com os passaportes poloneses. Notara também certa inquietação numa outra família. Uma mulher jovem revirava a mala e batia as mãos nas coxas em sinal de desespero. Não encontrava os documentos. Foi aí que Theodor teve uma ideia. O único rapaz a bordo mostrara-se solícito desde o começo, um espírito de liderança sem autoritarismo. Acomodara os velhos e as crianças, pedira aos homens que fumavam cuidado para não jogarem cinzas na palha que forrava o chão, amarrara as bicicletas. Fora dele também a iniciativa de colocar Clarice na cabine. Devia ter sido escoteiro ou estudado numa instituição militar. Theodor se aproximou e falou no ouvido dele.

– Você decerto fala inglês… – sussurrou.

O rapaz respondeu com um balanço afirmativo da cabeça.

– Pois bem! Escutem todos! – e Theodor bateu as mãos, pedindo silêncio. – Passem os documentos. Nosso amigo aqui – apontou para o rapaz – é quem vai apresentá-los no posto.

Recolheu os passaportes e os entregou ao rapaz. Faltavam dois, o da jovem que revirava a mala e o dele próprio. Schlomo era polonês e havia décadas que morava na Bélgica. Além de tudo, era velho. Não implicariam com ele. Já Theodor – apesar de ser também cidadão polonês – tinha um visto de residência permanente na Alemanha, onde nascera e vivera. Ele, sim, poderia levantar suspeitas. A essa altura, de nada adiantaria dizer que era judeu e que fugia dos nazistas desde 1935.

O rapaz contou os passaportes e as pessoas. Trocou um olhar cúmplice com Theodor e foi para o posto.

– Deixe comigo! Sei o que fazer! – e seguiu com o peito empinado e seguro, como um galo indo para a rinha.

Minutos depois, voltou com um sorriso. Distribuiu os passaportes e bateu no teto da cabine. Sinal para o motorista avançar. Nenhum soldado veio revistar o caminhão. A primeira etapa fora vencida. Adeus, Antuérpia.

36

A cidade de Ghent ficava a sessenta quilômetros de Antuérpia, mas eles levaram quase a tarde toda para fazer o percurso. A rodovia principal estava lotada de refugiados viajando das mais diversas formas. Alguns cobriam o teto dos carros com colchões, como se, daquela maneira, se protegessem de bombardeios. Os automóveis seguiam a passo de tartaruga junto aos ônibus, caminhões e bicicletas.

A maioria fugia mesmo a pé, o que só aumentava o congestionamento. Não havia como atravessar o mar de gente. Em alguns pontos, o trajeto era desviado para estradas secundárias – algumas bem rurais, com mato crescido – para dar passagem aos transportes militares levando soldados para o *front*.

A todo instante, os refugiados olhavam para o céu, como se a aproximação de um bombardeio não fosse precedida do chiado crescente e da sirene ensurdecedora dos *Stukas* alemães. O barulho aterrorizante era o aviso de que as grandes aves motorizadas iriam mergulhar sobre as presas. Carros com marcas dos ataques estavam largados em vários pontos da estrada.

Como ainda não havia escurecido, seguiram o mais perto que Linus poderia levá-los da fronteira com a França: a cidade de Menen. De lá o motorista não podia passar. Despediu-se do grupo. Certamente voltaria com mais refugiados no dia seguinte e nos próximos, até que o descobrissem e confiscassem o caminhão.

A partir dali, era cada família por si. Como em Antuérpia, como na estrada, refugiados lotavam o local. Negociavam táxis para levá-los até a fronteira, a pouco mais de vinte quilômetros. Trocavam peças de prata e porcelana – como tinham sido transportadas sem quebrar?, se perguntava Clarice – por comida e um lugar para passar a noite. Como a procura era maior do que a oferta, o preço inflacionava.

Theodor e Schlomo haviam decidido que, se estavam tão perto da França, o melhor seria atravessar a fronteira e ir até Paris. Procurariam o amigo de Theodor. Os franceses defenderiam sua capital até a morte, pensavam eles. Uma certeza que, em pouco tempo, iria por água abaixo.

Theodor olhou seu pequeno núcleo sentado sobre as malas, no meio da praça. Em seguida, olhou em volta. Dois homens quase rolaram pelo chão na disputa por um carro. Clarice não reclamava, mas o cansaço se manifestava nos braços caídos sobre a barriga e nas costas curvas. Era apenas o primeiro dia de uma longa viagem. O melhor seria arranjar um lugar para passar a noite.

O pianista saiu em busca de um quarto, o que quer que fosse, para acomodar Clarice, Bernardo e Faiga. Ele e Schlomo dormiriam na rua, se necessário. Bateu em portas, perguntou nos bares, não havia lugar. Os abrigos nas igrejas e escolas estavam lotados. A noite caía e seria passada ao relento. Tinha de arranjar pelo menos um banco para Clarice deitar.

Não foi preciso. Quando voltou à praça, Clarice conversava com um casal. O homem tinha as unhas encardidas de fumo e os poucos dentes da boca estavam cobertos de tártaro. A mulher trazia os cabelos grisalhos presos num coque. Tinha belos olhos azuis que se perdiam no rosto cravado de rugas, de frio e de sol. Não devia ter mais de cinquenta anos, mas aparentava setenta. Ofereceram a casa e não aceitaram dinheiro de forma alguma. Era o mínimo que podiam fazer. Tinham uma filha também grávida de oito meses que vivia na Espanha.

Moravam numa casa de tijolos de um vermelho gasto, com apenas dois cômodos, que não podiam ser definidos como quarto, nem como sala. Num deles, ficava o fogão a lenha. Ao lado, um estrado com muita palha, coberto por uma colcha de retalhos, onde dormiam. Apesar da aparência dos donos, o local era razoavelmente limpo. Clarice e Faiga dormiriam com Bernardo na casa. Theodor e Schlomo, no celeiro. O banheiro ficava no cubículo do lado de fora.

– Vocês devem estar com fome – disse a senhora, enquanto mexia na lenha para aumentar o fogo. – A sopa logo fica pronta.

As janelas abertas ajudavam a refrescar o ambiente, que parecia uma sauna. Sim, eles estavam famintos. A única refeição do dia fora um pedaço de pão, engolido a seco, durante a viagem.

Os homens conversavam sob o céu estrelado. Difícil acreditar que dele pudessem chover bombas. O fazendeiro saboreava o cigarro que ganhara de Theodor. Falava sobre a movimentação na fronteira e o melhor lugar para atravessarem.

– Informem-se sobre Armentières.

Era para lá que pretendiam ir.

– Parece que a cidade foi atacada. Amanhã ajudo vocês a conseguir transporte. Mas aviso, vai custar caro. A guerra, meu amigo, é a desgraça de uns e a sorte de outros.

Theodor e Schlomo concordaram com a cabeça, mudos. O fazendeiro terminou o cigarro e os três entraram.

Engoliram, ávidos, a sopa de batatas e cenoura. Comeram calados, sob a luz fraca de um lampião, para poupar querosene. Clarice tirou da mala uma barra de chocolate que um soldado inglês dera a Bernardo no caminho – as crianças sempre comoviam os militares – e a passou aos fazendeiros, para que guardassem para uma ocasião especial.

No dia seguinte, levantaram-se com os primeiros raios de sol. As mulheres e Bernardo haviam conseguido dormir, tão cansados que estavam. Já Theodor e Schlomo tiveram uma noite de pesadelos, ao lado das pulgas e dos piolhos que infestavam o celeiro.

37

Armentières, a vinte e cinco quilômetros dali, já na França, realmente fora bombardeada. Não era impedimento. Centenas de refugiados seguiam para lá. Theodor, mesmo com a ajuda do fazendeiro, levou a manhã inteira para conseguir um carro, que seria compartilhado com mais três pessoas. Ele foi atrás, de bicicleta, levando parte da bagagem. Em muitos momentos, ultrapassou o carro e teve de esperá-lo para não se perderem, tamanho era o movimento de gente a pé.

Os veículos com civis percorriam a rodovia principal até uma rotatória onde soldados ingleses desviavam o tráfego para uma pequena estrada. Mais uma vez, o desvio era para melhorar o fluxo dos tanques e caminhões militares que circulavam na fronteira.

Clarice se desesperou. Pôs a cabeça para fora e gritou por Theodor, que seguia alguns metros à frente. Ele não ouviu. Quando se virou, não encontrou mais o carro. Saltou da bicicleta e veio empurrando em sentido contrário.

– Ei, você!

O soldado britânico aproximou-se de Theodor e entregou-lhe o ursinho de Bernardo, que havia caído da mochila. Theodor sorriu e ofereceu um cigarro, que também se tornara uma moeda na guerra. Trocaram poucas palavras, em inglês, mas o suficiente para o pianista pegar o desvio e saber que as tropas alemãs estavam a menos de quinze quilômetros de Antuérpia.

Nem uma hora depois, Theodor alcançou o automóvel. No fim da tarde, estavam na fronteira. Novo pesadelo. Somente cidadãos belgas e holandeses poderiam cruzar naquele ponto. Theodor tentou argumentar. A Polônia era inimiga da Alemanha. Franceses e poloneses estavam do mesmo lado, lutariam juntos. Se fossem mandados de volta, seriam presos pelos nazistas como traidores. O pianista apelou. Apontou Clarice, Bernardo e o casal de velhos. O soldado estava irredutível. Theodor então confessou que eram judeus. O guarda levantou os ombros como quem dissesse "o problema é seu". Devolveu os passaportes e chamou o próximo da fila. Trocaram um último olhar, em que o pianista pareceu notar um brilho sarcástico. O antissemitismo é que não tinha fronteiras, pensou Theodor.

Voltaram a Menen no mesmo carro. O motorista cobrou o mesmo preço da ida, ainda que tivesse de voltar de qualquer jeito. A bicicleta foi amarrada ao bagageiro. Theodor lembrou-se das palavras do fazendeiro. Muita gente ganha com a guerra. No final, apenas mais um mercenário, diferente do guarda francês na fronteira. Com mercenários, se houvesse dinheiro, havia negócio. Por mais alguns trocados, o rapaz os levou até um convento. As freiras, comovidas, deram abrigo a Clarice, Faiga e Bernardo. Theodor e Schlomo partiram para mais uma noite mal dormida. Dessa vez, num banco na pequena estação de trem.

Theodor teve mais uma noite de sobressaltos. A bagagem ficara no convento, mas ele acordava toda hora, com o peito apertado, ofegante, como se alguém estivesse tentando roubá-lo e sufocá-lo com um travesseiro.

No dia seguinte, seguiu até a construção de pedra, que mais parecia uma fortaleza. Deixaria Schlomo lá, nem que fosse sentado na porta. Parecia um zumbi. Havia envelhecido uns vinte anos naqueles dois dias. O andar apressado agora se arrastava, como se puxasse uma corrente. Uma freira idosa abriu a pequena janela na lateral do portão de ferro. Imediatamente ouviu-se a chave girar.

– Ele precisa de algumas horas de sono e um banho, se possível – e virou-se para Schlomo. – Eu volto logo. Cuide das nossas mulheres.

A freira sacudiu levemente a cabeça e sorriu para Theodor antes de fechar o portão. Schlomo seria bem cuidado. Agora, o pianista precisava de um carro que os levasse a De Panne. Tocou o maço de notas no bolso interno do casaco. Antes de deixar Antuérpia, Theodor procurara um advogado, que comprou as pedras que Schlomo lhe dera. O homem pagou a metade do valor – mesmo assim, a quantia foi maior do que Theodor esperara, parte em francos, parte em dólares. Só que o dinheiro estava indo rápido demais e a guerra mal começara. Havia gente de bem, como os fazendeiros, as freiras, mas eram fruto do acaso. Tocou mais uma vez o bolo de notas, que já diminuíra mais da metade, e seguiu até o bar próximo à estação de trem.

No fim da tarde, Theodor voltou ao convento. Havia dias que não se olhava no espelho. A mesma freira abriu a porta e o colocou para dentro. Pela expressão da religiosa, sua aparência era horrível, digna de pena talvez.

– O senhor também precisa descansar um pouco – disse, enquanto conduzia Theodor até Clarice. – Sua esposa e o menino estão bem. Tudo vai se resolver.

Theodor olhou a freira e se perguntou se ela tinha ideia do que se passava do lado de fora daqueles muros de pedra. Ela pareceu escutá-lo.

– Resta-nos sempre a fé – e seguiu com passos vagarosos à frente dele.

Nos dias que se seguiram, Theodor procurou por um carro, um caminhão, qualquer tipo de transporte que os levasse até De Panne. Era um trajeto de sessenta quilômetros. Se estivesse só, teria percorrido de bicicleta ou a pé. Aliás, se estivesse só, já teria cruzado a fronteira. Por mais que os guardas tentassem vigiá-la, não havia homens suficientes. Com um pouco de coragem e determinação, era possível cruzá-la pelas áreas de mata mais fechada. Ao mesmo tempo, aumentavam os rumores da aproximação dos soldados alemães por terra.

No final da tarde do dia 18 de maio, um sábado, Theodor retornou ao convento com duas novidades. No dia seguinte, partiriam, finalmente, para De Panne. Ele conseguira um carro. Pagaria mais de dois mil francos, mas viajariam de forma confortável, só os cinco e a bagagem. A outra notícia, ele guardou-a para si. Falaria quando estivessem acomodados no apartamento: os nazistas tinham ocupado Antuérpia. Os rumores haviam sido comprovados, dois dias depois, por uma rádio que retransmitia um noticiário inglês. Antuérpia e Bruxelas haviam se rendido sem oferecer resistência. O contra-ataque francês, comandado pelo general De Gaulle, também não parecia funcionar. Os *Panzers*, tanques alemães, avançavam impunes, como roçadeiras, formando um corredor que dividia as tropas aliadas do Sul das do Norte. Eles tinham de fugir da Bélgica o mais rápido possível.

38

Na estrada para De Panne, o cenário era o mesmo dos outros trajetos que haviam feito desde a fuga de Antuérpia, fazia menos de uma semana. Famílias e mais famílias caminhavam como formigas numa estranha organização em meio ao caos. Velhos, crianças, mulheres. Bicicletas, carrinhos de mão e de bebê, abarrotados de trouxas. Buracos se abriam na multidão para dar passagem aos carros e veículos militares. Até então, não haviam sido surpreendidos por nenhum ataque aéreo.

Bernardo ia no banco da frente, no colo de Theodor, com o rosto colado ao vidro. Logo que pegaram a estrada, ele cutucou o pai e apontou para um grupo de pessoas deitadas no acostamento.

– Por que eles estão dormindo ali? – perguntou com o dedo apontado para os corpos enfileirados.

Foi só então que os ocupantes do carro se deram conta. Theodor segurou no rosto de Bernardo e o virou para si.

– Eles estão cansados, filho... Tu não estás também?

Abraçou o menino com força. Era a primeira vez que viam os mortos daquela guerra assim, como se fossem pedaços de carne.

Largados à beira do caminho, corpos à espera de serem recolhidos e enterrados como indigentes, sem ninguém que os reclamasse.

Uma praça em Antuérpia 183

Theodor virou-se e encarou Clarice. A vida dependia da sorte, de simplesmente estar em outro lugar na hora da chuva de tiros e bombas. A questão é que esse *outro lugar* ficava cada vez mais distante. Os alemães avançavam como um rolo compressor, conquistando cada espaço. De nada adiantara a neutralidade da Bélgica, da Holanda, de Luxemburgo, da Dinamarca, da Noruega. A esperança estava na resistência dos britânicos e dos franceses. A isso se agarravam aquelas pessoas que lotavam as estradas rumo à costa norte.

Teriam à frente o mar, que os separava da Grã-Bretanha, e ao lado, a França. De Panne era a última localidade antes da cidade fronteiriça de Adinkerke. Durante a Grande Guerra, fora um dos poucos vilarejos belgas que os alemães não conseguiram conquistar. Até o rei Alberto I se mudara para lá. De Panne tinha, de um lado, o mar e, do outro, uma região abaixo do nível do oceano que fora propositadamente alagada para conter o avanço germânico por terra. Ali, os tanques atolavam.

Pouco mais de vinte anos depois, a Bélgica fora surpreendida pelo ataque do Reich. Com a lembrança dos horrores do confronto ainda fresca na cabeça, a população rumava para norte na ilusão de que De Panne, mais uma vez, resistiria intacta. Só que, agora, os alemães tinham sido mais rápidos e não houve tempo de abrir as comportas.

Quando chegaram, era quase noite. O balneário das férias de verão de Schlomo e Faiga, com suas dunas brancas e vegetação rasteira, se transformara num enorme campo de refugiados. Não só as ruas, mas a praia de areia dura e a perder de vista, onde costumavam passear no fim da tarde, fora tomada por famílias que, como eles, haviam deixado tudo para trás, sem um último olhar. Um cheiro azedo e enjoativo – de podre – fez Clarice quase vomitar. Era um cheiro de urina misturado a suor. Por trás do portão baixo, que dava acesso ao porão de um edifício pequeno e escuro, via-se apenas uma cabeça grisalha, que se ergueu na hora em que passaram. A senhora se levantou ajeitando a saia comprida. O cheiro das fezes veio como uma lufada. Mais uma vez, Clarice segurou a golfada. Uma das coisas mais humilhantes da guerra era a falta de privacidade, pensou ela.

Seguiram pela rua Zeelaan até passarem pelo Hotel Mon Bijou, completamente lotado. O apartamento do casal ficava na rua seguinte, no segundo andar de um prédio bem conservado, de tijolos cor de areia e largas janelas de esquadria branca. Até lá, o movimento era grande. Theodor foi o último a entrar e trancou a porta do prédio para evitar uma invasão. Os móveis cobertos com lençóis guardavam a poeira de quase um ano. Por alguns segundos, tiveram a sensação de que acabavam de chegar para mais um verão na praia. Ao abrirem as janelas, a sensação se desfez rapidamente com a agitação tensa que vinha de baixo.

Depois de tantas noites mal dormidas, aquilo era como um hotel de luxo. Havia luz, água nas torneiras e um banheiro. Faiga preparou o chá e Clarice ajudou a pôr a mesa. Antes de sentarem, a velha senhora foi até a mala e retirou dois candelabros, com velas, que usava no *Shabat*. Não era sexta-feira, mas a rotina da guerra seguia outro calendário. Eles estavam reunidos em volta da mesa, era o que importava. Faiga cobriu a cabeça, riscou o fósforo e acendeu os pavios. Em seguida, fez a oração. Comeram em silêncio.

39

Dois dias depois da chegada a De Panne, Theodor e Clarice despediram-se de Schlomo e Faiga.

— Têm certeza de que não querem ir? — perguntou Theodor, enquanto abraçava o velho lapidador. — Estamos a um passo da França. Em alguns dias, estaremos em Paris. Lá, conseguiremos os vistos para o Brasil. Clarice falou com Olívia. Temos uma carta de recomendação garantindo emprego e moradia. Vocês vêm junto! Somos uma família! — e ele segurou Schlomo pelo ombro. — Aqui não é seguro.

O velho Schlomo esperou que Theodor se calasse. Olheiras escuras lhe contornavam os olhos. As bochechas caídas reforçavam a aparência cansada.

— Escute, Theodor, tenho setenta e dois anos. A vida não me deu filhos, mas foi boa comigo. Casei com uma mulher doce e companheira, construímos um negócio, ensinei a arte da lapidação a tantos jovens, como você. Passei meu legado. Ainda rapaz, fugi da Polônia — faz tempo que somos perseguidos —, tinha a vida pela frente. Agora a vida está para trás, ficou lá em Antuérpia. Não há o que recomeçar — e fez uma pausa. — Já você tem a vida pela frente. Uma família para cuidar e que vai crescer a qualquer momento — falou, lançando um olhar para Clarice. — Esta guerra vai acabar, cedo ou tarde... O que importa está ali – e apontou para a barriga e, em seguida, para Bernardo. – E ali.

Depois, colocou a mão no bolso e tirou um saquinho de veludo preto de dentro de um saco maior, carregado de diamantes.

– Tome. Pode ser o passaporte para a liberdade.

Theodor fez menção de abrir a boca, mas Schlomo levou o dedo indicador aos próprios lábios. Deu, então, um abraço apertado no velho e ajeitou o pacotinho no bolso improvisado no forro do terno.

Os casais se despediram. Theodor acomodou a bagagem na bicicleta e seguiu, empurrando o guidom largo pela rua estreita. Clarice vinha ao lado, de mãos dadas com Bernardo. Deram uma última olhada para trás, carregados da certeza de que não voltariam a se ver.

Da cidade de Panne até Dunquerque era uma faixa contínua de dez quilômetros de praia, com muitas dunas. Com a maré alta, a faixa de areia desaparecia. Por isso, o posto de fronteira ficava afastado do mar, a cerca de cinco quilômetros do vilarejo. Parte do trajeto podia ser feito de *tram* – uma espécie de bonde que ligava as cidades costeiras a Adinkerke, onde tentariam pegar o trem. A disputa por um lugar era tanta que a melhor opção era fazer o trajeto a pé. De lá ainda percorreriam mais três quilômetros até a fronteira. Theodor acomodou a bagagem e Bernardo na bicicleta. Havia se informado sobre o risco de o passaporte polonês ser barrado, a exemplo do que acontecera em Menen, mas lhe garantiram que os soldados franceses estavam liberando a entrada de todos que fossem inimigos do Reich.

Um dia antes, Olívia e Clarice haviam tido uma rápida conversa. A ligação ia e vinha. O telefone ficara mudo, a fala truncada. Precisavam chegar a Paris e procurar a embaixada brasileira. Olívia entraria em contato, via Lisboa, para informar que António seria responsável pela família Zuskinder no Brasil. Com o carimbo no passaporte era praticamente certa a concessão do visto de trânsito para Portugal.

Theodor não tinha um plano. Apenas um trajeto a cumprir. Tentara de todas as formas encontrar um carro que os levasse direto até Dunquerque, um percurso de pouco mais de vinte quilômetros. De lá, acharia uma forma de seguir para Calais. Não encontrou transporte nem mesmo até a fronteira. O jeito era ir andando, seguindo o fluxo, para, pelo menos, deixar a Bélgica. A caminhada era tensa, em meio aos relatos de abrigos bombardeados, composições descarriladas, ferrovias interrompidas.

O cerco se apertava. Andavam temerosos. A qualquer momento, poderiam ser surpreendidos por voos rasantes de aviões carregados de bombas. No fim do segundo quilômetro, o sofrimento era visível no rosto de Clarice. As pernas estavam inchadas, as costas doíam. Theodor encostou a bicicleta num poste, desamarrou a mala e improvisou um banco para a mulher.

Tentou abrir espaço até a pequena estação de Adinkerke. A plataforma estava lotada. Seria impossível embarcar ali. Teriam de continuar a pé até Bray-Dunes, depois de cruzar a fronteira. Olhou para Clarice e Bernardo. Seria um milagre se completassem os três quilômetros que os separavam da França.

– Vamos descansar um pouco – disse, enquanto massageava os pés dela. – Não temos pressa – e tentou acalmá-la. – Até é melhor deixar passar toda essa gente! – forçou um tom de brincadeira.

Mas não havia clima para piadas, nem como disfarçar a tensão. Clarice esboçou um sorriso e afagou a cabeça dele. Era óbvio que jamais conseguiriam seguir naquelas condições.

– Desculpa, meu amor, eu vou nos tirar daqui... Não te preocupes! – disse Theodor, levantando-se de supetão. – Vou encontrar um carro, uma carroça, qualquer coisa! Bernardo! – e virou-se, chamando o filho.

Foi só nesse momento que perceberam que o menino desaparecera. Theodor ficou lívido. Clarice pulou da mala e começou a gritar, desesperada, pelo filho. O pianista levou às mãos a cabeça, não sabia o que fazer.

– Theodor, onde ele está?! Bernardo, Bernardo! – berrava.

Os gritos comoveram uma e outra pessoa, que diminuíram o passo, olharam em volta e seguiram. De resto, era uma multidão formada por núcleos solitários preocupados com os próprios problemas.

Theodor olhou para cima como se esperasse uma resposta do céu. O desespero de Clarice se misturava ao zumbido de vozes, buzinas e passos que tomavam a estrada. De repente, tudo escureceu.

O pianista acordou com tapas fortes na bochecha. Um soldado, que não devia ter mais de vinte anos, falava com ele em holandês. Deu um pulo, desorientado, e começou a chamar por Clarice e Bernardo, se desvencilhando do rapaz que tentava acalmá-lo. Estavam num caminhão em movimento. Foram segundos até perceber o que havia acontecido. A mulher e o filho olhavam para ele assustados.

– Papá, este é o meu amigo Nico! Olha o que ganhei! – disse Bernardo, mostrando uma barra de chocolate.

– Senta-te um pouco, Theodor. Nico está do nosso lado – falou Clarice, sorrindo para o soldado, que esticou o braço, desajeitado, dentro da farda bem mais larga que o corpo. – Estamos num caminhão militar holandês. Vão nos deixar em Dunquerque.

Theodor apertou a mão do soldado e agradeceu aliviado. Em seguida, deixou os braços caírem e descansou a cabeça no ombro de Clarice. Bernardo brincava com os rapazes fardados, que mais pareciam escoteiros, por causa da idade. Ao se aproximarem do posto francês, Nico pegou o passaporte da família. Um dos guardas veio até o caminhão. Ao ver a barriga de Clarice e o olhar aterrorizado de Theodor, devolveu o documento e fez sinal para o caminhão seguir. Onze dias depois da invasão, eles finalmente deixavam a Bélgica.

O caminhão militar os deixou um pouco antes de Dunquerque, na praia de Malo Les Bains. O local lembrava De Panne, com sua longa orla e prédios de veraneio. Também estava abarrotado de gente. O veículo parou próximo a uma igreja, a alguns metros da orla. Além da carona, ganharam mais duas barras de chocolate e um pacote de biscoitos. Foram acolhidos e levados para um porão lotado. Clarice foi acomodada num colchão colocado sobre o tampo de uma mesa. Theodor sentou-se ao lado e deitou Bernardo entre as pernas. Os padres distribuíram sopa de galinha em lata.

Eram humanos que, de uma hora para outra, se viam jogados num mesmo espaço, sem privacidade, como se fossem bichos. Os corpos grudados a estranhos que nem sequer falavam a mesma língua. Mas ali, apesar da falta de espaço e da fome, ainda havia dignidade. Quando a comida chegou, as vozes se acalmaram. A quantidade era menor do que o número de pessoas, mas não houve caos. As mulheres e crianças receberam sua porção. O resto foi dividido entre os homens. Quem tinha alguma comida dividia com quem estava do lado. Theodor pegou o pacote de biscoitos, separou seis unidades e deu o restante para uma família com cinco filhos. Ganhou em troca uma maçã.

Quando Bernardo e Clarice finalmente fecharam os olhos, Theodor se levantou e, com cuidado, atravessou os corpos adormecidos no chão. Precisava de ar, precisava fumar um cigarro, ver o céu. A igreja tinha um belo pátio interno, aberto, com bancos de madeira sob árvores floridas. Era plena primavera e elas estavam coloridas de amarelo, branco, lilás e vermelho. Provavelmente era ali que os religiosos meditavam e oravam em silêncio.

Theodor rapidamente notou pequenos pontos de brasa que flutuavam na noite. Outros haviam tido o mesmo desejo que ele. Juntou-se a mais dois homens que fumavam colados ao muro. Cumprimentou os dois com a cabeça e perguntou em neerlandês de onde eles eram. Vinham da Holanda. Haviam fugido de Amsterdã fazia cinco dias. Felizmente tinham um carro e combustível suficiente para levá-los até Calais. Eram primos e seguiam com as mulheres e cinco crianças.

– Foi tudo muito rápido. Depois do bombardeio a Roterdã, Amsterdã se rendeu sem resistência – falou o mais alto dos primos. – Os alemães foram recebidos como heróis por muitos holandeses. As ruas se encheram de simpatizantes com o braço direito esticado! – e ele imitou a saudação nazista, cuspindo no chão em seguida.

O mais baixinho o encarou e disse que se calasse, em iídiche, quase inaudível. Theodor respondeu no dialeto.

– Não se preocupem. Eu também sou judeu e venho de Antuérpia. A cidade também foi tomada por eles – e também cuspiu no chão.

A partir daí, a conversa seguiu sem medo. Os primos, nascidos na Holanda, eram filhos de poloneses e casados com inglesas – irmãs, disseram ao mesmo tempo. No mesmo dia em que os alemães invadiram o território holandês, o sogro – um médico judeu com bons contatos em Londres – telefonara aos rapazes ordenando que deixassem o país o quanto antes. Estava tudo arranjado. As famílias cruzariam o canal para a Grã-Bretanha por Calais.

– Partimos depois de amanhã. O cerco se aperta, meu amigo. Os nazistas já chegaram a Cambrai e Abbeville, estão tomando o litoral francês... Aproximam-se pelo Sul e pelo Norte... As tropas aliadas estão recuando! – disse o mais alto, enquanto esmagava a guimba do cigarro com a ponta do sapato.

– E você? Quais são seus planos? – perguntou o outro.

Theodor não tinha planos. Tinha um objetivo: o Brasil, onde o cunhado já garantira emprego e moradia. A questão era o longo caminho a ser trilhado. Precisava de um visto definitivo para cruzar o Atlântico e de vistos de trânsito para atravessar a Espanha e entrar em Portugal. A primeira parada seria Paris, onde procuraria o embaixador brasileiro. A cunhada estava providenciando os documentos em Lisboa, que seguiriam para lá, falou sem muita firmeza. Pretendia pegar o trem em Calais até a capital francesa.

Os primos se entreolharam.

– Não quero desanimá-lo, mas as notícias desses lados também não são boas. Os alemães massacraram os franceses no confronto em Sedan, bombardearam e tomaram ferrovias de acesso a Paris – explicou o mais baixinho enquanto coçava, sem graça, a parte calva da cabeça.

– Muitos trens foram desviados, e os que chegam à capital vão carregados de soldados para proteger a cidade! – completou o outro.

Theodor colocou os braços na cintura e soltou um longo suspiro.

– Então vou arranjar outro jeito. Tenho um filho pequeno e uma mulher grávida de oito meses. Preciso chegar pelo menos até Lisboa para que o bebê nasça em segurança.

Os três voltaram em silêncio para o porão. Quando estavam quase na porta, o primo mais alto segurou o braço de Theodor.

– Escute, não temos lugar para todos, mas podemos levar sua mulher, o menino e a bagagem, se for pouca. Vi que tem uma bicicleta... Você segue nela. São cerca de cinquenta quilômetros, é pouco. Iremos praticamente juntos do jeito que as estradas estão cheias.

Ele esboçou um pequeno sorriso e pôs as mãos no bolso.

– É o que podemos oferecer...

– E é muito! – disse Theodor, passou a mão pela cabeça. – Já é muito, acredite! Não sei como agradecer.

No dia seguinte, os homens levantaram cedo e seguiram para a zona portuária de Dunquerque. O local estava tomado de soldados, a maioria, britânicos. Alguns embarcavam, outros desembarcavam, junto com veículos e armamentos militares.

O primo mais alto – que era quem tomava as decisões na dupla, Theodor percebeu logo – entrou num bar e voltou, minutos depois, acompanhado de um careca gordo, com um farto bigode e tufos de pelos que contornavam a gola da camiseta.

Ele acenou para Theodor e o primo mais baixo, indicando que já volta. O movimento intenso e, ao mesmo tempo, caótico aumentava a insegurança. A aparência das tropas não ajudava. Muitos tinham os rostos cansados, estavam feridos, se arrastavam sem ânimo, dentro das fardas sujas, como se fossem mendigos. Outros moviam-se apressados. As ordens pareciam desencontradas. O inimigo se aproximava. Os alemães estariam a menos de vinte quilômetros de Dunquerque, Theodor ouviu de um oficial, mas teriam parado no caminho. Ao mesmo tempo, soldados britânicos recuavam para a cidade portuária. Bateriam em retirada para a Grã-Bretanha ou defenderiam

Dunquerque? Theodor preferiu ficar calado. Aqueles homens sabiam tanto quanto ele.

Uma hora depois, estavam de volta ao abrigo, com gasolina suficiente para o trajeto até Calais. Pela primeira vez, Theodor, Clarice e Bernardo sentiriam o horror dos bombardeios.

40

O dia mal clareara e já estavam todos de pé. Os padres distribuíram pão. As crianças receberam uma caneca de leite em pó misturado com água.

Theodor acomodou Clarice e Bernardo no carro dos holandeses. A pequena mala foi presa junto às outras, no teto do automóvel, tamanha a quantidade de bagagem que levava.

O pianista montou na bicicleta. Seguiriam lado a lado. O veículo mal se movia em meio ao fluxo de gente que tomava a pista. O movimento de caminhões militares e tropas a pé, nos dois sentidos, se intensificara.

– Vão seguindo, eu os alcanço lá na frente – disse, depois de emparelhar a bicicleta. – Vou descobrir o que está acontecendo – e apontou para três soldados que descansavam à beira da estrada.

Eram franceses. Todos com algum tipo de ferimento, que lhes possibilitava andar, mas que os impedia de estar na frente de batalha. Dois deles tinham o braço imobilizado, colado ao peito, com tipoias improvisadas com cintos. Tinham sido atingidos por estilhaços de bombas. O outro trazia uma bandagem na cabeça, na altura da orelha.

Theodor aproximou-se e foi direto ao assunto. Contou que vinha da Bélgica rumo a Paris. A família seguia de carona, logo à frente. Tentariam pegar o trem em Calais. Falou em francês – ser poliglota era uma moeda valiosa na guerra, pensou ele. Outra era ter cigarros. Tirou o maço do bolso e o ofereceu aos rapazes. Só um deles fumava.

– Estamos há mais de uma semana na estrada – desabafou Theodor, enquanto acendia o cigarro do rapaz e, em seguida, o próprio. – Minha mulher está grávida de oito meses. Até agora conseguimos escapar dos bombardeios, mas vimos destruição por todo lado... E os rumores da aproximação dos alemães – falou, apontando para os caminhões. – Agora, esse movimento intenso dos nossos soldados. O que está acontecendo?

O rapaz com a cabeça machucada, que aceitara o cigarro, se adiantou. Nem eles sabiam ao certo o que se passava. Estavam cansados, famintos, tiveram ordens para seguir para Dunquerque, onde se apresentariam ao comando aliado. Tinham sido feridos perto de Armentières e atendidos num hospital improvisado nos vagões de um trem. Havia rumores de que o governo francês acabara de trocar a chefia do comando militar.

– Parece que os britânicos fizeram um contra-ataque, perto de Arras, e pegaram os alemães de surpresa... Alguns companheiros dizem que não foi o suficiente para os tanques recuarem, mas ouvimos numa rádio inglesa que nossas tropas também estão lá, resistindo bravamente... – completou o soldado, sem nenhuma convicção, enquanto dava uma longa tragada.

Terminaram o cigarro em silêncio. Fumaram até o filtro. Theodor jogou a guimba no chão e a apagou com a ponta do sapato. Desejou boa sorte aos rapazes e subiu na bicicleta. Pedalou o mais rápido que pôde, abrindo caminho com a buzina. Em poucos minutos, encontrou o carro. Algo lhe dizia que eles seguiam em direção ao confronto e, se recuassem, o quadro seria o mesmo. O rolo compressor vinha pelos dois lados. Naquele mesmo dia, o pressentimento se confirmou.

41

A tarde caía e boa parte dos que faziam o caminho a pé haviam parado para pernoitar em algum vilarejo. Poucos seguiam em frente, de carro ou bicicleta. Finalmente, era possível pisar no acelerador, mais do que frear. Theodor chegara a suar para acompanhar o automóvel, que ia atrás dos caminhões e dos jipes militares. Às vezes, era preciso diminuir a marcha porque havia tráfego nos dois sentidos. O vento batia no rosto e ele se permitiu alguns momentos de prazer. A placa sinalizava a cidade de Ardres logo à frente. Estavam a menos de vinte quilômetros de Calais.

De repente, ouviu-se um zumbido suave e crescente. Em seguida, o barulho ensurdecedor das sirenes. Segundos depois, gritaria e pânico. As pessoas pularam dos veículos, se atiraram no mato, cobriram as crianças. Theodor largou a bicicleta e correu para o carro. A essa altura, o motorista – o primo mais alto – havia jogado o automóvel para fora da estrada, próximo a uma trincheira improvisada no acostamento.

Os *Stukas* se aproximavam como aves de rapina em busca de carniça. Embicavam e mergulhavam tão baixo que era possível ver as bombas caindo. A sirene soava alto. Os estilhaços repicavam nos tetos metálicos e os soldados em terra disparavam as metralhadoras.

Clarice estava paralisada, no chão do veículo. O corpo curvado protegia a barriga e Bernardo. Os outros ocupantes haviam saído e buscado proteção na trincheira. Os aviões deram uma curta trégua. Estava claro que iriam manobrar e voltar.

Theodor se arrastou até a porta.

– Clarice, vem, por favor! Não temos tempo! – gritou, enquanto estendia a mão. – Eles estão a voltar! – e puxava a mulher pelo ombro.

Ela permanecia imóvel. Mexeu-se finalmente quando Bernardo começou a chorar. Saíram agachados. Ele pegou o filho no colo. No lado direito da estrada, havia um celeiro, muitos corriam para lá. No lado esquerdo, um descampado com mato alto, sem uma única árvore. Theodor olhou para um lado e para o outro. Puxou Clarice na direção da área livre.

– Tu estás louco?! – berrou ela, olhando o horizonte limpo à sua frente. – Eu não vou! Queres nos matar! Eu não vou!

Ela gritava, ao mesmo tempo que tentava tirar Bernardo dos braços de Theodor e seguir na direção oposta, onde havia o galpão. Theodor segurou o braço dela com tanta força que os dedos ficaram marcados, em pequenas manchas roxas.

– Vais fazer o que estou a mandar! Agora! – disse, com a boca espumando.

Theodor foi arrastando Clarice com Bernardo agarrado ao pescoço. Não se afastaram nem vinte metros da estrada quando a sirene novamente soou no ar. Nesse momento, ele empurrou Clarice e jogou o corpo por cima dela.

O novo ataque aéreo foi seguido por uma grande explosão. Depois, vieram os berros. Os três permaneceram abaixados por mais um ou dois minutos, longos como horas. Não haveria um terceiro ataque. Pouco a pouco, foram se levantando. Nomes eram gritados. As pessoas corriam e se abraçavam em meio às lágrimas. Algumas tremiam, outras permaneciam caladas, em choque. Clarice era uma delas. Em pé, no meio do descampado, olhava o celeiro em chamas.

Theodor abraçou-a. Os olhos dela estavam molhados. Pela primeira vez sentira a morte de perto. Na guerra, a morte era certeza. Viver era fruto da sorte, algumas vezes do sangue-frio. Clarice teve uma crise de choro e abraçou o marido e o filho.

– Desculpa, desculpa! – gritava ela, com o rosto enterrado no peito de Theodor. – Se fosse por mim, estaríamos mortos!

Ele acariciou os cabelos da mulher. As mãos de Theodor tremiam. Fora tudo muito rápido. Num lampejo, acendera-se em sua mente uma história dos companheiros de guerrilha na Espanha, onde os *Stukas* haviam sido usados pela primeira vez. "Ninguém desperdiça uma bomba num alvo ínfimo, corra sempre na direção contrária à da maioria." Ele, Clarice e Bernardo seriam nada, sozinhos, naquele descampado.

Aos poucos, Clarice foi se acalmando e voltaram para o carro. Fora um hematoma, um arranhão ou outro, os primos com as esposas e as cinco crianças estavam bem. As mulheres estavam pálidas. Os homens, calados, avaliavam o estrago no carro e na bagagem. Havia marcas de estilhaços por todo o veículo, mas o motor estava intacto. As malas atingidas se abriram e as roupas voaram, se espalhando pelo chão. Saíram o mais rápido que puderam.

Decidiram passar a noite em Ardres. Conseguiram abrigo numa fazenda. Não houve bombardeio noturno, mas o celeiro em chamas tirou o sono dos adultos e perturbou o das crianças, embora evitassem o assunto. No dia seguinte, uma delas acordou com bolhas pelo corpo e muita coceira. A princípio, suspeitaram de pulgas, mas apenas a menina tinha os sintomas e o local era bem limpo. Um clínico geral, daqueles que têm consultório em casa, atendeu a garotinha, um pouco mais velha que Bernardo. Havia suspeita de catapora. Teria de ser internada e ficar em observação.

As famílias se separavam ali. As mulheres se abraçaram, enquanto Theodor agradecia aos homens. Quem sabe não se esbarrariam mais à frente? Quem sabe, depois que tudo isso terminasse, e todos voltassem para casa, não se encontrariam em Amsterdã ou em Antuérpia? "Não é tão distante", brincaram. Despediram-se com a promessa de um encontro depois da guerra, sem a convicção de que voltariam para casa.

Theodor arrumou a bagagem na bicicleta e partiu com a família atrás de um lugar para passar a noite. Mais uma vez, foram salvos por religiosas. Ganharam abrigo e uma refeição com pão, sopa e patê num convento.

As freiras cederam a Clarice um dos quartos da clausura. O bebê mexia sem parar e ela estava com as pernas inchadas. Precisava colocar os pés para cima e descansar. Ao mesmo tempo, estava agitada. Precisava falar com Olívia, dizer que estava bem, principalmente depois do ataque aéreo do dia anterior. Theodor prometeu que acharia um telefone. Só então Clarice se acalmou, e ele saiu apressado.

Três horas depois, Theodor estava de volta. Clarice dormia profundamente. As dores haviam passado, as freiras disseram. Amanhã, ele a veria. O pianista seguiu para o cômodo reservado aos homens. Improvisou um travesseiro com o terno e se deitou num canto, com as pernas encolhidas.

Apalpou a bolsa com diamantes acomodada no bolso improvisado. Falara com Olívia. As notícias da guerra estampadas nos jornais portugueses não retratavam o que eles estavam passando, vendo e ouvindo desde que deixaram Antuérpia. No olho do furacão, os alemães pareciam invencíveis. Seria possível que ele estivesse sendo pessimista demais?

A cunhada estava com o *Diário de Lisboa* na mão. Na manchete, a afirmação de que o rei Leopoldo continuava na Bélgica à frente das tropas, ao contrário do que noticiava Berlim. Olívia fez questão de citar a declaração de Churchill. O primeiro-ministro britânico dissera – leu ela em voz alta e clara – que, "se a situação na frente norte da França deve ser considerada como grave, nada autoriza a julgá-la como gravemente comprometida". A reportagem elogiava o comando militar francês, ressaltava os esforços dos aliados em minar as linhas de comunicação e o reabastecimento de munição das tropas alemãs, além da atividade intensa da aviação francesa e da Real Força Aérea britânica contra o inimigo.

Theodor escutou em silêncio e nada falou sobre o bombardeio do dia anterior. Olívia não tinha ideia da gravidez de Clarice, muito menos da situação caótica em que se encontravam. Estavam a caminho de Calais para, de lá, tentar pegar o trem até Paris. Olívia havia mandado um telegrama para a embaixada brasileira na capital francesa, ainda sem resposta. Ela culpou a lentidão do serviço dos correios e telégrafos e a burocracia em geral. Mal houve tempo para despedidas, o telefone começou a falhar. Theodor prometeu que ligaria assim que chegassem a Paris.

No dia seguinte, pegaram a estrada rumo a Calais. O movimento de tropas era o maior que ele já tinha visto até o momento. A única forma de conseguir carona seria apelando para a gravidez de Clarice. Conseguiram convencer um trem militar a levá-la, com Bernardo. Theodor seguiria de bicicleta com a bagagem.

– Estarei logo atrás de vocês – ele disse, enquanto ajudava Clarice a subir. – Filho, cuida da tua mãe! – e deu um beijo no menino, no colo, e o passou para um soldado.

Com o caminhão já em movimento, gritou para Clarice:

– Se nos perdermos, segue para o endereço que te dei!

A voz ecoou no ar e ela respondeu com um aceno.

O endereço era de um advogado em Calais, conhecido do sogro dos holandeses. Era o contato que tinham para deixar a França. Não era judeu, mas muito menos era simpatizante dos nazistas. Fazia parte de um grupo de resistência que salvara espanhóis das garras de Franco. O inimigo, agora, era Hitler. Os primos alertaram, porém, que, por mais boa vontade que houvesse, teria um preço, e bem alto. Até que ponto o advogado lucrava, eles não sabiam. O sogro garantira que o dinheiro ia para as despesas da guerra, que incluíam subornos, confecção de documentos falsos, transporte, esconderijos, rotas de fuga.

42

Theodor conseguiu seguir o caminhão, sem perdê-lo de vista durante o trajeto. À medida que se aproximavam de Calais, a tensão aumentava. O barulho das explosões vinha num crescendo, e, mesmo com o dia claro, era possível distinguir os pontos luminosos que estouravam no céu. Calais estava sob intenso bombardeio.

O caminhão em que Clarice viajava diminuiu a marcha e estacionou no mato, ao lado da pista. As tropas aguardavam as ordens. Aos poucos, não havia mais estrada, apenas uma concentração de pessoas que não sabiam que direção tomar. Veículos davam ré, outros tentavam manobras. As famílias se aglomeravam em volta dos jipes, onde militares falavam com as bases. A comunicação falhava. Theodor não sabia o que fazer, para onde ir. Não teve tempo de pensar. O caminhão subitamente se pôs em movimento, rumo a Calais. Ele emparelhou a bicicleta.

– Estamos indo para a linha de frente? – gritou, desesperado, para o motorista. – Estamos indo para a batalha? É seguro? O que faço? Minha mulher e meu filho estão nesse caminhão! Ela está grávida!

O motorista abriu um sorriso sarcástico e balançou a cabeça com pena daquele homem que perguntava o óbvio. Freou bruscamente.

– Escute, você pode tirar sua mulher e seu filho… ou então pular aí atrás e seguir conosco. É só o que tenho a lhe dizer… Então? – disse, enquanto acelerava o veículo como quem não tem tempo para esperar.

Theodor olhou o caminhão, olhou a bicicleta. Não teria como tirar a esposa e o filho dali. A guerra estava à frente e atrás. Largou a bicicleta no meio da estrada e correu, com a bagagem, para a traseira do caminhão, já em movimento. Os soldados o puxaram para dentro. Sentou-se ao lado de Clarice e acomodou Bernardo debaixo das pernas.

Os alemães apertavam o cerco sobre Calais. Um batalhão atacava a parte velha da cidade. Outra frente avançava pelo leste para tomar a zona portuária. Os navios franceses disparavam contra o inimigo no mar, mas a retaguarda estava descoberta. Não havia como virar os canhões. Durante a noite, as forças aliadas se concentraram em Calais-Nord, na parte antiga da cidade, e reforçaram a defesa na ponte e nas casas de frente para o canal. Do outro lado do porto, as tropas permaneceram sem cobertura.

Depois de uma manhã de bombardeios intensos, os alemães deram uma trégua no fim da tarde. Foi neste momento que o caminhão militar em que a família Zuskinder viajava entrou na cidade.

O veículo fez uma breve parada para os três saltarem, sem despedidas, mal tiveram tempo de agradecer. Havia gente correndo para todos os lados, aproveitando a curta trégua entre um ataque e outro para procurar comida. As máscaras de gás pesavam no pescoço. Muitos preferiam levá-las assim para manter os braços livres. Mesmo as crianças carregavam o objeto.

Andaram por cerca de vinte minutos até o endereço do advogado. Não foi difícil encontrá-lo. Ficava próximo à Torre de Guet, resquício da fortificação que defendia a cidade na era medieval. Os abrigos estavam lotados, a cidade sitiada. A tarde caía e as pessoas corriam de volta para casa e para os esconderijos. Um novo ataque viria a qualquer momento. Theodor apalpou os diamantes no forro do terno.

O escritório ficava no primeiro andar de um prédio de esquina, com três pavimentos. As cortinas estavam cerradas. Havia uma mercearia no térreo. Ao lado da entrada lateral, um lance de escadas terminava numa porta grossa de madeira, de acesso ao porão, provavelmente o depósito da loja.

Um homem, tão alto quanto Theodor e bem magro, com um cigarro pendurado no canto da boca, surgiu pela porta da frente. Se não fosse o cabelo grisalho, dir-se-ia que tinha menos de cinquenta anos. Era ágil apesar da altura. Trazia na mão uma barra de ferro com um gancho na ponta para puxar a grade que protegia o estabelecimento. Theodor se aproximou. Clarice e Bernardo ficaram um pouco atrás.

– Desculpe incomodá-lo..., mas estou procurando *monsieur* Junot, o advogado – e apontou para a janela logo acima.

O homem arqueou as sobrancelhas e continuou a puxar a grade.

– E o que o senhor quer com ele? – perguntou, sem virar o rosto.

Theodor ajeitou o chapéu na cabeça. Aquele homem só podia ser Junot.

– É particular... e urgente! – e mostrou a mulher e o filho.

Só aí se deu conta de que não sabia o sobrenome dos rapazes holandeses.

– Larz e Lies, de Amsterdã, casados com duas irmãs inglesas – continuou ele –, disseram que o procurasse. Eu os conheci em Dunquerque.

O homem passou uma corrente na parte baixa da grade e travou o cadeado.

– Em que posso ajudá-lo? – disse ao levantar-se e estender a mão para Theodor.

Theodor retribuiu o cumprimento, ao mesmo tempo que se apresentava e à família. Depois, contou rapidamente sobre o encontro com os rapazes holandeses, a doença da menina que atrasara a vinda até Calais e a viagem dele próprio até chegar ali, em meio aos bombardeios.

– Vamos conversar lá em cima.

O homem fez sinal para que o seguissem. Subiram até o primeiro pavimento. Havia duas portas. *Monsieur* Junot tocou a campainha à direita. Uma jovem, em torno dos dezesseis anos, abriu a porta com um sorriso entediado.

– Esta é Sylvie, minha filha – apresentou a moça. -- Chame sua mãe e diga para preparar um chá para dona Clarice e o menino. Eu já venho... E a senhorita não tire o pé de casa – disse ele, enquanto balançava carinhosamente o queixo dela. – Não saia de casa! – Deixou de lado o tom meigo e doce para encarar a filha e frisar: – Estou falando muito sério. Não saia de casa.

A menina resmungou uma resposta qualquer e deu passagem para Clarice e Bernardo entrarem. *Monsieur* Junot, então, abriu a outra porta, que dava para um escritório amplo e precariamente decorado. Havia uma mesa, duas cadeiras, um sofá encostado numa parede e, na outra, uma estante, com livros e pastas, do chão ao teto. Apontou uma cadeira para Theodor e apoiou-se no tampo da mesa.

– Então, do que o senhor precisa? – perguntou, com os braços cruzados sobre o peito.

– Preciso chegar a Paris... e, até sair daqui, de um lugar para ficar com minha mulher e meu filho – respondeu, enquanto tirava uma pequena pedra do bolso. – Quantas destas vai me custar?

Junot não tocou na pedra que Theodor colocou sobre a mesa.

– A qualquer momento, os nazistas vão tomar Calais – falou, em tom baixo e pausado. – A cidade está cercada por tanques, que abriram caminho para a infantaria. Os soldados alemães já entraram. Não sei quanto tempo resistiremos. Há boatos de que Churchill mandou tropas inglesas para cá, e que um reforço também viria de Dunquerque... Nossos navios já bateram em retirada. O porto está cada vez mais descoberto! – exclamou. – A questão maior, você entende, não é quanto vai custar, mas quem irá levá-los. Temos de arranjar um carro! Mesmo que consiga embarcá-los num trem, as linhas para Paris estão interrompidas em muitos trechos. As locomotivas são desviadas. Então, não prometo nada. Amanhã verei o que consigo arranjar. Hoje, vocês ficam conosco. Temos um abrigo no porão do prédio.

Junot foi direto e breve. A noite anterior fora de intenso bombardeio. Theodor ouviu, quieto. A destruição estava por toda parte. Em seguida, os dois foram até o apartamento. Clarice estava deitada no sofá da sala. A mulher de Junot, alta e magra como ele, havia preparado um chá. As duas conversavam. O que ele tinha de discreto, Sandrine tinha de falante. A menina que abrira a porta era a única filha do casal. A mercearia, que ficava no térreo, era herança do pai de Sandrine, assim como o prédio todo. Ela tocava o armazém. Aos poucos, o marido – com cada vez menos trabalho no escritório – tomara a frente do negócio. No decorrer da guerra, a venda se tornaria o disfarce perfeito para as atividades da Resistência.

43

Além de falante, Sandrine Junot era uma mulher prática. Logo que o marido abriu a porta, acompanhado de Theodor, ela rapidamente seguiu para a cozinha. Voltou, minutos depois, com uma bacia d'água, um pedaço de sabão e duas toalhas.

– O senhor certamente precisa se refrescar! Estamos sem água corrente no banheiro – e apontou para o corredor. – A segunda porta, à esquerda!

Theodor trocou um olhar com Clarice, que fez sinal para que ele aceitasse a gentileza. Ele agradeceu e desapareceu no corredor. Fechou a porta atrás de si e debruçou-se na pia, de frente para um espelho oval que refletia a metade superior do seu corpo. A barba por fazer, os olhos fundos das noites maldormidas, os dentes amarelados de nicotina. Alimentava-se de cigarros havia dias. Já não se lembrava de onde conseguira os maços. Talvez de um carregamento tombado numa das tantas estradas por onde haviam passado.

O pianista tirou o paletó, a camisa de pano fino e a camiseta que usava sobre a pele. Esfregou a toalha úmida pelo peito liso, pelos braços, pescoço. Molhou os cabelos, o rosto e bochechou com água e um pouco de sabão. O gosto era horrível, mas tirava o ranço da nicotina da boca.

Secou-se com a outra toalha. A camiseta exalava um cheiro azedo de suor velho. Relutou em colocá-la novamente, mas não havia opção. Daria um jeito de lavá-la na primeira ocasião. Ouviu dois toques rápidos na porta e a voz de Junot para que abrisse. O francês havia pressentido sua angústia. Esticou o braço para dentro do banheiro com uma camiseta limpa e uma navalha.

– Tome, meu amigo! Melhore esta aparência – e rapidamente fechou a porta. – Só não demore muito, temos de descer antes que os bombardeios comecem.

A voz veio de longe, já no fim do corredor.

Theodor fez a barba de qualquer jeito. Em menos de dez minutos, estava novamente na sala.

– Não sei como agradecer, sinceramente, muito obrigado – disse Theodor, enquanto entregava a bacia com a água encardida, as toalhas, o cotoco de sabão e a navalha para Sandrine.

– Pois eu sei! – respondeu Sandrine, enquanto apontava para o piano, no canto da sala. – Clarice nos contou que você é o melhor! Minha mãe tocava e, desde que ela se foi, não se ouve música decente nesta casa – e deu uma gargalhada.

Theodor sorriu sem jeito. Clarice pulou do sofá e foi até ele.

– Ora vamos, Theodor! Toca um pouco! – falou, eufórica, enquanto puxava o marido pela mão.

Theodor sentou-se na banqueta, abriu a tampa e dedilhou algumas notas numa espécie de aquecimento. O instrumento estava desafinado, mas quem se importaria? Ele fechou os olhos e transportou-se para um tempo que pertencia a outra vida. Noites adentro, nos cabarés de Berlim, regadas a vinho e cerveja, e curadas com um mergulho, ao amanhecer, no rio Spree. As visitas ao zoológico da cidade depois das aulas no conservatório, os passeios de bicicleta que terminavam numa doceria com um café cremoso e *Brandteig* com muito chantili.

Sandrine puxou Clarice e as duas rodopiaram pelo centro da sala. A música era como álcool que as levava a um estado de embriaguez leve, de felicidade gratuita, momentânea. Até Junot se deixou contagiar e puxou a entediada Sylvie, que, depois de alguma relutância, se sacudia às gargalhadas nos braços do pai. Bernardo esticou os dedinhos timidamente nas teclas extremas do piano, como se também tocasse, mas não forte o suficiente para emitir qualquer som.

Do cabaré alemão, Theodor passou para um sucesso da música francesa que conhecera na breve passagem por Paris, depois de fugir da Espanha. Ele tocou *"Les Mômes de la cloche"*, para delírio de Sandrine. Ela se aproximou do piano e soltou a voz imitando o gestual de *"La Môme Piaf"* – que havia visto se apresentar, uma única, mas marcante vez, no Le Gerny's. A cena provocou mais gargalhadas em Sylvie, que se juntou à mãe em volta do piano, enquanto Clarice e Junot aplaudiam.

Naquele breve momento, era a guerra que parecia algo distante, de outra vida. Mas foi por pouco tempo. Quando eles se deram conta, o prédio já estremecia. O vidro das duas janelas retangulares e compridas, que estavam entreabertas, estilhaçou-se e os cacos voaram pela sala junto com parte da esquadria. Theodor curvou o corpo sobre o de Bernardo para protegê-lo da chuva de vidro e madeira. Junot e Clarice correram para debaixo da mesa, enquanto Sylvie e Sandrine se enfiaram atrás do piano. Ficaram todos imóveis por segundos que pareceram horas. O estrondo fora tão forte que eles perderam momentaneamente a audição. Por pouco, o apartamento não fora atingido em cheio. As explosões eram ouvidas como um baque surdo e distante, mas a fumaça branca estava logo à frente. Aos poucos, os gritos de Junot tomaram a sala.

– Temos de sair rápido! Antes que eles voltem! – berrava o advogado, enquanto empurrava a mulher e a filha, em estado de choque, para a porta.

Theodor colocou Bernardo no colo e, junto com Clarice, saíram logo atrás.

Desceram as escadas aos pulos. Na rua, as pessoas corriam de um lado para o outro, desorientadas. Várias estavam feridas. Clarice afundou a cabeça no peito de Theodor ao ver uma mulher que balançava freneticamente o corpo de uma criança enquanto lágrimas lhe escorriam pelo rosto. Não havia mais vida ali. Ela fez menção de correr para a mulher. A vontade era de abraçá-la. A criança devia ter a idade de Bernardo.

Theodor a segurou firme pelo braço. Junot fez um sinal com a mão para que se apressassem. Ele havia aberto a porta que dava acesso ao porão do prédio.

– Theodor, corra! Vamos logo! – gritava, ao mesmo tempo que tentava impedir a invasão do abrigo.

Sete pessoas haviam entrado. Com ele e os Zuskinders seriam onze. Já passava da lotação máxima. Theodor foi o último a entrar.

Antes de a porta se fechar, Junot virou-se e viu a aproximação dos *Stukas*. Estavam tão perto que era possível identificar as suásticas na cauda do avião. Mergulharam como gaivotas e soltaram bombas a poucos metros do chão. Junot travou a estrutura de madeira a tempo de impedir que a fumaça invadisse o esconderijo.

44

Calais estava sob intenso ataque. O bombardeio entrou madrugada adentro e continuou no dia seguinte. As provisões chegavam ao fim. Estabeleceu-se, de imediato, um racionamento. A maior preocupação era a água.

Os Junots tinham preparado o porão no começo de setembro de 1939, depois que a Polônia foi invadida e a Grã-Bretanha e a França declararam guerra à Alemanha. Era um abrigo antiaéreo, para onde os três desceriam confortavelmente quando a sirene tocasse. Havia três colchonetes, além de latas de sopa Campbell's e biscoitos. Dois lampiões de querosene garantiam a iluminação. Num canto, um balde de ferro, com uma tampa, escondido atrás de um biombo, funcionava como banheiro. Naquele momento, o local abrigava oito adultos e três crianças. Os Junots haviam descido ali pouquíssimas vezes. A noite anterior já havia sido passada lá. Não dera tempo de reabastecer as provisões. Restavam duas latas de sopa e meio pacote de biscoitos.

Agora voltavam novamente, com os Zuskinders e mais cinco pessoas: um casal de velhos que morava no prédio ao lado, clientes da mercearia, e uma desconhecida com dois filhos, cujo marido estava na frente de batalha. Morava a dois quarteirões dali e estava a caminho da casa da mãe.

O barulho das bombas explodindo era acompanhado pelo som amedrontador das rajadas de metralhadoras e dos tiros de rifles. O combate acontecia também em terra. No meio da tarde, quase vinte e quatro horas depois de terem se trancado no abrigo, houve uma súbita trégua. Os ataques aéreos cessaram e os tiros tornaram-se esparsos. No entanto, ninguém ousou sair. Ao anoitecer, começou o burburinho na rua. Pelo basculante lateral do esconderijo, viam-se pesadas botas correndo de um lado para o outro. Junot chamou Theodor para que se aproximasse da pequena janela encardida.

– Os alemães tomaram a cidade – disse Junot, observando o vaivém dos soldados. – Eu vou ver o que está acontecendo. Até eu voltar, não saiam daqui. Vou ver se trago água e alguma comida.

O grupo estava faminto, mas ninguém havia reclamado, nem as crianças. O advogado foi até a mulher e a filha e as abraçou. Sandrine mergulhou a cabeça no peito dele e suplicou que não fosse.

– Eu sei me cuidar, não se preocupe, volto logo – e, virando-se para Sylvie: – Não dê trabalho à sua mãe!

Ele sorriu e beijou a testa da menina. Em seguida, subiu num caixote e forçou o basculante para fora. A noite escura oferecia proteção.

– Vou com você! – se adiantou Theodor.

Junot virou-se e o barrou com a mão.

– Vou sozinho, é mais seguro. Além do mais – e apontou o resto do grupo –, quem vai cuidar deles?

Theodor concordou com a cabeça enquanto ajudava o homem alto e magro a atravessar a pequena janela.

Três horas depois, Junot estava de volta. Dessa vez, entrou pela porta. A mulher correu para abraçá-lo. Ele estava suado e trazia, na mão, uma barra de chocolate com a palavra *ration* no rótulo. Havia encontrado dentro de uma mochila de lona, em meio aos destroços, a poucos metros de um braço chamuscado. Era estranho ver um pedaço de corpo sem o resto dele. Parecia um toco de madeira escuro com cinco pequenos galhos secos. O cheiro doce de gordura queimada provocava ânsias. Ele cobrira a boca e o nariz com um lenço e seguira com o rosto meio escondido até o abrigo. Só o tirou quando já estava lá dentro.

A barra foi dividida em pequenos quadrados, que o grupo devorou rapidamente. O que ainda havia no abrigo era um pouco de água, que acabaria ainda naquela noite.

– Tivemos muita sorte, o prédio está praticamente inteiro. Parte do reboco do segundo andar caiu... mas, perto do resto da cidade, não é nada! Calais virou um amontado de escombros.

Baixou a cabeça, enquanto os outros ouviam em silêncio.

– A mercearia foi depredada... Levaram toda a comida e bebida – falou, enquanto se sentava ao lado da mulher. – Parece que no porto ainda há focos de resistência... Mas não vou mentir, os alemães tomaram a *citadela*. A nós, resta esperar. Amanhã é outro dia, procurem dormir. Aqui, estamos seguros – e calou-se, com o cenho franzido.

Theodor escutava, atento, próximo ao basculante. Passava das onze da noite e a rua estava vazia. Ninguém ousaria sair em meio à tensão de uma cidade sitiada. Ele estava ansioso e agitado. Daria tudo por alguns segundos ao ar livre. Junot aproximou-se e, mais uma vez – como fora com a camiseta limpa –, pareceu ler seus pensamentos.

– Tudo por um cigarro, não é, meu amigo? – disse, sorrindo, enquanto Theodor soltava um longo suspiro afirmativo.

– Venha... – e fez um sinal com a mão.

A essa altura, as mulheres, o casal de velhos e as crianças dormiam. Junot abriu a porta do abrigo e espiou por uma fresta. Os dois saíram sorrateiramente. A rua estava deserta. Entraram na mercearia e se agacharam atrás do balcão, que permanecia intacto. Theodor acendeu dois cigarros e passou um para Junot. Deram as primeiras tragadas em silêncio.

– A situação é bem mais preocupante... – Junot falava aos pedaços. – Os alemães cruzaram as pontes e entraram em Calais-Nord no fim da tarde... Há boatos de que fizeram mais de três mil soldados prisioneiros. A ordem do alto-comando é "cada um por si". Foram mais de duzentos bombardeios na noite passada. A rendição oficial deve ser anunciada nas próximas horas. No cais, embarcações estão retirando tropas, levando-as de volta para a Inglaterra.

Ele fez uma pausa para uma longa tragada. Theodor manteve o silêncio. Esperou que Junot continuasse.

– Estamos perdendo a guerra, amigo, e ela mal começou.

Deu mais uma tragada, a última, e apagou a guimba no chão.

– Quando os alemães furaram a linha Maginot, era claro que nada os deteria. Há rumores de que os soldados britânicos estão todos indo em direção a Dunquerque – completou, com a voz tensa.

Em seguida, Junot levantou-se e olhou em volta. Prateleiras tombadas, portas abertas, mas sem nenhum prejuízo maior que a grade arrebentada, os vidros estilhaçados e os produtos roubados. O prédio escapara do pesado bombardeio. Tinha subido ao apartamento mais cedo. Na correria da descida ao abrigo, não trancara a porta. Só a comida havia desaparecido. O resto parecia em ordem. Além das janelas e do rombo na parede de trás do segundo andar do edifício, ocupado por um inquilino que havia deixado a cidade, não houve maiores danos. O dinheiro e as joias estavam em lugar seguro, num esconderijo no quarto de Sylvie. Nem a mulher nem a filha sabiam. Estava na hora de contar a elas. Deixou os pensamentos de lado e encarou Theodor, que continuava em silêncio, sentado no chão.

– Vamos, temos de voltar – e estendeu a mão para que se levantasse. – Escute, eu vou dar um jeito de tirá-los daqui. Eles não vão acabar com a gente, eu prometo!

Theodor encarou o advogado que conhecera havia pouco mais de vinte e quatro horas e se tornara seu único amigo, uma tábua de salvação. A guerra tinha o estranho poder de separar entes queridos com a mesma facilidade com que unia completos desconhecidos. Ele não tinha motivo maior além da própria intuição para confiar em Junot. Aquele homem os ajudaria.

45

Durante toda a noite, e madrugada adentro, houve poucas explosões. Theodor se acomodou ao lado de Clarice e acariciou-lhe os cabelos. Vez por outra, ela abria os olhos. O sono era leve e inconstante. As pernas estavam inchadas dos quase dois dias naquele cubículo. Theodor olhava a barriga pontuda, que lembrava o pico de uma montanha. Imaginou se o pequeno ser que já estava formado, ali dentro, tinha a menor ideia do que o esperava do lado de fora.

As pálpebras caíram e ele dormiu pesado, ali, sentado. A cabeça pendeu para a frente. Nem quinze minutos depois, arregalou os olhos, assustado, o corpo tremendo involuntariamente. Tivera mais um pesadelo com o bebê. Tornara-se recorrente. No sonho, ele já havia nascido, mas Theodor não conseguia saber se era menino ou menina. Sempre que se aproximava, a criança desaparecia e surgia em outro canto distante, de costas para ele. Um calafrio percorreu-lhe a espinha, daqueles que fazem o corpo todo chacoalhar. Clarice precisava chegar o mais rápido possível a Portugal. Era o único lugar seguro para o bebê nascer.

O dia amanheceu e, com ele, o zumbido esparso e distante dos *Stukas*. Depois do bombardeio incessante, a calmaria soava estranha. Foi por pouco tempo. Logo começaram a ouvir o ritmo cadenciado das botas batendo no chão, o barulho dos tanques e dos carros militares. Vez por outra, o som de um escombro caindo e do concreto esmagado.

Durante horas, permaneceram sentados, quietos, esperando o anoitecer. Os alemães estavam ali, marchando na cidade, desfilando seus poderosos *Panzers*. Mas será que a rendição era oficial e as tropas haviam mesmo batido em retirada, abandonando os civis? Junot e Theodor trocaram olhares, preocupados. Não sabiam ao certo o que fazer. A água tinha terminado, a comida tinha terminado. O esconderijo era abafado. As crianças estavam impacientes, com fome. Começariam a chorar em breve. Era de se estranhar que, até o momento, permanecessem razoavelmente quietas.

Outro incômodo era o cheiro de urina, misturado ao dos corpos suados. Na noite anterior, Junot esvaziara o balde. Ninguém reclamava, mas era impossível suportar aquilo sem saber quando acabaria. Junot aproximou-se do basculante e abriu uma fresta. A lufada de vento trouxe um frescor momentâneo ao ar viciado e pesado. Ele abriu um pouco mais a janela. A rua parecia deserta, os barulhos vinham de longe. Apoiou as mãos e esticou a cabeça para fora. Não teve tempo de virar o rosto. Sentiu a ponta arredondada e fria do rifle na têmpora.

– Aus! Alle! Alle Aus!

O soldado alemão gritava enquanto cutucava a cabeça do advogado com a arma.

Junot falava um pouco de alemão. O suficiente para entender o que significavam aquelas palavras: todos para fora. Nervoso, ele empurrou o basculante e atravessou o buraco rastejando como uma lagartixa. Quando levantou, viu, logo atrás, um grupo com mais de trinta pessoas cercado por soldados. Deviam ser seis ou sete. Não importava, ninguém tinha forças para correr. Os semblantes cansados, mortos de sede e fome, caminhariam para onde quer que fosse, sem questionar a ordem.

O soldado fez sinal para que Junot se juntasse ao grupo. Em seguida, se abaixou e meteu o rosto no buraco.

– Aus! Alle! Alle Aus! – repetiu, enquanto girava o rifle de um lado para o outro.

Theodor levantou as duas mãos e respondeu, em francês, que eles já iam sair.

– La porte! La porte! – e apontou para a saída.

Caminhou até a porta, com as mãos levantadas, e girou a pesada chave de ferro. Um a um, saíram o casal de velhos, a mulher com as duas crianças, Sandrine, Sylvie, Clarice – de mãos dadas com Bernardo – e ele, por último.

O alemão os empurrava com o rifle. Sylvie correu e abraçou o pai. O que primeiro chamou a atenção de Clarice foi a aparência dos soldados. Eram muito jovens, não deviam ter mais de vinte anos. Os uniformes impecáveis, ajustados ao corpo – bem diferentes dos das tropas francesas, que, muitas vezes, andavam com calças que não combinavam com a parte de cima –, as botas lustradas, os cabelos bem cortados, rostos corados, barbas feitas. Aqueles homens não pareciam estar numa guerra. Cheiravam bem, estavam alimentados.

Já os refugiados vestiam roupas encardidas, que não eram trocadas havia dias. O cheiro dos corpos impregnava a rua, misturado ao cheiro de queimado das explosões das últimas horas. Pela forma como trocaram olhares, Clarice logo percebeu que pensavam o mesmo dela. Ao ver aquelas pessoas, o pensamento de Theodor foi além. Os homens usavam ternos escuros e chapéus de abas largas. As mulheres traziam lenços na cabeça e saias longas. Havia muitas crianças. Eram judeus. A confirmação veio em seguida, quando o pianista sussurrou algo em iídiche no ouvido de um dos homens.

Seguiram por mais três quarteirões, numa espécie de fila indiana dupla, que engrossava à medida que mais soldados surgiam com pequenos grupos. Theodor ia no fim, com Bernardo no colo e Clarice ao lado. Ela tinha dificuldades para andar, ainda mais depois do tempo passado no abrigo, sem praticamente mexer as pernas. Junot e a família também caminhavam devagar, um pouco à frente, para não se perderem. A essa altura, havia umas sessenta pessoas; na maioria, velhos, mulheres e crianças. Ao longo do caminho, viam-se homens cabisbaixos, com uniformes rasgados e sujos, se arrastando como robôs. Com a rendição, haviam passado de soldados a prisioneiros de guerra.

Veículos militares, com o símbolo do Reich, passavam buzinando. Havia corpos e pedaços de corpos largados pelo chão. Theodor afundou o rosto de Bernardo no peito. Por duas vezes, Clarice teve ânsia de vômito, mas conseguiu se conter. Na terceira, ela não aguentou. Parou e baixou o rosto. A golfada rala, de bile, voou no chão, logo à frente. Um soldado se aproximou para apressá-la. Outro que cuidava da retaguarda tomou a voz do comando e o mandou voltar para a frente. Em seguida, tirou o cantil que trazia preso no cinto e fez com que Clarice bebesse um gole d'água. Theodor agradeceu com a cabeça. O soldado retribuiu com um sorriso. Foi a brecha para o pianista se aproximar.

– Minha mulher está grávida de oito meses. Precisa de repouso. Para onde estão nos levando? – arriscou, em alemão.

O soldado não perguntou nada. Pouco lhe interessava a nacionalidade daquele homem que carregava uma criança no colo e tinha outra a caminho. Deu um suspiro curto e foi breve.

– Em poucos metros, estaremos num cruzamento. Nós vamos para a esquerda. Checagem de documentos. Vá para a direita. Aproveite que está escurecendo e siga para a direita.

A voz foi enfática.

– Esconda-se nos escombros. Depois, é por sua conta. Mas não siga para a esquerda. Você entendeu? Leve sua família. E, por favor, esqueça o alemão, se não quiser ser apanhado novamente.

Theodor agradeceu mais uma vez com a cabeça e voltou para perto de Clarice. Pediu que ela chamasse Sandrine para ajudá-la. Junot, a mulher e a filha reduziram a marcha. Agora caminhavam juntos. Quando a bifurcação se aproximou, Theodor trocou um último olhar com o soldado antes de se virar para o advogado e as mulheres.

Uma praça em Antuérpia 217

– Não façam perguntas. Na esquina – e indicou o cruzamento que se aproximava –, nós deixamos o grupo e nos enfiamos naquele prédio – falou, apontando discretamente para uma construção cuja parede do primeiro andar fora totalmente destruída. – Depois eu explico. Confiem em mim.

Se Junot fosse levado ao controle alemão, ficaria fichado. Logo viria a acusação de ajudar inimigos do Reich. O casal de velhinhos e a mulher com as crianças seriam rapidamente liberados. Quanto aos judeus que seguiam naquela fila, a deportação seria o melhor que lhes poderia acontecer.

Theodor fez exatamente o que o soldado alemão mandara. Os cinco saíram sorrateiros e andaram apressados até o edifício atingido, ainda com focos de fumaça. Bernardo foi no colo do pai.

46

Meia hora depois – o céu já escuro e com algumas estrelas –, percorreram o caminho de volta para a casa de Junot. Andaram rápido, sem parar nem olhar para os lados.

Subiram as escadas tateando a parede. O advogado entrou na frente, pegou quatro velas na gaveta da cômoda e as acendeu com o isqueiro. Não havia luz, mas a água ainda corria na torneira da cozinha. Beberam avidamente. As duas mulheres encheram quatro jarras, por precaução.

Sandrine subiu num banco de madeira e abriu a porta mais alta do armário da sala. Pediu que Junot a ajudasse. Tirou duas baixelas, um jogo de doze pratos de porcelana e três saladeiras de cristal. O marido olhava para ela sem entender. Theodor e Clarice também.

Segundos depois, ela estampou um sorriso ao puxar um pacote embrulhado com uma toalha de cozinha. De dentro, saíram um salame, um pedaço de queijo, um pão de grão escuro, um vidro de geleia e uma lata de carne. Estavam famintos, mas comeram devagar, engolindo pequenos pedaços de cada vez.

Em seguida, se lavaram com toalhas úmidas. Sandrine deu a Clarice um vestido largo, que sua sogra – uma senhora bem robusta – esquecera na última visita a Calais. Theodor ganhou uma calça, preta

Uma praça em Antuérpia 219

como a do terno que vestia, e uma camisa branca de tecido fino. Ele e Junot tinham estaturas parecidas.

– Com a guerra, não vão ter muita utilidade – falou Junot com um tom sarcástico que logo se tornou sério. – Aceite, por favor, você nos salvou a vida.

Acomodaram Clarice e Bernardo na cama de Sylvie. A menina dormiria com os pais. Theodor improvisou um colchão com duas mantas e ajeitou-se no tapete do quarto. Depois de tantas noites maldormidas, era como se estivesse na cama de um rei. As velas foram apagadas, e, por algumas horas, todos dormiram profundamente, sem sonhos.

47

Na manhã seguinte, Theodor e Junot se levantaram cedo e saíram apressados, não sem antes recomendar que as mulheres não abrissem a porta para ninguém e que, muito menos, deixassem a casa.

Junot tinha contatos por toda a Calais, da parte antiga à parte nova da cidade, do mundo estabelecido ao submundo dos codinomes. Depois de dias de bombardeio intenso, o governo local se rendera. O porto havia sido dominado.

A rendição trazia junto uma estranha paz. As explosões haviam cessado. Ninguém olhava para cima pronto para correr dos *Stukas*. As atenções se voltavam para baixo. Crianças e mulheres vasculhavam os destroços atrás de comida ou algum objeto de valor que pudesse ser trocado por alimentos.

Veículos militares alemães andavam apressados, driblando os destroços. Os soldados marchavam, triunfantes. Numa esquina e noutra, via-se uma aglomeração. Pessoas corriam com tigelas de sopa, outras com um pedaço de pão. Os nazistas estacionavam caminhões e distribuíam alimentos. As crianças ganhavam chocolates. Os novos donos da cidade davam as boas-vindas.

A sensação era a de que existiam duas batalhas. Uma delas, longa e assustadora, se via com olhos de fora. Era a guerra dos generais,

Uma praça em Antuérpia 221

dos egos, das estratégias, das grandes decisões, dos acordos de líderes. A outra dizia respeito ao amanhã, à guerra que cada um travava pela sobrevivência. Era a guerra sentida na pele, tanto pelos soldados quanto pela população.

Nesse segundo combate, Theodor, até agora, fora bem-sucedido. No dia seguinte, deixariam a casa de Junot. O advogado conseguira um esconderijo seguro nos arredores de Calais, no caminho para Boulogne-sur-Mer. Não teriam de pagar nada. Um fazendeiro, a quem ele prestara assistência jurídica gratuita, se prontificou a acolhê-los por uns dias. Havia lutado na Grande Guerra e sentia que, dessa forma, estaria, de novo, em combate contra os alemães. Já a fuga até Paris era bem mais difícil de resolver. Precisavam arranjar um carro, um motorista esperto e um trajeto que driblasse a ocupação nazista.

Os dois seguiram até a zona portuária. Entraram num bar que Junot passara a frequentar no início de janeiro, quando começara o racionamento de carne no país. O dono era um atuante contrabandista no mercado negro. Era dali que tinham vindo a geleia e a lata de carne que Sandrine escondera no armário da sala.

Os vidros das janelas estavam quebrados e havia muita poeira no chão e nas mesas. O local estava cheio e ninguém parecia se importar com a sujeira. Ali, havia bebida – não interessava a procedência – para quem pudesse pagar. Uma fumaça cinza dominava o ambiente. Alguém – que não era o dono do bar – pegara dezenas de maços de cigarro de um caminhão tombado na estrada e os revendera quase de graça.

Theodor e Junot sentaram-se numa ponta do balcão, de onde tinham uma visão privilegiada do ambiente. O advogado fez um sinal para o dono, com a cabeça. Ele respondeu com o olhar, indicando a porta à direita. Junot levantou-se. Theodor fez menção de acompanhá-lo.

– Espere aqui – disse, colocando a mão no ombro do pianista. – François é um homem desconfiado. Na posição dele, eu também seria... Mas é de palavra. Se tem alguém que pode conseguir um carro é ele. Mas, já aviso, vai custar caro. Ainda mais agora.

Theodor sentou-se novamente e, por instinto, apalpou a borda do terno. O saquinho com as pedras permanecia no mesmo lugar.

– Confio em você. Pago o que for preciso – respondeu com firmeza.

Junot sorriu e mostrou o piano encostado na parede oposta. Depois, virou-se para o rapaz no balcão, filho do dono, ao mesmo tempo que apontava para Theodor.

– Meu amigo aqui é pianista profissional. Mostre a eles, Theodor! – falou, enquanto dava uma piscada e seguia para encontrar o dono do bar.

O rapaz, que não devia ter mais de vinte anos, se animou.

– Vá lá! Toque para nós! – pediu, em voz alta. – Vamos lá! Vamos lá! – dizia, ao mesmo tempo que levantava as mãos chamando os presentes para se juntarem em coro.

Os homens começaram a bater ritmadamente nas mesas e a gritar "música, música". Theodor encarou o grupo de rostos cansados, suados, as barbas por fazer. Seguiu para o piano e abriu a tampa. Da mesma maneira que fizera na casa de Junot, primeiro dedilhou as teclas, numa espécie de aquecimento. Em seguida, partiu para o repertório com que, noutros tempos, animava as noites de cabaré.

Em poucos minutos, o lugar se transformou. Os homens se aproximaram do piano. Aplaudiam, cantavam, e alguns até dançavam. Theodor fechou os olhos e deixou-se levar pelas palmas. Fazia bem àquelas pessoas, mas, principalmente, fazia bem a si próprio. Tocar o levava para outra dimensão, onde o tempo fluía nas notas que ocupavam cada espaço do cérebro. Era o único momento em que não pensava absolutamente em nada. Não havia preocupação, o mundo era simples ou complicado, dependendo do arranjo que ele escolhesse tocar. Era ele quem decidia. Ele estava no controle.

Theodor entrava em transe quando tocava. O corpo estava ali, mas a mente se transportava para bem longe. Não notou quando as palmas diminuíram e, subitamente, cessaram. De repente, havia apenas o som da música. Ele foi voltando aos poucos e abriu os olhos. As mãos pararam no ar. Virou a cabeça para a esquerda e para a direita. Estava rodeado por soldados da SS. Sentia na nuca a respiração pesada dos homens que haviam retornado às mesas. Ninguém ousava dizer uma palavra, muito menos fazer qualquer movimento. O silêncio foi quebrado por um dos soldados.

– Por que parou a música? – perguntou, em alemão, ao mesmo tempo que mexia os dedos como se tocasse um piano imaginário. – Continue!

Theodor percebeu rapidamente, pela insígnia no ombro – diferente da dos demais –, que se tratava de um oficial, mas não de alta patente. Devia ser segundo-tenente. Segurava o capacete debaixo do braço, deixando à vista o cabelo loiro, quase branco, com corte à escovinha. Parecia um albino. Os olhos, de um azul quase transparente, eram rodeados por cílios claros sob uma sobrancelha rala. Apesar de não ter pelos no rosto, não era tão mais jovem do que Theodor. Os que estavam com ele, sim, pareciam recém-saídos de um anúncio de convocação do Exército alemão.

Theodor baixou as mãos e retomou a música. Só que o momento era diferente agora. Ele não podia deixar-se levar. Tinha de pensar rápido. Lembrou-se do jantar na casa de *Herr* Schmidt. Pensou em Clarice, em Bernardo e no bebê que logo chegaria. Encarou o oficial, abriu um sorriso sonso no rosto e começou a dedilhar cantigas alemãs, enquanto balançava o corpo. Foi um tiro certeiro. O oficial se animou e pôs-se a cantar, acompanhado pelos outros. Theodor foi além e partiu para o repertório dos cabarés. Aquele homem era seu contemporâneo. Impossível resistir à velha música de Berlim, por mais que fosse proibida pelo partido. O oficial piscou para o pianista e cochichou com os soldados em volta, provavelmente algum comentário sobre mulheres. Todos riram.

Os franceses foram se levantando timidamente. Alguns deixaram o bar, outros se aproximaram do piano. Em poucos minutos, estavam acompanhando, com palmas e assovios, aqueles homens que, até ontem, eram inimigos. De repente, estavam lado a lado, se divertindo.

Theodor estava mais ligado do que nunca. Viu Junot se aproximar. Trocaram olhares e o francês saiu. Aos poucos, os alemães foram sentando. O dono serviu uma rodada de uma aguardente de fabricação barata. Theodor tocou por mais meia hora e foi diminuindo o ritmo até parar. Virou-se para o oficial e apontou o braço, insinuando dor. Era, de fato, o lado com as sequelas do ferimento na Espanha, mas ele não estava absolutamente cansado. Precisava era sair dali.

O tenente fez sinal para que se aproximasse.

– *Sprechen sie Deutsch?* – perguntou, apontando uma cadeira para o pianista.

Theodor fez um sinal com a mão, indicando que falava um pouco.

– *Arbeit deutscher Musiker…* Paris, cabaré! – respondeu, titubeante, cuidando para falar errado.

O oficial deu uma gargalhada e virou-se para os soldados. Fizeram piadas com o sotaque de Theodor e a construção da frase.

O pianista fez cara de bobo e riu também. Pior do que não falar uma língua era se policiar para falar errado e fingir que não entendia a língua que melhor falava. Foi o que ele pensou naquele momento. Depois riu mais ainda. Aqueles alemães se achavam espertos, mas era ele quem os estava fazendo de idiotas.

– *Habitez-vous à Paris?* – perguntou o oficial, num francês carregado.

Theodor respondeu que sim e não. Logo emendou que era belga do Norte e trabalhava em hotéis na capital francesa e em outras cidades, na alta temporada. O sotaque passaria facilmente por flamengo.

– *Belge? Un toast à la Belgique, un toast au roi!* – disse, levantando o copo e brindando com os companheiros.

Theodor virou-se discretamente. Os homens ao redor baixaram a cabeça. Ele parecia ser o único que não sabia o que estava acontecendo. O oficial percebeu e, mais uma vez, se virou para os companheiros.

– Esses músicos vivem com a cabeça na lua! O pobre coitado não sabe que a Bélgica se rendeu! Não sabe que o rei aceitou a capitulação incondicional! – falou ele em alto e bom alemão.

Theodor engoliu em seco e segurou qualquer traço de emoção. Por dentro, ele estava arrasado. Queria gritar, sair correndo dali, chutar aqueles homens que o perseguiam aonde quer que ele fosse.

O oficial, então, aproximou o rosto do dele e disse, ao mesmo tempo que emparelhava um dedo indicador ao outro e, em seguida, simulava o corte de um deles.

– *Belgique et Allemagne alliées... Maintenant, tout est Allemagne! Le roi c'est Hitler!* – e esticou o braço direito, fazendo a saudação nazista. – *Heil Hitler!*

– *Heil Hitler!*

Os soldados repetiram o gesto e as palavras. Depois, viraram os copos e saíram. Theodor não deu cinco minutos e também deixou o bar. Levantou a gola do terno e seguiu apressado até a casa de Junot. O cerco se fechava. O advogado estava na mercearia e foi para a porta assim que viu Theodor aparecer na esquina.

– Até que enfim! – suspirou, aliviado.

Enquanto subiam para o apartamento, Theodor contou rapidamente sobre o encontro com os soldados e o sangue-frio para fingir que não entendia alemão, principalmente quando falaram da capitulação da Bélgica.

Soube por Junot que o rei havia anunciado a rendição antes de o dia amanhecer e pedido o regresso do exército belga. Os alemães tinham ocupado Bruges fazia poucas horas. Os governos da França e da Grã-Bretanha tentaram persuadir Leopoldo III a adiar a decisão por uma semana, mas ele se recusou. Primeiro a Holanda, agora a Bélgica. Os dois países não haviam resistido nem um mês. Hitler ordenara que os soldados alemães tratassem as tropas belgas com respeito.

Junot e Theodor conversavam na sala enquanto as mulheres preparavam uma sopa com carne, cenoura e batatas que o advogado trouxera naquela tarde. Estava tudo arranjado para a partida dos Zuskinders. Ficariam escondidos numa fazenda num vilarejo a menos de vinte quilômetros de Calais. O fazendeiro, amigo de Junot, viria pegá-los – assim que o dia clareasse – quando trouxesse leite e outros produtos dos pequenos agricultores da região para serem vendidos na cidade.

A rendição da Bélgica trazia o peso de uma pergunta que atormentava os dois homens: quanto tempo franceses e britânicos resistiriam? Junot acendeu um cigarro e estendeu o isqueiro para Theodor. Os dois se levantaram e foram fumar perto da janela. O boato sobre a retirada das tropas britânicas – que circulara no dia anterior – era verdade.

– Não se fala em outra coisa! – e Junot não continha a revolta. – Os belgas se renderam... e os ingleses estão fugindo! A notícia corre de boca em boca. A praia, em Dunquerque, está tomada pelos soldados, fala-se de uma debandada em massa!

Ele deu um leve soco na parede.

– Parece que a ordem veio do próprio Churchill. Voluntários estão cruzando o canal da Mancha em pequenos barcos para ajudar as embarcações militares, que, sozinhas, não dão vazão à retirada! Os alemães não dão trégua e bombardeiam Dunquerque sem parar – completou.

– Não dá para acreditar! Churchill chamou os ingleses de volta?! – exclamou Theodor, sem saber o que dizer. – E a RAF? – perguntou.

A Real Força Aérea Britânica era o orgulho da nação. Até então o recém-empossado primeiro-ministro era o único disposto a enfrentar o Reich – mais do que isso, o único que parecia saber que Hitler jamais negociaria uma trégua.

– Os aviões britânicos estão dando cobertura para a retirada dos soldados. O objetivo é impedir que os *Stukas* destruam os navios. Os combates aqui em Calais, de certa forma, seguraram por alguns dias a ofensiva alemã. A essa altura, ninguém sabe de nada... Oficiais franceses disseram que os tanques alemães diminuíram a marcha. Talvez isso tenha levado Churchill a acelerar a saída das tropas, para evitar um massacre – bufou, levantando os ombros. – Acho que nunca houve intenção de mandar reforços para cá... – completou, desanimado.

Ficaram em silêncio até que Junot bateu palmas e se levantou.

– É isso, meu amigo! – disse, arregalando os olhos. – Vamos pôr algo dentro da barriga enquanto temos o que pôr! Amanhã vocês seguem para a fazenda de *monsieur* Gaumont. A esposa dele cuidará de Clarice, tenho certeza. Dentro de alguns dias, estarão em Paris! Nossa guerra é esta! Vencer cada dia! – disse, levantando o punho.

Theodor rebateu com o punho, também levantado, e um sorriso forçado. Por mais que tentasse, não conseguia imaginar dias melhores pela frente.

48

Theodor se enganou, pelo menos no que dizia respeito aos dias passados na fazenda. Foram os melhores que tiveram desde o começo do confronto. Para Clarice, nos anos que se seguiram, seriam os únicos que não carregavam a dor e a tristeza das lembranças da guerra.

A casa ficava no fundo de um vasto descampado. A propriedade era enorme. O único acesso era através de uma estrada de terra mal-conservada, cheia de buracos. Podia-se ver a aproximação de qualquer veículo. Até que algum carro chegasse, haveria tempo suficiente para esconder os hóspedes. Na parte de trás, havia um pequeno bosque e, por fim, a falésia.

Era uma construção suntuosa, embora a falta de preservação lhe desse um ar decadente. No vilarejo, referiam-se à propriedade como castelo, por causa das pedras da construção e das torres laterais. Tinha dois andares, que pareciam três por causa do pé-direito alto, e um sótão. Seis quartos ficavam na parte superior e dois no térreo. Via-se que era uma herança de família. Algumas relíquias, como tapetes e retratos pintados a óleo, insinuavam o passado glorioso e aristocrático de *monsieur* Gaumont. Junot dissera que ele vinha de uma família nobre, da época do Rei Sol. O velho fazendeiro não gostava de falar sobre o assunto. Orgulhava-se de ser camponês.

Cultivava uma bela horta – não tinha mais saúde para o arado –, criava galinhas, vacas leiteiras – ao todo, três – e algumas cabras. Naqueles tempos magros, era como ter ouro nas mãos. Tinha também dois cavalos, que puxavam a carroça. Era o meio de transporte até o vilarejo, com menos de mil habitantes. O caminhão só era usado para ir a Calais.

Gaumont nascera ali e só deixara a região para lutar na Grande Guerra. Já não era jovem na época. Restaram-lhe as funções de escritório. O confronto, porém, deixaria marcas para sempre. O único filho morrera na frente de batalha. A esposa Catherine jamais se recuperou, e, todas as noites, ele a ouvia chorar baixinho durante as orações antes de dormir.

Agora, o fantasma voltava e, lá no íntimo, o desejo de vingar aquela morte tão viva na memória. Estava velho, não pegaria em armas, mas combateria ativamente os alemães nem que, para isso, tivesse de arriscar a própria vida. Por isso, se prontificara a receber a família Zuskinder assim que Junot o procurara.

A chegada dos três, naquela manhã amena do fim de maio, trouxe uma alegria súbita a Catherine. De repente, havia ali uma criança e uma mulher grávida para que ela cuidasse. O marido não dera detalhes. Dissera que eram amigos de Junot, que ficariam alguns dias. Se alguém do vilarejo fizesse perguntas, Clarice era filha de uma prima portuguesa, em visita com o filho. Já Theodor não existia! Ele não poderia ser visto, para não levantar suspeitas.

Depois de mais de duas semanas, a família Zuskinder finalmente voltava a ter uma vida. Existia um quarto com uma cama e lençóis limpos; existia uma mesa para sentar-se e comer; existia comida nessa mesa; existia espaço para Bernardo brincar. O temor de que aquela casa solitária fosse atingida por um bombardeio jamais lhes passou pela cabeça. Depois que Calais fora tomada pelos alemães, os ataques aéreos cessaram. Os *Stukas* davam seus rasantes em Dunquerque. Pelo menos naquele momento, a guerra não chegava ali.

Theodor fazia questão de ajudar Gaumont nos cuidados com a horta e os animais, embora, no final, acabasse mais atrapalhando do que ajudando. O velho não se importava e ria daquele homem magro e alto, sem nenhuma familiaridade com a vida rural. Levantavam antes de o sol nascer. Bernardo ia junto, para receber o primeiro jato de leite, morno e gorduroso, que tomava com uma vontade voraz que só as crianças sabem ter. O leite respingava-lhe no rosto e deixava um bigode branco que ele limpava com as costas da mão.

No sexto dia na fazenda, Catherine decidiu fazer um piquenique na praia com Clarice e Bernardo. Pegaram a carroça e seguiram por um caminho estreito, que só eles usavam. Era um dia de céu limpo, e os raios de sol davam um tom dourado ao penhasco. A cesta e a toalha xadrez coloriam a areia branca.

As duas mulheres conversavam enquanto Bernardo cavava buracos e catava conchinhas.

– Sabe, minha filha...

A voz de Catherine saiu doce e baixa.

– Eu estava pensando... Vocês poderiam ficar aqui conosco por mais tempo.

A essa altura, a senhora Gaumont tornara-se confidente de Clarice.

Ela sabia que eles eram judeus e do desejo de recomeçarem a vida no Brasil.

– Talvez fosse melhor esperar esta guerra acabar e depois partir – completou ela, sem muita convicção. – Aqui, estarão protegidos, não há tiros nem bombas, ninguém vem nos incomodar.

Clarice apertou as mãos de Catherine.

– Deus sabe como eu gostaria de ficar! – disse ela, sorrindo, enquanto pegava um pouco de areia e a aproximava do nariz. – O cheiro do mar, as árvores, o silêncio. Eu tinha esquecido esta paz...

A paz não durou muito tempo. Logo começaram a escutar passos e risos. Bernardo foi o primeiro a correr em direção ao burburinho. Clarice levantou-se e gritou, enérgica:

– Bernardo, meu filho, volta aqui!

Segundos depois, ele apareceu no colo de um SS, que vinha acompanhado por mais dois colegas. Clarice congelou, não sabia o que fazer. O pânico dela era que Bernardo falasse algo em alemão ao ouvir a língua que o pai lhe ensinava. Catherine pulou da toalha e correu para pegar o menino.

– Venha, venha com a titia! – falou ela, com a voz firme, enquanto esticava os braços para ele e se dirigia aos soldados, num francês pausado. – Desculpe-nos! Este menino é fogo! – e soltou um sorriso dissimulado para esconder o pavor que sentia.

O soldado riu e brincou de jogar Bernardo para o alto. O menino não parava de gargalhar.

A brincadeira durou pouco. Colocou Bernardo no chão, que correu para abraçar a mãe. Ela cochichou no ouvido dele.

– Por favor, meu filho, não digas uma palavra, não digas uma palavra, vai brincar na areia! – sussurrou, desesperada.

Em seguida, pôs o garoto novamente no chão, que logo correu em direção aos buracos cavados.

A essa altura, Catherine já havia travado uma conversa com os soldados e oferecido um pedaço de queijo que ela mesma fizera. Eles agradeceram e comeram com prazer. Dirigiu-se a Clarice, com a voz em tom alto, gesticulando como uma mímica, como se falasse um texto num palco.

– Clarice, querida, estou contando a estes simpáticos rapazes que você é minha sobrinha preferida, que veio de Portugal passar uns dias antes da chegada do bebê!

Clarice respondeu balançando a cabeça. Quanto mais idiota parecesse mais fácil seria se livrar deles.

Assim como Theodor no bar, ela tinha de fingir que não entendia o que conversavam entre eles. O que diziam não poderia ser melhor naquela situação. "Como são ignorantes, coitadas! Será que sabem que estamos no meio de uma guerra?", e soltavam gargalhadas. Clarice e

Catherine riam junto. A francesa também entendia o alemão, Clarice soube depois, e pensava: "Isso mesmo, gargalhem, façam piada de nós, seus porcos nazistas! No final, nós é que vamos rir de vocês".

A cena continuou por alguns minutos. Os soldados falavam barbaridades sobre a burrice dos franceses e dos portugueses, que consideravam iguais aos poloneses. Fingiam o tom de pergunta e apontavam para o mar, para a cesta e também para o norte e para o sul, como se quisessem se localizar num mapa. Catherine apertava as mãos como se pensasse profundamente e respondia: Calais, Paris, Rouen? Fazia sinais com os dedos próximos à boca, como se perguntasse se tinham fome. A cada resposta, o grupo se contorcia mais e mais de rir. Elas trocavam olhares e riam também. A todo momento, a maior preocupação era com Bernardo. Se ele abrisse a boca, poria tudo a perder.

Quando eles fizeram um breve silêncio, sinal de que a brincadeira já havia perdido a graça, as duas se abaixaram e começaram a recolher a comida. Catherine ofereceu, mais uma vez, o queijo aos soldados, que recusaram. Clarice foi até Bernardo e o pegou no colo. Cochichou mais uma vez no ouvido dele. O menino afastou o rosto e cruzou o olhar com o da mãe. Ele sabia exatamente o que estava acontecendo. Clarice abraçou o filho com força. Percebera, naquele instante, que, nas últimas semanas, também Bernardo envelhecera alguns anos.

Com a cesta no braço, Catherine acenou para os soldados. Clarice fez o mesmo.

– *Au revoir!* – disseram as duas.

O soldado que havia chegado com Bernardo no colo se adiantou e puxou a cesta do braço de Catherine ao mesmo tempo que dizia, num francês primário, que eles iriam acompanhá-las até em casa. Ela rebateu que não era necessário, a casa era perto dali. Em seguida, mostrou a carroça. Ele insistiu e fez sinal para que ela se aproximasse. Havia um jipe, logo atrás.

Uma praça em Antuérpia 233

Agora sim, tinham com que se preocupar. O soldado se adiantou e abriu a porta para que elas entrassem. Fazia questão de levá-las, frisou em francês. Os dois companheiros seguiriam atrás com a carroça. Clarice fez menção de recusar, mas Catherine a segurou pelo braço e a empurrou levemente para dentro do carro. O melhor era deixar que as levassem. Levantaria menos suspeitas. Ela confiava no marido. Ele saberia o que fazer.

49

Por mais devagar que o soldado dirigisse – desviando dos buracos do estreito caminho de terra –, o veículo levantava uma nuvem de poeira. A carroça vinha logo atrás, no rastro, com os outros dois soldados espanando o ar e tossindo. Quando estavam a menos de cinquenta metros da casa, Catherine viu o marido e balançou freneticamente as duas mãos. Ela estava no banco do carona. Era mais do que um aceno, era uma tentativa desesperada de avisar que o perigo se aproximava. Estampou um sorriso idiota no rosto e virou-se para o motorista.

– *Mon mari!* – e apontou Gaumont com o dedo indicador.

O alemão levantou os ombros e a encarou com um olhar estranho. Balançou a cabeça vagarosamente e disse: *"Oui, ton mari, oui"*. Nas entrelinhas parecia dizer: ou a senhora é uma completa idiota, ou eu é que sou. Catherine manteve o olhar e o sorriso, mas um frio percorreu sua espinha.

O soldado parou em frente à casa. Saltou e, em seguida, ajudou Clarice e Bernardo. Fez a volta e abriu a porta para Catherine. Em nada lembrava o rapaz que, minutos antes, chorara de rir com os companheiros na praia.

Gaumont se aproximou. Segurava o chapéu com uma mão e uma enxada com a outra. As costas estavam um pouco mais curvas do que o normal, aparentando ter mais idade do que tinha. Abriu um sorriso contido. O soldado não se comoveu. Fez sinal para os outros dois se apressarem e entrarem na casa.

Por meia hora, eles vasculharam os quartos, abriram armários, olharam debaixo das camas. Os dois subiram às torres e reviraram o sótão. Os três soldados tinham as mesmas insígnias, mas o que dirigira o carro se colocava automaticamente na posição de líder. As duas mulheres perceberam isso no momento em que ele surgira, na praia, com Bernardo no colo.

Enquanto a casa era revirada, Gaumont puxou uma cadeira e sentou-se à mesa da cozinha. Fez sinal para o alemão sentar-se também. Virou-se para Catherine e pediu que ela trouxesse pão e salame. Ele cortou fatias bem grossas e as passou para o soldado. A estratégia de "bom velhinho" não havia funcionado. Precisava quebrar a desconfiança de outra maneira.

– Experimente! – e apontou o prato e enfiou duas fatias de uma vez na boca. – Salame! – exclamou, batendo no peito. – Eu mesmo faço... *Parlez-vous français?*

O soldado fez um gesto de mais ou menos com a mão. Gaumont pareceu pouco se importar com a resposta. Desandou a falar como se não conversasse com ninguém havia anos. Descreveu com detalhes as etapas de fabricação de um embutido, os cuidados básicos com a horta, a melhor época do ano para cada leguminosa. Já havia passado por uma guerra e sabia que o mais importante era produzir a própria comida. Mal dava espaço para o alemão responder e emendava outro assunto. Num dado momento, fez sinal para que o soldado se aproximasse e cochichou no seu ouvido algo que parecia ser o maior segredo do mundo.

O soldado fez uma cara de susto e levantou-se abruptamente, gritando, com voz de comando, o nome dos outros dois.

– Franz, Tito! Vamos! – berrou, em alemão. – Vamos embora antes que esse velho me enlouqueça!

Gaumont continuava a falar, agora sobre os vinhos que o soldado tinha de experimentar.

– Se bem que vocês, eu acho, preferem uma boa cerveja, não é? – emendou ele. – Aliás, em Calais, posso levá-los lá, existem excelentes bares... Se bem que vocês estão trabalhando, não é mesmo? Enfim, não sei o quão rigoroso é o seu batalhão, mas sempre há um dia de folga...

O velho fazendeiro enveredou, então, pelas dicas turísticas da região. O soldado virou-se para os amigos, o rosto vermelho de desespero.

– Vamos embora desta casa de loucos! Este homem não vai parar nunca! Eu prefiro desertar a ter de esbarrar com este sujeito novamente. Vamos embora!

Os três seguiram em direção à porta sem sequer se darem ao trabalho de se despedir. Gaumont seguiu atrás, mantendo uma certa distância, mas ainda falando.

Entraram apressados no jipe e arrancaram para a estrada. Logo o veículo desapareceu na nuvem de poeira. Só quando ele se tornou um ponto minúsculo lá embaixo é que Gaumont retornou à casa. Tirou o lenço do bolso de trás da calça e enxugou a testa. Estava suando frio.

Atravessou a cozinha com passos largos. As duas mulheres logo atrás.

– Onde está Theodor? – perguntou Clarice, quase chorando. – Onde está meu marido?

Gaumont acalmou Clarice enquanto subiam as escadas. Foram até o sótão. Ele curvou-se no chão, enfiou os dedos na lateral de uma tábua e a puxou.

– Venha, eles já foram! – disse, ao esticar a mão para Theodor.

O pianista estava ofegante. Clarice correu para abraçá-lo. Tudo fora muito rápido. Gaumont estava na frente da casa, preparando mudas para a horta, quando viu a nuvem de poeira na estrada se aproximando lentamente. Não poderia ser Junot nem outro amigo.

Estavam tão habituados que andavam rápido. Era alguém que não conhecia a estrada. Soltou a enxada e correu para dentro da casa. Theodor estava na sala consertando uma cadeira. Não teve nem tempo de perguntar o que estava acontecendo.

– Me siga! – ordenou, depois de dar uma rápida olhada em volta. – Pegue a mala e suba para o sótão!

Não podia existir vestígio de outro homem naquela casa. Gaumont havia alertado Theodor para jamais desfazer a mala ou deixar roupas e outros pertences espalhados. Quando o pianista chegou, o alçapão já estava aberto.

– Entre aí e não se mexa! – disse Gaumont, enfático. – Deite-se e tente manter a respiração tranquila. Não se afobe! Agora tenho de descer!

Theodor obedeceu sem questionar. Depositou a mala e entrou. O esconderijo batia na altura dos joelhos. Ficou de quatro no chão e, em seguida, deitou-se. Foi quando Gaumont travou o alçapão.

Foram pouco mais de vinte minutos, que pareceram uma eternidade. Deitado, de bruços, ele sentiu as botas se aproximando. O contato das solas no chão fazia as tábuas vibrarem sobre seu corpo. Ele não os via, mas sabia que estavam ali. Os alemães estavam ali, a poucos centímetros. Podia ouvir as vozes, as risadas. Eram caçadores movidos pelo simples prazer de encurralar a presa. Não tinham fome nem pressa. Procuravam um troféu para levar para casa e exibir na parede. Teria sido denunciado? Logo afastou o pensamento. Se suspeitassem de sua existência, estariam pressionando Gaumont, e não revirando o sótão em meio a uma conversa trivial.

Diferentemente de uma caçada, aqueles homens não tinham um alvo específico. Se o pegassem seria fruto do acaso. Ele estava acuado, mas estava em vantagem. Era isso que tinha de focar.

Fechou os olhos e tentou se concentrar em algo que tirasse a mente dali. O primeiro encontro com Clarice na taberna em Lisboa. Com as mãos em torno das orelhas, tocava as têmporas como se dedilhasse um piano. O momento musical de Schubert. Clarice de olhos fechados. A aproximação. Os olhos se abrindo. Por alguns minutos, pareceu relaxar, mas o ruído das botas, dos móveis arrastados atravessou-lhe a lembrança e trouxe junto uma angústia, um aperto no peito. E se estivessem apenas dissimulando? Testando quanto tempo a presa resistiria até deixar a toca? Puxou o ar, mas não havia ar. Estava sufocando. A vontade era de gritar, acabar logo com aquilo. Foi nesse momento que ouviu gritos curtos e abafados vindos de longe, do primeiro andar da casa. Depois, os passos apressados, a madeira estalando, o ruído diminuindo até cessar. Permaneceu imóvel até ouvir a voz de Gaumont. Só então conseguiu puxar o ar.

Agora, sentados em volta da mesa, os dois escutavam, calados, os detalhes do encontro de Clarice e Catherine com os soldados na praia. Gaumont havia colocado na mesa uma garrafa de vinho. Catherine encheu o copo até a metade e bebeu em três goles. Ela ainda tremia de nervoso ao lembrar dos momentos de apreensão, dentro do jipe, na volta para a fazenda. Virou-se para o marido e o abraçou, orgulhosa.

– Tive tanto medo! Mas tinha certeza de que meu velho saberia o que fazer! – falou, de forma carinhosa, enquanto servia mais vinho para os homens e para si própria.

Depois, pegou uma caneca de ágata e derramou um dedo da bebida.

– Um pouco de vinho não vai fazer mal à criança – e passou a caneca para Clarice.

Entre um pequeno gole e outro, Clarice contou a Theodor que Gaumont fora de uma calma admirável ao entreter o soldado que liderava o grupo com uma conversa sem pé nem cabeça. Em seguida, virou-se para o fazendeiro.

– Afinal, o que o senhor cochichou no ouvido dele que o fez sair correndo daqui? – perguntou, curiosa.

Gaumont deu um suspiro profundo e começou a rir. Theodor e as mulheres se entreolharam, surpresos. Serviu-se de mais vinho antes de falar.

– Estou rindo, mas é de nervoso! – e tomou um gole e baixou o copo. – Ainda estou tremendo! – e mostrou as mãos. – Teve um momento em que achei que ele ia metralhar este velho tagarela... Então me fiz de doido! Eu o convidei para ficar na nossa casa! – disse, abrindo os braços. – Disse que não aguentava mais estas duas mulheres com cabeças de vento – e apontou Catherine e Clarice – e que era raro aparecer por aqui um sujeito inteligente com boa conversa!

Soltou uma gargalhada.

– O homem provavelmente achou que eu era realmente um velho maluco! Admito que foi uma manobra arriscada, mas os soldados não desciam... Theodor preso naquele cubículo... – e bateu no ombro do pianista. – Você, sim, manteve a calma, meu amigo!

Levantaram os copos e brindaram. Até Theodor – que ainda não conseguira esquecer a sensação de sufocamento – riu da estratégia mirabolante. Clarice passou a mão pelo rosto dele e o beijou na bochecha.

O velho fazendeiro e a esposa estavam radiantes. Por eles, os Zuskinders ficariam ali até a guerra acabar.

– Os alemães podem ser invencíveis na frente de batalha, com tanques e aviões... – falou Gaumont, batendo com o indicador na têmpora. – Mas quando se trata de tutano, nós estamos bem à frente! Nós vamos derrotá-los com inteligência! – disse, voltando-se para Theodor.

O pianista balançou a cabeça com um sorriso forçado. Não queria quebrar aquele instante de felicidade do casal. Era como se estivessem vingando a morte do filho. Theodor, porém, não tinha ilusões. Aqueles soldados provavelmente não voltariam mais ali. Mas outros, sim. Agora, mais do que nunca, precisavam partir.

No outro dia, bem cedo, seguiu com Gaumont para Calais. Se Junot não descobrisse um jeito de tirá-los dali, ele descobriria.

50

Depois de dias na fazenda, voltar a Calais era voltar à batalha. Os bombardeios haviam cessado, mas as marcas da destruição permaneciam.

Mais do que isso, a presença do poderoso Reich se impunha nas bandeiras de fundo vermelho com a suástica preta, nos soldados que patrulhavam a cidade.

Aos poucos, os moradores se adaptavam às novas regras. Filas para pegar comida com os cartões de racionamento, o regresso ao trabalho e às escolas, a limpeza das casas e das ruas destruídas nos ataques aéreos. A vida seguiria sem as sirenes e a corrida aos abrigos antiaéreos. O melhor a fazer era cada um cuidar de si e da família, sem olhar muito para os lados.

Era nos lados, à margem da nova ordem estabelecida, que corria o mundo dos refugiados. Os belgas retomavam o caminho de casa, fazendo o percurso no sentido contrário. Os trens transbordavam de gente, os carros lotavam as estradas e milhares voltavam da mesma maneira que tinham vindo, nas bicicletas e a pé. Os homens substituíam os cavalos e puxavam carroças com malas e outros objetos pendurados. Às vezes, via-se uma idosa, uma grávida, uma criança de colo sentada sobre as malas. A maioria ia caminhando.

Gaumont deixou Theodor em frente ao prédio da família Junot. Ia fazer as entregas e voltaria em duas ou três horas. Theodor entrou na mercearia e seguiu para o balcão, onde Junot atendia alguns clientes. O local estava relativamente arrumado, contrastando com os escombros espalhados na rua. Ao ver Theodor, o advogado fez um sinal com os olhos para que ele subisse e o esperasse no apartamento.

O pianista retribuiu com um balanço da cabeça e saiu. Meia hora depois, conversavam no escritório. Theodor contou sobre o episódio dos soldados.

– Desta vez foi por pouco, não podemos arriscar. Os alemães estão por toda parte! – falou, com ar de preocupação. – Você conseguiu algo para nós? Acha que conseguiremos chegar a Paris? – emendou uma pergunta na outra, apreensivo.

Junot coçou a cabeça e encarou o amigo.

– As notícias não são nada boas. O Norte está tomado. Os nazistas estão avançando para o sul. Há rumores de que, em breve, vão chegar a Paris. Estão cruzando o Somme, rumo ao Sena. Mais de duzentos mil soldados, dos nossos, deixaram Dunquerque, e a retirada continua por outros portos, Le Havre, Saint-Valery, com as tropas inimigas na cola!

Ele fez uma pausa para acender um cigarro. Em seguida, passou o maço para Theodor. O pianista pegou um e também acendeu.

– O que você está querendo dizer é que tenho de esquecer Paris, é isso? – rebateu Theodor, enquanto passava a mão na nuca, onde brotavam gotas de suor.

Junot apenas confirmou com a cabeça para continuar.

– O fato é que vocês têm de partir o mais rápido possível. Perdemos os belgas e agora os britânicos, não sei por quanto tempo o exército francês vai resistir…, mas nem tudo está perdido! – disse, tentando animar Theodor. – Talvez tenha uma saída, mas já aviso… vai custar caro. Você ainda tem mais daquelas pedras?

Theodor apertou o forro do terno. Sentiu o pequeno volume e respondeu que sim.

– Pois bem! – e um brilho tomou o rosto de Junot. – Vocês vão sair dessa! Vocês irão para Bordeaux. Há rumores de que o cônsul de Portugal está carimbando passaportes com vistos de trânsito... e com menos rigidez que seus colegas diplomatas! – falou, emendando os detalhes do plano que tinha em mente: – A questão é como chegar lá, um longo caminho... e é isso que vai custar os olhos da cara! Tentei negociar, mas a procura é muito maior que a oferta... Consegui um carro, com um motorista de confiança, que conhece a rota como a palma da mão. Vocês seguirão por vias alternativas, ele tem contatos em toda parte. O mais importante é que detesta os alemães. Perdeu dois irmãos em Calais, portanto não irá traí-los – e bateu no ombro de Theodor. – Vocês partirão em dois dias.

Ao pianista não restava outra opção senão confiar em Junot. Até agora, o advogado não tinha falhado. Foi até a mesa do escritório e pegou uma tesoura. Cortou cuidadosamente a linha agarrada à bainha do terno e retirou o saquinho aveludado. Abriu o laço e espalhou os diamantes na mesa.

– É tudo que tenho. Estou em suas mãos – disse, enquanto empurrava as pedras para o advogado.

Junot pegou um punhado e devolveu algumas poucas para dentro do saquinho, que passou a Theodor. Em seguida, abriu um armário, onde havia um cofre, e as guardou lá.

Voltou-se para Theodor e esticou a mão selando o acordo com um aperto forte.

No fim da tarde, o pianista retornou à fazenda. No caminho, conversou trivialidades com Gaumont e não deu detalhes do plano. Disse apenas que partiriam em dois dias, ao amanhecer.

Na data e horário combinados, o carro surgiu no pé da colina e fez o sinuoso trajeto até a casa. Junot estava nele, viera se despedir do amigo. Clarice e Catherine não seguraram as lágrimas e prometeram se encontrar depois que todo aquele horror passasse. A mulher do fazendeiro preparou uma cesta com pão, queijo, cenoura, batata, salame e outras provisões que poderiam durar uma semana. Abraçou Bernardo com tanta força que o menino quase chorou. Depois, correu para dentro de casa. Não queria vê-los partir. Mesmo Gaumont e Junot, homens práticos e nada sentimentais, não conseguiram esconder os olhos molhados. Despediram-se de Theodor como quem se despede de um filho e de um irmão.

Assim, os Zuskinders deixaram aquela casa, aquelas pessoas e aqueles dias que viveriam na memória. A guerra tinha mesmo esse estranho poder de afastar entes queridos e unir desconhecidos, para sempre.

51

Rio de Janeiro, 1° de janeiro de 2000

O primeiro dia do ano virara noite. Tita e Clarice estavam sentadas, lado a lado, no sofá do terraço. A bandeja com as xícaras de chá permanecia ali.

– Eu não cumpri a promessa que fiz a Catherine – disse, com a voz carregada de pesar. – Depois da guerra, não voltei à fazenda, não podia manchar aquela lembrança, os momentos felizes com Bernardo e Theodor que tinha para me segurar em meio a tanta dor. Como poderia falar da perda dos dois naquele lugar que se tornou sagrado? Contar que não sobreviveram? Voltar à fazenda sem eles? – e Clarice fez uma pausa enquanto aproximava a fotografia do peito. – Não... Aqueles poucos dias foram a âncora que me manteve presa ao chão quando eu queria correr de tudo, desaparecer! – falou, exasperada, e calou-se.

Tita pegou uma das mãos da avó e a entrelaçou com a sua, apertando com força, como faziam quando era pequena. Pensava em quantos dias e noites ela devia ter passado, com o rosto no travesseiro, sufocando as lágrimas da dor que não podia dividir. Tita conseguia entender agora tantas atitudes, tantas reações que criaram a imagem da mulher enérgica e reservada, que comandava uma empresa e uma família do alto de um pedestal. As pessoas tinham o que se classificaria como um respeito temeroso por aquela mulher – ou um medo respeitoso, como o que se tem frente a um abismo. O jeito reservado e a necessidade constante de solidão mantinham a distância necessária. Uma vez por dia, todos os dias – mesmo quando estava à frente dos negócios –, desaparecia por meia hora. Trancava-se no escritório, da firma ou da casa, e escutava repetidamente a mesma música. Ninguém tinha coragem de questionar o porquê daquele hábito. Schubert. Agora Tita sabia. Ninguém também nunca questionara os dois quadros, iguais, que ela encomendara, para as duas salas, muito antes de Tita nascer: uma espécie de castelo de pedra, com duas torres, perdido num descampado.

– E vocês conseguiram chegar a Bordeaux? Junot era realmente um amigo? – perguntou a neta, ainda com a mão entrelaçada.

– Sim, tanto os Junots como os Gaumonts foram mais do que amigos, foram nossos salvadores, naquele momento – continuou Clarice. – O motorista se chamava Jules – e era como se a avó contasse uma história recente, de ontem –, um jovem, de não mais do que vinte e cinco anos. Era forte e de poucas palavras, mas conhecia os caminhos como a palma da mão. Nós tínhamos de cruzar a França de norte a sul, ao mesmo tempo que fugíamos dos nazistas. Havia rumores de que Paris estava sitiada. Jules optou por descer pela costa, mesmo tendo muitos vilarejos já ocupados. Tínhamos de desviar das tropas alemãs, mas, em compensação, ficávamos livres dos bombardeios. Era como se estivéssemos correndo seguidos por uma bola de concreto em nosso encalço. Ouvíamos as explosões, as sirenes dos aviões ao longe. Os portos iam sendo ocupados, um a um.

Clarice escorregava o indicador direito pela palma da mão esquerda, em direção ao punho, como se fosse um mapa.

– Só conseguiríamos deixar a França cruzando a Espanha. A leste, todas as fronteiras tinham sido tomadas: Bélgica, Luxemburgo e Suíça, por último. Pouco antes da ocupação de Paris, os italianos se juntaram aos alemães... Nosso maior medo era que o general Franco seguisse os passos de Mussolini. Aí não haveria mais saída.

Ela fez sinal para que Tita esperasse e foi até o quarto. Voltou, minutos depois, com uma caixa, de onde tirou um documento escrito em francês.

– Junot havia conseguido identidades francesas, mas eram falsificações grosseiras, que poderiam, no máximo, enganar as patrulhas nas estradas – e Clarice mostrou o papel amarelado enquanto falava.

Ironicamente, o único documento que possuía daquela época com o nome Clarice estampado era falso. Em seguida, continuou:

– Jamais conseguiríamos cruzar a fronteira com elas. O cenário era caótico, o mesmo de quando deixamos Antuérpia. Estradas tão cheias, mas tão cheias, que muitas vezes se optava por empurrar os carros para economizar combustível e evitar que os motores fundissem. Alguns refugiados voltavam para casa. Outros, como nós, tentavam ir para bem longe dali. Também havia soldados desgarrados e tropas que cruzavam na direção oposta, numa última tentativa de salvar o Norte.

Fez uma pausa e continuou.

– Precisávamos, de qualquer maneira, do visto português – e calou-se novamente.

Tita escutava atentamente. Era como se estivesse descobrindo sua verdadeira identidade depois de viver escondida, durante anos, atrás de uma falsificação, nada grosseira. O que, até um dia antes, era impessoal e pertencia a uma realidade que ela via pela televisão, pelo cinema, nos livros, agora cravava suas entranhas. A Segunda Guerra deixava de ser um capítulo da história do mundo para virar um capítulo da sua própria história. Seis milhões de judeus morreram no Holocausto. "Quando os mortos não têm rosto nem nome", pensou ela, "a ordem de grandeza dificilmente comove." Agora era diferente. Não eram mais os seis milhões de judeus, ou os vinte milhões de russos, ou os comunistas, os ciganos, os homossexuais, as testemunhas de Jeová. Theodor, Bernardo e Olívia é que haviam morrido no Holocausto.

Clarice remexia a caixa de madeira que ninguém jamais tinha visto. Pegou, então, um recorte de revista, antigo, e também amarelado. Era a fotografia de um homem de cabeça branca, que não era idoso. Tinha sobrancelhas escuras e traços fortes e viris.

– Foi só no carro, quando saímos de Calais, que Theodor contou por que íamos para o Sul da França – disse, antes de passar a foto à neta. – Falou-me dos rumores de que o cônsul de Portugal em Bordeaux estava dando vistos de trânsito com menos exigências. Naquele momento, abri um sorriso, lembro como se fosse hoje. Eu o conhecia! Minha esperança se reacendeu! O nome dele era Aristides de Sousa Mendes – e mostrou a foto para Tita. – Tinha sido cônsul em Antuérpia antes de partir para Bordeaux, um ano antes de a guerra começar. Theodor não sabia, mas eu, sim. Eu tinha estado no consulado no início de 1940, justamente atrás de informações sobre a possibilidade de Theodor emigrar. Embora eu estivesse casada e com novo sobrenome, era ainda portuguesa, e ele, meu marido. Fui justamente procurar Sousa Mendes, que eu tinha encontrado, uma única vez, três anos antes, logo que chegamos a Antuérpia. Me informaram que ele havia sido transferido e que o novo cônsul encontrava-se fora. Não havia quem me esclarecesse a questão... Meses depois, já em Bordeaux, vim a saber que, logo após o começo da guerra, o governo português havia emitido uma circular com ordens expressas proibindo vistos a judeus e outros refugiados – e a voz saiu pesarosa.

Tita apertou forte a mão dela. A avó baixou os olhos para a foto e continuou.

– Sousa Mendes era um sujeito agradável, muito educado, via-se que era de família distinta... e era também um amante da música. Quando soube que Theodor era pianista, me fez prometer que iríamos a sua casa, em Louvain, para um concerto privado. Tinha mais de dez filhos, tocavam vários instrumentos, sua orquestra particular.

Não cumprimos a promessa, não fomos à casa dele... Mais tarde, em Bordeaux, eu conheci a esposa... Angelina... Eu estava grávida da tua mãe... Foi ela que me levou até o marido... – e calou-se mais uma vez.

– Mas o que aconteceu então? O cônsul ajudou vocês? Vocês conseguiram o visto? – perguntou, ansiosa.

– Ele nos ajudou – repetiu ela. – Ele nos ajudou. Sousa Mendes nos deu os vistos. Não só a nós..., mas a milhares de outros desesperados, na maioria judeus, que precisavam sair. Era um homem bom, um homem de consciência e coração! – frisou. – Ele desafiou Salazar, arriscou a própria família, por pessoas que não conhecia. Nós íamos finalmente deixar a França.

– Mas o que houve então?

Tita não se conteve.

– O que deu errado?!

Clarice voltou-se novamente para a neta. O olhar se transformara, tomado por uma raiva que escorria em lágrimas.

– Tínhamos os vistos, íamos partir, todos juntos, logo depois que conseguimos os carimbos... até que um ser sórdido cruzou nossos caminhos.

Ela passou as costas da mão pelos olhos.

– Mas isso foi dias depois de chegar a Bordeaux – pegou a foto de Olívia com António e Luiz Filipe e acariciou o rosto da irmã – e reencontrar minha querida Olívia, depois de mais de três anos.

FUGA DA FRANÇA

52

Bordeaux, 14 a 20 de junho de 1940

Theodor e Clarice chegaram a Bordeaux no mesmo dia em que as tropas alemãs marcharam imponentes pela avenida Champs-Élysées e outras ruas de Paris. Hitler havia poupado a capital francesa dos bombardeios que destruíam o Norte e avançavam pelo Sul, mas não da humilhação de tomar a sede do governo francês sem nenhuma resistência.

O primeiro-ministro Paul Reynaud e todo o gabinete haviam seguido para Tours dias antes e agora, naquele 14 de junho, rumavam para Bordeaux, se juntando aos milhares de refugiados que lotavam estradas e acessos à cidade.

Era fim de tarde. O carro parou metros antes de entrar na ponte de Saint-Pierre. Bicicletas se espremiam entre carros, carroças, caminhões e uma multidão que cruzava o rio Garonne. Veículos apinhados de utensílios domésticos, colchões e malas estavam atravessados na pista como se estivessem abandonados. Eram motoristas tentando furar o mar de gente, sem sucesso. Simplesmente desligavam o motor à espera de alguma força divina que os tirasse dali. Impossível mexer um milímetro. Parecia que o país inteiro se dirigia para Bordeaux. O motorista voltou-se para Theodor.

– Escute, amigo, não há como atravessar no meio deste caos – e apontou para a barreira humana. – E eu tenho um longo caminho de volta. A partir daqui, vocês terão de ir a pé, sinto muito – completou, baixando a cabeça.

Ele tinha razão. Theodor despediu-se do rapaz e desejou-lhe boa sorte no trajeto de volta.

– Acho que vou precisar mesmo, eu e toda a França – respondeu, sem ironia, numa referência ao avanço alemão.

O rapaz cumprimentou Clarice com um aperto de mão e afagou os cabelos de Bernardo. Depois, entrou no automóvel e seguiu na direção oposta. Agora os Zuskinders estavam por conta própria. Ali, no meio da multidão, observavam, calados, o movimento enlouquecido. "Paris caiu! Paris caiu!", era só do que se falava. "Daqui a pouco, os alemães estarão aqui!" A frase saía nas mais variadas línguas.

Desde o fim de maio, Bordeaux transformara-se numa cidade-dormitório a céu aberto. Com os hotéis lotados, sem abrigos públicos suficientes para acomodar o fluxo de refugiados, parques e ruas foram sendo ocupados. Famílias dormiam nos carros. Nos dias que se seguiram à tomada de Paris, a situação tornou-se catastrófica. Em três dias, a população mais do que dobrou. Ao primeiro escalão do governo se juntaram representantes diplomáticos de mais de sessenta países.

Bordeaux ficava a menos de duzentos e cinquenta quilômetros da fronteira com a Espanha. Junto com Toulouse, era a mais importante cidade francesa antes da fronteira. Por isso, todos corriam para lá, atrás de vistos, bilhetes de trem e navio. Se Lisboa era o porto de saída da Europa, Bordeaux era o da França.

Mais de dez minutos passaram e os três permaneciam imóveis. Seria um risco colocar Clarice no meio daquela gente. O cenário mais caótico que já tinham visto. A sensação era de que as pessoas estavam fundidas e respiravam em conjunto. Ao invés de diminuir, o movimento crescia. A larga ponte parecia estreita, tamanha a quantidade de corpos que se espremiam para atravessá-la. Ao fundo, via-se a porta de Bologne – um arco gigante de pedra –, resquício do que, um dia, fora uma das entradas da cidade murada.

À esquerda, erguia-se, imponente, o campanário da basílica de São Michel, com mais de cem metros de altura. Era a construção mais alta de Bordeaux. Uma torre pontiaguda, única, numa orla de prédios de igual altura, em tons de areia, colados uns nos outros, como se reproduzissem a antiga muralha que protegia a cidade na era medieval.

A gravidez de Clarice transformara-se num paradoxo. Ao mesmo tempo que representava a dificuldade – e um risco a mais – no árduo caminho que vinham trilhando desde a Bélgica, era também por causa dela que aquela jornada fora acelerada em muitos momentos. Os militares se comoviam e rapidamente ofereciam carona, chocolates, água. Clarice sabia disso. Cada um lutava com as armas que tinha. A dela era a barriga.

Subitamente, Clarice pegou Bernardo no colo. Theodor estendeu os braços imediatamente para puxar o filho. Ela deu um passo para trás e fez um sinal com o rosto. Mais uma vitória. Em segundos, estavam dentro de um caminhão da Cruz Vermelha. Eram os únicos veículos que conseguiam se mover naquela massa compacta. Theodor conferiu o endereço do consulado de Portugal, rabiscado numa folha de papel amarelada. Ficava no número 14 da *quai* Louis XVIII. Mostrou ao motorista, que apontou para uma parte da orla à direita, distante dali. O caminhão seguiria pela esquerda, na direção contrária.

– Posso deixá-los na praça da Vitória – disse o motorista. – É o mais próximo que posso levá-los – e arqueou as sobrancelhas ao falar.

Theodor assentiu com a cabeça. Estava totalmente perdido, mas qualquer lugar longe daquela turba parecia perfeito. Ele iria enfrentar a multidão na orla, mas, naquele momento, precisava de alguns minutos para se situar.

O caminhão parou e eles saltaram na frente de um outro arco de pedra grandioso como o que tinham visto da ponte. Era mais uma das portas sem parede da cidade. Theodor olhou para os lados à procura de um rosto menos estrangeiro naquela mistura de gente dos mais variados sotaques e tipos físicos. Colocou uma mala sobre a outra e virou-se para Clarice.

– Não saias daqui – disse, apontando o banquinho improvisado. – Descansa as pernas, minha querida… Vou descobrir como chegamos ao consulado – falou, já se misturando à multidão.

Clarice sentou-se e acomodou Bernardo no chão, entre as pernas. Ele virou a cabeça de lado e dormiu. Ela também estava cansada. Sentia saudades de Antuérpia, dos passeios pelo centro histórico, das sextas-feiras na sinagoga.

Aquele 14 de junho era uma sexta-feira. Mais um *Shabat* sem descanso, sem velas, sem a família em volta da mesa. Onde estariam Schlomo e Faiga? Será que não teria sido melhor ter ficado com eles?

Theodor voltou minutos depois. Colocou um sorriso no rosto, mas os olhos denunciavam apreensão e tristeza. O consulado ficava a uns quatro quilômetros dali. Não tinha coragem de fazer Clarice e Bernardo andarem, depois das noites maldormidas no carro. Antes que abrisse a boca, Clarice fez sinal para que se aproximasse e se sentasse no chão, ao lado de Bernardo. Passou a mão nos cabelos dele e o aproximou da barriga.

– Não fales nada, meu amor – disse ela. – Apenas escuta… É o nosso bebê. O que importa é que estamos juntos. Hoje é sexta-feira, é *Shabat* – e a voz saiu baixa, sussurrada.

Em seguida, Clarice começou a recitar a oração do acendimento das velas. Theodor fechou os olhos e deixou-se levar pelas palavras levemente cantadas. Ele também sentia saudades de Antuérpia. De todos os lugares por onde rodara desde que deixara Leipzig, sua cidade natal, aquela cidade fora a única que pôde chamar de lar. Antuérpia seria seu lar para sempre.

Depois que Clarice terminou a oração, ficaram mais alguns instantes absortos nas lembranças, até que Theodor levantou-se, pegou

Bernardo, que ainda dormia, e o acomodou no colo. Com a outra mão ajudou Clarice. Pôs a mochila nas costas e voltou-se para ela.

– Tu aguentas levar uma das malas? – e a voz saiu doce. – A esta hora, o consulado está fechado. Temos de achar um lugar para dormir.

Ela fez um sinal positivo com a cabeça.

– Pois bem – continuou ele –, os abrigos públicos não comportam nem mais uma mosca. Hotéis e pensões, além dos preços exorbitantes, estão a colocar hóspedes até nas cadeiras da recepção.

Ele puxou uma lufada maior de ar e a soltou em seguida, como se procurasse ganhar tempo. Por mais que tentasse disfarçar, Theodor não conseguia esconder a expressão de desespero. Clarice segurou o rosto dele entre as mãos.

– Calma, nós vamos encontrar um lugar, calma! Logo, logo tudo isso vai acabar! – disse ela, encorajando-o.

Atravessaram o portal e entraram numa rua longa e reta, que devia ter cerca de um quilômetro de extensão. No final, cairiam em outra praça. Seguiam sem rumo. Ali, como em toda parte, o fluxo era grande nas duas direções. Haviam andado pouco mais de duzentos metros quando notaram um movimento intenso na esquina de uma viela. À medida que se aproximavam, aumentava o burburinho e, com ele, uma sensação de familiaridade. Muitas daquelas pessoas não falavam francês. Era uma mistura de línguas do Leste Europeu. Polonês, romeno, tcheco, iídiche. Theodor apertou a mão de Clarice e o rosto se iluminou. Continuaram adiante e entraram na rua seguinte, virando, em seguida, numa rua mínima, primeira à esquerda.

Depararam-se com mais um acampamento e, ao fundo, uma sinagoga. À primeira vista, era difícil imaginar que uma viela tão estreita pudesse comportar uma construção tão suntuosa. Era um prédio largo com mais de quinze metros de altura, parecido com tantos outros templos erguidos no século XIX. Havia uma *menorah* esculpida no arco gótico sobre o portão central, ladeado por mais dois. Acima deles, cinco janelas representavam as tábuas com os dez mandamentos. Duas torres baixas ladeavam o teto da parte central em forma de triângulo. Lembrava as sinagogas de origem portuguesa. E era.

Assim como Antuérpia, Bordeaux acolhera os judeus que fugiam da Inquisição em Portugal. Até o fim do século XVIII, a cidade havia recebido milhares de conversos que lá retornaram ao judaísmo. Agora, ironicamente, Bordeaux acolhia novamente judeus que faziam o caminho inverso. E Portugal, que expulsara os judeus há quase quinhentos anos, se transformava no único lugar seguro na Europa na fuga ao nazismo.

Theodor, mais uma vez, acomodou Clarice e Bernardo no primeiro espaço livre que encontrou. Desde a saída de Calais, dormiam espremidos no carro. Também estavam famintos. Ele caminhou entre os corpos deitados até conseguir chegar à porta. O saguão estava abarrotado. Theodor encarava um a um, à procura de um olhar conhecido. Apesar dos rostos estranhos, das línguas e procedências diversas, havia cumplicidade em cada troca. Tinham em comum uma mesma história. Abandonaram as casas praticamente com a roupa do corpo, deixando para trás uma vida construída por décadas. Teriam de recomeçar do nada, se reinventar em outro continente. Mas, antes de tudo, precisavam escapar. Era esse sentimento, traduzido na angústia de uma expectativa redentora – por um carimbo e uma assinatura –, que os unia. Estavam todos, ali, à espera de um visto para entrar em Portugal.

A parte interna da sinagoga não deixava nada a dever à suntuosidade da fachada. Mesmo abarrotada de gente, era impossível não se impressionar e, por alguns segundos, imaginar aquele lugar num dia de festa. Theodor aproximou-se da escada que levava ao altar, onde estava guardada a *Torah*. Dali, tinha uma visão geral do ambiente. Seis colunas de pedra sustentavam o local destinado às mulheres, na parte superior. A área estava tomada de gente.

Ali dentro, também, não havia um lugar para acomodar Clarice. Deu meia-volta para sair, quando avistou a esposa, acompanhada por uma senhora, que trazia Bernardo no colo. Acenou para ela.

Uma praça em Antuérpia 257

Tinha um sorriso estampado no rosto. Theodor aproximou-se e logo identificou o som do português. A senhora era casada com o *hazan* da sinagoga, que conduzia o serviço de orações seguindo o ritual da liturgia portuguesa.

Ao ver Clarice com a barriga de oito meses, logo a acolhera. Ela e Bernardo dormiriam em sua casa. Theodor se ajeitaria na sinagoga. Teriam um longo fim de semana pela frente. Era provável que o consulado só reabrisse na segunda-feira. Clarice dava os primeiros sinais de que era preciso parar. Andava com mais dificuldade, as pernas estavam inchadas e as costas doíam. A mulher do *hazan* era uma senhora gentil e otimista. Tomaria conta dela. Theodor prometeu a Clarice que encontraria uma forma de se comunicar com Olívia.

Depois de uma noite praticamente em claro, no saguão da sinagoga, Theodor levantou-se assim que o dia clareou. O local estava tomado. Levou a mão ao forro do terno. Tornara-se um ato mecânico apalpar a bolsa com o que restara dos diamantes. Passou para ver Clarice e o filho. Ela não sairia de casa até que ele voltasse. Para onde quer que se virasse, Theodor esbarrava com uma multidão. Seguiu na direção do rio, acompanhando o fluxo de outros judeus que também se dirigiam ao consulado. Precisava arranjar um telefone no caminho. Deixou a pequena viela da sinagoga e virou na *rue* Sainte--Catherine. Era uma rua comprida, não muito larga, com chão de pedra e construções geminadas, em tons pastel, de três e quatro andares. Formavam um corredor com mais de um quilômetro de extensão. Theodor caminhou por cerca de oitocentos metros até cair numa praça, com um grande teatro, um hotel luxuoso, que lembrava os de Paris, e cafés. Caminhava apressado quando ouviu, alto, seu nome.

– Ei, Zus! Zus, o pianista! Quanto tempo!

Theodor virou-se e logo reconheceu um dos garçons do hotel em que trabalhara na Espanha. Trocaram um aperto de mão seguido de um tapinha nas costas, num cumprimento entre o formal e o descontraído. Não eram amigos, mas haviam convivido diariamente durante um bom período de tempo, o que dava certa intimidade. Falaram rapidamente sobre a trajetória de um e de outro nos últimos três anos até chegarem ali, a Bordeaux, um fugindo da Espanha franquista, o outro, da Alemanha nazista. O garçom trabalhava no Hotel Splendid, que, naqueles dias, se tornara a sede provisória do governo francês em fuga – até o primeiro-ministro Paul Reynard estava lá – e quartel-general dos refugiados de primeira linha, aqueles que tinham muito dinheiro ou muitos contatos – ou os dois –, mas não o suficiente para escapar da lista negra do *Führer*. Eram artistas, intelectuais e empresários. Judeus e não judeus. Theodor contou que estava a caminho do consulado português. A mulher tinha cidadania, o que certamente facilitaria o carimbo para ele e o filho, pensava ele. Antes, precisava se comunicar com a cunhada, em Lisboa, que estava cuidando do visto para o Brasil, onde iriam começar vida nova.

– Escute, Zus, venha comigo até o hotel, é aqui do lado! De lá você está a um pulo da *quai*! – disse o espanhol. – Tenho um colega que trabalha na recepção. Arranjamos um jeito de você ligar de lá.

Assim, os dois se dirigiram ao Splendid. As ruas de acesso estavam bloqueadas para carros. Por todo lado, viam-se automóveis estacionados, com os bancos da frente reclinados, improvisando camas. Entraram no prédio por uma porta lateral exclusiva para funcionários. Cruzaram a cozinha e chegaram ao saguão. A manhã ainda nem acabara e os garçons já preparavam coquetéis para hóspedes de cabelo engomado e ternos bem cortados. As mulheres usavam belos vestidos e chapéus. O burburinho era enorme. Ali estava a nata da intelectualidade, das artes, das finanças. Ali estavam os cérebros – os dirigentes – que decidiriam o destino da França.

Theodor observava num canto o vaivém dos funcionários e dos hóspedes. Eram mais bem-vestidos do que os refugiados que se aglomeravam nas ruas de Bordeaux, mas isso não lhes tirava a tensão e a ansiedade dos rostos. Algumas daquelas personalidades encabeçavam a lista negra de Hitler. Se caíssem nas mãos dos alemães, de nada valeria o dinheiro ou a fama. Teriam o mesmo destino que os anônimos esparramados nas ruas.

Durante meia hora permaneceu encostado numa quina de parede. O amigo desaparecera na área administrativa. Theodor estava cansado, a ponto de escorregar e sentar no chão. Não sabia mais o que fazer ali. Daria mais dez minutos e partiria atrás de um telefone em outro lugar. Foi quando avistou o espanhol. Acenava discretamente para ele, fazendo um sinal com a cabeça para que se dirigisse ao balcão. O pianista seguiu apressado até o local indicado. O amigo o empurrou discretamente por uma porta lateral. Entraram no escritório da gerência. Um homem gordo e baixinho, com um nariz tão pequeno que mal segurava os óculos, dirigiu-se a Theodor.

– Você tem cinco minutos! – e passou-lhe o aparelho. – Isso aqui está uma loucura. O telex não para! As linhas caem o tempo todo! – falou agitadamente.

Theodor tirou um pequeno papel do bolso, com o número da venda. Discou apressado. O rapaz que atendeu foi rápido. Em segundos, a voz de Olívia surgiu no outro lado da linha.

– Theodor! – gritou ela, ansiosa. – Onde tu estás? Céus! Clarice e Bernardo estão bem? Posso falar com minha irmã?

As perguntas se atropelavam sem tempo de resposta.

– As manchetes são assustadoras! Quatro milhões de pessoas deixando Paris às pressas, as estradas sendo bombardeadas! E sob uma chuva que não para! É verdade? – mas ela não dava espaço para que Theodor respondesse. – Meu Deus, estou numa agonia aqui, sem notícias! Tenho uma carta para enviar-te, que deve ser entregue à embaixada brasileira – falou, fazendo uma pausa e puxando o ar.

Theodor aproveitou a brecha. Foi breve.

– Escuta, Olívia, apenas escuta! – disse, interrompendo a cunhada. – Clarice e Bernardo estão bem. Paris foi tomada pelos alemães, mas nós estamos em Bordeaux. O governo francês veio todo para cá. Dizem que o cônsul português está a dar vistos de trânsito sem burocracia.

Espero conseguir o carimbo na segunda ou terça-feira, depois seguimos para Lisboa e vamos à embaixada brasileira aí.

As palavras saíram praticamente sem pausa.

– Tu estás a ligar de onde, Theodor? Onde está Clarice? Por que não posso falar com ela? – rebateu Olívia com mais perguntas.

– Calma, a tua irmã está bem. Eu estou a ligar de um hotel – falou ele devagar, para controlar o nervosismo. – Estamos numa casa colada à sinagoga. Um lugar seguro. Em Bordeaux, está todo o governo… Aqui não há bombardeios… – mal completou a frase, foi cortado por Olívia.

– Theodor, quero que sejas franco comigo, a minha irmã está bem? Tenho pensado muito em Clarice! E o dinheiro? Como estás a fazer? – emendou ela. – Os jornais dizem que famílias estão a dormir ao relento, os carros não conseguem andar mais do que cinco quilômetros por hora em estradas entupidas de gente! Mas há boas notícias também… – e mudou o tom de voz, tentando parecer mais otimista. – Nas manchetes de hoje, os britânicos negaram categoricamente que os franceses vão fazer uma paz separada, não passa de um boato! Alertam também que o primeiro-ministro Paul Reynaud aguarda, ainda este fim de semana, uma resposta do presidente americano ao apelo para que os Estados Unidos entrem na guerra!

Ela parou subitamente.

– Olívia, fica tranquila, em breve estaremos em Portugal. Só precisamos do visto… Estás aí? – perguntou Theodor, batendo no bocal. – Estás aí? Olívia?

O rapaz de nariz pequeno esticou o braço para que ele passasse o telefone. Theodor entregou o aparelho e agradeceu. Agradeceu também ao amigo e deixou o hotel.

Seguiu para o consulado. Era uma caminhada curta até a margem do rio Garonne. Cruzou a alameda repleta de árvores, que insistiam em mostrar que era primavera, apesar de os ânimos estarem mais para o cinzento inverno. Em menos de dois minutos, estava de frente para o rio.

O pianista tentava se animar com as notícias dos jornais portugueses. O presidente Roosevelt ajudaria a França e o país não se renderia, como a Bélgica. Só que era difícil acreditar numa resistência em meio ao caos de Bordeaux.

Virou à esquerda e logo avistou uma esplanada com o monumento em memória aos girondinos, da época da Revolução Francesa. Uma estátua de bronze, com uma corrente partida na mão direita, se erguia sobre uma imensa coluna, com duas fontes na base. Era grandiosa, com quase cinquenta metros de altura. Curiosamente, representava a liberdade, uma homenagem aos perseguidos por Robespierre durante o período do Terror, que se seguiu à Queda da Bastilha.

A praça ficava uma quadra antes do prédio do consulado. Também ali havia um acampamento. Na esquina da Allées de Chartres, havia malas estiradas no chão delimitando os espaços de cada família. Um cheiro forte, de corpos suados, em meio ao calor intenso, tomava a área. O prédio, no número 14, estava cercado por grades que formavam uma barreira de proteção para evitar a invasão. Policiais franceses faziam a guarda.

O consulado ficava no segundo lance de escadas do edifício de quatro andares, além do térreo. A fachada também era cor de areia, como as outras construções da orla. Era o único pavimento com sacadas de ferro, que davam para a rua. As quatro janelas eram compridas e retangulares.

A porta do prédio estava fechada. Havia cada vez mais pânico e tensão entre os refugiados à medida que cresciam os rumores da rendição da França. A aproximação iminente dos alemães só aumentava a angústia.

Desde novembro de 1939 – dois meses depois de a guerra estourar –, o cônsul português já enfrentava dificuldades para liberar os vistos. A temida circular número 14 era taxativa quanto às novas regras. Fora emitida pelo Ministério dos Negócios Estrangeiros, chefiado também por Salazar. O documento era claro e direto. Determinava que nenhum representante diplomático podia conceder vistos, sem autorização do Ministério, aos estrangeiros de nacionalidade indefinida, aos apátridas, aos portadores de passaportes Nansen, aos russos, àqueles que apresentassem nos seus passaportes declaração ou qualquer sinal de não poderem regressar livremente ao país de origem e aos judeus que tivessem deixado os países onde nasceram ou moravam. Praticamente todos os refugiados em Bordeaux se enquadravam numa das categorias.

Para agravar o quadro, no fim de maio, um dia depois da rendição da Bélgica, a circular número 14 ganhara um reforço. O novo regulamento apertava ainda mais o cerco. Os pedidos de visto de residência seriam tratados individualmente, sem expectativa de uma resposta rápida. Já os vistos de trânsito só seriam concedidos àqueles que tivessem o carimbo para países em outros continentes e bilhete de navio ou avião pago. Qualquer outro caso precisaria da autorização de Lisboa. Era a situação da maioria, alguns não tinham sequer passaporte. Assim, telegramas eram emitidos aos montes, todos os dias, e voltavam com respostas negativas.

A medida fora reforçada no dia anterior, quando as tropas alemãs tomaram Paris. A circular número 23 foi mandada para todas as missões diplomáticas na França. Estava terminantemente proibida a emissão de vistos de trânsito portugueses para quem não tivesse visto e passagem para fora da Europa. Todos os outros pedidos tinham de ser encaminhados e resolvidos pela Polícia de Vigilância e Defesa do Estado, a temida PVDE.

Theodor ouvia, calado, as notícias assustadoras que lhe eram passadas pelos homens acampados ali havia dias. Pelo menos Clarice seguiria com Bernardo. Era só validar o passaporte de solteira e colocar o filho nele. Não precisavam sequer de visto. Eram portugueses. Tal possibilidade trouxe um pouco de alento. Em Lisboa, ela procuraria a embaixada brasileira e logo Theodor teria a autorização necessária. A questão era saber se haveria tempo. Esse era o inimigo mais próximo. O melhor a fazer era voltar à sinagoga e acalmar Clarice. Olívia tinha sido avisada e os esperava em Lisboa. Na segunda-feira, ele voltaria ao consulado e entraria de qualquer jeito. Só sairia de lá com a documentação legalizada. Depois, colocaria Bernardo e Clarice no trem. Sim, ele pensou enquanto passava o lenço pela testa e sorria sozinho, estava tudo resolvido, sua família estava salva. Assim, Theodor caminhou mais leve de volta à sinagoga. Naquele momento, ele não podia imaginar o que acontecia nos dois lugares por onde havia passado.

O destino da França era selado no Hotel Splendid. E o destino de centenas de judeus e não judeus que fugiam das garras do *Führer*, num quarto no número 14 da *quai* Louis XVIII.

53

Mal a segunda-feira amanheceu em Bordeaux, a notícia da demissão do primeiro-ministro Paul Reynaud e da formação do novo gabinete, liderado pelo marechal Pétain, caiu como uma bomba sobre moradores e refugiados.

– Reynaud deixou o cargo! Reynaud deixou o cargo! Marechal Pétain é o novo primeiro-ministro! A França tem novo governo! – gritava o menino que descia a *rue* Sainte-Catherine vendendo jornais.

Pétain, um militar com mais de oitenta anos, fora nomeado vice-primeiro-ministro havia pouco tempo. Era um herói da Grande Guerra que chefiara as forças armadas no conflito. Agora, ele assumia a liderança do governo, com o apoio do atual comandante militar, Maxime Weygand.

Horas mais tarde, em discurso transmitido pela rádio francesa, Pétain deixava clara a postura que o gabinete adotaria. Estava mais voltado para a capitulação do que para a luta. Nos bastidores, a rendição era fato. O presidente Roosevelt oferecera ajuda, mas os Estados Unidos não entrariam na batalha. Já durante a madrugada, o marechal havia pedido que o embaixador espanhol na França discutisse com o governo alemão a possibilidade de armistício.

Para os refugiados, era quase uma sentença de morte. A notícia veio acompanhada de um temporal, depois de dias de calor intenso na cidade. Era como se a chuva viesse limpando o caminho para os alemães.

A esperança que mantivera Theodor em pé nos dois últimos dias fora por água abaixo. Clarice o encontrou na sinagoga, abatido, com a cabeça entre as mãos. Estava sentado num canto, alheio à correria e aos gritos. Ela, pelo contrário, chegou agitada, puxando Bernardo pela mão.

– Meu amor! Graças a Deus, estás aqui!

Só então notou a apatia dele.

– Theodor, estás a ouvir-me? – falou, enquanto segurava o rosto dele e fitava seus belos olhos azuis.

Theodor não respondeu. Uma lágrima escorregou pelo canto direito do olho. Ele secou o rosto com a palma da mão e virou-se para Clarice.

– Eu sinto muito, Clarice. Se não fosse por mim, estarias a levar a vida que merecias em Portugal, com um homem que te desse tudo, que cuidasse de ti. O que pude oferecer-te, a não ser dor e sofrimento? Que pai de família sou eu, que não consegue dar um teto decente aos seus? – e falava sussurrando, com vergonha de si mesmo.

Clarice o abraçou forte e falou com a voz firme enquanto o encarava.

– Escuta bem o que te vou dizer. Tu és o melhor marido do mundo. Chegamos até aqui graças a ti. Não foste tu, não fomos nós que começamos esta guerra. Mas vamos vencê-la. Nossos filhos vão crescer fortes e num mundo melhor, tenho certeza.

Agora era a vez dele abraçá-la.

Ficaram por alguns segundos em silêncio, até que Clarice abriu um sorriso e contou o que ouvira na casa do *hazan*.

– Escuta, Theodor, temos de correr para o consulado! Sousa Mendes está a dar vistos a todos, independentemente das autorizações de Lisboa! Um rabino que está hospedado lá é que espalhou a notícia – disse ela, eufórica.

A princípio, Theodor desconfiou. A informação não tinha lógica. Portugal era neutro, mas Salazar era simpatizante do *Führer*. Um êxodo em massa também poderia causar problemas com a vizinha Espanha franquista. Devia ser um boato de mau gosto.

No entanto, aos poucos, ele foi percebendo o movimento na sinagoga. Havia um burburinho, uma agitação acima do normal. A notícia passava de boca em boca. "Portugal liberou a fronteira, não é preciso esperar por Lisboa!" O comentário era ouvido em cada canto. Alguns chegavam agitados do consulado. Haviam confirmado o rumor e voltavam para pegar a família e os documentos. "Também no parque não se fala em outra coisa!", diziam. Era lá que se concentrava a maior parte dos refugiados em Bordeaux.

Theodor virou-se para Clarice e abriu um sorriso enorme. Pegou Bernardo no colo. As malas ficaram na casa do *hazan*. Apertaram-se sob a sombrinha emprestada que protegia apenas a cabeça e o tronco dos pingos grossos que inundavam a cidade. Nunca uma tempestade fora tão bem-vinda. Clarice parecia não sentir o peso da barriga e andava com passos largos e fortes, pisando nas poças. Theodor protegia Bernardo com o casaco e com a outra mão segurava o guarda-chuva. Em menos de meia hora estavam na frente do consulado. A sensação era de que todos os refugiados haviam corrido para lá.

Passava das duas da tarde e não havia uma fila, mas um aglomerado de centenas de pessoas. Para agilizar o serviço, os documentos eram recolhidos e levados para dentro do prédio. Voltavam carimbados e assinados para serem devolvidos aos donos. Theodor procurava um jeito de se infiltrar na multidão quando Clarice viu uma senhora distinta que se encaminhava para o prédio pelo estreito corredor criado entre a parede e as grades colocadas pela polícia. Só podia ser a mulher do cônsul, ela tinha certeza.

– Dona Angelina! – gritou Clarice. – Dona Angelina, aqui! – e levantou o braço.

A senhora voltou-se e espremeu os olhos como se forçasse a memória para reconhecer a dona daquela voz.

Uma praça em Antuérpia 267

– Dona Angelina, a senhora não me conhece. Desculpe abordá-la assim – falou ela, em tom baixo, mas firme. – Meu nome é Clarice Zuskinder, Braga de solteira. Sou portuguesa, de Guimarães, e morava em Antuérpia com minha família. Foi lá que conheci o cônsul, logo que cheguei à Bélgica – e puxou Theodor pelo braço. – Este é meu marido, Theodor Zuskinder. A senhora precisa nos ajudar, por favor. Nós somos judeus, estamos a fugir há semanas! – falou, exasperada. – Soubemos que o cônsul está a dar vistos a todos. Minha irmã espera-nos em Portugal e de lá seguiremos para o Brasil. Por favor, ajude-nos!

O pedido saiu em meio ao atropelo das palavras.

A senhora pediu que o guarda afastasse a grade e fez um gesto para que o casal se aproximasse. Os dois passaram pela pequena fresta aberta pelo policial. Dona Angelina pegou Bernardo no colo e fez um carinho no rosto dele. Depois, virou-se para Clarice. Apesar das últimas noites passadas numa cama, o cansaço em seus olhos era visível.

– Venham comigo. Ficar na chuva, com esta barriga, não há de fazer bem à criança. Vou preparar-vos uma sopa! Meu marido vai ajudar-vos – disse, indicando o caminho para a porta do edifício.

No hall de entrada, havia um bolo de gente que se afunilava para subir a escada em formato de caracol. Os degraus eram de pedra, cor de areia, e o corrimão, de madeira. O lustre que caía pelo vão da escada chamava atenção pela extensão. Atravessava todos os andares. Uma peça única de ferro, pesada, com várias luminárias em formato de lampiões. Lá no alto, na parte central do teto, um domo de vidro deixava vazar a luz.

Dona Angelina, com Bernardo no colo, abria espaço, educadamente, na multidão que se espremia na escada. Dizia que era esposa do cônsul para que a deixassem passar. Theodor e Clarice iam colados nela. O consulado ficava no segundo lance e ocupava os dois apartamentos do andar. Ali era também a residência da numerosa família do cônsul.

O hall externo tinha no chão um mosaico colorido e colunas de mármore próximas à parede. As duas portas eram de madeira pesada. Entraram pela que dava acesso ao apartamento. O local parecia um abrigo improvisado, tamanha a quantidade de pessoas ali alojadas. Que o cônsul era um homem bom, Theodor e Clarice já sabiam desde Calais – quando haviam escutado sobre os vistos –, mas o que viram ali tinha a ver com algo maior: humanidade. E se estendia à mulher e aos filhos. Uma família que abrira mão do conforto e da segurança por gente que nem conhecia.

Dona Angelina colocou Bernardo junto a outras crianças e ele rapidamente sentou para brincar. Clarice sorriu. Há quanto tempo isso não acontecia? Bernardo voltava a ser um menino. Uma cena que parecia pertencer a uma vida muito distante, num outro mundo. O apartamento era um labirinto com mais de dez cômodos. Numa das salas, havia uma lareira com contorno de mármore. O pé-direito era alto e o teto trabalhado com sancas de gesso.

Havia uma porta de comunicação com as salas da frente, onde funcionava o consulado. O movimento era intenso. Passaportes eram colocados na mesa, aos montes. Era um trabalho coletivo. Parentes do cônsul, o rabino, o assistente consular e até os próprios refugiados. Todos mobilizados numa corrida contra o relógio.

Preparavam os vistos nos passaportes, pondo selo, carimbo, validade de trinta dias e a classificação de trânsito. Aí passavam para o cônsul, que os assinava. Sousa Mendes abrira mão de cobrar a taxa – ficaria a cargo dos guardas na fronteira – para agilizar a emissão das autorizações. Quando acabou o papel específico, passaram a usar papel com o timbre do consulado. Nos dias que se seguiram, até papel comum foi usado.

Cada leva que saía assinada era substituída por uma nova, e assim continuaram noite adentro. Não paravam nem para comer. O passaporte de Theodor estava no bolo. Aguardavam nos aposentos da família. Dona Angelina levara Clarice para o quarto para que descansasse um pouco.

Theodor se juntou a um grupo que esperava na antessala do consulado, logo na porta de entrada. Havia uma preocupação crescente. A rendição da França parecia iminente. Ao longe, ouvia-se o ronco dos caças franceses na batalha aérea contra os aviões alemães. As histórias, no fundo, eram as mesmas. Só diferiam no percurso e na estratégia. As pessoas não fugiam apenas da invasão alemã, fugiam do antissemitismo que se disseminava rapidamente. Estava nas ruas, no mercado, na porta ao lado. Era um exército à parte, que não precisava de farda para trabalhar.

– Da noite para o dia, não se podia confiar mais em ninguém – disse um senhor que fugira, com o filho, a nora e os netos, de um vilarejo na Polônia. – Os vizinhos ficavam à espreita e qualquer movimento suspeito, sair de casa com uma mala, por exemplo, era suficiente para denúncia. Fugimos num domingo. Cada um deixou a casa num momento diferente. Enchemos os bolsos com o que cabia, vestimos o máximo de roupas, umas sobre as outras. Meu filho saiu com os meninos logo cedo. Eu, em seguida. Minha nora foi a última. Deixou o fogão aceso, com bastante lenha. Enquanto a fumaça saísse pela chaminé, ninguém desconfiaria de que havíamos abandonado a casa.

Ele fez um silêncio, com os olhos marejados.

– A casa em que nasci e morei com minha esposa, onde também nasceu meu filho... Fechamos a porta sem olhar para trás. Depois de uma vida ali, descobrimos, em poucos dias, que não tínhamos amigos. Que éramos contagiosos – falou, com ironia. – O padeiro, o açougueiro, o verdureiro viravam o rosto, fechavam a cara quando nos aproximávamos. Nosso dinheiro era sujo, nossas mãos eram sujas... Eu, que com estas mãos – e levantou os braços –, trouxe os filhos deles ao mundo!

Calou-se em seguida. O filho, que estava ao lado, abraçou o pai. Contou a Theodor que eram médicos. O pai trabalhara por quarenta anos na cidadezinha. Tinha clientes judeus e não judeus, ricos e pobres.

De uma hora para outra, não podiam mais atender pacientes de outra religião, não tinham acesso a remédios nem autorização para entrar no hospital da vila. Resolveram fugir. Agora, iriam recomeçar a vida nos Estados Unidos, onde moravam alguns parentes. Theodor escutava a história e pensava no próprio pai e nas irmãs. Havia meses não tinha notícias. Chegara a mandar uma carta falando da possibilidade de migrar para o Brasil. Deixara Antuérpia antes de a resposta chegar. Agora, sem endereço fixo, não havia como trocar correspondência. Onde estariam? Torcia para que tivessem deixado a Alemanha, mas não acreditava na hipótese, conhecendo o pai como conhecia. O homem lhe fez uma pergunta que o trouxe de volta à conversa.

– Então sua esposa é portuguesa? Sorte de vocês! – e havia sinceridade na voz.

Theodor respondeu com um sorriso cansado. Até agora, eles haviam tido a mesma sorte de todos. O passaporte estava no mesmo bolo e teriam de cruzar a fronteira do mesmo jeito. Dona Angelina os acolhera porque Clarice estava grávida, independentemente da nacionalidade.

O homem, com o pai, a esposa e os dois filhos, havia chegado três dias antes. Acamparam na praça de Quinconces, onde ficava a coluna dos Girondinos, bem perto do consulado. Ele e o pai não arredaram o pé da porta do prédio. O médico fora acolhido pelo rabino e levado para o apartamento, onde dormiu numa cadeira na sala. Virou-se para Theodor.

– Um dia, quando tudo isto acabar, escreva o que digo, iremos nos lembrar deste cônsul. Os cristãos hão de fazê-lo santo! – disse, com convicção.

Em seguida, contou a Theodor o que presenciara no consulado. O cônsul se trancara no quarto durante dias. Ninguém sabia o que se passava. Ficara lá dentro, recluso, sozinho. Levaram-lhe água e comida. A tensão entre os refugiados era grande porque haviam recebido a notícia da tomada de Paris. Não sabiam o que fazer. Naquele prédio, estava a única esperança de salvação. Era um visto para a vida.

– Pois foi de repente que o cônsul deixou o quarto – falou, atônito. – Nós, na sala, mal podíamos acreditar. O cabelo estava branco, como se aqueles três dias tivessem lhe sugado os anos. Tinha o rosto de quem não dormia há noites, com manchas escuras em volta dos olhos. A esposa estava ao lado. Foi então que ele disse – e o velho médico, emocionado, passou o lenço na boca –, com a voz grave, séria, o cônsul disse que o governo de Portugal estava recusando todos os pedidos de visto a refugiados... e que a decisão estava nas mãos dele! Ao dar os vistos, contrariando as ordens de Lisboa, ele arriscava a própria carreira. Poderia perder o cargo... Mesmo assim, preferia abrir mão da segurança da família a manter-se fiel a uma ordem que considerava vil e injusta.

O velhinho gesticulava, agitado, enquanto falava.

– O cônsul frisou que a Constituição portuguesa era clara: religião e convicção política não eram impedimentos para se procurar refúgio em Portugal. E foi além! Como bom cristão, o compromisso era com Deus... "O meu desejo é estar com Deus contra o Homem, e não com o Homem contra Deus!" – repetiu as palavras de Sousa Mendes como se as ouvisse naquele momento.

Depois, o velho médico contou que o cônsul ordenara que os guardas permanecessem em vigília apenas para manter a ordem, e não para impedir o acesso ao escritório. Pediu que espalhassem a notícia de que estava distribuindo vistos a todos que necessitassem. Foi esse rumor que chegara aos ouvidos de Theodor e de centenas de outros refugiados, trazendo junto esperança e a perspectiva de um recomeço.

Passava das dez da noite quando Theodor encontrou Clarice e contou-lhe o que tinha escutado sobre Sousa Mendes. O cônsul continuava a assinar os passaportes que chegavam aos montes. Passara a colocar apenas "Mendes" nos documentos, para agilizar o trabalho.

– Clarice! – falou Theodor, cheio de ânimo. – Pela primeira vez, acredito que estamos perto do fim!

Nesse momento, ela abriu um sorriso que Theodor não via tinha meses e tirou do bolso o documento.

– Aqui está, meu amor! – e passou o passaporte para Theodor.
– Nosso carimbo para a liberdade! – disse, abraçando-o em seguida.
– Nós conseguimos!

Os dois choraram. Angelina levara pessoalmente o passaporte de Theodor. O cônsul, mesmo cansado – era visível o desgaste, não só dele como de todo o grupo –, reconhecera Clarice. Pegou o documento e passou aos assistentes. Em menos de um minuto, estava nas mãos dela. O cônsul desejou-lhe sorte.

O trabalho no consulado entrou pela madrugada. A porta se fechou por volta das duas da manhã, para reabrir no dia seguinte às oito. Mesma hora em que Theodor deixou o prédio rumo à representação da Espanha, última etapa no caminho para Portugal. À medida que se aproximava, o pianista percebeu que, mais do que sorte, precisaria de paciência. Uma multidão se concentrava na porta.

Theodor estava decidido a deixar Bordeaux o mais rápido possível. Ele podia sentir a aproximação dos *Stukas*. Os alemães estavam chegando. Tinham de partir, de qualquer jeito, na manhã seguinte. Enfrentar aquela fila significaria perder mais um dia. Pegariam o visto espanhol em Bayonne, a quase duzentos quilômetros dali. Era a última cidade antes de Hendaye, na fronteira. Colocou a mão no forro do casaco. Estava na hora de usar os diamantes.

54

Conseguir um carro em Bordeaux era como procurar uma agulha no palheiro. Theodor voltou ao consulado no começo da tarde para encontrar Clarice. Talvez pudessem se juntar a outra família em fuga. A solução, mais uma vez, veio do cônsul. Repetia-se a mesma cena do dia anterior. Escada e hall abarrotados, sacos e sacos com passaportes, a linha de produção no escritório, os documentos autorizados redistribuídos aos donos. Numa rápida pausa para ir ao banheiro, Sousa Mendes esbarrou com Theodor. A preocupação era visível no cenho franzido. Perguntou o que estava acontecendo. Mesmo em meio àquela correria, com a pressão de Lisboa – telegramas chegavam aos montes da capital –, o cônsul mantinha a calma e o bom humor. Era de uma educação refinada, que deixava todos à vontade. Theodor, primeiro, agradeceu o visto, depois contou sobre o drama do carro.

– Você sabe dirigir? – perguntou Sousa Mendes, com ar triunfante. Theodor assentiu.

– Pois espere um minuto – e sumiu dentro do apartamento. Voltou em seguida, com uma chave de carro.

– Tome! – disse, passando o chaveiro para Theodor. – Não tem combustível. Nisso não posso ajudá-lo... Mas não há de faltar por aí, tamanho o mercado negro em que se transformou esta cidade!

– Mas de quem é o automóvel? – perguntou Theodor, ainda incrédulo.

– É de uma família belga que passou por aqui – e coçou a testa. – Escolheram seguir de trem para Hendaye e deixaram o carro comigo – falou, encarando Theodor. – Tenho certeza de que ficariam felizes em ajudá-lo – e apontou para o escritório. – Agora tenho de voltar. O dever me chama! Façam boa viagem!

Seguiu para a sala, sem deixar tempo para a resposta de Theodor.

A gasolina, ele conseguiu arranjá-la com relativa facilidade graças às últimas pedras que guardava no forro. O dinheiro não era tudo, pensou Theodor, mas, numa guerra, abria muitos caminhos. No dia seguinte, pela manhã, partiriam finalmente rumo à liberdade. Na volta para o consulado, Theodor entrou numa *brasserie*. Precisava de um gole de café forte para ajudar a vencer o cansaço. Trazia um sorriso bobo no rosto, de uma felicidade carregada de esperança. Aproximou-se do balcão e fez o pedido. Ele estava de costas, portanto não conseguia ver os homens que conversavam animadamente na mesa atrás dele. O que ouviu o fez retrair os lábios e voltar-se mecanicamente. Os homens não notaram. Ninguém no bar notou. Estavam todos rindo, fazendo piadas, vez por outra apontavam para uma placa recém-instalada pelo dono: "Proibida a entrada de cachorros e de judeus".

Theodor virou a xícara e engoliu o café. Jogou as moedas no balcão e afrouxou o colarinho. De repente, viu-se novamente na Berlim pré-guerra. A sensação de sufocamento. Para ele, a França fora enterrada ali, em Bordeaux, naquele momento. Os alemães ganhavam a guerra. Mais uma vez, a vontade de chutar os latões. "Os judeus são como ratos." A voz de Ingeborg martelava. Agora, eram também cachorros.

Já na rua, Theodor apressou o passo, desviando com o braço a massa que caminhava em sentido contrário. Chegou ao número 14 da *quai* Louis XVIII e se viu de frente para uma parede de gente que bloqueava a entrada do consulado. Como uma broca perfurando a multidão, ele chegou à escada. Aos que impediam a passagem, mostrava o passaporte já com o visto.

– Que raios! – esbravejava. – Não estou tomando o lugar de ninguém! Só vim pegar minha esposa! – dizia, sacudindo o documento com a autorização. – Não é preciso afobação, todos ganharão o carimbo! O cônsul é um homem de palavra!

Theodor foi resgatado por um refugiado que trabalhava sem parar na porta do escritório. Recolhia os passaportes a serem carimbados e devolvia os que estavam prontos para cruzar a fronteira. Entrou na ala que pertencia à família e rapidamente encontrou Clarice. Estava sentada no canto do sofá, observando Bernardo brincar. Ela não reclamava, mas era visível que a barriga pesava e as pernas doíam sem folga. Ao ver os dois ali, Theodor apagou a imagem que se fixara na mente quando deixou o bar. Clarice levantou a cabeça assim que ele se aproximou.

– E então? – disse, enquanto segurava as mãos dele.

O otimismo sempre presente em tudo que ela falava e fazia dava sinais de que estava pifando. Não era uma voz de desânimo, era uma voz de conformidade.

– O cônsul emprestou-nos um carro e já consegui gasolina. Vamos para Bayonne atrás do visto espanhol.

As palavras escorregaram cansadas.

– Lá, será mais rápido – e foi a vez de Theodor segurar as mãos dela. – De Bayonne a Hendaye, na fronteira, é um pulo! – disse, animando-se ao falar. – Em três dias, o mais tardar, estaremos em Portugal!

Dona Angelina fez questão de que Clarice e Bernardo dormissem no consulado. Theodor seguiu para a sinagoga. Pegou as malas na casa do *hazan* e encontrou um espaço para se acomodar protegido da chuva. O dia seguinte seria longo. Se tudo desse certo, entrariam na Espanha no começo da noite ou na manhã seguinte. Foram esses seus últimos pensamentos antes de adormecer sentado.

Theodor dormiu profundamente, sem sonhos. Acordou cansado, mas disposto. Com uma mala em cada mão e a mochila nas costas, seguiu pela pequena viela que desembocava na *rue* Sainte-Catherine. Foi quando ouviu seu nome ser chamado. Uma voz de mulher. Virou-se. Era Olívia. Olívia havia acabado de chegar a Bordeaux.

55

– Theodor! – gritou Olívia mais de uma vez. – Céus! Achei que jamais vos encontraria! Esta cidade está um caos! – disse, enquanto caminhava com passos rápidos.

A visão de Olívia causou certa estranheza. À medida que se aproximava, era como se trouxesse um frescor e uma vida que pertenciam a outra realidade, a um mundo que existia apenas na memória. Theodor permanecia calado e imóvel enquanto Olívia falava sem parar.

– Homem, acorda! – soltou, dando um leve tapa no ombro dele. – O que se passa contigo? Dá cá um abraço, há tantos anos que não nos vemos! Não estás feliz em me ver? – perguntou, com um sorriso largo e as mãos na cintura.

Theodor finalmente pareceu atinar que Olívia não era uma miragem.

– Desculpa, Olívia… – falou, enquanto se curvava para abraçá-la. – Tu, por aqui, é uma surpresa… Não sei o que dizer! – e mudou de assunto: – Nosso visto saiu! Estava a acertar os detalhes da partida para a Espanha. Se tudo der certo, em três dias, no máximo, estaremos em Portugal! – se empolgou. – É só no que penso. Clarice vai ter o bebê com tranquilidade!

Subitamente calou-se. Olívia arregalou os olhos. Theodor havia falado demais. Esquecera que a cunhada desconhecia a gravidez. De qualquer forma, Olívia saberia em breve, quando encontrasse a irmã.

– Bebê? Não estou a entender – rebateu ela, incrédula. – Clarice está à espera de bebê? Está grávida e não me contou? – e havia um tom de irritação na voz. – Como ela pôde omitir isso de mim?! – disse, levando a mão esquerda à testa.

Theodor suspirou.

– É uma longa história! Clarice não queria preocupar-te – falou, pegando as malas no chão. – Vamos andando, explico-te no caminho.

– Mas onde está Clarice afinal? – perguntou ela, enquanto acompanhava o passo apressado dele.

– Clarice está no consulado de Portugal. Vamos justamente até lá para encontrá-la – completou Theodor, já dobrando na *rue* Sainte-Catherine.

Durante os mais de vinte minutos do trajeto, Olívia escutou a saga das últimas semanas. Embora não concordasse com a atitude de Clarice, conseguia compreender a irmã. Teria agido da mesma maneira. A aparência de Theodor inspirava tristeza. O corpo alto e magro estava curvo, como se os braços carregassem dois pesos. A barba por fazer, as olheiras, o terno surrado, o cabelo despenteado e pastoso de dias sem banho, escondidos sob um chapéu de feltro, davam a Theodor uma aparência de maltrapilho. Se o visse em Lisboa, naquelas condições, certamente mudaria de calçada. Mas ali, em Bordeaux, ele simplesmente não destoava da multidão. Quem destoava era ela, com as roupas limpas, perfumadas, e a testa lisa de quem via a guerra apenas nas páginas do jornal.

Olívia tirou uma das malas da mão de Theodor, sem que ele resistisse. Naquele momento, era claro que ela tinha mais forças do que ele. Estava alimentada, havia dormido bem todas as noites e, mesmo no meio daquele caos, conseguira um quarto na casa de uma família amiga de conhecidos de Lisboa. A apreensão de Olívia crescia

Uma praça em Antuérpia 279

à medida que se aproximavam do prédio. Como estaria Clarice? A julgar pela aparência de Theodor, ela preferia não imaginar. A irmã estava prestes a ter uma criança. Poderia ser a qualquer momento.

Olívia também se assustou com a concentração de gente na orla. Na esquina da Allées de Chartres, Theodor depositou as malas e voltou-se para Olívia.

– Espera aqui! Vou buscar Clarice e Bernardo. Pretendo partir hoje mesmo! Consegui um carro. Tu vens conosco, é claro! – falou, já mergulhando na multidão. – Não saias daqui, por favor! – gritou já de costas para ela.

Quase meia hora depois, foi a vez de Olívia escutar seu nome ser chamado. Virou-se, emocionada. Fazia quase quatro anos que não via Clarice, que não ouvia sua voz, ao vivo. Na despedida, na estação em Lisboa, rumando para a Guarda, a irmã tinha uma pequena protuberância de três meses de gravidez. Agora era como se o relógio tivesse acelerado e a barriga saltado para fora. Só que, desta vez, carregava outro bebê. Os quase nove meses surgiam imponentes, dominando a cena. De mãos dadas com Clarice, estava o sobrinho que ela ainda não conhecia.

Naquele momento, um frio percorreu o corpo de Olívia e ela sentiu uma saudade enorme do próprio filho. As lágrimas lhe escorreram pelos olhos. As lágrimas escorreram mais ainda quando sentiu as mãos de Clarice em torno do seu corpo e pôde finalmente abraçar a irmã. Clarice foi a primeira a falar.

– Perdoa-me, Olívia! Não queria deixar-te em pânico e acabei por preocupar-te da mesma forma – sussurrou no ouvido dela.

Fosse pela emoção, fosse pelo fato de o passado não poder ser mudado, Olívia não perderia um minuto pensando no que teria sido. Segurou o rosto de Clarice com as duas mãos e falou:

– Clarice, minha querida, como senti tua falta! Meu Deus! – e voltou-se para Bernardo. – Que menino lindo! Eu sou tua tia, sabes? – disse, enquanto beijava o sobrinho.

As duas seguiram na frente, com Bernardo no colo de Olívia. Theodor vinha logo atrás. Temia que a chegada de Olívia atrasasse a saída de Bordeaux. Não queria assustá-las, mas ter o visto no passaporte não adiantaria de nada se os nazistas tomassem a cidade. Para Theodor, depois do que presenciara no café, no dia anterior, era só uma questão de tempo, e de muito pouco tempo.

Já Clarice e Olívia conversavam animadamente como se não houvesse engarrafamento nas ruas e gente andando apressada e sem rumo. Olívia sugeriu que fossem até a casa onde estava hospedada para que tomassem banho e descansassem um pouco. Ficava a uns dez minutos do consulado, no bairro de Chartrons. Os anfitriões eram comerciantes de vinho e tinham improvisado um quarto para Olívia no depósito atrás da loja. Moravam num apartamento em cima. Havia espaço suficiente para os quatro. O casal não se oporia a abrigá-los, principalmente se a remuneração fosse boa. Foi nesse momento que Olívia retirou um maço de dólares escondido no vestido. Virou-se para a irmã.

– É teu e da tua família. É a tua parte na venda da quinta de nossos pais. O dinheiro que emprestaste para comprar a casa... Nós vendemos por causa da mudança para o Brasil – disse, e depois, voltou-se para Theodor. – Tenho aqui comigo também a carta de António garantindo trabalho e moradia no Rio de Janeiro – e passou o envelope para o pianista.

Theodor segurou a carta e a pôs no bolso interno do casaco. O dinheiro ele pegaria depois. Estava mais bem guardado naquele vestido. Ele propôs que esperassem num café, na praça do Teatro, até que ele fosse pegar o combustível para abastecer o carro. Seria melhor partirem o quanto antes.

A felicidade das duas era tanta que elas acabaram convencendo Theodor a transferir a viagem para o dia seguinte. Depois de um bom banho, sairiam para almoçar. Havia meses Clarice não sabia o que era sentar à mesa de um local público, comer uma refeição numa bela louça, ser servida por alguém. Theodor escutava calado. Queria gritar que eles estavam em guerra, que, se não saíssem logo dali, o único lugar público que frequentariam seriam os campos de concentração. Mas talvez ele estivesse sendo muito pessimista. Além do mais, a alegria de Clarice era comovente. Voltaria ao consulado espanhol.

Theodor deixou as irmãs numa pequena transversal da Cours Portal. Beijou a mulher e o filho e deu meia-volta. Faria praticamente o mesmo caminho, só que em sentido contrário, rumo ao consulado espanhol. Antes de chegar à *quai* des Chartrons – continuação da *quai* Louis XVIII, onde ficava o consulado português – virou na rua Notre-Dame, paralela à orla. A representação espanhola ficava no começo da rua. Já que continuariam na cidade, tentaria o visto ali mesmo em Bordeaux.

As irmãs entraram num mundo à parte. Primeiro, deram juntas um banho em Bernardo. Em seguida, foi a vez de Clarice. Olívia ajudou a irmã a se despir. A barriga pontuda e já mais baixa dava sinais de que o bebê nasceria a qualquer momento. Os seios pequeninos estavam fartos e duros. As pernas e os pés, inchados. Olívia evitou qualquer comentário e Clarice notou a preocupação nos olhos dela. Havia um brilho de repreensão velada. Por que ela não falara sobre a gravidez? Por que poupá-la? A pergunta estava estampada no rosto de Olívia. Nem uma nem outra tocaram no assunto. Nada mudaria a situação. Havia uma saudade tão grande que o fato de estarem juntas, depois de tantos anos, importava mais do que a situação que as juntara ali.

Olívia lavou demoradamente o cabelo da irmã, que havia semanas não via xampu. Também esfregou as costas com uma esponja macia e cheirosa. Falaram sobre os filhos, a vida de casadas, a ida de António para o Brasil e a esperança de um futuro longe da guerra no outro lado do oceano. A fuga de Antuérpia, os bombardeios e as estradas destruídas, as noites maldormidas passaram ao largo da conversa. Era como se aquilo já fizesse parte de um passado que Clarice preferia esquecer. Haviam sobrevivido e, em breve, estariam em Lisboa.

O bebê nasceria em Portugal, e, assim que completasse seis meses, embarcariam. Quanto mais deliravam sobre a vida que viria, mais acreditavam nela.

Depois do banho, enquanto Clarice e Bernardo descansavam, Olívia deu uma escapada para voltar, uma hora depois, com um presente para a irmã. Um vestido, meias e um par de sapatos com um salto pequeno e bem confortável. Os olhos de Clarice ficaram molhados. Era como se ganhasse sua vida de volta. Um banho demorado, cabelos lavados, roupa nova e o mais importante: Olívia a seu lado.

Saíram para almoçar no começo da tarde. Havia dois mundos naquela cidade. Sentaram lado a lado na varanda da brasserie do Grand Hôtel de Bordeaux, de frente para a praça e o Grande Teatro. Pediram salada de entrada, com queijo e mel, depois filé com batatas assadas e, de sobremesa, uma torta com recheio de frutas do bosque e massa bem fina. Os pratos eram brancos, com filetes dourados, os talheres, de prata, e os copos, de cristal. Tão limpos que brilhavam. O guardanapo de linho cheirava a lavanda. A toalha, também de linho, tinha um acabamento rendado, bem sutil, nas bordas. Clarice passou a mão pelo encosto da cadeira, macio como a casca de um pêssego.

Ficaram por mais de duas horas no restaurante. Era um oásis em meio ao caos em que se transformara Bordeaux. Ali, não havia racionamento, nem cheiro ruim, nem rostos cansados. No entanto, a mesma angústia pairava no ar, um medo velado.

Pensou em Theodor, que, naquele momento, se espremia em frente à representação espanhola para conseguir o visto de passagem pelo país. Lembrou-se, então, dos Rothschilds e dos Habsburgos, que haviam mandado representantes com seus passaportes ao consulado português.

Na guerra paralela aos campos de batalha, a arma mais poderosa era o dinheiro. Quem tinha dinheiro tinha um exército só seu. Mas de nada valia se não houvesse sorte. Como na roleta-russa, a bala escolhia o alvo ao acaso. Fosse rico ou pobre.

Uma praça em Antuérpia   283

Deixaram o restaurante no fim da tarde. Foram direto para o apartamento. Theodor chegou por volta das nove da noite. Ficara horas na fila do consulado espanhol e estava perto da porta quando o expediente encerrou. Combinara um revezamento com um polonês. Dormiria algumas horas e depois o renderia. Assim, conseguiriam o visto pela manhã e partiriam em seguida para Hendaye, cidade na fronteira com a Espanha. Havia rumores de que as filas na pequena ponte para Irún eram enormes. Centenas de refugiados faziam a travessia, numa corrida contra o relógio.

No caminho para o apartamento, Theodor entrara num bar próximo às docas, onde os homens se aglomeravam em torno de um rádio. Ouviam atentos a transmissão de uma emissora londrina. O general De Gaulle pedia aos franceses que resistissem. Em outros tempos, Theodor se agarraria àquelas palavras. Naquele momento, soavam como mais um sinal de que a França estava a horas da capitulação.

Ele estava certo. Só não contava que, naquela mesma noite, viveriam, mais uma vez, os horrores de um bombardeio. O ataque os pegou de surpresa. Passava pouco da meia-noite quando a poderosa *Luftwaffe* sobrevoou Bordeaux. As sirenes dos *Stukas* acordaram a cidade.

Pela janela do apartamento, viam-se pontos luminosos cobrindo o céu. As luzes foram cortadas e o pânico se instalou. Desde que a guerra começara, Clarice jamais pusera uma camisola e obrigara Olívia a também dormir com o vestido. A irmã estava em choque. Não conseguia se mexer. Clarice a arrastou pelo braço enquanto Theodor acomodava Bernardo no colo. Desceram rapidamente para o porão do prédio vizinho, só com a roupa do corpo. O barulho era ensurdecedor e se misturava aos gritos que vinham de toda parte.

Dos telhados, as baterias francesas respondiam ao ataque. Durante três horas seguidas, tiros e explosões tomaram a cidade. Depois, pararam. Passada meia hora, Theodor decidiu deixar o abrigo.

– Não saiam daqui – falou para as gêmeas. – Vou ver como está nosso carro. Precisamos deixar Bordeaux o mais rápido possível.

As irmãs não emitiram uma só palavra. Permaneceram abraçadas, com Bernardo agarrado ao pescoço da mãe.

Diferentemente do ataque em Calais, o prédio fora bastante atingido, como muitos no Chartrons e na área do porto. Theodor correu até o consulado em meio ao caos que se instalara nas ruas. Havia o temor de um novo bombardeio. O automóvel estava intacto. Ele tinha de pensar rápido. Pegar a estrada imediatamente, correndo o risco de serem surpreendidos por uma nova revoada de *Stukas*, ou esperar o dia clarear e ter certeza de que os aviões não retornariam.

Decidiu pela primeira opção. Pouco antes das cinco da manhã, ainda com o céu escuro, partiram para Bayonne. Duzentos quilômetros os separavam da cidade. Passaram pelas docas bombardeadas. O congestionamento na saída de Bordeaux era enorme, como nos dias anteriores e nos que se seguiram. Em carros, limusines, carroças, bicicletas ou a pé, um formigueiro de gente rumava para o sul. Soldados patrulhavam a estrada avisando aos motoristas que mantivessem os faróis apagados. O medo de uma cidade ocupada pelo Reich, a exemplo de Paris, parecia ser maior do que o das bombas. Mal deixaram Bordeaux, as sirenes soaram novamente. Segundos depois, os pássaros metálicos pontilharam o céu para mais uma rodada de ataques. Seguiram sem olhar para trás.

56

Chegaram a Bayonne no meio da tarde. Nos últimos dias, a cidade de trinta mil habitantes fora invadida por mais de duzentas mil pessoas. Logo avistaram as torres da catedral. Sobressaíam, imponentes, como duas lanças solitárias furando o céu. Na ponte de acesso à parte antiga, o mesmo caos a que já estavam acostumados. Para poupar combustível, Olívia sentou-se ao volante e Theodor foi empurrando o carro. Evitavam o liga e desliga do motor.

Theodor não tinha ideia de onde era o consulado espanhol, mas sabia que o português era próximo à catedral. Deviam ser perto um do outro, como em Bordeaux, pensou. Quando chegaram em frente ao rio, Olívia entregou a direção para que o cunhado estacionasse o carro. Dali, continuariam a pé. Driblaram os pedestres até a porta de um café. Theodor deixou as irmãs com a mesma recomendação de sempre – que não saíssem dali – e seguiu o rastro das torres. Entrou numa rua de pedras que se estreitava à medida que subia. Depois de uma pequena curva, deparou-se com a catedral. Era uma obra monumental erguida no centro exato da cidade, como se fosse uma irmã menor da catedral de Notre-Dame, em Paris. Num dos lados, havia uma praça com um chafariz. O lugar estava apinhado de gente. Impossível dar um passo.

Theodor deixou-se levar pelo fluxo. A multidão se espremia para entrar numa rua tão estreita e íngreme que parecia o bico de um funil. O calor era sufocante. O suor escorria pela testa. O movimento subitamente parou em frente ao quarto prédio, o número 8 da *rue* Pilori. Era uma construção de quatro andares, além do térreo, com duas janelas compridas em cada pavimento. Fora invadido pela massa de gente. No último andar, ficava o escritório do consulado português. A escada de madeira, espremida e sinuosa, rangia a cada passada. Era um milagre que ainda não tivesse cedido, tamanha a quantidade de pessoas que subiam e desciam sem parar.

O pianista levou instintivamente a mão ao bolso do casaco. O passaporte estava lá, com o visto carimbado. Teve pena daquelas pessoas, embora imaginasse que enfrentaria a mesma confusão no consulado espanhol. Assim como em Bordeaux, os refugiados em Bayonne também haviam passado a noite na fila, sem dormir. Assim como em Bordeaux, os documentos entregues, aos lotes, voltavam em sacos. Os nomes eram chamados um a um. Os donos surgiam apressados, agitando os braços, e gritando "sou eu, sou eu", aliviados.

Enquanto um rosto amigável lhe indicava a direção da representação espanhola, sentiu um pingo grosso no ombro. Não deu tempo nem de virar a cabeça para cima. O temporal desabou sem piedade. Não havia para onde correr. Theodor foi abrindo espaço com o ombro até cair numa rua mais larga, continuação da Pilori, que desembocava numa praça, de frente para o rio. Clarice e Olívia estavam na outra esquina. Ele tinha contornado a quadra. A chuva forte escorria pelo calçamento de pedra. As descargas elétricas dos trovões cortavam a massa preta que cobria o céu e iluminavam a catedral.

Theodor caminhava apressado, cuidando para não deslizar no chão escorregadio. Subitamente parou. Um homem de sobretudo preto passou ao seu lado, com largas passadas, seguido por uma multidão. Esfregou os olhos para se certificar. Era ele mesmo. O cônsul português. Fazia em Bayonne o mesmo que fizera em Bordeaux.

Desafiava as ordens de Salazar e emitia vistos para todos, sem cobrar as taxas, sem exigir o bilhete de navio.

O olhar transtornado era o sinal de que aquele homem estava à beira de um colapso. Era como se quisesse salvar o mundo. Entrou apressado no carro e, quando estava prestes a dar a partida, Theodor conseguiu furar o cerco e bateu no vidro.

– Senhor Sousa Mendes, senhor Sousa Mendes! – e o chamado saiu num sussurro.

O cônsul o reconheceu imediatamente e baixou o vidro. Os olhos estavam vermelhos das noites sem sono. Estava visivelmente exaurido.

– O que o senhor faz por aqui? – perguntou, com a voz cansada.

– Vim atrás do visto da Espanha. Em Bordeaux, foi impossível chegar ao consulado. E aqui está pior! – respondeu Theodor apressado.

O cônsul soltou um longo suspiro e encarou aquele homem com um chapéu enterrado na testa, a água escorrendo pelo rosto, a roupa encharcada.

– Theodor – falou firme –, o cerco está se fechando. Os alemães vão chegar a qualquer momento – e fez uma pausa. – Pegue sua família e siga para Hendaye enquanto é tempo! Vá direto à fronteira, não tenho mais como ajudá-lo. Não tenho mais como dar vistos a ninguém. Sinto muito – disse, acelerando o carro e abrindo caminho com a buzina.

O automóvel desapareceu na esquina, seguido por gritos desesperados. Theodor agradeceu em silêncio àquele homem que já havia feito muito por ele e por tantos como ele. Deu meia-volta e andou sem pressa até o bar. O corpo doía. Assim que cruzou a porta, Clarice correu até ele.

– Theodor! – exclamou ela. – Graças a Deus! Estávamos preocupadas! – disse, enquanto secava o rosto dele com a toalha da mesa.

Ele tirou o paletó ensopado e o pôs nas costas da cadeira. Olívia se aproximou, vindo do balcão, com um café quente e um pedaço de pão com queijo. Ele devorou sem mastigar. Na mesa ao lado, um grupo discutia acaloradamente a reação da França à ofensiva alemã. Uns eram a favor da rendição, outros, da resistência. Os jornais não mencionavam o bombardeio a Bordeaux. Traziam nas manchetes que a Alemanha comunicara, naquele dia, as condições para a capitulação francesa. Theodor escutava quieto. Estava cansado de discussões e boatos. Queria apenas cruzar a fronteira, tão perto e tão longe ao mesmo tempo. Falou rapidamente sobre o encontro com o cônsul e a situação caótica na representação portuguesa. Partiriam para Hendaye assim que clareasse. A cidade ficava a trinta quilômetros. De nada adiantaria sair no meio da chuva, no escuro, para encontrar a fronteira fechada.

– Pelo menos temos um teto para passar a noite – disse, referindo-se ao carro estacionado ali perto.

Clarice respondeu com um sorriso. Os pingos foram diminuindo e, aos poucos, o céu se abriu até surgirem estrelas. Pagaram a conta e deixaram o bar. Muitas famílias permaneciam na praça, sentadas sobre as malas, no chão molhado. As roupas limpas e novas de Clarice e Olívia contrastavam com as das outras mulheres, puídas e encardidas.

Entraram no carro sem nada falar. Theodor encostou a cabeça na janela. Olívia sentou-se ao lado, na frente, e fez o mesmo. Clarice esticou as pernas sobre o banco de trás e acomodou Bernardo no chão do veículo. Permaneceram em silêncio, sem pregar os olhos, até que os primeiros raios da manhã invadiram o veículo.

57

No trajeto para Hendaye, Theodor pensava nas peças que o destino pregava. Há pouco menos de quatro anos, a pequena cidade francesa fora sinônimo de salvação na fuga da Espanha franquista. Agora, a situação se invertia. O território espanhol permanecia sob o rígido controle do general Franco, mas, ironicamente, cruzá-lo era o único caminho que os levaria à liberdade.

Theodor jamais sonhara, nem no mais terrível dos pesadelos, que desejaria tanto voltar à Espanha dominada e, muito menos, a Portugal de Salazar. Para escapar do nazismo, corria para os braços de outros ditadores, sem resistir, sem lutar. Era nisso que a vida o transformara.

Mais uma vez, os poucos quilômetros foram percorridos em longas horas. Chegaram a Hendaye no meio da manhã. Guardas franceses tentavam pôr ordem ao caos em que se transformara a região de fronteira. A aglomeração era maior e carregada de ansiedade. Eles e todos os outros estavam a um passo de deixar para trás a França e o temor da ocupação alemã. Theodor estacionou o carro. A fila, dessa vez, não o assustava.

– Agora falta pouco – disse, abrindo um sorriso. – Não saiam daqui!

Deu um beijo na testa de Clarice e do filho e seguiu confiante, com passos firmes, atrás do carimbo espanhol.

58

Passava das duas da tarde quando Theodor voltou. Mal podia acreditar. Balançava, exultante, o passaporte. Estava com todos os vistos. Agora começava uma nova etapa, não menos cansativa, mas carregada de uma sensação real de vitória. Menos de trezentos metros os separavam de Irún, em solo espanhol. A extensão da ponte era curta. Theodor lembrava-se bem, pois cruzara o rio Bidasoa a nado. Só que, até chegar à pequena casa branca onde funcionava o posto de fronteira francês, justamente na entrada da ponte, havia um formigueiro humano.

Milhares de refugiados cruzavam a pé. O cenário que os acompanhava desde a saída da Bélgica. Os carros buzinavam e aceleravam para abrir passagem no meio da multidão. Era impossível avançar um metro que fosse sem ter de parar. Foram quase cinco horas para percorrer o curto trajeto.

Bernardo dormia no colo de Clarice. Ela acariciou os cabelos do menino e, depois, a própria barriga. Pela primeira vez, desde que deixaram Antuérpia, a sensação de sufocamento diminuía. As irmãs trocaram olhares e sorriram. Tinham tamanha ligação, que não precisavam falar. Clarice estava aliviada. O bebê nasceria em paz em Portugal. Olívia também sentia-se mais tranquila. Abraçaria Luiz Felipe, em breve.

Uma praça em Antuérpia 291

Theodor estava tão cansado que a cabeça tombava entre o ligar e o desligar da ignição. Dormia e acordava, enquanto as irmãs conversavam como se ele não estivesse ali. Olívia lembrou de António e dividiu com Clarice a saudade que sentia. Parecia tão distante o dia em que se despediram no cais, em Lisboa, ainda sem imaginar que o confronto estouraria nas semanas seguintes. Tudo muito rápido. O início de setembro, em que Cesária entrara correndo na varanda para anunciar que os britânicos haviam declarado guerra à Alemanha, foi lembrado com detalhes.

Passava das seis da tarde quando chegaram ao posto. Apenas um carro os separava da Espanha. O motorista se dirigiu aos guardas e passou. Em seguida, foi a vez de Theodor. Menos de cinco minutos depois, adentravam o território espanhol. Foram os últimos a cruzar a ponte naquela sexta-feira, 21 de junho. A fronteira só reabriria no dia seguinte às nove da manhã. Clarice deu uma última olhada para trás. Naquela ponte nem tão larga, nem tão extensa, onde centenas de pessoas se apinhavam para uma noite de agonia, encerrava-se mais um capítulo de sua história. Ela jamais se esqueceria dos corrimões de ferro, da cor escura das águas do Bidasoa, logo abaixo, da casinha branca – que devia ter apenas um cômodo, no máximo dois, com a palavra *Frontière* escrita na parede da frente e *France* na de trás. Agora, ela dizia adeus à França e a tudo que ficara para além daquela casinha. Não sabia quando voltariam à Europa, ou mesmo se voltariam. Saltaram do carro e se abraçaram, os quatro. A sorte estava do lado deles, pensou.

Deixar a França não significava, de todo, o fim da jornada. Era apenas mais uma etapa. A entrada na Espanha era carregada de burocracia. Os espanhóis não estavam nem um pouco satisfeitos com aquela invasão. Eram rigorosos e lentos. Levava-se mais de duas horas entre a checagem dos documentos e as vistorias. Primeiro, vinha o controle dos passaportes, depois a revista dos carros e das bagagens. Como não carregavam malas – tinham ficado sob os escombros em Bordeaux –, passaram rapidamente nessa etapa do controle. No entanto, o carro foi vistoriado por mais de um oficial. A última parte era a troca de dinheiro. Só permitiam quinhentos francos por pessoa. O que era uma quantia ínfima, considerando os preços do combustível e de outros produtos no mercado negro. Finalmente, se recebia o carimbo de entrada e nova corrida começava. O visto dava apenas quarenta e oito horas para cruzar a Espanha e chegar a Portugal. O trajeto a ser feito, de carro, era rigorosamente estabelecido pelos guardas.

Optaram por seguir de trem até a fronteira portuguesa em Vilar Formoso. A guarda espanhola, ríspida e austera, fora gentil com eles. Indicaram um lugar próximo da estação, a uns dois quilômetros dali, para que deixassem o automóvel. Talvez tivessem se comovido com a gravidez de Clarice. Deram sopa e água para ela, Bernardo e Olívia, que engoliram tudo com avidez. Só aí se deram conta de como estavam famintos.

Era quase meia-noite quando chegaram à estação de Irún. A construção de pedra fez as irmãs se lembrarem da quinta. O próximo trem partiria ao amanhecer. Pessoas dormiam na plataforma. Outras se revezavam na fila do guichê. Theodor já havia se acostumado. Parou o carro no lugar indicado pelos guardas, na rua ao lado da igreja, alguns metros depois da estação. Acomodou Clarice e Olívia num café na avenida Colón. Bernardo dormia no colo da tia. Novamente na rua, acendeu um cigarro para espantar a fome. Deu uma longa tragada. Seguiu devagar, arrastando os pés, o olhar baixo. A impressão era de que iria desabar depois de comprar as passagens. No meio do burburinho, ouviu seu nome. Era a voz de Clarice. Virou-se apressado e correu na direção dela. Estava na porta do bar. Os dois se abraçaram. Ela afundou o rosto no peito dele.

– O que foi, meu amor?! – perguntou ele, com a voz doce. – O que aconteceu? – disse, enquanto acariciava o rosto dela.

Clarice o abraçou mais forte. Os olhos estavam vermelhos e uma lágrima escorreu pelo canto.

– Não aconteceu nada... Deu-me um aperto no peito ao ver-te sair por aquela porta – respondeu, fungando o nariz. – Há tanto tempo que não digo que te amo... que tenho orgulho de ser tua mulher, mãe dos teus filhos... e que nunca, em nenhum momento, duvidei que tu nos salvarias da guerra!

Ela mergulhou novamente o rosto no peito dele.

– Tu e nossos filhos são minha vida, Clarice – e passou a mão na barriga dela. – Este bebê vai nascer forte e saudável. Um dia, tudo isto vai terminar, esta guerra inútil, esta perseguição sem sentido... Mas nós ficaremos! O que nós temos ninguém vai destruir.

Ficaram abraçados por longos segundos e depois se beijaram. Ele, então, levou Clarice até a porta do café e seguiu para a estação. Viraram-se ao mesmo tempo. Clarice acenou. Ele respondeu com outro aceno e abriu um sorriso. Foi a última imagem que guardaram um do outro.

59

Mal Clarice entrou no café, Olívia veio até ela, com Bernardo no colo. O local estava lotado de refugiados que dormiam nas cadeiras, com as cabeças tombadas nas mesas. O cheiro de suor dos dias sem banho e sem roupas limpas impregnava o ar.

– Bernardo precisa urinar. Eu também... O banheiro está interditado – e encarou a irmã num misto de apelo e vergonha. – Pensei naquela viela, onde deixamos o carro – disse, e apontou para a direção da ruazinha escura.

Depois de semanas na estrada, pulando de um lugar para outro, dormindo em casas de estranhos, ao lado de desconhecidos, a palavra pudor perdera o sentido para Clarice. Já Olívia vivia aquilo havia poucos dias. Clarice lembrou-se da primeira semana da fuga, da ânsia de vômito que sentia. Só não se recordava do momento em que aquilo passara a ser normal.

– Ótima sugestão! – falou, em tom de brincadeira. – Um banheiro com teto estrelado!

Saíram de braços dados – Bernardo no colo de Olívia – como costumavam fazer quando pequenas, na quinta. Mal atravessaram a avenida, ouviram o barulho de motores seguido por limusines suntuosas e outros carros menores, todos pretos. Ao contrário do que acontecia com os refugiados que ficavam para trás – dormindo no chão frio da ponte ou nos carros, à espera da abertura do posto espanhol na manhã seguinte –, para alguns privilegiados as cancelas não existiam. Para eles, a fronteira abria a qualquer hora.

– Franceses traidores! – sussurrou um velho espanhol com uma boina enterrada na cabeça.

– Estão fugindo levando o ouro do país. Covardes! – resmungou o que estava ao lado.

Clarice e Olívia observavam, assustadas. Não sabiam ao certo o que estava acontecendo. Só se falava das terríveis condições do armistício que a França negociava com a Alemanha. Para elas, no entanto, era algo que ficara do outro lado da fronteira. Nunca uma madrugada parecera tão longa. Estavam próximas à esquina da igreja. Olívia ajudou o menino a desabotoar a calça e, em seguida, se agachou para urinar num canto escuro. Clarice permanecia atenta, como uma guardiã, sob a luz fosca de um poste.

Um carro preto passou devagar, diminuindo a marcha. No banco de trás, havia um homem com lábios finos e arqueados. O nariz curvo lhe dava a aparência de águia. O homem pousou os olhos em Clarice. Pôs a cabeça para fora e continuou a observá-la até que o carro virasse à esquerda. Uma sensação ruim percorreu o corpo dela. Estava no centro da mira daquele olhar de rapina. Olívia aproximou-se em estado de choque. Conhecia bem aquele rosto. Respirou fundo e voltou-se para a irmã.

– Clarice – o tom era calmo, mas tenso –, aquele homem é da polícia portuguesa. Fagundes é o nome dele. Eu o vi várias vezes na mercearia. Sempre gentil, mas um tipo traiçoeiro. Quando ele chegava, António o tratava como cliente especial. Não queria atritos com ele. Dizia que era um delator escorregadio e perigoso. Tenho certeza de que te confundiu comigo – disse, com a voz trêmula. – Temos de sair daqui.

– Olívia, calma!

Clarice tentou tranquilizar a irmã, como se, assim, também se tranquilizasse.

– Estamos cansadas, nervosas. Não vai acontecer nada. Não havia muita luz... E o que tu estarias a fazer na fronteira espanhola, sozinha, de madrugada? Ele pode ter achado o rosto familiar... e só! O carro seguiu, já foi embora! – e tentava soar descontraída. – Logo, logo, Theodor estará de volta com as passagens e embarcaremos para Lisboa. Vai dar tudo certo! Chegamos até aqui! O pior já passou! – disse, apertando as mãos da irmã.

Mas nem Clarice nem Olívia acreditavam naquilo. Clarice pegou Bernardo e o abraçou com força. Sentia um medo real. Bem diferente do pânico que antecedia os bombardeios, ou de quando escaparam da morte naquele descampado na estrada e nos abrigos em Calais e Bordeaux. Theodor não estava ali. Se aquele homem voltasse, o que fazer? Poderiam contar a verdade. Dizer que eram gêmeas, que Olívia fora encontrá-la na França, que o marido tinha um visto para entrar em Portugal, que iriam para o Brasil. Mas Theodor era judeu, comunista, e havia fugido de Lisboa, justamente de homens como aquele. O melhor era se misturar à multidão, voltar ao café e esperar o marido. Ele acharia uma solução.

A partir daí, foi tudo muito rápido. O carro surgiu novamente na esquina. Clarice apertou forte Bernardo e o passou para os braços da irmã.

– Escuta, Olívia, tudo vai dar certo. Eu invento uma história. Vou fingir que eu sou tu e pronto! Esse homem vai seguir o caminho dele e nós, o nosso! Agora vai! Fica com Bernardo no café – disse, apressando a irmã. – Eu falo com ele e, em seguida, encontro-te!

Olívia atravessou a rua com a cabeça baixa, Bernardo agarrado ao pescoço, pouco antes de o carro parar.

60

O homem se aproximou devagar, como um caçador que observa a presa antes de atacar. Um frio percorreu a espinha de Clarice e ela sentiu o bebê chutar. "Agora não", pediu ela baixinho. "Fica quietinho, meu querido. A mamã precisa estar calma." Cerrou os olhos para os abrir em seguida, com um sorriso angelical no rosto.

– Dona Olívia? – falou ele, de forma gentil, como a irmã descrevera. – É a senhora mesmo! – disse, espantado.

Ela fez que sim com a cabeça e permaneceu muda.

– O que a senhora faz aqui? Onde está António? Voltou do Brasil? – perguntou. – E com esta barriga?! Como veio parar aqui? – disparou, ainda incrédulo com o encontro.

Clarice aguardou uma brecha e respondeu, com toda a serenidade. António continuava no Rio de Janeiro. Inventou uma história com meias-verdades. Havia seguido para Bordeaux, tinha um mês, para buscar a única tia, viúva, que estava doente, e vivia sozinha lá. Iria levá-la para Portugal. A velhinha, no entanto, fora hospitalizada, e ela acabara ficando. Infelizmente, viera a falecer, o que acabou atrasando a volta para Lisboa. Depois, era a história que todos sabiam. A cidade fora bombardeada. O prédio, atingido e destruído. Ficara só com a roupa do corpo. António não sabia que ela estava ali. De nada adiantaria preocupá-lo. Mas agora estava tudo bem. Partiria no expresso para a capital ao amanhecer. Agradeceu a atenção dele. Agora tinha de ir. Estava com conhecidos, que a esperavam no café.

Ao acabar de falar, Clarice recuperara a segurança. Até acreditou nas palavras. Fagundes não devia ser de todo ruim, pensou. Ele escutara atentamente, sem interromper. Parecia que só existiam os dois na rua. Nem o movimento intenso nem o burburinho abalavam aquele homem que acendia um cigarro no outro e mantinha os braços cruzados no peito. Clarice, então, esticou a mão para se despedir. Nesse momento, ele jogou a guimba no chão e a esmagou lentamente com o bico do sapato. Voltou-se para ela.

– Uma aventura e tanto! – disse, com a voz suave. – Mas a senhora não tem mais com o que se preocupar – e encarou-a com olhos de águia. – Tenho muito apreço por seu marido. A senhora segue comigo para Lisboa. Vou entregá-la sã e salva, em casa. Estamos a caminho da capital – disse, apontando para o carro parado a poucos metros.

Clarice gelou. Ela não contava com aquela resposta. Tinha de pensar rápido. Não havia como voltar atrás na mentira. A voz saiu baixa e titubeante.

– Muita gentileza de sua parte – e o tom foi formal –, mas o comboio segue em poucas horas. Estou bem, com amigos. Partiremos ao amanhecer... Aliás, devem estar preocupados! Saí do café para tomar um pouco de ar, tenho de voltar – disse, apressada.

Ele tirou outro cigarro do maço e o acendeu com uma tranquilidade aterrorizante. Depois da primeira tragada, encarou-a nos olhos, mais uma vez.

– Dona Olívia, não quero ser inconveniente, mas a senhora parece-me um pouco perdida e fora da realidade – e fez uma pausa. – Nós estamos em guerra! Isto aqui – esticou o braço, apontando em volta – não é uma estação de férias! Está empesteado de refugiados, essa corja imunda segue para Portugal com vistos ilegais! Judeus, comunistas, todo tipo de traidor. A senhora não tem ideia do que está a acontecer.

Estive em Bordeaux e em Bayonne para ver de perto a insanidade do nosso cônsul. O homem enlouqueceu dando autorizações sem consentimento do governo!

A voz suave dera lugar a um tom enérgico.

– Mas esta farra vai acabar! Os espanhóis foram avisados. Ninguém passa mais! – completou, bufando. – A senhora parte agora, comigo. Se quiser, acompanho-a até o café para se despedir dos amigos – e o tom baixou e voltou a ser suave. – Tenho certeza de que são pessoas de bem, mas não há espaço para levá-los. Todos se encontrarão em Lisboa. Agora – completou irredutível –, é minha obrigação tirar a senhora daqui! – exclamou, batendo o pé no chão.

Clarice ouviu de cabeça baixa, com os olhos arregalados. Tinha vontade de sair correndo e se perder na multidão. Não havia para onde fugir. Fora traída pela própria mentira. Voltar atrás seria o atestado de que escondia algo. Isso, sim, provocaria suspeitas. Teria de seguir naquele carro para Lisboa. Levantou o rosto e, munida de todo o sangue-frio, falou serenamente.

– O senhor tem razão. Estou muito confusa, horas sem dormir... Toda essa gente em volta... – e deu um suspiro. – Eu vou até o café e retorno em cinco minutos.

Ele fez menção de acompanhá-la, mas ela o barrou.

– Melhor ir sozinha, o senhor entende, eles foram tão gentis até agora. Direi que encontrei um amigo de meu marido e seguirei de carro... Assim não irão importuná-lo com pedidos de lugar no automóvel – e a voz saiu num sussurro.

Fagundes concordou com a cabeça e permaneceu mudo. Clarice cruzou a rua de pedras lentamente e entrou no café. Olívia estava numa mesa próxima ao balcão, atenta à porta. Temia que Fagundes entrasse. Clarice fez sinal para que ela não se levantasse. Ao chegar à mesa, foi rápida.

– Escuta, Olívia, não me posso demorar. Fagundes pode entrar a qualquer momento. Ele acreditou que eu sou tu... e eu confirmei com uma história mentirosa... que não pude desfazer! Terei de seguir com ele para Lisboa. Foi irredutível.

Ela engoliu em seco.

– Preciso do teu passaporte. Theodor está com o meu. A situação está cada vez pior... Demos sorte de ter cruzado a fronteira. A partir de agora, os espanhóis serão mais rigorosos. O que importa é que já entramos! E logo vocês estarão no comboio para Lisboa.

Calou-se, com os olhos cheios d'água. Em seguida, pegou Bernardo no colo e o encheu de beijos.

– Meu filho, quero que saibas que te amo muito, muito. Tua tia vai cuidar de ti. Logo, logo estaremos juntos de novo! – disse, voltando-se para Olívia e entregando o menino. – Desculpa-me todo este transtorno, minha irmã... Cuida do meu menino como se fosse teu. Explica a Theodor o que houve. Eu tenho de ir – finalizou, enxugando as lágrimas.

Olívia também chorava. As duas se abraçaram e ficaram imóveis como se estivessem de volta ao útero da mãe, até que Olívia falou.

– Isto tudo vai acabar logo! Vai em paz.

Fez uma pausa e continuou:

– E dá muitos beijinhos no meu menino quando chegares... Diz-lhe que eu o amo mais do que tudo... Cuida dele como se fosse teu filho! Eu vou cuidar de Bernardo como se fosse meu! Logo estaremos juntas... Agora vai!

Clarice pegou mais uma vez o filho e o apertou. Sentiu uma dor profunda, uma sensação de perda. Não queria pensar naquilo. Dirigiu-se para a porta do café e, assim como horas antes se despedira de Theodor, acenou para Bernardo e Olívia. Os dois acenaram de volta.

61

Rio de Janeiro, 1º de janeiro de 2000

– Jamais esquecerei a madrugada de 22 de junho de 1940. Foi a última vez que vi as pessoas que mais amava até aquele momento da minha vida... Foi ali também que Clarice morreu e me tornei Olívia – falou, com os olhos perdidos no vazio.

Tita permanecia calada, como durante a maior parte do relato. Haveria palavras para descrever o que sentia? Ela não conhecia. Era como se um livro tivesse sido retirado da última prateleira de um porão trancado havia décadas. Cada página virada levantava a poeira do tempo, acordando a história adormecida ali.

Clarice continuou o relato. Os mais de oitenta anos não impediam o resgate dos detalhes, mesmo que fosse a mais dolorosa das lembranças. Chegou a Lisboa na noite daquele mesmo dia. Conheceu Cesária, que, a partir daquele instante, tornou-se sua única amiga. Só ela sabia a verdade, só com ela pôde chorar nos anos que se seguiram. Naquela mesma noite, Clarice soube que António estava a caminho de Portugal. Ao saber que Olívia tinha ido para Bordeaux, decidira ele mesmo ir buscar a esposa.

A capital portuguesa era um oásis em meio ao confronto. O drama dos refugiados, os bombardeios, os horrores da guerra pertenciam a outra dimensão. No dia seguinte, foi aberta a Exposição do Mundo Português. O evento marcava o aniversário de oitocentos anos da fundação do país e os trezentos anos de independência da Espanha. Enquanto as tropas de Hitler avançavam pela França, Portugal vivia um ufanismo exagerado, no ambicioso projeto de exaltação do Estado Novo de Salazar. Milhões de escudos foram gastos na modernização da cidade. "Só fazem exposições desta natureza os povos felizes, e nos períodos de franca prosperidade", ressaltava a reportagem do *Diário de Lisboa* no domingo da inauguração. Era um mundo à parte. Vários governos enviaram representantes a Portugal, o que era uma total insanidade quando se pensava na Europa sucumbindo ao nazismo.

Nos dias posteriores à chegada, Clarice não saiu de casa. Acompanhava pelos jornais as notícias da guerra e aguardava, ansiosa, por notícias de Theodor, Olívia e Bernardo. Depois de três dias sem um sinal sequer, a ansiedade deu lugar ao pânico. A França havia anunciado a rendição oficial. As fronteiras da Espanha foram fechadas para os vistos cedidos por Sousa Mendes. Os jornais falavam dos refugiados que chegavam a Lisboa, mas davam destaque apenas para os famosos. Não se tinha ideia do que se passava no Norte do país.

Na quinta-feira, o dia mal amanhecera, o atual proprietário da venda as acordou com batidas na porta, contínuas e insistentes. Cesária pulou da cama e vestiu o robe de qualquer jeito. Correu para a sala. Pelo vidro, viu que o homem apertava nervosamente o chapéu nas mãos. Procurava por Olívia. Clarice aguardava no quarto. Foi então que ouviu um grito seguido de choro. A porta fechou-se e ela correu até Cesária. A governanta estava sentada na ponta do sofá, com o rosto mergulhado nos braços. Algo terrível havia acontecido. António não chegara a embarcar para Portugal. Morrera, dois dias antes, num acidente de carro a caminho do porto do Rio de Janeiro.

– Senti o chão se abrir naquele momento – falou Clarice para a neta. – Não tinha sinal de minha irmã nem de Theodor. Estava escondida, sem saber por onde procurá-los, de mãos atadas! A morte de António foi a primeira das tragédias que se seguiram. Perdi o rumo. Só pensava em Olívia. Não teria coragem de contar-lhe quando ela chegasse. Aquilo não podia estar acontecendo. Abracei Luiz Felipe, lembrando-me de meu próprio filho, e pedi a Deus que protegesse os três.

Clarice calou-se por um momento e depois completou:

– Fui consumida pela culpa. Se não fosse por minha causa, Olívia jamais teria deixado Lisboa. António ainda estaria vivo – e ela pegou a foto da irmã com o marido. – Foi aí que decidi procurar Fagundes. Se havia alguém que podia descobrir o paradeiro dos três, era ele.

62

Lisboa, 1º de julho de 1940

Uma morte sem corpo. Comunicada por um telefonema distante, impessoal, burocrático. António se fora, estupidamente. Nem Clarice, nem Cesária conseguiam processar o que estava acontecendo. Passaram a noite e o fim de semana que se seguiu sem pregar o olho, caladas, apáticas.

Na segunda-feira, Clarice decidiu ir até a sede da polícia política. Não sairia de lá sem notícias da irmã e do marido. Pegou o bonde e seguiu para o temido prédio da PVDE. O local provocava calafrios. A iluminação era escura e os móveis, pesados. Havia um entra e sai de homens com ternos pretos, cabelos bem curtos e chapéus com abas caídas na testa. Não esperou nem meia hora e Fagundes veio recebê-la. O rosto estava sombrio e pesaroso. Ele aproximou-se com passos rápidos e esticou a mão ao mesmo tempo que lhe dava os pêsames. Ali ela constatou que aquele homem realmente sabia de tudo.

– Meus sinceros sentimentos – disse, fazendo uma reverência com a cabeça. – Eu estou em falta com a senhora. O senhor António era um homem de muitas qualidades, português da melhor estirpe. Eu ia mesmo fazer-lhe uma visita de condolências, mas o trabalho não me dá trégua – e passou a mão pelo canto do lábio, suspirando. – Mas em que posso ajudá-la, dona Olívia? – falou, enquanto a conduzia para a sala.

Clarice sentou e aceitou um copo d'água. Conversaram sobre a morte de António. O corpo fora enterrado no Brasil, não havia como transportá-lo para Lisboa. Ela chegara decidida a contar a verdade, mas teve medo. Melhor seria manter a farsa até que tivesse notícias da família.

– Senhor Fagundes – a voz saiu serena –, preciso de sua ajuda para um assunto delicado.

As palavras eram escolhidas a dedo.

– O senhor lembra-se de que eu viajava com amigos?

Ele balançou a cabeça, dando sinal para que continuasse.

– Pois bem, é sobre eles que venho falar-lhe.

Clarice, então, prosseguiu com as meias-verdades. Eram pessoas queridas, que a haviam ajudado com a tia. Não eram franceses, mas tinham a documentação em ordem. A mulher era de nacionalidade portuguesa. Viajavam com um menino de três anos. Teriam embarcado no trem para Vilar Formoso há mais de uma semana. Já era para estarem em Lisboa havia muito. Fagundes passou-lhe uma folha branca pautada e uma caneta para que anotasse os nomes. Ela o fez rapidamente. Ele pegou o papel de volta e arqueou as sobrancelhas antes de ler em voz alta.

– Theodor Zuskinder... Clarice Braga Zuskinder... Bernardo Zuskinder... – e fez uma pausa. – Muito bem... Verei o que consigo apurar.

Em seguida, encarou-a.

– Vejo que são judeus... ou estou enganado?

Clarice respondeu que sim. De qualquer forma, frisou ela, a amiga era portuguesa e tinham os documentos em ordem.

– Senhor Fagundes – disse, apertando os lábios –, é muito importante que eu saiba onde estão. Clarice é minha melhor amiga, é como

se fosse uma irmã – e as palavras saíram misturadas com as lágrimas.
– Eu não posso perdê-los também – completou, em soluços.

A eles se seguiu um choro contido, que veio num crescendo. Os ombros levantavam involuntariamente e ela escondeu o rosto nas mãos. Fagundes ficou desconcertado. Tirou o lenço do bolso e lhe entregou. Ironicamente, aquele homem, que a havia afastado das pessoas que mais amava, era a sua única esperança de encontrá-las.

Quando ela finalmente se acalmou, Fagundes dobrou a folha em quatro e a guardou no bolso do terno. Os dois se levantaram e ele acompanhou Clarice até a porta do prédio. Fez sinal para um táxi e deixou paga a corrida de antemão.

– A senhora fique tranquila – disse, antes que ela embarcasse. – Vou descobrir ainda hoje o paradeiro dos seus amigos. Vá para casa e descanse – e despediu-se com um aceno e voltou para o prédio.

No começo da noite, Clarice recebeu a visita de Fagundes. Não se passaram sequer cinco minutos. No momento em que a porta se fechou atrás dele, um grito seco ecoou do fundo das entranhas. As contrações começaram. Helena nasceu em meio à maior dor que ela já sentira. E não era a dor do parto.

63

Rio de Janeiro, 1º de janeiro de 2000

– Não fui eu que dei vida a Helena. Foi ela que me fez viver.

Clarice apertou as mãos da neta entre as suas.

– Se não fosse o nascimento de tua mãe, eu teria me trancado no quarto até morrer... Até hoje as palavras daquele homem martelam meus ouvidos. Alguns dias adormecem, mas logo acordam para me lembrar do que jamais vou aceitar – e fez uma pausa, enxugando os olhos. – Nunca consegui descobrir o que aconteceu naquela fronteira... Nunca vou entender por que entregaram Theodor e Olívia aos alemães.

Clarice narrou, então, o que soubera por Fagundes. O melhor a fazer era esquecer aqueles amigos. O casal realmente embarcara em Irún, chegara a Vilar Formoso, mas não entrara em Portugal.

– Ele parecia se deliciar ao contar a história, mal percebia minha aflição.

Ela sentia a mesma agonia daquele dia agora, ao revivê-la.

– Era como se estivesse se mostrando para mim, se gabando do poder que tinha. Fora atrás dos contatos nas fronteiras da Espanha e da França. Numa ligação para o posto de Hendaye, descobriu que, no dia 28 de junho – ela descrevia a conversa com detalhes –, um judeu alemão e sua esposa de origem portuguesa haviam sido entregues à polícia nazista. O guarda lembrava-se bem porque fora na hora da troca de turno e, pela primeira vez, ele via agentes da Gestapo.

A voz saía entrecortada, não havia como conter o choro.

– Eu não podia acreditar! Tínhamos chegado tão perto, tínhamos conseguido os vistos, a carta para o Brasil, Olívia estava com meu passaporte português! Por que tinham sido deportados? Não fazia sentido… e não faz até hoje – e parou subitamente. – Foi então que perguntei de Bernardo. Fagundes não havia tocado no nome dele em momento algum.

Calou-se e puxou o ar.

– Ele respondeu seco e sem nenhuma emoção. Não havia criança, talvez tivesse morrido no caminho – disse, apertando os lábios. – Tive vontade de socar aquele homem… Aquela criança era meu filho! Meu filho! – e caiu em prantos.

Tita abraçou a avó e ficaram assim por algum tempo. Clarice chorou sem pudor. Poderiam passar cem anos e aquela dor permaneceria sempre com a mesma intensidade, como a dor de um membro amputado.

Retomou o relato em meio às lágrimas. Nas semanas que se seguiram, rodou o centro de Lisboa atrás de alguma informação sobre Bernardo. Não conseguia acreditar que ele estivesse morto. Olívia não deixaria isso acontecer. Tinha esperança de que a irmã o tivesse entregado a alguma família no trem. Os cafés do Rossio viviam lotados de refugiados à espera dos vistos para deixar Portugal. Filas se formavam na porta da representação americana e de outros países do outro lado do Atlântico. Procurou também as agências de resgate judaicas. Havia grupos na capital que faziam a ponte para os judeus em fuga da Alemanha e dos países ocupados. Clarice caminhava a esmo, mostrando a única foto que tinha, a do aniversário do filho, em Antuérpia. Ninguém vira aquele menino.

Quando sonhava, era com Bernardo. Sempre o mesmo sonho. Ela rodando os cafés, com o retrato na mão. Depois de horas de procura, escutava a voz dele gritando "mamã". Ela, então, se virava e corria em direção ao chamado. Ele pulava no seu colo e se abraçavam. Quando olhava em volta, estava na praça em Antuérpia. Acordava com uma sensação boa. Durava poucos segundos. Levantava-se e saía para uma nova ronda sem respostas. Assim foi por quase seis meses.

Com a chegada do fim do ano, vencia o prazo para a entrega da casa. Fazia parte do contrato de venda da mercearia. No Brasil, o empregado de António tocava o negócio. Fagundes vez por outra aparecia para uma visita. Clarice tinha nojo daquele homem, mas disfarçava o asco com gentileza. Foi nessa mesma época que ele começou a se insinuar. Ela era jovem, bonita, viúva, com dois filhos. Precisava de um novo marido, dizia. Clarice desconversava.

No fundo, sentia-se realmente viúva. Seria assim para sempre. Agarrar-se à esperança de que Theodor e Olívia entrariam, a qualquer momento, pela porta da frente era como tentar agarrar-se a um fio muito fino. Não conseguia pegá-lo. Quando as visitas de Fagundes tornaram-se mais frequentes, viu que era o momento de seguir para o Brasil.

— Eu estava completamente sozinha, com duas crianças que dependiam de mim. O mundo se resumia a eles. Luiz Felipe se tornara meu filho, devia isso a Olívia, e Helena era a lembrança viva de Theodor. Ele e minha irmã continuariam a existir naqueles dois seres indefesos, que me travavam o choro com os sorrisos da vida que havia pela frente. Eu não viveria no passado. Não faria como meu pai. A guerra me tirara tudo, destruíra minha família, mas eu iria me reconstruir, não iria me render.

Os olhares de avó e neta se encontraram.

— Você entende agora? Foi por tua mãe e teu tio, por vocês, meus netos, que vivi esta farsa até hoje... Eu não podia voltar a ser Clarice. Luiz Felipe estava só no mundo. Helena era um bebê... Como iria mantê-los? Como criá-los com tantas dores sem me reinventar? – e fez mais uma pausa. – Eu também me sentia culpada por ter desgraçado, sem querer, a vida de Olívia... Era uma forma de mantê-la para sempre presente. Como se ela continuasse a existir através do meu corpo, da minha mente. Fiz da minha vida o que achei que ela faria da dela.

Assim Clarice se despediu de Portugal, antes do Natal de 1940, com Cesária e as duas crianças. Deixou o endereço no Brasil com o novo dono da mercearia. Se Olívia e Theodor voltassem – no que ela nunca realmente acreditou –, a encontrariam. Fez o homem prometer que jamais daria o endereço para Fagundes. Promessa que ele cumpriu.

Embarcou naquele navio sem olhar para trás. Voltaria apenas uma vez, um ano depois que a guerra terminou. Procurou um detetive em Lisboa para descobrir o que havia acontecido com Olívia e Theodor. Meses depois, teve a resposta. Morreram nos quartéis da Gestapo, no mesmo ano em que lá chegaram. Os alemães tinham o costume de documentar tudo. Só não havia a explicação de como e por que tinham sido detidos.

Sobre Bernardo, nunca houve sequer uma pista. Fora também à cidade da Guarda procurar o velho amigo Mariano. Tinha esperança de encontrá-lo. Os meses daquela amizade eram uma boa lembrança que guardara. Queria que ele fosse com ela até Vilar Formoso, perto dali. Mas até mesmo Mariano pertencia ao passado enterrado. Não morava mais lá. Não deixara rastro. Clarice retornou ao Brasil sem percorrer os quarenta quilômetros até a fronteira. Na sua fantasia, Bernardo viveria para sempre no distante vilarejo da Beira Alta.

A partir dali, era o que Tita ouvira desde sempre. A avó tomara as rédeas do negócio, trabalhara com afinco e, em menos de três décadas, erguera um império. Jamais se casou de novo. Jamais falou da vida em Lisboa. Do passado, só existiam as memórias da infância na quinta.

Era madrugada quando Clarice pôs o ponto-final na história. Mas, para Tita, ele representava um novo começo. A avó retomaria sua própria trajetória. O que significava voltar a Portugal.

O RETORNO

64

Lisboa, 1º de fevereiro de 2000

Um mês depois, Tita e Clarice finalmente aterrissaram em Lisboa. A história de Clarice agora era das duas. Apenas delas. A verdade revelada no primeiro dia do ano permaneceu trancada naquele apartamento de hotel, quando Tita fechou a porta e deixou a avó adormecida nas lembranças. Seguiu pelo calçadão, numa longa caminhada até o Leblon. Naquela madrugada, decidiu que ela e a avó iriam a Portugal. Seguiriam até Vilar Formoso, o vilarejo onde a avó nunca tivera coragem de pisar. Para surpresa de Tita, Clarice aceitou a viagem sem resistência.

Enterrara Luiz Felipe no momento em que as cinzas foram lançadas ao mar de Copacabana. Agora, era como se tivesse uma dívida com Bernardo. Jamais fora à cidade onde o filho supostamente morrera. Pensava nele como um desaparecido. Estava na hora de deixá-lo descansar em paz.

Os preparativos da viagem duraram um mês. Clarice precisou curar-se de uma gripe adquirida nos primeiros dias do ano. Depois, fez os exames de rotina necessários. Finalmente, Helena deixou de lado as objeções àquela viagem estranha e fora de época. Quem viajaria para a Europa em fevereiro, pleno inverno, podendo escolher qualquer outro mês do ano?

O fato é que, depois de todos os obstáculos e questionamentos familiares, elas chegaram a Lisboa. Clarice não pisava ali desde 1946, única vez que voltara a Portugal em mais de cinco décadas.

Chegaram no início da manhã e hospedaram-se no Hotel Avenida Palace, no centro da capital, perto do Bairro Alto e do Chiado. Era um velho sonho desde que viera, ainda jovem, para Lisboa. Costumava brincar com Theodor que a lua de mel dos dois seria ali. Jamais voltaram juntos à cidade. Mas ele estava ali com ela, como sempre.

Almoçaram no próprio hotel, depois de algumas horas de descanso da viagem. No dia seguinte, partiriam para a Guarda, onde ficariam hospedadas a quarenta quilômetros de Vilar Formoso. Já estava tudo arranjado. O motorista viria pegá-las logo após o café da manhã. Instaladas na melhor suíte, Clarice observava a neta ao telefone. Falava com os advogados que haviam acertado os detalhes. Era estranho voltar a Portugal naquela posição. Empresária bem-sucedida, dona de uma rede de supermercados com filiais no país em que nascera e onde nunca pisara novamente. Clarice tivera vontade de voltar depois da queda de Salazar, mas já havia passado tanto tempo e ela temia as lembranças que a visita traria. Lisboa lhe dera as maiores alegrias e tristezas. Ali encontrou o amor, ali nasceu Helena, ali viveu a dor de perder os entes mais queridos. Agora, voltava e não sentia nem tristeza nem angústia, apenas melancolia.

Tita colocou o fone no aparelho e encarou a avó. Ela tinha o olhar perdido em algum momento bem longe no tempo. Manteve o silêncio por alguns segundos. Aproximou-se e a abraçou. Em seguida, falou com uma animação entre o descontraído e o forçado.

– Tudo acertado! Sairemos por volta das nove da manhã – disse, respirando fundo. – Mas e hoje? Qual a programação? – falou, com um sorriso nos lábios. – Sei que não estamos fazendo turismo… mas eu gostaria de ver a taverna onde a senhora conheceu Theodor.

Ela achava estranho chamá-lo de avô.

– Poderíamos ir ao Bairro Alto dar uma volta, depois jantar e ouvir um fado, o que acha? – perguntou, enquanto segurava as mãos de Clarice.

A avó concordou com um leve balançar da cabeça. Talvez fosse hora de realmente enterrar o passado. Tita, mais uma vez, pegou o telefone e fez os acertos para o programa.

Três horas depois, as duas estavam no carro refazendo o mesmo percurso que Clarice fizera naquele mês de março de 1936. A taverna não existia mais. Ainda havia a escada e a porta ao final. Estava trancada. O local fora transformado num depósito. Melhor assim, pensou ela. Aquele lugar, como ela o conheceu, era só dela.

Jantaram e ouviram fado no Café Luso, uma casa tradicional de Lisboa, bem turística, que Clarice conhecera quando ainda ficava na avenida da Liberdade. Para Tita, era tudo novidade, mas ela também não conseguia relaxar. As duas mal tocaram na comida. Ouviam a música para preencher o tempo. Estavam apreensivas com a ida a Vilar Formoso, embora não tocassem no assunto.

Como seria a reação de Clarice? Era só nisso que a neta pensava. Não havia nada de especial para se ver, além da estação de trem onde Theodor e Olívia teriam chegado em junho de 1940. Mas e Bernardo? Era esse desaparecimento, essa falta de qualquer informação que torturara Clarice todos esses anos.

Ela vira Bernardo, pela última vez, no colo da irmã, num café em Irún. Era essa a última lembrança do filho. Nos primeiros anos, gostava de imaginar que ele fora entregue, no meio do trajeto, para alguma família espanhola, ou mesmo a algum morador da fronteira, e crescia feliz numa vila perdida nas montanhas.

Clarice jamais soube onde Theodor e Olívia foram enterrados. Por mais noites que tenha chorado, gritado e querido também morrer, havia a certeza de que foram assassinados nos porões do quartel-general da Gestapo. Já Bernardo simplesmente sumira. Uma criança de três anos, seu filho, abandonado, morto, jogado numa vala comum. A imagem a aterrorizava. Agora, ela finalmente iria ao pequeno vilarejo que sempre fora seu pesadelo. Ela precisava deixar Bernardo ir.

Foi nisso que Clarice pensou durante os mais de trezentos quilômetros que separavam Lisboa da cidade da Guarda. A temperatura caía à medida que se aproximavam da região da Beira Alta. Clarice abotoou o casaco. Não se lembrava de sentir tanto frio desde o último inverno em Antuérpia, em 1940. Ela havia deixado a cidade da Guarda, uma das mais gélidas de Portugal, em dezembro de 1936.

Chegaram no meio da tarde, com um céu cinzento e carregado. Não haveria estrelas aquela noite, pensou Clarice. O que fez com que imediatamente se lembrasse de Mariano. O que teria acontecido com ele? Estaria vivo? Casado? Com netos e bisnetos que, em noites de céu claro, se reuniam ao redor da luneta para caçar constelações?

A lembrança lhe trouxe um certo saudosismo. No dia seguinte, visitariam Vilar Formoso. Passava um pouco das seis da tarde e haviam terminado de fazer um lanche leve no quarto. Estavam hospedadas no Hotel Turismo, a quinze minutos de caminhada do centro histórico. Por que não visitar a antiga casa?, pensou Clarice. Afinal, ali vivera bons momentos. Graças a Mariano, passara a gravidez de Bernardo sem sustos, menos solitária. Mariano fora o melhor amigo que ela tivera. Na única vez que voltara a Portugal e à Guarda, procurara por ele. Por mais tempo que tivesse passado, mais de cinquenta anos, Clarice sentia por não ter contado toda a verdade ao amigo e por ter partido sem despedida além de um simples bilhete. Levantou-se da mesa decidida.

– Tita, põe o casaco! Vamos visitar a casa onde morei. É aqui perto. Faz tanto tempo, mas me lembro destas ruas como se fosse hoje – disse, com a voz animada, enquanto seguia para a recepção.

Pegaram um mapa da cidade e deixaram o hotel. O vento havia parado, o que tornava o frio menos cortante. Quando o motorista fez menção de abrir a porta, ela o dispensou com a mão levemente erguida.

– Nós vamos a pé, Jerônimo – disse, sem titubear. – Vem atrás. Se ventar, passamos para o carro – e virou-se, decidida.

O rapaz olhou discretamente para Tita, que levantou os ombros, resignada. Não adiantava nem tentar contrariar a avó. As duas deixaram a praça do Município – onde ficava o hotel – e caminharam pela calçada que ladeava o Jardim Público. Seguiram pela direita e passaram pelo prédio do Seminário Episcopal. O lugar abrigava agora o Museu da Guarda. A construção ocupava toda a quadra. Clarice virou a cabeça rapidamente na altura da rua dos correios. A agência ainda permanecia no mesmo lugar. Logo à frente, estava a Igreja da Misericórdia. Viraram na rua do Comércio.

Apesar de a cidade ter crescido, de os prédios abrigarem novos donos e diferentes lojas, Clarice reconhecia a Guarda de sua época nos calçamentos de pedra, no granito das casas, nas travessas onde, ao se abrir os braços, quase se tocavam as duas paredes ao mesmo tempo. Dois minutos depois, a entrada na praça Camões foi acompanhada de um leve choque. As árvores do que era o passeio público haviam desaparecido, dando lugar a um enorme tapete de pedras cinza, retangulares e largas, que contrastavam com as pedras irregulares e mal assentadas das ruas. O tapete terminava aos pés da Igreja da Sé.

Na esquina oposta, outra novidade. Uma cafeteria, de nome Orquídea, ocupava parte do Solar dos Póvoas. A catedral de granito, no entanto, continuava majestosa e imponente no centro da cidade. Tita parou por alguns segundos, extasiada com o monumento grandioso em meio ao silêncio e à neblina daquela noite de inverno que apenas começava.

Clarice pegou a neta pela mão da mesma forma que fazia quando ela era criança. Desceram a rua íngreme que desembocava à direita, na altura do Solar – o brasão continuava lá. Cruzaram uma viela e seguiram descendo. Caminhavam devagar para não escorregar no piso bastante irregular. Se continuassem por mais uns vinte metros, entrariam na Judiaria. Tita havia lido a respeito. Era lá que os judeus da Guarda viviam segregados nos tempos medievais, uma espécie de gueto. Desde que ouvira as revelações da avó, aqueles assuntos subitamente passaram a interessar-lhe. Estava perdida em pensamentos quando sentiu Clarice reter seu braço.

– É aqui – disse, apontando para uma pequena construção de pedra.

Havia uma janela embaixo, outra em cima e duas portas. Uma delas dava acesso ao segundo andar. Clarice segurou e foi soltando o ar lentamente. A casa permanecia igual. O mesmo tom de areia desbotada do granito, a janela e a porta por onde escapava a luz pelas frestas na madeira. Tita olhava aquele casebre e lembrava da empresa, da casa da infância no Leblon, do apartamento no luxuoso hotel em Copacabana. Como é que a avó conseguira construir uma fortuna vindo dali? Era meio difícil imaginar que ela vivera naquela casinha que mais parecia de bonecas. Uma pessoa com mais de um metro e setenta – a altura de Clarice na época – teria de baixar a cabeça para passar pela porta. Voltou-se para a avó.

– Ainda é cedo. Por que não batemos? – falou, já se dirigindo para a porta.

A avó foi atrás. Ela queria rever a casa. Naquele momento, sentiu um impulso, algo a empurrava para lá. Ali, ela passara cinco meses da gestação de Bernardo. Fora a casa dos dois, só dos dois. Havia a presença dele. Estava imersa em pensamentos, com os olhos fechados, numa sensação de conforto que não sentia havia tempos, quando ouviu seu nome ser chamado. Um nome que pertencia a um passado muito distante: Clarice Pontes.

Ela imediatamente abriu os olhos. À sua frente, estava uma senhora, também nos seus oitenta anos, com um rosto familiar e um sorriso doce. Segurou as mãos de Clarice e falou com os olhos marejados.

– Você é Clarice? Clarice Pontes? Céus! Meu irmão sempre acreditou que você voltaria! Há mais de quarenta anos espero por este momento!

Uma praça em Antuérpia 319

Ela apertava os dedos de Clarice, as lágrimas escorregando pelo rosto.

– Espere um pouco, Mariano deixou algo para si! – E seguiu para dentro da casa.

Era isso, o rosto familiar de Mariano! Aquilo não fazia o menor sentido. Clarice teve um súbito calafrio e apertou a gola do casaco. Tita estava paralisada. Não havia o que dizer. A senhora voltou menos de um minuto depois, com um envelope amarelado nas mãos.

– Desculpe, nem me apresentei... Meu nome é Lucinda. Esta carta pertence-lhe. Finalmente é entregue – disse, com a voz séria, enquanto punha o envelope nas mãos de Clarice. – Essa história sempre me pareceu uma maluquice, mas agora estou aliviada – e fez uma pausa. – No leito de morte, Mariano fez nossa mãe jurar que entregaria este envelope a uma mulher de nome Clarice, somente a ela. Depois, foi minha vez de fazer a mesma promessa à minha mãe... e já se vão mais de quatro décadas.

Calou-se, como se fizesse uma prece.

– Agora, meu irmão finalmente vai descansar. Morreu atordoado, em meio aos pesadelos, pedindo seu perdão. As últimas palavras dele foram para si, Clarice – falou, com pesar. – Nunca soubemos que segredo ele guardava – e Lucinda fez outra pausa. – As últimas palavras de Mariano foram que, apesar de tudo que tinha feito, devolvia-lhe a vida.

A voz saiu hesitante.

Clarice escutou tudo sem emitir um único som. A cabeça estava num turbilhão. Lucinda se desculpou pela falta de educação e as convidou para entrar. Clarice recusou. Queria voltar ao hotel. Não imaginava e, ao mesmo tempo, tinha certeza do que encontraria naquele envelope. Era algo sobre seu filho. Só não conseguia entender como os dois pontos se ligavam.

Despediu-se de Lucinda prometendo voltar no dia seguinte. Saiu apressadamente. Tita veio logo atrás. Era como se a avó estivesse fora do mundo. Fizeram o trajeto de volta ao hotel de carro. Clarice pegou a chave e subiu. Tita foi para o bar. Precisava de uma bebida.

Duas horas se passaram até que, finalmente, subiu. A porta de ligação entre os quartos estava fechada. Na mesa perto da janela, Tita viu a carta com um breve bilhete da avó. "Está tudo aí. Preciso ficar só." Pegou o envelope nas mãos. Sentou-se na beira da cama e o abriu.

MARIANO

65

Clarice,

Se recebes esta carta é porque estou morto. O que importa é que teu filho está vivo. É um rapaz lindo, de grande coração e muita fibra, que te traz nos olhos, no jeito de falar, na alegria com que, desde pequeno, corria pelas ruas e subia as montanhas desta cidade fria e alta que foi a tua desgraça. Ele chama-me de pai. Esta pequenina palavra, saindo da boca de um menino – agora homem – que traz no coração toda a pureza do mundo, foi o que me fez seguir o caminho longo. Covarde e vil que sou, o mais cômodo teria sido quitar minha vida há muito. Mas isso eu devia-te a ti. Criar teu filho. Não há perdão para o imperdoável, por isso não posso pedi-lo. Não tenhas ódio se, ao olhá-lo, lembrares do ser asqueroso que tomou de ti a felicidade. Bernardo não sabe a verdadeira história. Cabe a ti contar-lhe o que não tive coragem e só a ti revelo.

Peço apenas que tenhas em mente que lês o relato de um homem atormentado pela culpa. Não pude voltar atrás o tempo, não penso que possas ter algum sentimento por mim que não seja desprezo e raiva. Quero que saibas que o Mariano que tu conheceste morreu no dia da tua partida, no frio dezembro de 1936. Quem te escreve agora não pode ser chamado de ser humano, nem de animal, porque até os animais têm bondade nos olhos e no coração.

A única verdade que me guiou e me manteve em pé por todos esses anos foi a pureza do sentimento, do amor que sinto por ti. Foi ele que criou teu filho.

Não há dia em que não lembre teu sorriso, teu olhar, tua voz. Não há dia em que não chore o homem que eu era, que não me envergonhe do homem que me tornei. Sentimentos que não fazem o relógio voltar. De nada adianta dizer-te.

Quando te vi na Guarda, logo após o fim da guerra, a vergonha tomou-me de tal forma que tirar-me a vida teria sido uma bênção. Mereço o fim que tive. Vivi como zumbi, mergulhado no remorso, no terror dos pesadelos que me perseguiram, noite após noite, nesses longos anos.

Posso dizer-te que não há maior tormento para o homem do que ser privado do sono e dos sonhos. Estás viva, mas sei que não foram os nazistas a tua tragédia. Matei-te no momento em que tirei Bernardo dos teus braços. Essa é a imagem que me visita todas as horas. De olhos abertos ou fechados. Ouço teu grito. Por isso, sou assassino, verme, vil.

Tampouco fui tomado pelo demônio – seria mais fácil culpar a entidade do mal pelo mal de carne e osso. O amor é o sentimento mais nobre que um ser humano pode ter. No momento em que ele é entregue e recusado, transforma-se em tristeza, mas naquela tristeza que carrega a saudade dos dias passados. Foi como vivi desde o dia em que partiste, grávida de Bernardo. Existia vida porque era feita das lembranças. Disse-te uma vez que te amava, mas jamais pude dizer-te o quanto te amava. Que daria a vida por ti.

Ver-te no posto de fronteira, com teu filho e teu marido, fez-me acordar. Naquele momento, renasci. Juro, pois em tamanho remorso não cabe mentira, eu queria ajudar-te mesmo que não fosse eu o escolhido. Eu queria arrancar aquela amargura do peito, aquela tristeza. Queria dar-te todo aquele amor e poder seguir a vida. Queria ajudar-te. Que ironia, quis tanto tua felicidade que acabei por tirá-la.

Clarice, e digo-te agora o que o ódio me impediu de dizer-te naquela madrugada nos trilhos, como pudeste esquecer-te de mim, apenas três anos depois de partires sem esperar-me para o último adeus? Como pudeste esquecer meu rosto, se era o teu que eu via ao acordar e antes de dormir, todos os dias?

Um homem cego pela paixão, quando é rejeitado e apagado do mundo de sua amada, é capaz de todas as loucuras e atrocidades. A minha foi tirar-te quem era teu maior amor: teu filho.

Deixei de existir quando tu me ignoraste. Mariano morreu quando percebi que apagaste da memória, puseste no lixo das lembranças, os momentos que eram, até aquele dia, o combustível da minha existência. Como era possível que tu não me reconhecesses? Um uniforme de polícia e uma barba rala foram suficientes para me tornar um estranho?

Pois, naquele fim de junho de 1940, foi o que me tornei. Para sempre, um estranho.

66

Vilar Formoso, final de junho de 1940

O povoado não passava de um ponto perdido no mapa, como tantos outros no Norte de Portugal, mas os moradores se orgulhavam de ali ser a última parada do Sud-Expresso antes de deixar o país, ou a primeira ao entrar. A luxuosa linha, que ligava Lisboa a Paris, fora inaugurada fazia pouco mais de cinquenta anos e fora interrompida algumas vezes na Grande Guerra e no começo da Guerra Civil Espanhola.

Durante meia hora, o cenário local ganhava novos rostos, trajes e sotaques. Passageiros ilustres e desconhecidos aguardavam na estação. Os moradores se orgulhavam do prédio, ornado com azulejos azuis e amarelos, que não deixava nada a dever às grandes estações, guardadas as devidas proporções. Ficavam a ver o movimento nas plataformas, o entra e sai no café, mesmo que lhes fosse proibido entrar. O que só aumentava o glamour do local e dava aos passageiros e funcionários um ar de estrelato. A cidade vivia seu momento de glória até o trem partir e os habitantes retomarem a rotina à espera da próxima composição.

No entanto, desde o fim de 1939, com a Alemanha avançando pela Europa – e a França e a Grã-Bretanha declaradamente em guerra contra os nazistas –, o movimento no vilarejo aumentava rapidamente. Não era apenas o Expresso. O governo português enviara um representante para supervisionar a chegada de estrangeiros junto à polícia de fronteira.

Depois da rendição da Bélgica e da Holanda, e com a iminente capitulação da França, o número de refugiados que para lá seguiu tomou proporções jamais vistas. O vilarejo, com pouco mais de mil habitantes, não tinha onde colocar tanta gente. A única pensão, a Trigo, ficava em frente à estação e servia também aos funcionários deslocados. As casas da região estavam lotadas. O fluxo só aumentava. Chegavam também em carros e caminhões. Saindo pelo saguão, via-se, em frente, do outro lado da rua, o escritório da alfândega, que inspecionava as cargas. Perto da pensão, havia um posto de abastecimento com duas bombas de combustível e um bar que também pertencia à ferrovia.

Celebridades se misturavam com a gente comum. Artistas de cinema, músicos, políticos renomados, banqueiros e até os membros da alta aristocracia europeia passavam horas e horas nas filas, à espera da liberação dos passaportes. Portugal – ainda neutro – era o último refúgio no continente para escapar da fúria germânica.

A partir de meados de junho, principalmente após a conquista de Paris, a situação foi se agravando. O pequeno posto, que recebia não mais do que vinte estrangeiros por dia em tempos de paz, havia multiplicado o número por cem em apenas dois dias, depois que Pétain assinou a capitulação da França. Mais de duas mil pessoas chegaram à fronteira. A plataforma da estação foi completamente tomada. Não se conseguia dar um passo.

Famílias se esparramavam pelo chão. Chegavam maltrapilhas, cheirando mal, carregando malas com utensílios domésticos presos às alças, algumas sem comer havia dias, o que falar de uma noite de sono. Vinham de uma jornada de semanas fugindo da Alemanha, da Polônia, da Romênia, da Bélgica, de todos os países que, um a um, vinham sendo dizimados pela ofensiva alemã.

Os mais afortunados dormiam nos carros ou conseguiam um quarto numa casa modesta. Mesmo com dinheiro e prestígio, podia-se não encontrar um lugar para dormir. Até o barão de Rothschild e a grã-duquesa de Luxemburgo – com a família e a comitiva – tiveram de esperar horas pela autorização para seguir viagem.

Fosse pela excitação da novidade, do desfile de tipos ou da importância que a cidade subitamente tomara, a verdade é que, nos primeiros dias, os moradores estavam empolgados. Não se falava em outra coisa além do movimento no pequeno comércio e das possibilidades que se abriam. A cidade precisaria de um hotel e de mais restaurantes. Alguém tinha pensado em fazer uma casa de banho extra ao lado da estação.

Os refugiados que ali chegavam anunciavam um problema ainda maior. Onde acomodar toda aquela gente em Portugal? A situação em Vilar Formoso ganhava proporções maiores na capital. Também ali os hotéis e ruas estavam apinhados de gente à espera de um visto para o outro lado do Atlântico.

Apesar da ordem expressa do governo de Lisboa às missões diplomáticas na Europa de só emitir o visto de trânsito – de apenas trinta dias para o território português – para quem tivesse passagem comprada num navio e autorização para entrar num terceiro país, a maioria chegava sem nada. Muitas vezes com o próprio visto assinado numa carteira simples de identidade ou num pedaço de papel. A Espanha não os aceitava de volta.

O dia a dia dos trens lotados logo trouxe os moradores para a realidade. Aquelas pessoas não estavam ali para fazer turismo. Chegavam cada vez mais corpos curvados, com roupas suadas e dias sem banho. Alguns carregavam uma apatia no rosto e seguiam o fluxo, cansados demais para questionar. Com o passar dos dias, a situação foi se invertendo. Os moradores passaram a ir à estação não mais atrás de celebridades ou de uma oportunidade de negócio. Esperavam a chegada do trem com cestas carregadas de pães e queijo. Um deles teve a ideia de distribuir sopa.

Assim, depois da cansativa viagem de trem, da exaustiva checagem de documentos e bagagens e, finalmente, da liberação para entrar em Portugal, os refugiados atravessavam o pequeno posto da PVDE, que ficava na ponta oposta à sala do chefe da estação. Depois, saíam pela porta da frente para respirar um novo mundo, que naquele vilarejo perdido parecia mais caloroso. Os moradores recebiam aquelas pessoas destroçadas com um prato de sopa e um pedaço de pão. Não era necessário que falassem o mesmo idioma. Os refugiados retribuíam com sorrisos e abraços. Muitos choravam. Não sabiam o que era solidariedade desde que a guerra começara.

A situação dos funcionários era igualmente estafante. Abriam cedo e varavam a madrugada, dormindo apenas quatro ou cinco horas por noite, comendo entre um carimbo e outro. Quando o trem chegava, os agentes da PVDE entravam para conferir, ainda dentro dos vagões, os documentos. Só depois liberavam os passageiros para deixar o trem e seguir para a sala da polícia política, onde receberiam a permissão de entrada. Aí, era esperar pelo campo de refugiados indicado, caso ainda não tivessem um país para seguir.

Mariano era um dos policiais. Desde que Clarice deixara a Guarda, ele tornara-se mais calado e reservado. Perdera o prazer pelas caminhadas e nunca mais olhara as estrelas. Vivia da casa para o trabalho e do trabalho para casa. Ainda durante a Guerra Civil Espanhola, fora deslocado para trabalhar para a temida PVDE. A Guarda ficava a quarenta quilômetros de Vilar Formoso e lhe deram um cargo de supervisão na fronteira. Mariano era perspicaz e observador. Farejava de longe os republicanos que tentavam fugir das garras de Franco.

Agora, eram milhares de refugiados que queriam desesperadamente invadir Portugal, fugindo de Hitler. A maioria, pobres coitados, mal se aguentava em pé. Velhos, mulheres, crianças que falavam as complicadas línguas do Leste, judeus, na maioria. Mariano os observava, entre a pena e o desprezo. Que mal podiam representar?, pensava ele. Não tinham onde cair mortos. Aqueles eram os temidos judeus que iam dominar o mundo e destruir o império alemão? Mariano balançava a cabeça e ria sozinho. Nunca tinha visto judeus até a chegada dos trens lotados. Ou eles enganavam muito bem ou os alemães tinham uma extrema sensibilidade para enxergar lobos em pele de cordeiros. Havia alguns bem ricos, sim, mas eram minoria. Mariano considerava franceses e britânicos muito mais perigosos e pedantes. Esses, sim, se achavam os donos do mundo.

Ali, no posto, ele e os outros guardas não tinham tempo para pensar. O trabalho era pegar os documentos, conferir os vistos e distribuir aquele bando de miseráveis para os campos de refugiados. Para onde iriam depois não era problema deles. No fundo, gostava do serviço. Ao final da jornada, estava tão cansado que só restava cair na cama e dormir pesado para, no dia seguinte, recomeçar.

Boa parte dos vistos havia sido dada pelo cônsul de Portugal em Bordeaux, que também era o responsável pelas representações em Bayonne e Toulouse. Primeiro centenas, depois milhares, o que deixava os funcionários cada vez mais perdidos sobre como lidar com a situação. Vilar Formoso estava inchando, era essa a sensação. Dali a pouco, não haveria comida nem para os próprios moradores. Também havia boatos de que aquela abertura portuguesa estava incomodando Berlim. Portugal não havia tomado partido na guerra, mas cutucar o Reich dessa forma, ainda mais depois da ocupação da França – e da declarada simpatia entre Hitler e Franco –, era um aviso de que o país poderia entrar na mira do *Führer*.

Dizia-se que o cônsul português agia por conta própria, desafiando as ordens de Salazar, o que irritava profundamente o ditador. Ninguém estava acima de Salazar. Era preciso pôr um ponto-final naquela disputa e mostrar quem estava no comando.

Em 24 de junho, dois dias depois da capitulação oficial dos franceses, chegou a Vilar Formoso o temido capitão Lourenço, chefe da PVDE, responsável pelos estrangeiros e pelas fronteiras. Lourenço era conhecido pela lealdade extrema ao ditador.

Viera anunciar, em pessoa, as medidas do Ministério dos Assuntos Estrangeiros. Naquele mesmo dia, a fronteira foi fechada. Ninguém receberia autorização para entrar em Portugal. Foi uma noite de tortura passada dentro dos vagões, sem comida, água ou luz. Num deles estavam Theodor, Olívia e Bernardo.

67

Naquela noite, Mariano deixou o posto da estação por volta das onze horas, mais cedo do que o habitual. Entrou no café, na porta ao lado, mas estava tão cheio que a espera o irritou. Aliás, tudo o irritava ultimamente. Gostava do trabalho, mas estava cansado. Aquilo não tinha fim, trens e mais trens, o país estava sendo tomado. Os alemães avançavam. Se decidissem ocupar a Espanha depois da França, o fariam. Portugal cairia em seguida. Aí teria de se alistar numa guerra que já começava perdida.

Na plataforma, o cenário de pobreza e miséria parecia um filme que se repetia todas as noites. Pessoas esparramadas, corpos desconhecidos dormindo colados numa intimidade desconfortante. Ele tirou o lenço do bolso e o levou ao nariz. O cheiro de urina e fezes se misturava ao suor acumulado de dias. Aquilo também o irritava.

Acendeu um cigarro e pulou no caminho de ferro. Precisava desviar daquela gente, precisava de um pouco de ar. Seguiu no sentido contrário, rumo à fronteira com a Espanha – cerca de trezentos metros pelos trilhos. A estrada de ferro cortava Vilar Formoso. Foi andando pelo mato que crescia, irregular, entre a linha e o barranco. As poças da chuva dos últimos dias ainda se estendiam pelo chão. Quando passou por baixo da pequena ponte que ligava os dois lados,

Uma praça em Antuérpia 333

justamente na curva de acesso à estação, avistou o trem que fora barrado por ordem do capitão Lourenço. Amanhã, seria liberado de qualquer jeito. Os pobres coitados apinhados dentro dos vagões deviam estar apreensivos, cheios de medo. Mal sabiam eles que eram os mais sortudos. Os vistos do cônsul de Bordeaux passariam a ser barrados na fronteira espanhola. Aproximou-se da locomotiva. Havia um estranho silêncio, com o burburinho da plataforma abafado ao fundo.

Uma mulher saltou com um menino no colo. Afastou-se um pouco do vagão, caminhando nos trilhos, procurando um lugar com mais privacidade. Ela e a criança provavelmente iriam urinar. Mariano se abaixou e permaneceu calado. Não era preciso fazer alarde. Aquela mulher não tinha para onde fugir. A pouca claridade não deixava o rosto totalmente à vista, e estava relativamente distante, a mais de dez metros dele. No entanto, havia nela algo familiar. Talvez a forma de se mover, a elegância com que caminhava, a estatura mais alta que a média. Ele conhecia aquela mulher. A silhueta fez com que um calor percorresse seu corpo. Algo que não sentia havia muito tempo. Não podia ser verdade.

A mulher seguiu até uma moita e abaixou-se com a criança. Mariano desviou o olhar, constrangido. A cena tornava-se mais degradante por causa da certeza que o tomava. Aquela mulher era Clarice. A criança era o filho que ela esperava quando deixou a Guarda. O menino devia ter pouco mais de três anos. O menino que, um dia, ele quisera criar como se fosse seu próprio sangue.

Esperou que a mulher voltasse ao vagão e a acompanhou com passos lentos. Quando estava a menos de dois metros, um sujeito alto e magro saltou do trem. Abriu os braços e pegou o menino no colo, envolvendo-o num abraço forte. A mulher sorriu, de perfil para Mariano. Não havia dúvida, aquela era Clarice e aquele era o pai da criança. O homem que a abandonara e voltara no meio da noite, para roubá-la dele. Por causa desse homem, ela estava ali, naquela situação humilhante. Era como se ele tivesse um nó no peito, apertado sem piedade. A vontade era de gritar o nome de Clarice, correr para abraçá-la. Tirá-la dali com o menino. Dar-lhe cama, banho, uma refeição quente, o conforto do lar. Olhou para os lados. De repente, a degradação de todas aquelas pessoas doía dentro dele. Queria levá-los para casa. Queria ser um herói. Clarice teria orgulho dele.

Quando Mariano deu por si, estava praticamente de frente para o casal. Os dois o olhavam num misto de medo e estranheza. Ele levantou a mão, pronto para abrir um sorriso à medida que se aproximava. Ela deu dois passos para trás, a expressão de medo estampada no rosto.

– O senhor desculpe-nos, já estamos a voltar para o comboio. Viemos apenas tomar um pouco de ar – disse, ao mesmo tempo que se virava puxando o homem alto pelo braço.

Subiram rapidamente os dois degraus e sumiram no vagão. Mariano seguiu para casa como um zumbi. Tirou o uniforme, pôs o pijama e ficou por mais de uma hora olhando-se no espelho. Jogou água no rosto. Bateu na própria face. Era ele, ainda era ele. A barba rala não tinha mudado suas feições. Se tivesse uma navalha, rasparia ali, naquele momento. Era o mesmo Mariano das longas conversas sobre as estrelas, das caminhadas de domingo, dos jantares ao som do gramofone. Como Clarice fora capaz de esquecê-lo? Ele, que nunca deixara de pensar nela? Ele, que a amava mais do que tudo? Que jamais a deixaria dormir naquele trem sujo, como uma indigente?

Com a mesma intensidade com que quis correr para abraçá-la, Mariano foi tomado pela raiva. A mesma raiva que sentira na noite em que Clarice fora embora deixando apenas um bilhete seco, no tapete em frente à porta.

Não pregou o olho a noite toda. Quando o dia começou a clarear, pulou da cama, vestiu a farda e seguiu para o posto. O capitão Lourenço havia ordenado a reabertura da fronteira. A Espanha havia se recusado a receber os refugiados de volta. Os vistos emitidos pelo cônsul em Bordeaux não tinham mais validade, mas eles haviam chegado até ali. Portugal teria de aceitá-los. A partir desse dia, porém, os que ainda não haviam deixado a França não conseguiriam mais, pelo menos com os vistos assinados por Sousa Mendes.

Mariano, que sempre fazia o serviço de escritório, pediu para ficar na plataforma. Um dos guardas trocou sem reclamar. Era muito mais cansativo que lá dentro. As pessoas cercavam os policiais com suas histórias de vida ou morte para conseguir o carimbo de entrada e escolher o local de destino. Cada um julgava que tinha mais direito do que os outros. Os que possuíam dinheiro e joias ofereciam sem meias palavras. Algumas mulheres ofereciam algo mais, se insinuavam, puxavam os guardas pelos braços. Mariano andava com passos apressados, desviando-se da multidão, que vinha como uma onda na direção dele.

O olhar focado procurava Clarice. Tinha de vê-la novamente. A PVDE havia fiscalizado os vagões naquela manhã, depois da noite de tortura psicológica. Agora, passavam pelo posto da polícia dentro da estação. Talvez Clarice estivesse perturbada com toda aquela tensão, o local pouco iluminado, o medo da farda. Ele se lembrava de uma rápida troca de olhares, mas poderia não ter acontecido. Enquanto seguia no contrafluxo, empurrava com força os que se agarravam a seus braços. Um velho chegou a tropeçar, mas ele o segurou antes que caísse e se desculpou. Já havia rodado quase toda a plataforma e nada. Não conseguia encontrá-los.

Deu meia-volta e fez o mesmo percurso no sentido contrário. Foi então que ele viu, quase lá no começo, chegando ao posto, o homem alto. Não havia dúvida. Correu, chutando malas e quase pisoteando um ou outro sentado no chão. À medida que se aproximava, diminuía o passo, até que ficou tão perto que poderia encostar a ponta do nariz nos cabelos de Clarice. Mariano fechou os olhos e suspirou fundo. Era ela. Caiu para a esquerda, abriu espaço no grupo que ia coeso à frente e colocou-se na porta do posto. Estava num lugar de destaque. Todos podiam vê-lo. Se na noite anterior as condições não eram favoráveis, agora não haveria desculpa. Mariano olhava fixamente para ela. Dessa vez, ele tinha certeza, os olhares se encontraram.

336 Luize Valente

Olívia primeiro virou a cabeça para os lados como se procurasse descobrir se aquele olhar era mesmo para ela. Depois, desviou rapidamente e voltou o rosto noutra direção. Mariano baixou as pálpebras, mordeu o lábio inferior e, com o punho direito cerrado, socou repetidamente a palma da mão esquerda. Eram movimentos curtos, ninguém parecia notar. Cada soco vinha com mais força que o anterior e doía dentro da cabeça, como se martelasse seus neurônios. Não durou nem um minuto. Abriu os olhos. O casal com a criança continuava no mesmo lugar. Ele passou a mão sobre os lábios e cruzou os braços na frente do peito.

Quando chegou a vez de Theodor entregar os passaportes, Mariano permanecia ali, na frente da porta, na mesma posição. Estava logo atrás do guardinha, o mais novo do grupo, que recolhia os documentos. Daria mais uma chance a Clarice.

– Boa tarde – falou ele, em bom português, esboçando um sorriso cerrado, escondido pela penugem rala sobre os lábios.

– Boa tarde – respondeu ela timidamente, na mesma língua.

– A senhora é portuguesa? – perguntou, sem tirar os olhos dela. – O que faz no meio de tantos estrangeiros? Dê-me cá os passaportes!

Um frio percorreu a espinha de Olívia. Era o guarda que os tinha abordado na noite anterior. Ela usava o passaporte de solteira de Clarice. Theodor, o polonês. Havia um clima de tensão entre todos ali naquele dia. Os rumores de que os carimbos recebidos em Bordeaux e Bayonne despertavam suspeitas tinham aumentado a apreensão. Agora, aquele homem resolvera cismar com eles.

Mariano folheou o passaporte de Theodor. Havia o registro de saída da França, a autorização de passagem pela Espanha. Mas faltava o país para onde seguiria a partir de Lisboa. Encarou o pianista.

– Entendes português? – e virou-se para Olívia. – Viajam juntos? – perguntou, com um tom de voz entre o cínico e o jocoso.

– Sim – respondeu ela –, é meu marido.

– E este menino bonito? – perguntou, voltando-se para Bernardo. – Diz para o tio o teu nome! – falou, enquanto passava a mão na cabeça da criança.

Bernardo enfiou o rosto no peito de Olívia e permaneceu mudo. Ele havia aprendido com a mãe que, sempre que um homem de farda lhe perguntasse algo, ele deveria ficar calado. A tática, para ser usada como proteção contra os soldados nazistas, funcionaria ali também.

Mariano soltou um suspiro pesado, como se vislumbrasse um grande problema, e coçou levemente a testa. Por dentro, estava espumando. Aquele "é meu marido" – junto à total indiferença para com ele – martelava sua cabeça. Olhou-a de forma intensa e profunda – como se lhe desse uma última chance – e falou:

– Pois bem, o senhor seu marido tem um visto de trânsito para Portugal – e apontou o passaporte de Theodor. – Mas daqui parte para onde?

Levantou os ombros e projetou o rosto para a frente, ao dizer:

– É preciso um destino final…

– Um momento – falou Theodor, num português carregado de sotaque, enquanto tirava um envelope do bolso.

O pianista mostrou a Mariano a carta que Olívia lhe dera, para ser entregue na representação brasileira. Era a garantia de que teria trabalho e moradia no Rio de Janeiro. Olívia se adiantou na defesa de Theodor, o que só deixou Mariano mais irritado.

– Logo que chegarmos a Lisboa, pegaremos o visto – disse, com a voz doce, acompanhada de um sorriso. – Vamos recomeçar a vida no Brasil.

O que ela não podia imaginar é que o jeito submisso que julgava ser perfeito para lidar com aquela pequena autoridade era justamente o que mais provocara a ira do guarda.

Ele reteve os passaportes, fez um sinal para que esperassem e entrou no posto. Olhou o dela com mais calma: Clarice Braga… Ele não entendia, quem era afinal aquela mulher? Pôs os documentos no bolso e foi direto para o banheiro, no fundo da sala. Fechou a porta e chorou. Dava pequenos socos na própria testa e na parede. Clarice Pontes ou Clarice Braga – não importava o nome. Era uma mentirosa, uma impostora. Destruíra seu coração duas vezes e o apagara da mente. Agora, ele destruiria o dela. Lavou o rosto, secou bem os olhos e fez o curto percurso de volta. Olhou pelo vidro da janela. Os dois permaneciam no mesmo lugar, os rostos tensos, temerosos. Olívia cochichava no ouvido de Theodor.

– Não viram nada! – falou Mariano para si mesmo. – Agora saberão o que é guerra – e bateu, mais uma vez, com o punho direito fechado na palma da mão esquerda.

Depois, foi tudo muito rápido. Saiu do escritório e, ainda na porta, fez um discreto sinal para que o casal o acompanhasse. Não queria chamar atenção. Os dois seguiram, um pouco atrás dele, para um local menos tumultuado.

Olívia tomou a frente e se aproximou de Mariano. Só haveria uma razão para eles estarem ali. Aquele guarda era como os comerciantes, os hoteleiros, os motoristas, os moradores que abriam as casas em Bordeaux, Bayonne e em tantos outros lugares. Traziam um sorriso simpático e, em seguida, a conta. Todos queriam dinheiro, lucrar com a desgraça alheia. O guardinha não era diferente. Fora isso que ela dissera a Theodor minutos antes.

– Escute, não quero que me entenda mal – a voz saiu delicada. – Sei que os tempos estão difíceis para todos – e fixou os olhos nos de Mariano. Foi direto ao ponto: – Estamos todos cansados, o senhor, nós... – e fez uma pausa. – Eu entendo o senhor. Diga-nos logo – e mostrou um maço de notas –, é suficiente? É tudo que temos... – e calou-se, à espera da resposta.

Mariano podia esperar tudo menos aquilo. Olhou bem o rosto da mulher para se certificar. Não havia dúvida. Era Clarice. Ele teve vontade de sacudi-la, dar-lhe um tapa na cara para que acordasse. Definitivamente, ela não o reconhecia. A tentativa de suborno caiu como uma última gota. Mariano transbordava de ódio. Pegou todo o ar que pôde. Precisava pensar com calma e não seria ali. Teve um lampejo. Fez um sinal com a mão para que ela guardasse o dinheiro.

– Falaremos sobre isto depois – disse, indicando a multidão em volta. – Vou ver o que posso fazer... Não comentem nada. Estejam no fim da plataforma, por volta das duas da manhã – e colocou os passaportes no bolso. – Pode deixar, estão bem guardados.

Não esperou a resposta. Antes de se virar, trocou um longo olhar com Theodor, como se fossem dois gladiadores prestes a entrar na arena. O pianista franziu a testa e abraçou, com força, o filho, que trazia no colo. Olívia não viu a cena. Sorriu, aliviada, e soltou um "obrigada, muito obrigada", que Mariano chegou a ouvir, já de costas. "Obrigada? Obrigada por quê? Tu vais sentir na pele, Clarice!", pensou, enquanto se dirigia ao escritório.

Durante o resto do dia, permaneceu no serviço burocrático. Não parou para comer e bebeu apenas um copo d'água. Vez por outra, levava a mão ao bolso e tocava os passaportes, como se, assim, se certificasse de que tinha aquelas vidas em seu poder. De fato, tinha.

Quando a noite caiu, um dos homens que vieram de Lisboa com o capitão Lourenço colocou o chapéu e se preparou para sair. Os guardas haviam-no apelidado de Sombra. Acompanhava o capitão por todos os lados e era os olhos dele quando não estava presente. Um homem de rosto comum, corpo robusto, poucas palavras e sem nome. Lourenço o chamava de Tenente. Corria à boca pequena que o "Tenente" era quem fazia o trabalho extraoficial da PVDE.

Mariano levantou-se e foi atrás. O homem ia no caminho da pensão. No lado de fora, os mesmos rostos da manhã – agora mais cansados – permaneciam à espera de uma resposta. Encaravam o Tenente e logo baixavam os olhos. Os poucos que se aproximavam eram ignorados. Assim como Agostinho Lourenço, o Tenente também era temido por toda a guarda. Mariano, com seu jeito reservado,

340 Luize Valente

também impunha respeito. Quando estava quase na porta da pensão, Mariano o chamou.

– Tenente! – disse, com a voz firme.

As costas largas pareciam uma parede móvel virando lentamente. Mariano fez menção de se apresentar. Não foi necessário. O Tenente sabia quem ele era.

– Nosso funcionário mais incansável! – disse, batendo no ombro do rapaz. – Tenho observado o seu trabalho – falou com cumplicidade. – Continue assim e levo-o para Lisboa.

Mariano baixou a cabeça com um sorriso tímido e continuou:

– Obrigado – e fez uma pausa. – E é sobre isso que quero falar com o senhor – completou, enquanto tirava os passaportes do bolso. – Há aqui um casal com uma criança, ela, portuguesa e ele, judeu polaco, com visto emitido em Bordeaux, mas sem país de destino – disse, aproximando o rosto e sussurrando: – Este homem precisa ser punido, para servir de exemplo – e fez outra pausa, começando a encenação. – Ele tentou subornar-me, o desgraçado! E da forma mais baixa… Fez a mulher oferecer o dinheiro. É inadmissível deixar esse tipo entrar em nossa pátria! – falava espumando, a saliva escorrendo no canto dos lábios. – É um desgraçado! Um polaco judeu desgraçado! Que rouba e explora nossas mulheres!

Naquela explosão, Mariano lançou contra Theodor todo o ódio da rejeição. Aquele homem era culpado. Havia lhe roubado Clarice. Fosse judeu ou cristão, era culpado. Melhor que fosse judeu.

– Achei que poderíamos aplicar uma punição exemplar, mandá-lo de volta para os alemães – continuou. – Deixamos entrar a mulher e a criança…, mas ele não! Para aprender que não nos vendemos! Fiquei de encontrá-los às duas da manhã, no fim da plataforma.

O Tenente olhava para Mariano, incrédulo. E pensar que queria levá-lo para a capital! Havia centenas de pessoas oferecendo dinheiro, joias, carros e até o próprio corpo para atravessar a fronteira. Famílias inteiras. E não só judeus, também católicos, protestantes, ateus. Quem não ofereceria? Aquilo era uma guerra. Não eram eles que mereciam uma punição exemplar, mas, sim, o homem que permitira que todos aqueles desgraçados estivessem ali. Sousa Mendes era o verdadeiro culpado e dele Salazar se encarregaria pessoalmente.

Estava na hora de dispensar o guarda e fazer uma boa refeição. Pediu para ver o passaporte. Iria folheá-lo e devolvê-lo em seguida com a ordem de assustar o polaco: separá-lo da família, ameaçar deportá-lo e só liberá-lo horas depois da mulher e do filho. Não queria confusão com os espanhóis. Um susto seria suficiente para que ele respeitasse os portugueses.

Com o pensamento na comida quente que devoraria em breve, abriu o passaporte. O rosto iluminou-se e ele soltou uma gargalhada. Mariano tinha razão. Aquele judeu polaco desgraçado merecia uma punição exemplar, mas não era por tentativa de suborno.

68

O Tenente seguiu para o restaurante da pensão e convidou Mariano para jantar. Tornara-se falante e tratava o guarda como um velho amigo. Mariano permanecia monossilábico. Não entendia o que estava acontecendo. O Tenente havia tomado os passaportes, folheado o do polaco, deixado escapar um sorriso e enfiado o documento no bolso. Sentaram-se a uma mesa de canto. A comida foi servida logo. Todos temiam os enviados de Salazar. Depois da primeira garfada, ele passou o guardanapo pelo canto da boca e, finalmente, desvendou o mistério.

– Meu caro Mariano, você vai longe. Tem faro – disse, apontando para o próprio nariz e, em seguida, tirou o passaporte do bolso. – Este homem – e bateu repetidamente na foto de Theodor – é mais do que um corrupto, ele é um comunista, um judeu comunista, o tipo mais perigoso! Há quatro anos, quase pusemos a mão nele, mas conseguiu fugir de Lisboa... Zus, senhor Zus, o pianista!

Ele soltou um riso curto.

– Jamais esqueço um rosto! Pois agora eu o peguei... Ninguém faz o Tenente de idiota. Cedo ou tarde, eu sempre os encontro!

Mariano gelou.

– E o que o senhor pretende fazer? – perguntou, receoso; a comida intocada no prato.

Uma praça em Antuérpia 343

– Ora, meu amigo, coma, por favor!

Logo, fez sinal para que o dono da venda trouxesse vinho. Em segundos, a jarra foi posta na mesa.

– Vamos brindar, meu rapaz! – disse, enquanto servia os copos. – O que vou fazer? Ora, cumprir a lei!

Fez uma pausa para virar a bebida e continuou.

– Vou mandá-los de volta para a França, com recomendações especiais aos meus amigos da Gestapo. Afinal, não queremos confusão com os alemães, não é?

Mariano ficou pálido. O suor brotava em gotas acima do lábio, deixando o bigode úmido. Tomou um gole do vinho, secou a boca e deu uma garfada na comida. Depois, perguntou, tentando parecer o mais imparcial possível.

– Mas o senhor vai entregar também a mulher e a criança? Afinal, eles são portugueses. Seria mandá-los para a morte! – deixou escapar.

O Tenente levantou a cabeça e encarou Mariano com um olhar que o fez imediatamente se arrepender da pergunta. A voz saiu mansa, como a de um padre.

– Meu caro Mariano – juntou as palmas das mãos e apoiou os cotovelos na mesa –, você é muito jovem, não conhece a vida. Os alemães são justos. Vão interrogá-la. Se ela não for conivente com o marido, se não for uma espiã, será liberada! Lembre-se, você bem disse que foi ela que lhe ofereceu o dinheiro... A justiça tarda, mas não falha! Se ela for inocente, logo estará de volta à nossa fronteira.

E, por fim, apontou para o prato.

– Coma, vamos, não se preocupe! Você fez um excelente trabalho. O capitão Lourenço será devidamente informado – e ele próprio enfiou uma garfada grande na boca.

69

Os fatos que se seguiram tu bem sabes. Meu arrependimento de nada te vale, bem sei. Mas quero dizer-te que tentei. Naquela noite, saí da pensão e rodei os vagões, a plataforma, cada centímetro dos arredores, atrás de ti, disposto a contar tudo e a ajudar-vos a fugir. Mas não vos encontrei. Então, fiquei de tocaia próximo ao local marcado. Quando vocês chegaram, o Tenente e os dois homens já estavam lá. Não havia o que fazer. Se bem te lembras, não houve um segundo que ele vos tivesse deixado a sós até serem selados, na manhã seguinte, no comboio espanhol que vos levou de volta para a França.

A ti e a teu marido eu não tinha como salvar. Carregaria para sempre a culpa de um delator covarde, assassino pela mão de outros. Mas a morte de uma criança, eu não a poderia suportar.

O Tenente era um homem sem coração, um tipo sem mãe, que se alimentava do sofrimento alheio. Há maior dor do que a de tirar um filho de seus pais e ameaçar matá-lo? Pois foi esta a única forma que encontrei de convencer o Tenente a não deixar a criança seguir caminho. Apelei para o ego dele. Seria sua vingança pessoal. Iríamos ao comboio e tiraríamos o menino de vocês. Em seguida, eu mesmo me encarregaria de arquivar o caso (uso aqui as palavras do Tenente, ao referir-me a Bernardo como um caso).

O Tenente adorou a ideia. Os olhos faiscavam de prazer só em imaginar a reação do teu marido. Relato-te os fatos friamente, não porque queira expor o requinte da crueldade e sadismo daquele momento, mas para que tu possas compreender – não digo perdoar, mas compreender – a minha atitude minutos antes de o comboio partir de volta para a França.

70

Lado espanhol da fronteira, 26 de junho de 1940

Mariano passou a noite acordado. Nos últimos anos, havia se transformado num sujeito mesquinho e covarde, movido pelo rancor. Percebeu que sentia certo prazer na desgraça alheia, talvez por isso cumprisse tão bem a função no posto de fronteira. No fundo, o que sentia era inveja. Aqueles pobres coitados haviam perdido casa, trabalho, nacionalidade, mas ainda tinham uma família. Homens e mulheres que, juntos, caminhavam até ali, com os filhos – tinham-se uns aos outros –, quando o resto todo lhes fora tomado. Possuíam algo que seres como ele e o Tenente jamais teriam. Era isso que Mariano invejava. De que valia uma vida como a dele? Para que servia? Movido pela raiva, ele queria tirar o que outro tinha. Agora percebia que de nada adiantaria. O amor de Clarice jamais seria dele. A família de Clarice jamais seria ele. A raiva dos últimos anos transformara-se em vergonha.

Levantou-se e seguiu para a estação de trem. Iria salvar aquela criança de qualquer jeito. O Tenente já estava lá quando Mariano chegou. Além do casal, havia outros refugiados que também seguiriam o trajeto de volta. Eram republicanos espanhóis que ficariam pelo caminho. O casal seria deportado para a França com recomendação especial à Gestapo. O Tenente já havia feito as conexões necessárias. O que não faltava em Lisboa eram agentes alemães. Mariano se aproximou.

– Escute, Tenente, eu estive a pensar.

Fez uma pausa, daquelas que antecedem uma fala importante.

– Não preguei o olho a noite toda! Esse tal Zus, desgraçado – agora era a hora de agir com tato –, fez-nos a todos de idiotas... Vamos entregá-lo de mão beijada aos alemães e deixar-lhe o gostinho da vitória sobre nós? – perguntou, encarando-o.

O Tenente franziu a testa com ar de quem não estava acompanhando o raciocínio.

– Aonde você quer chegar, Mariano?

Mariano puxou o ar. Era o momento de inflar o ego daquele homem frio e sem escrúpulos.

– Existe algo que fará com que ele jamais se esqueça do senhor.

Fez nova pausa.

– Tire-lhe o filho. Diga-lhe que vai matar a criança. Podemos encaminhá-la para um orfanato, um lar português, para a igreja, qualquer lugar! O que vale é que ficará cravada na mente do pai a perda do menino por ordem sua. A sua lembrança, Tenente, provocará mais dores do que qualquer tortura da Gestapo.

Calou-se.

O Tenente ficou olhando para Mariano. Como alguém com traços tão doces seria capaz de pensar em tal atrocidade? Coçou o queixo e respondeu:

– Rapaz, você é brilhante!

Ele puxou Mariano pelo braço e, juntos, seguiram até as autoridades espanholas. O Tenente conversou rapidamente com os soldados. Em seguida, dirigiu-se, com Mariano ao lado, até o vagão onde estava o casal.

A porta se abriu e os três saltaram. Bernardo estava agarrado ao pescoço de Olívia. O Tenente se aproximou e, sem sutileza, pediu o dinheiro que haviam oferecido a Mariano. Olívia tirou o maço de notas, escondido no vestido, e o entregou a ele. O Tenente contou com calma, molhando o dedo indicador e passando pelas cédulas, uma a uma. Depois, voltou-se para Theodor.

– O senhor sabe que suborno é crime? – disse, enquanto colocava as notas no bolso. – Punido com prisão pelo governo português! – falou, ríspido, e, em seguida, amansou a voz: – Não se preocupe! Não vou mandá-los para a cadeia – e fez uma pausa, como se saboreasse a tortura –, mas, sim, de volta para a sua pátria... Afinal, sou um homem de bom coração, mas não posso deixar de cumprir a lei! – e soltou uma gargalhada.

Theodor estava paralisado. Não mexia um músculo. Antes que tivesse qualquer reação, o Tenente virou-se para Olívia.

– A senhora entregue a criança, por favor.

A voz era seca e firme.

Uma expressão de pavor tomou o rosto dela. Ela apertou o menino contra o peito enquanto Theodor abraçava os dois. O Tenente repetiu a frase. Olívia começou a chorar, desesperada, e apertava mais ainda Bernardo.

– Não, não, não! – berrava ela, enlouquecida. – Não vão tirá-lo de mim! – e voltou-se para Mariano: – Traidor, você disse que nos iria ajudar! Assassino! – gritou.

O Tenente parecia se divertir com a cena. Deixou que ela berrasse por alguns segundos e, então, tirou a arma do coldre preso ao cinto da calça, apontou para a cabeça do menino e fez um sinal para Mariano.

– Entregue a criança a ele, vamos! Guarda, pegue o menino! – vociferou, enquanto engatilhava o revólver. – A não ser que a senhora queira resolver a questão aqui mesmo!

Mariano caminhou até Olívia. As pernas tremiam.

– Clarice – deixou escapar o nome em meio ao nervosismo –, vamos, dá-me a criança, ele não está a brincar! – completou num sussurro.

Nesse momento, a expressão de Olívia se transformou. Ela entregou Bernardo, que começara a chorar. O menino esticou as mãozinhas e os dedos de tia e sobrinho se tocaram uma última vez. Ela caiu ajoelhada no chão, com o rosto enfiado entre as mãos.

– Não, não! – gritava, socando o chão de terra. – Foi tudo um engano! Meu Deus, que engano! Eu não sou...

Nesse momento, foi interrompida pelo grito de Theodor.

– Basta, por favor, basta!

A voz estava carregada de desespero.

– Ele vai matar Bernardo! Cala-te, por favor!

Com o rosto entre as mãos, Olívia não via que o Tenente estava cada vez mais ensandecido.

– Façam esta mulher calar a boca, senão eu meto uma bala na cabeça da criança e na dela – esbravejou, enquanto apontava a arma para um e outro.

Aos poucos, os gritos e o choro foram diminuindo até sumirem de vez. Theodor se agachou e levantou Olívia do chão. Ela encostou a cabeça no peito dele. O olhar perdido em algum lugar da mente de onde jamais voltaria. Olívia entrara em estado de choque.

Theodor esperou alguns segundos e voltou-se para o Tenente.

– Posso dar um último abraço em meu filho? – falou, com a voz resignada. – Por favor, eu imploro.

Naquele momento, ele também se entregava, como Olívia. A história deles chegava ao fim.

Já o Tenente viveu seu momento de glória.

– Você não merece, seu comunista sujo, judeu desgraçado! Mas eu sou um homem de fé, um bom cristão, como você pode ver – e voltou-se para Mariano: – Guarda, deixe o pai abraçar o filho, um anjo que merece estar com os outros anjos – falou, sarcástico. – Todos são testemunhas! – disse, olhando para os soldados espanhóis. – O Tenente tem coração mole! – e riu alto.

Theodor abraçou o filho e lhe deu muitos beijos. Sorriu, e o menino sorriu de volta. Era a imagem que levariam um do outro.

Em seguida, foi a vez de Olívia abraçar o sobrinho. Mas ela já não estava mais ali. Os espanhóis encaminharam Theodor e Olívia para o trem. Mariano, com a criança no colo, seguiu na direção oposta, sem olhar para trás.

Dois dias depois, no momento em que o trem que levava Theodor e Olívia chegava à fronteira com a França, a bandeira do Reich era içada em Bordeaux. Os alemães ocupavam a cidade oficialmente.

71

Eu havia prometido ao Tenente que ia desaparecer com a criança. Ganhei um dia de folga. Peguei o menino e levei-o para a igreja de um vilarejo próximo. Na semana seguinte, um dos homens do Tenente – que estava na estação naquela fatídica manhã de junho – procurou-me em Vilar Formoso. Contou-me que "os traidores" haviam sido entregues à Gestapo e levados para a Alemanha. Perguntou se dera fim à criança. Respondi que o destino havia se encarregado de levá-la, vítima de tifo. Ele disse-me que apagasse o episódio da memória. Sem perguntas, para meu próprio bem: aquelas pessoas nunca haviam passado ali, aquela criança nunca existira. Ordens do Tenente.

Naquele momento, confesso, criei desculpas para encobertar meu remorso. Convenci-me de que o Tenente reconheceria teu marido de uma forma ou de outra. Eu, que nunca fora religioso, pedi que Deus me iluminasse. Era época do aniversário de minha mãe. Tirei alguns dias de folga e, no caminho para casa, passei na paróquia. Ao chegar, lá estava o menino, quieto num canto. Sorri para ele, ele sorriu de volta. Foi teu sorriso que vi. Era o sinal que eu esperava. Inventei uma desculpa para os padres e levei-o naquele dia mesmo. Assim desafiava o Tenente e me arriscava para salvar a criança, teu filho. Meses depois, ele próprio voltou à fronteira. Foi quando me disse que tínhamos feito o correto e que tu eras também uma traidora. O casal tivera o fim que merecia. Chorei tua morte e repeti para mim mesmo, inúmeras vezes, que teu destino era fruto da tua opção por um homem que só oferecia perigo. Sei que deves considerar-me um crápula, cínico e mesquinho por criar tamanha fantasia para fugir de uma culpa que foi toda minha. Fui eu que vos entreguei, somente eu. Decidi que criaria o garoto como se fosse do meu próprio sangue.

À minha mãe contei que era uma criança da guerra, filha de pais perseguidos. Tinham implorado para que cuidasse do menino até os tempos se acalmarem. Religiosa que era, e é, comoveu-se com o ato. Aos vizinhos, disse que era um afilhado órfão. No bolso interno do casaco de Bernardo, havia uma fotografia – provavelmente tu a colocaste lá. Descobri por acaso, pois teu filho não queria que o lavasse. Era datada daquele mesmo ano, 1940, mês de fevereiro, com escritos numa língua diferente que mais tarde descobri ser o flamengo, a língua dos belgas. Na foto em que aparecias grávida – e pergunto-me se perdeste o bebê já que quatro meses depois estavas ali na fronteira sem a barriga –, havia também o sobrenome da família, Zus, que o Tenente pronunciara tantas vezes – Zus, o pianista, teu marido –, bem como o nome, o dia de nascimento e a idade do menino. Um ano depois, a farsa estava montada. Revelei à minha mãe que os pais da criança haviam morrido na Alemanha. A essa altura, já era Bernardo o neto que ela tanto sonhara e o filho que eu tanto queria. Fui ao cartório e registrei-o como meu filho, Bernardo Sampaio. Ao escrivão disse que a mãe era mulher da vida, morrera de sífilis. E dei-lhe teu nome, o nome que era para mim o teu: Clarice Pontes.

Em 1945, quando a guerra terminou, voltei à Guarda, à mesma casa, mas em outro serviço, onde passei a usar o nome do meio, Viriato. Queria apagar Mariano, como se a mudança de um nome mudasse a consciência de um homem. Bernardo ainda vivia com minha mãe e minha irmã. Eu visitava-o todos os fins de semana. Passado um ano, eu voltava do trabalho quando te vi. Conversavas com a velha senhora que morava na casa que fora tua. Fui tomado pelo pavor e pelo pânico. Estava a ver um fantasma. Não podia crer! Seis anos haviam passado. Tu apareceste em carne e osso. A primeira reação foi esconder-me, covarde que era e sou. Tive medo e muita vergonha. Tu ias entregar-me à polícia, tirar-me Bernardo, que era a única razão de minha existência. Afastei-me da cidade por três dias.

Nesse período, os pesadelos começaram, e não teve noite, a partir daí, em que não sonhasse com os berros e a agonia estampada em teu rosto quando arranquei o menino dos teus braços.

Retornei à Guarda decidido a procurar-te e contar toda a verdade. Teu filho estava bem, com saúde. Jamais poderia apagar o mal que fiz, mas, pelo menos, diminuiria um pouco teu sofrimento ao unir-vos de novo. Se tu estavas viva, talvez teu marido também estivesse. Talvez eu não fosse um assassino. Juro, pelo que há de mais sagrado – o amor que tive por ti e com o qual criei Bernardo –, que te procurei por toda parte. A velha vizinha, a única com quem falaste, havia me informado que estiveras lá procurando o antigo morador da casa de cima. Ela não o conhecera. A casa ficara fechada por longo tempo e só no ano anterior ganhara novo inquilino. Chamava-se Viriato. Tu não deixaste endereço, nem nome, nem contato.

Não tinha pistas de como te encontrar, não sabia para onde ir. Não lembrava do sobrenome no passaporte de teu marido, mal o olhei. Tinha na mente apenas Zus. Lembrava-me do teu: Clarice Braga. Quem eras tu, afinal? Clarice Pontes, por quem me apaixonei, ou Clarice Braga, traidora dos meus sentimentos e da nossa pátria? Uma ou outra, eu a havia lançado aos nazistas.

Não podia vasculhar nos órgãos oficiais, pois o Tenente ainda trabalhava na polícia, agora na PIDE, que substituiu a PVDE. Aquele assunto estava encerrado: o recado, seis anos atrás, fora claro. Tentei alguns contatos em Lisboa, pelas ruas. Procurei pelos dois nomes: Clarice Pontes e Clarice Braga. Procurei por Zus, o pianista. Não encontrei pista nem de um nem de outro.

Voltei para casa arrasado. A única forma de te reencontrar seria esperar que voltasses à Guarda. Se estás a ler esta carta, eu estava certo. Tu voltaste.

Depois da ida a Lisboa, decidi que traria Bernardo para morar comigo. Minha mãe relutou, mas eu estava decidido. Ele tinha dez anos, já era um rapaz, íamos nos entender bem. Nunca fui homem de muita conversa, mas procurei transmitir a teu filho, que chamo de meu, o que tu mais apreciavas: o gosto pela música, pelos livros, pelas caminhadas no campo.

Agora que ele está criado, posso ir. Fiz o melhor que pude. Bernardo tem dezoito anos, vive na capital e cursa a universidade. Minha mãe mudou-se para cá, pois ele não queria deixar-me doente e sozinho. É um menino de coração enorme, capaz de abraçar o mundo. O que faz hoje te trará muito orgulho, mas é ele quem vai contar-te!

Todos esses anos, esperei que voltasses à Guarda. Agora, é chegada a minha hora. Levo a tristeza de não te ver reencontrar teu filho e a feliz certeza de que estarão juntos ainda nesta vida.

A Bernardo, faltou-me coragem para revelar o carrasco que ele chama de pai. Antes da partida para Lisboa, mostrei-lhe a fotografia e o casaquinho. Contei a mesma história que já sabiam minha mãe e minha irmã. Disse-lhe que era filho de judeus, enviados para campos de concentração, que me pediram que o criasse. E foi o que fiz. Para mim, ele era mais do que sangue do meu sangue. Não disse que a mãe dele fora o amor da minha vida e eu, a desgraça da dela, tampouco falei que estás viva. Não quis causar-lhe expectativa de uma procura sem-fim. Cabe a ti contar a teu filho a verdade, agora que se encontraram.

Despeço-me de vez. Perdoa-me. Amo-te ontem, hoje, sempre.

Mariano

72

Guarda, 3 de fevereiro de 2000

No dia seguinte, logo cedo, a avó abriu a porta de ligação entre os quartos. Tita ainda estava deitada, mas não havia dormido um segundo que fosse. Lera tantas vezes a carta até sabê-la praticamente de cor. Estava angustiada, preocupada com a avó. Como ela teria reagido?

A cena que se seguiu foi a menos esperada. A avó atravessou o quarto, abriu as cortinas e deixou a claridade entrar. Pela primeira vez, desde que toda aquela história fora revelada, Tita via Clarice. Até então, apenas um nome. Algo difícil de explicar. A avó Olívia que ela conhecera e amara a vida toda iria viver para sempre nas memórias da infância, da adolescência, da vida até aquele dia. Mas dali em diante, seria Clarice. Era outra pessoa. O começo de uma nova história. A avó sentou-se na cama, ao lado dela, e as duas se abraçaram.

– Bernardo está vivo. Meu filho está vivo – falou, emocionada. – Eu vou encontrar meu filho!

Não conversaram sobre a carta. Clarice pegou a foto amarelada daquele fevereiro distante e se emocionou ao imaginar que Bernardo pudesse ter guardado o retrato, com ele, durante todos aqueles anos.

Era a cópia que Theodor levava consigo, provavelmente colocada às pressas no bolso do filho.

Não havia responsáveis naquela história. O "se" levaria a um conjunto de possibilidades de um passado já escrito e vivido até ali. Pensá-lo diferente não o mudaria. Procurar culpados, muito menos. Quem provocara aquela tragédia? Mariano? As próprias Clarice e Olívia? Ou Theodor? Ou Bernardo? Ou até Helena, que ainda estava na barriga?

Se Clarice não estivesse grávida, as irmãs não teriam trocado de identidade e o casal teria deixado Antuérpia antes da invasão alemã. Se Theodor não tivesse fugido de Portugal desafiando a PVDE, ele e Olívia não teriam sido entregues à Gestapo. Se Clarice tivesse confiado em Mariano e contado sua verdadeira história, ainda na Guarda, teria ganhado um aliado. Se Olívia não tivesse ido a Bordeaux, Clarice e Theodor teriam passado em Irún um dia antes e, portanto, não encontrariam Fagundes. António também não teria saído desesperado, de carro, para comprar a passagem de volta a Portugal. Se Clarice tivesse chegado com Theodor e Bernardo em Vilar Formoso, teria reconhecido Mariano e ele a teria ajudado.

Enfim, havia um conjunto de "ses" que não fariam o tempo voltar e, muito menos, apontariam um culpado. Onde tinham começado os mal-entendidos? As possibilidades iriam por um sem-fim de caminhos que não reescreveriam a história de Olívia e Clarice. Mas, agora, havia uma certeza: Bernardo estava vivo.

No meio da manhã, Tita e Clarice tocaram novamente a campainha da casa da irmã de Mariano. Dessa vez, aceitaram o convite para entrar e tomar um café.

Lucinda indicou o sofá próximo à lareira onde uma pequena labareda aquecia o ambiente. Foi à cozinha e voltou, minutos depois, com um bule e biscoitos amanteigados. Clarice observava a sala. Mantinha praticamente os mesmos móveis de mais de seis décadas. Reconheceu a velha mesa, ainda encostada na parede, com três cadeiras ao redor.

Os olhos molharam-se ao imaginar que Bernardo vivera ali. Haviam, de certa forma, partilhado o mesmo espaço. Lucinda serviu as xícaras e as passou para Tita e Clarice.

– Meu irmão era um sujeito muito reservado, mas de um coração enorme. Vivia trancado, como um cofre – e encarou Clarice. – No leito de morte como já lhe contei, entregou a carta à nossa mãe e fê-la jurar que só você, somente você, Clarice, abriria o envelope… Chorava muito, como se visse o inferno, e só descansou quando ela selou a promessa. Mariano tinha certeza de que você viria!

Fez uma pausa.

– Disse apenas que tinha sido a sua desgraça! Não fazíamos ideia de quem você fosse… Cheguei a pensar que era delírio! Depois da guerra, Mariano tornou-se ainda mais arredio, angustiado. Tinha pesadelos, acordava a gritar seu nome, no meio da noite.

Ela baixou os olhos como se lembrasse a agonia do irmão.

– Enfim… ele morreu no verão de 1955. No ano seguinte, mudei-me para cá para cuidar de nossa mãe. Quando estava à beira da morte, falou-me da tal carta e fiz-lhe a mesma promessa… Confesso que, muitas vezes, tive vontade de abri-la – e sorriu timidamente. – Mas não se trai a confiança dos mortos! E agora, quase cinquenta anos depois, finalmente eles podem descansar em paz.

Clarice tomava o café em pequenos goles. Se dependesse dela – e dependia –, a memória de Mariano permaneceria intacta naquela casa. Ela nada falaria, apesar da curiosidade de Lucinda. Estranhamente, não sentia raiva. No fundo, ela também precisava do perdão dos mortos. Mariano criara seu filho, ela criara o filho de Olívia. A irmã morrera por causa de um estúpido mal-entendido. Clarice sabia o que era trazer a culpa agarrada ao peito. Mas não iria voltar às infinitas possibilidades de "ses" que fariam aquela história diferente. O que lhe importava era dali para a frente. Mariano criara Bernardo com amor e dedicação. Assim como ela fizera com Luiz Felipe. Virou-se para Lucinda.

– E o filho de Mariano?

A voz saiu trêmula.

Era a pergunta que queria fazer desde que cruzara a porta da casa. Lucinda em nenhum momento tocara no nome dele.

– Bernardo?

Lucinda a encarou, intrigada.

– Você sabia que meu irmão tinha um filho? – perguntou, balançando a cabeça e pensando como Mariano era cheio de mistérios. – Bernardo foi um presente de Deus, minha mãe costumava dizer. Ele chegou a nossa casa no dia 13 de agosto de 1940, dia do aniversário dela. Como lhe disse, Mariano tinha um coração enorme… Bernardo seria mais uma triste história da guerra não fosse por ele. Os pais morreram em campos de concentração. Meu irmão não só o salvou, como o adotou, como se fosse do seu próprio sangue! Chegou pequeno, com pouco mais de três anos – lembrou ela, saudosa. – Falava uma língua estranha e era muito calado. Mas logo nos encantamos! – e abriu um sorriso. – Não havia como resistir àqueles olhos azuis e aos cabelos cacheados! – falou, dando um leve suspiro. – Sinto tanto termos nos afastado… Bernardo era uma criança tão carinhosa – e calou-se, em meio às lembranças.

Nesse momento, Clarice apertou a mão de Tita. O nó na garganta fez com que a voz saísse num fio.

– O que aconteceu com Bernardo? Ele ainda mora na Guarda… Ou em Portugal?

Lucinda balançou a cabeça e apertou os lábios.

– Eu não sei… – disse, reticente. – Não tenho notícias dele há mais de trinta anos, talvez quarenta…

Era como se uma tempestade chegasse de repente, sem avisar, numa manhã ensolarada. Clarice encheu o peito e soltou um suspiro forte que se transformou em choro.

Tita pôs as mãos em volta dos ombros dela e permaneceu calada. Lucinda se aproximou e segurou as mãos de Clarice. Tudo se esclarecia.

– Meu Deus, você é a mãe de Bernardo! – a voz saiu embargada. – Eu sinto muito, eu sinto muito. – Não havia o que dizer.

Uma praça em Antuérpia 359

Ficaram, ali, paradas, por longos minutos, até que Lucinda se levantou e foi até o quarto. Voltou, em seguida, com uma pequena caixa de madeira.

– Aqui estão – disse, passando a caixa para Clarice. – São fotografias do seu filho. Veja que menino lindo ele era! – falou, animada, como se os retratos pudessem trazê-lo àquela casa, naquele instante.

O coração de Clarice disparou. Aos poucos, o filho deixava de ser uma lembrança para se tornar uma presença. O rosto foi relaxando, o franzido da testa desapareceu e o olhos se iluminaram.

A primeira foto que viu foi de Bernardo aos oito anos. Era um menino alto e magro, de cabelos castanhos cacheados – os olhos de um azul profundo, reforçou Lucinda –, com um sorriso largo e um nariz fino e reto. Clarice levou a fotografia aos lábios e depois ao peito. Parecia com Theodor, parecia com ela, parecia com Helena!

– *Mijn zoon, mijn jongen!*

Pela primeira vez, em anos, ela falava flamengo.

– Meu filho, meu menino!

Eram poucas fotografias, não mais do que quinze. Em menos de um minuto, Clarice viu Bernardo crescer, dos três aos vinte anos. Cada retrato foi saboreado, devagar, acompanhado de uma história, principalmente as da infância, antes de Mariano trazê-lo para a Guarda. Era um menino amoroso, que vivia correndo e pulando. Lucinda convivera com ele até os dez anos. Depois, se viam apenas nas datas festivas. Uma alegria infantil crescia no peito de Clarice, como se ela montasse um quebra-cabeças e faltasse apenas a última peça.

– Mas como se perderam? O que aconteceu? Eu não entendo! – perguntou Clarice enquanto repassava as fotos. – Vocês eram uma família!

– Você sabe como são os jovens! – e, nesse momento, olhou para Tita. – Hoje, a comunicação é mais fácil… Mas naquela época… nem telefone tínhamos!

360   Luize Valente

Lucinda, então, contou, em rápidas palavras, sobre os anos que se seguiram à mudança para a Guarda. Mariano trouxera Bernardo aos dez anos. Aos poucos, as visitas foram diminuindo até a família se reunir somente no Natal. Quando Bernardo fez dezoito anos, foi aprovado na Universidade de Lisboa. Mariano já estava bem doente. Bernardo relutou em partir, queria cuidar do pai. Mariano o obrigou. Todas as economias da vida eram para realizar o sonho de ver o filho formado. Bernardo só concordou quando a avó prometeu mudar-se para a Guarda. Menos de um ano depois, Mariano faleceu. A última vez que Bernardo estivera lá fora no enterro. Logo depois a avó adoeceu e foi a vez de Lucinda se mudar. Nos primeiros anos, Bernardo mandava cartas e, de vez em quando, telefonava para a casa da vizinha. Falava mais com a avó. Depois que ela morreu, a correspondência foi espaçando até cessar de vez. Isso fazia quase quarenta anos.

– Cumpri a promessa feita à minha mãe. Agora, meu irmão pode descansar em paz – e encarou Clarice com os olhos marejados. – Sinto muito não poder ajudá-la mais. O que tenho de Bernardo está aí – disse, apontando para a peça de madeira. – As cartas e os postais que ele mandou para minha mãe e para mim.

Levantou-se mais uma vez.

– Há mais uma coisa que lhe pertence, que nos deu muito orgulho do nosso menino.

Lucinda entrou novamente no quarto e voltou com um porta-retratos na mão.

– Perdoe-me se chamo Bernardo de nosso menino – falou, antes de passar a fotografia a Clarice. – Ele só nos deu alegria. Não sei o que fez meu irmão de tão cruel e não quero sabê-lo. É uma história que diz respeito somente a você e a ele. Mas juro que seu filho foi amado por Mariano mais do que se fosse do seu próprio sangue. E por minha mãe e por mim também. Demos a Bernardo todo o amor e carinho. E ele nos deu de volta! Quando nos deixou, era um rapaz, hoje já é um homem, quem sabe até pai e avô. Assim como meu irmão tinha certeza de que você voltaria, e eu acreditei, agora é sua vez de acreditar: Bernardo está vivo e você vai encontrá-lo! Uma das últimas correspondências que recebemos veio com esta fotografia, que já lhe vou mostrar... Além de entregar a carta, Mariano fez minha mãe prometer que Bernardo jamais abandonaria a faculdade de música! Seu sonho era que o filho se tornasse pianista! Depois da formatura, Bernardo mandou-nos esta foto.

Lucinda passou o porta-retratos para Clarice.

– Uma homenagem ao meu irmão... Assinou a dedicatória com o apelido que Mariano lhe dera ainda pequeno! – e ela indicou o rabisco no canto.

Com as mãos trêmulas, Clarice pegou o retângulo com bordas de madeira. Os olhos voltaram a brilhar. Ela se viu novamente aos vinte anos, numa taberna no Bairro Alto, em Lisboa. Era incrível a semelhança entre os dois. De terno, sentado ao piano, com o rosto virado para a câmera, Bernardo não era mais somente seu filho. Era o filho de Theodor. A vida os mantivera unidos de uma estranha maneira. No canto da foto, havia uma dedicatória. "Para meu pai, com amor, Bernardo Zus, o pianista."

Naquele instante, Clarice olhou para cima, como se visse o céu através do teto. Perdão era uma palavra de que ela não gostava. Ela agradeceu a Mariano por ter criado Bernardo como o filho de Theodor.

Clarice e Lucinda se despediram com um forte abraço. Um verdadeiro abraço de vidas que se ligam. Clarice voltaria a Lisboa naquela mesma noite. Ver-se-iam novamente, se não nos próximos dias, em breve. Ela tinha toda uma infância a desvendar e Lucinda seria os seus olhos. Também tinha certeza de que encontraria Bernardo. Ela viveria mais do que cem anos se fosse preciso. Prometeu a si mesma.

Já na estrada, Tita telefonou para os advogados da avó, na capital. No dia seguinte, eles começariam a busca. Tinham um nome, Bernardo Sampaio; tinham uma profissão, pianista; tinham uma universidade, a de Lisboa; tinham um nome artístico, Bernardo Zus; tinham pistas concretas para seguir.

Fizeram caladas o restante do trajeto, cada uma com seus pensamentos. Quando chegaram a Lisboa, passava pouco da meia-noite. Tita baixou os olhos. Os ponteiros marcavam, precisamente, meia-noite e cinco. Ela abriu um sorriso e virou-se para Clarice.

– Vó, a senhora sabe que dia é hoje?

Clarice encarou a neta com um olhar espantado. Tantas coisas tinham acontecido nos últimos dois dias, que aquela jornada parecia ter começado havia muito tempo. Tita emendou outra pergunta.

– A senhora está muito cansada? – perguntou, empolgada. – Ou tem disposição para mais uma viagem?

E ela mesma respondeu: – Se tiver, temos de partir amanhã, ou melhor, hoje, bem cedo! Mas tem de ser hoje! – completou.

Clarice continuava sem entender. Sim, ela estava cansada e aquele suspense a deixava impaciente.

– Por favor, Tita! Diga logo o que tens em mente! – respondeu, com leve tom de irritação.

Tita estava realmente vibrando. Queria prolongar ao máximo o momento. Para quem não acreditava em acaso, os últimos dias provavam que o universo, às vezes, conspirava. Ela olhou mais uma vez o relógio e falou.

– Clarice Zuskinder – era a primeira vez que chamava a avó pelo verdadeiro nome –, agora é meia-noite e oito minutos do dia 4 de fevereiro de 2000!

Ela segurou as mãos da avó.

– Daqui a pouco, seguiremos para o aeroporto e vamos embarcar no primeiro voo para Bruxelas ou qualquer outro lugar que nos leve a Antuérpia!

Clarice tocou o próprio rosto, depois os braços, as pernas, o corpo todo. Clarice Zuskinder. Era a primeira vez que ouvia alguém chamá-la pelo próprio nome em sessenta anos. Assim, de repente,

Uma praça em Antuérpia 363

ela renascia. Olhou as luzes de Lisboa. Ali chegara, aos vinte anos, com todos os sonhos. Dali partira, pouco depois, coberta de dor. No mesmo lugar em que deixara de ser Clarice, voltava a ser Clarice. Finalmente deixaria Olívia descansar.

– Sim! Vamos para Antuérpia. Vamos comemorar o aniversário do meu filho! Os sessenta e três anos de Bernardo! – vibrou como uma adolescente. – Você vai conhecer a mais bela cidade do mundo!

O que Clarice não contou para Tita é que aquele 4 de fevereiro de 2000 seria o primeiro de uma nova vida para ela, para a família. O retorno a Antuérpia no dia do aniversário de Bernardo era mais do que físico. Era espiritual. Lá, ela tomara o banho da conversão. Lá, se tornara judia. Lá, novamente acenderia as velas do *Shabat* e faria as pazes com o passado. Voltaria a ser quem era. Rezaria abertamente com a neta. Aquele 4 de fevereiro, que logo amanheceria, era uma sexta-feira.

73

Antuérpia, 4 de fevereiro de 2000

Era quase meio-dia quando o trem vindo de Bruxelas entrou na estação de Antuérpia.

– *Antwerpen-Centraal* – falou Clarice para si mesma, em voz baixa, antes de descer.

A luz cinzenta da manhã de inverno atravessava o gigantesco domo que encobria a plataforma. O local estava em obras, com dois níveis abaixo do térreo em construção. Um túnel era escavado sob o prédio para permitir que os trens ultrarrápidos pudessem parar ali. Mas, na essência, era a mesma estação que a fascinara na primeira vez que ali chegou, em dezembro de 1936.

Olhou em frente e lá estava o relógio redondo, com algarismos romanos, acima do imponente brasão dourado. Um pouco abaixo, também em letras douradas, a palavra *Antwerpen*. Clarice andava lentamente. Cruzou a porta que dava acesso ao saguão. Deparou-se com os mesmos degraus largos e compridos, ladeados por pilastras de mármore avermelhado, divididos por um corrimão central que levava ao hall de entrada, um andar abaixo. As paredes de tijolos cinza, bem como o chão com desenhos geométricos, brilhavam de tão limpos.

Uma praça em Antuérpia 365

Desceu a escada sem pressa, como se apreciasse cada degrau. Tita vinha logo atrás. Ela não queria invadir o espaço que a avó escondera dentro de si por tanto tempo. Seguia seus passos no mesmo ritmo, lento. Quando chegaram perto da porta, Clarice voltou-se e esticou a mão para a neta.

De braços dados, cruzaram a saída que dava para a rua. Vista de fora, a estação parecia uma igreja, por causa do domo e das torres que a ladeavam. Sentiram imediatamente a lufada de ar frio. O tapete branco se estendia à frente delas. Alguns metros, à direita, estava o portão do zoológico. A neve salpicava as duas esculturas – um cisne e uma águia – que se erguiam como sentinelas nas laterais.

Clarice não conseguiu conter a emoção. As lágrimas escorriam pelo rosto. O choro saía sem pressa ou vergonha. Um choro longo e lento. As pessoas diminuíam o passo ao vê-la, mas logo aceleravam quando percebiam que ela estava acompanhada. Tita permanecia imóvel, calada, à espera de um sinal de cabeça, um gesto de mão, qualquer coisa que lhe permitisse a entrada no universo da avó. Mas nem ela nem ninguém conseguiriam jamais ter acesso àquele mundo.

Antuérpia era o lugar em que Clarice fora mais feliz. O único em que vivera com Theodor e Bernardo. Ali o filho nascera, ali Helena fora concebida. Apenas ali os quatro existiram como uma família, mesmo que a filha fosse ainda um embrião crescendo em seu útero.

Voltava agora, sessenta anos depois, e aquela felicidade brotava de novo. Bernardo estava vivo e ela iria encontrá-lo. Para isso viveria cem, duzentos anos.

– Tita – voltou-se para a neta –, não é lindo? – disse, enquanto secava as maçãs do rosto com um lenço de papel.

– Agora mais ainda... porque estamos aqui! – respondeu Tita, enfiando as mãos no bolso do casaco para espantar o frio. – Vó, que tal comermos algo, tomar uma bebida quente, antes de a senhora me mostrar onde morou? – falou, suplicante, com os lábios tremendo com o vento gelado.

Clarice olhou o relógio. Haviam deixado Lisboa ainda com o dia escuro, rumo a Bruxelas. Do aeroporto tinham seguido de carro até a estação de trem na capital. Clarice dispensou o motorista que as levaria diretamente a Antuérpia. Queria chegar de trem. Agora passava do meio-dia. Não sentia nem fome nem sede, nem sono. Somente uma imensa nostalgia e saudade dos cheiros, das cores, das imagens que reacendiam na mente depois de tantos anos.

– Tens razão… E eu sei exatamente aonde vamos! Vem cá – e abriu os braços para a neta. – Se não fosse sua insistência, eu não estaria aqui.

Encarou-a no fundo dos olhos.

– Se não fosse por ti, Tita, eu morreria sem saber que meu filho sobreviveu… e que ainda está vivo! Tu me trouxeste esperança, vontade de viver. Me dá um abraço! – e apertou forte a neta. – Eu já devia ter voltado há muito tempo!

Em seguida, puxou Tita pela mão. A vontade era seguir a pé, mas a neve acumulada e fofa tornava o caminho mais longo e perigoso. Seguiram para o ponto de táxi na entrada lateral da estação, justamente onde começava o distrito dos diamantes – bairro onde Clarice morara.

Iriam até a Grote Markt, no centro histórico. Clarice levaria a neta à mesma *brasserie* – em frente à estátua de Brabo – onde, há sessenta anos, comemorara o aniversário do filho. Levaria Tita àquela praça em Antuérpia que, durante todos esses anos, fora o único refúgio de felicidade nas lembranças cravadas de dor. Depois, sim, visitaria a vizinhança onde morou.

A chegada à praça trouxe, mais uma vez, as inevitáveis recordações do passado, só que, agora, sem lágrimas. O frio espantava os turistas e também os moradores. Os cafés estavam praticamente vazios, salvo uma ou outra mesa com um casal que tomava uma bebida quente. Era sexta-feira, pensou Clarice. O que a fez lembrar imediatamente de Schlomo, Faiga e todos aqueles que faziam parte de um passado engolido e destroçado pela guerra. Passaria na sinagoga depois e rezaria por eles.

Havia uma ou outra pessoa que parava em frente à estátua do herói que segurava a mão do gigante. Batia uma rápida fotografia e seguia. Um menino fazia um boneco de neve com a ajuda de uma jovem, que devia ser a mãe, e um senhor, provavelmente o avô. Clarice observou a cena, do outro lado da praça, e lembrou-se do filho, naquele mesmo lugar, tanto tempo atrás. Teve vontade de ficar mais um pouco ali, apenas admirando aquela criança que se divertia, protegida do mundo, mas o vento cortante e os lábios de Tita tremendo a conduziram até a *brasserie*. No alto do prédio de esquina, permanecia, imponente e imóvel, como o guardião de um templo, o falcão dourado.

Diferentemente daquele 4 de fevereiro de 1940, não havia nenhuma mesa ocupada. Clarice cruzou a porta e instintivamente fechou os olhos. Puxou o ar como se sugasse os anos que a separavam daquele instante feliz e único em sua vida. Ao entrar, reconheceu o velho balcão de madeira, com os copos dispostos nas prateleiras ao fundo. A escada de acesso ao primeiro andar era a mesma e os banheiros permaneciam no subsolo, assim como o restaurante na sala anexa, com acesso pela lateral do bar. O pé-direito era alto. O teto trabalhado em gesso. Havia um vão no centro de onde se viam as mesas do andar de cima, protegidas pelo cercado de madeira.

Clarice dirigiu-se à mesa colada ao janelão de vidro que dava para a praça. Exatamente a mesma mesa em que se sentara com o filho e o marido há sessenta anos. Passou a mão demoradamente pelo tampo maciço e escuro. Sentia a presença deles ali. Uma sensação de paz e bem-estar que havia muito esquecera. Tita permanecia calada, assim como na maior parte do trajeto. Clarice, vez por outra, apertava os dedos da neta e trocava olhares que falavam mais que as palavras.

O garçom deixou o cardápio de capa vermelha e se afastou para que escolhessem sem pressa. Ela o folheou lentamente e fez sinal para o rapaz. Falou em flamengo, o que provocou uma reação imediata de espanto e simpatia. Fez o mesmo pedido de seis décadas atrás: bolo de chocolate, torta de maçã com chantili, panquecas com açúcar e café cremoso. Não tinha apetite, mas a ideia de recompor a mesa lhe trouxe enorme nostalgia.

Pelo janelão de vidro, Tita observava a estátua de Brabo no meio da praça, coberta de branco. Olhou os prédios em volta. Tal como a avó descrevera, lá estavam as pequenas figuras douradas, guardiãs nos topos dos edifícios. Clarice tirou a fotografia da bolsa e acariciou o rosto do filho e do marido. Era como se estivesse novamente ali, com os dois. Tita levantou-se para ir ao banheiro. Deu um beijo na testa da avó, que retribuiu com um leve toque da palma da mão no rosto da neta.

Tita passou pelo garçom, que chegava com a bandeja. Ele colocou os pratos no centro da mesa, os talheres e guardanapos de pano e, por último, as duas taças de café com leite. Clarice agradeceu sem levantar os olhos da fotografia. O rapaz curvou-se um pouco e sussurrou algo. Clarice voltou-se para ele e começaram a conversar. Tita viu a cena de longe. Na volta do banheiro, quando passava pelo balcão de madeira, a avó se dirigia para a porta. A bolsa, o casaco, o chapéu forrado de pele largados na mesa. A fotografia também. Saiu para a rua, os passos apressados marcavam a neve fofa.

74

Clarice voltou-se para o garçom. Ele observava, curioso, a fotografia nas mãos dela. Ela sorriu.

– Veja como são as coisas... – falou ela, delicadamente. – Esta fotografia foi tirada neste mesmo dia, há sessenta anos. Parece que nada mudou, não é? – disse, apontando a estátua no meio da praça.

O rapaz demorou alguns segundos para responder. Havia no rosto uma expressão de espanto, incredulidade.

– A senhora me desculpe a intromissão... mas esta fotografia é sua? – perguntou timidamente.

Foi a vez de Clarice encará-lo com espanto. Num gesto automático, levou a fotografia ao peito, como se quisesse protegê-la, e assentiu. Ele continuou, como se falasse consigo mesmo.

– Desculpe-me mais uma vez... É que é muito parecida.

Fez uma pausa e mordeu os lábios.

– Agora há pouco, nesta mesma mesa, conversava com um cliente sobre as obras em Antuérpia e ele mostrou um retrato que me parece igual a este. Uma coincidência, as fotos de época são mesmo semelhantes! – e calou-se, para continuar em seguida: – Vou deixar a senhora comer em paz. Bom apetite!

Clarice estava muda, não conseguia acreditar no que tinha ouvido. Quando o rapaz já se afastava, levantou-se e o segurou pelo braço.

– Espere, por favor! – falou, ansiosa. – Você está dizendo que viu uma fotografia parecida com esta? E hoje, aqui? É isso?

As perguntas saíram atropeladas.

– Eu preciso saber! Quem tem esta foto? O senhor conhece a pessoa? – perguntou, apertando o braço dele.

O rapaz recuou assustado e levantou a bandeja como um escudo.

– A senhora não quer se sentar? O café vai esfriar – disse ele, tentando acalmá-la. – A foto é do senhor Bernardo, um velho conhecido da casa. Cliente habitual... Comemora conosco, há quarenta anos, seu aniversário... que, aliás, é hoje! – frisou. – Meu pai o atendia... e agora sou eu que o atendo!

As palavras voavam de sua boca.

– O senhor Bernardo chegou jovem a Antuérpia, vindo de Portugal, mas diz ter nascido aqui... É pianista, tem uma escola de música com a esposa, que toca violino!

Clarice puxou o ar. Nunca parecera tão difícil respirar. As mãos tremiam, o corpo tremia. Fechou os olhos. Ao abri-los, estavam molhados. O rapaz permanecia diante dela sem saber o que fazer.

– Bernardo, Bernardo... – sussurrou. – Bernardo está vivo! – e, voltando-se para o garçom: – Me diga, onde posso encontrá-lo? – perguntou, ansiosa.

O rapaz esticou o braço na direção da janela.

– O senhor Bernardo está ali – disse, apontando para o homem que brincava com o menino no meio da praça –, fazendo o boneco de neve com o neto, o pequeno Zus! – e fez uma pausa. – É esse mesmo o nome do garoto – falou, balançando a cabeça, para, em seguida, apontar a jovem, um pouco mais atrás. – E aquela é Clarice, filha dele, também pianista. É uma família de músicos! – completou, sorrindo.

O garçom voltou para o balcão. Clarice seguiu lentamente até a porta, girou a maçaneta e saiu. Atravessou a neve fofa, com passos apressados, em direção ao homem que brincava com a criança, naquela tarde cinzenta e fria, numa praça em Antuérpia.

Na trilha de *Uma praça em Antuérpia*

Uma praça em Antuérpia foi escrito nos anos de 2013 e 2014 e lançado, pela primeira vez, em 2015. Agora, quando o livro migra para a editora LeYa Brasil, quase uma década depois, sinto a necessidade de dividir com o leitor os bastidores da criação e escrita desta história, que acaba por se misturar com a minha, na construção da trama. A semente do livro surgiu em 2002, quando ouvi falar, pela primeira vez, do cônsul Aristides de Sousa Mendes. Foi numa homenagem ao diplomata – promovida pelo Consulado de Portugal e pelo Instituto Camões – no clube Hebraica, de São Paulo.

Naquela época, eu morava na capital paulista, trabalhava como jornalista e estava prestes a lançar, junto com a fotógrafa Elaine Eiger, um documentário sobre a trajetória dos judeus em Portugal. Não imaginava que, na década seguinte, me dedicaria à ficção e, mais especificamente, ao romance histórico, com tramas que entrelaçassem judaísmo, Brasil e Portugal.

Durante mais de dez anos a história do cônsul que salvara milhares de vidas de judeus e não judeus, fugindo do nazismo, ainda nos primeiros meses da guerra, permaneceu em minha mente. Aristides de Sousa Mendes expediu vistos para entrada em Portugal – à total revelia das ordens do ditador Salazar – quando o mundo inteiro baixava a cabeça para o poderio alemão. Mas quem eram as pessoas – não as personagens históricas, mas os anônimos – cujas vidas dependiam de um visto? Era essa a história que eu queria contar.

Um romance histórico parte de uma pesquisa precisa da época a ser retratada, fundamental para trazer a tão necessária verossimilhança à narrativa. Nós, autores, criamos personagens que – pode se dizer – humanizam os fatos e trazem novos pontos de vista, mas não modificamos nem adaptamos os fatos. As personagens criadas é que passam a fazer parte dos acontecimentos. A pesquisa acadêmica dos fatos históricos, junto com depoimentos de época, acaba por formar o alicerce sobre qual se ergue a trama. Mas como costurar a ficção com os registros e material pesquisado?

Eu me identifico com uma escrita imagética e sensorial. À medida que construía a saga das gêmeas, visualizava seus passos, procurando ambientar a narrativa em locais onde eu habitava ou que conhecia ou explorava virtualmente. Minha primeira viagem foi através de mapas, fotografias, filmes, imagens, que eu transformava nos cenários por onde as personagens enveredavam.

Cada escritor tem seu método, sua maneira de começar um livro. Eu costumo preparar uma sinopse – com começo, meio e fim. É apenas um esboço, um guia, mas que me permite explorar caminhos desconhecidos à medida que a trama vai ganhando vida no papel. Uma das minhas maiores frustrações é ter uma caligrafia lamentável – uma letra horrível, mesmo! –, pois, apesar de toda a praticidade do computador, adoro as anotações em papel. Não consigo usar um bloco de notas digital, principalmente durante as viagens. Tenho vários bloquinhos onde vou registrando impressões, *insights*, descrições que consulto durante o processo de escrita. Acho que todo escritor deve ter sempre um caderno, um bloco, à mão.

A escolha de Antuérpia, na Bélgica, não foi aleatória. Quando comecei a desenvolver a história, imaginei que Clarice e Theodor conheceriam Sousa Mendes e sua numerosa família em Antuérpia, ainda no pré-guerra. O diplomata foi cônsul na cidade antes de assumir o posto em Bordeaux. No entanto, quando a escrita foi ganhando pulso, e, com ela, as personagens, imaginei Theodor, que, além de judeu, era comunista, fugindo de Portugal, às pressas, em 1936. Ele iria para França via Espanha, e depois voltaria para pegar Clarice e, finalmente, começar nova vida em Antuérpia. Mas como eu poderia deixar um comunista engajado atravessar a Espanha, naquele ano, sem que se juntasse à resistência republicana contra o generalíssimo Franco? Não havia como escapar da Guerra Civil Espanhola, que ganhou alguns capítulos e, acredito, tornou Theodor mais verdadeiro.

Já não cabia mais o encontro da família Zuskinder com a do cônsul em Antuérpia. Aquelas famílias não precisavam de uma amizade anterior para se ajudarem. Afinal, eu queria mostrar a coragem e o engajamento de Sousa Mendes para salvar milhares de desconhecidos. Clarice e Theodor representavam esses anônimos. O que eu queria mesmo era fazer o leitor se encantar pelo casal, era a história deles que eu estava contando.

A essa altura, eu já havia estado em Antuérpia e conhecido a Grote Markt, a grande praça do mercado. Me sentava na *brasserie* De Valk, pensando na história, enquanto vislumbrava a estátua de Brabo. Assim, imaginei a fotografia que puxa o fio da trama, no local onde ambientaria a última cena do livro. Não sabia como seria o final, mas tinha que ser ali. Já a primeira cena, queria que fosse numa paisagem bem carioca. Por isso, abri o livro com o réveillon na praia de Copacabana – vista do icônico Copacabana Palace, uma referência da cidade que tanto adoro.

A saga das protagonistas, as gêmeas Clarice e Olívia, tem início no nascimento delas, numa quinta no norte de Portugal, inspirada na quinta onde nasceu meu avô materno. Uma casa de pedras, nos arredores de Guimarães, com parreiras e tanque onde se amassavam uvas com o pé, histórias que ouvi na infância. A quinta ainda existe, assim como o Café Luso, o Hotel Avenida e as ruas do Bairro Alto, cenários que percorri na Lisboa atual junto com as lembranças das gêmeas e, no início da guerra, pelo olhar de Olívia.

As ruelas estreitas, as casas de pedra, as portas medievais e, principalmente, a proximidade de Vilar Formoso – cerca de quarenta quilômetros – pesaram para que eu escolhesse a Guarda, na Beira Alta, para ser a cidade de Mariano. Era para lá que Clarice iria, grávida e sozinha. Num passeio de fim de tarde, a esmo, me deparei com uma casa branca, de dois andares e janelas pequenas. Explorei a vizinhança, cronometrei a distância até a praça central. Tracei os caminhos que seriam percorridos no dia a dia. Eu via Clarice morando ali. E Mariano, o vizinho de cima.

Enquanto Theodor e Clarice preparavam a fuga de Antuérpia, em meio à tensão dos primeiros bombardeios, Olívia vivia na capital portuguesa blindada do conflito. Como eu poderia passar isso para o leitor? Mergulhei nos arquivos dos jornais portugueses da época. A partir das notícias do dia, das manchetes, construí o discurso de Olívia. Ela só sabia o que eu lia nas publicações. Aliás, os jornais de época são tão importantes nas minhas pesquisas quanto os livros de história, documentos e biografias. Deles também tiro informações que considero fundamentais para a verossimilhança do romance histórico: as modas, os espetáculos em cartaz, os artistas em destaque, a previsão do tempo.

Na narrativa de ficção histórica, as informações fazem toda a diferença. Muitas vezes, perco mais horas para encontrar a previsão da meteorologia – se chovia, nevava ou fazia sol, se estava calor ou frio – no dia de um determinado evento, como um bombardeio, por exemplo, do que na pesquisa do fato em si. Um exemplo que me vem à mente é a chuva torrencial descrita no trecho do encontro entre Theodor e o cônsul Sousa Mendes nas ruas de Bayonne. Não é uma invenção da minha cabeça. Foram dias de chuva torrencial na pequena cidade francesa. E se alguém que esteve lá, naquela época, lesse o livro iria sentir mais empatia e se deixaria levar pelo drama do personagem.

Entre começar o livro e terminá-lo, fiz três ou quatro viagens, *in loco*, nos períodos de férias da tevê. Na época, eu trabalhava como jornalista numa emissora carioca e dedicava o pouco tempo livre – e minhas economias – à escrita. Na reta final, consegui tirar uma licença não remunerada e pude, finalmente, concluir a primeira versão completa do romance.

Era hora de seguir na mais longa e emocionante das viagens. Sozinha, com uma malinha de mão e uma mochila, parti para refazer a fuga de Clarice, Theodor e Bernard, de Antuérpia, passando por Bordeaux, até Vilar Formoso, na fronteira portuguesa com a Espanha. Os tempos eram outros, mas as cidades, vilas, estradas mantinham, de certa forma, as marcas do passado. Mesmo as reconstruídas guardavam histórias sob as ruínas.

A narrativa que eu tinha criado era uma ficção bem embasada nas pesquisas, depoimentos, mapas, fotografias, previsões do tempo etc. Agora, eu ansiava por pisar e sentir os lugares, os aromas, as cores, dar pulso às personagens e à história. Algumas cidades, eu já as conhecia de outros momentos da vida, mas havia um trajeto, pelo norte da Bélgica, que eu não tinha ideia de como seria. Parte da rota de fuga de Clarice e Theodor foi inspirada no diário de Annie Ivens – e de conversas com ela – que, na época da ocupação alemã, tinha treze anos. Annie era avó de uma amiga belga, que me hospedou. Ela registrara a tentativa de fuga da própria família, dos arredores de Antuérpia até a fronteira francesa. O diário estava escrito em neerlandês, língua falada na parte flamenga do país. Nicole, filha de Annie, o leu para mim em inglês. Eram poucas páginas, com um ou dois parágrafos e descrições simples e objetivas – "Não consegui dormir por causa dos insetos. Comemos batatas" –, mas tinha a força de quem havia vivenciado a situação. Quando as tropas aliadas libertaram Antuérpia, em 1944, Annie ganhou de um soldado canadense o broche que ele usava na boina. Na despedida, ela me deu esse broche. Foi um dos presentes mais significativos que já ganhei na vida.

Uma praça em Antuérpia 377

Alguns trechos da viagem fiz de ônibus, outros de trem. À medida que passava pelas cidades, reescrevia, acrescentava ou cortava frases e parágrafos. Recalculava o tempo de duração dos trajetos, descrevia paisagens, caminhos, cheiros, sensações. Escolhia os locais onde os personagens passariam a noite, onde se esconderiam. Podia ser um celeiro, uma casa abandonada, uma igreja, uma praça, um prédio. Eu era uma viajante solitária, que flanava de uma cidadezinha para outra. O importante era estar nos lugares, sentir o cenário, conversar com os moradores, principalmente os mais velhos. Os bares e restaurantes das estações de trem se transformaram em escritório, onde eu ouvia histórias e ganhava guias locais. Um deles era o guardião do Museu da Segunda Guerra, em Calais, que conheci por acaso. Tive uma aula sobre a batalha de Dunquerque, e os aviões *Stukas* alemães. Imaginei que seria durante o confronto, nos arredores de Calais, que a família Zuskinder sentiria, pela primeira vez, a força dos bombardeios alemães. O senhor gentilmente abriu o museu – fechado na ocasião –, já que eu partiria, na manhã seguinte, para Bordeaux. Dentro da trama, Bordeaux era, para mim, o cenário mais marcante daquela viagem, junto com Vilar Formoso, na fronteira portuguesa.

A viagem de trem durou cerca de seis horas. Lembro de saltar na estação Saint-Jean, na hora do almoço, e seguir de *tram* até a Place de La Bourse, no centro histórico de Bordeaux. Lá peguei a chave do apartamento onde me hospedei, no bairro de Chartrons. Minhas expectativas iam muito além dos vinhos que davam fama à cidade.

Em Bordeaux, Sousa Mendes expediu milhares de vistos para judeus e não judeus. Foi para lá que o gabinete francês seguiu, em meados de junho de 1940, após a ocupação de Paris pelos nazistas. E também seguiram minhas personagens e milhares de outros refugiados. Era também em Bordeaux que as gêmeas finalmente se reencontrariam e Olívia descobriria a gravidez de Clarice.

Eu havia escrito os capítulos com base no pano de fundo histórico e em depoimentos. Mas eu precisava fazer pulsar a narrativa, passar ao leitor a sensação do caos que tomara conta da cidade. Eu sabia por onde as personagens se locomoviam, mas faltava ver e sentir os lugares de perto, imaginá-los ali, quase setenta e cinco anos atrás. Eu teria quatro dias para absorver a cidade.

Minha primeira visita foi ao prédio do consulado português e aos arredores onde os refugiados acampavam. Eu tinha descrições do interior do escritório que ocupava o terceiro andar, com dois lances de escada, já que o primeiro andar era térreo. Também era a casa do cônsul e de sua numerosa família. Mas quantos degraus subiam até lá? Como eram os corredores onde as pessoas se espremiam à espera do visto? Na entrada do edifício, havia uma pequena placa em memória do cônsul. Não era um local aberto à visitação. No terceiro andar funcionava, agora, um escritório privado. Estava em reforma. A equipe de obra era polonesa. Eles não falavam inglês e eu não falava francês, muito menos polonês. Nessas horas, ser do Brasil de Pelé e Ronaldo Fenômeno abre portas. Me deixaram entrar. Pude percorrer cada cômodo, fazer anotações. Depois, me levaram até a vizinha do andar de baixo, que não chegou a conhecer Aristides, mas vivia ali desde os tempos da guerra. Ela me mostrou o que ainda era original no prédio, contou suas lembranças. Registrei os detalhes, toquei nas paredes, segurei o corrimão. Vi minhas personagens em movimento.

Experiência parecida tive na Grande Sinagoga de Bordeaux e seu entorno. Outro lugar que eu precisava explorar. Era lá que Theodor e Clarice buscaram abrigo na chegada à cidade. Ela, grávida de oito meses, percorria a *rue* Sainte-Catherine, cruzava a praça abarrotada de famílias acampadas, até chegar à frente do consulado. Eu refazia o percurso, tentando sentir o peso da barriga, o inchaço dos pés, ao mesmo tempo que desviava de uma multidão imaginária, que lotava as ruas. Depois apressava o passo, no papel de Theodor, e fazia o circuito dele pelos cafés e hotéis, sempre registrando os lugares para descrevê-los depois. Como Clarice, eu andava devagar. Como Theodor, quase correndo. Não sei qual a impressão de quem me via

Uma praça em Antuérpia 379

perambulando pelos trajetos, várias vezes, parando, fotografando, anotando. Uma esquina, a fachada de um prédio, tudo me era útil. Mas faltava algo. Por mais que eu lesse relatos antigos, eu precisava encontrar referências visuais do passado, não as do presente.

Eu queria, literalmente, ver uma imagem do formigueiro humano, do trânsito caótico, das pontes e ruas congestionadas, naquela segunda semana de junho, com a Europa afunilando por Bordeaux. Era essa Bordeaux que eu procurava para descrever a tensão e os temores durante a chegada e nos dias que os personagens ficaram lá.

Fui atrás dos dois hotéis concorridos da época, palco de decisões políticas. Um deles, o Splendid, havia perdido as estrelas. Era agora um prédio, com um restaurante italiano no térreo. O outro, o Grande Hotel Bordeaux, continuava majestoso. Sentei-me com meu bloquinho na parte externa do restaurante. Era o meio da tarde, temperatura amena de primavera, poucas mesas ocupadas. Peço uma taça de vinho e puxo conversa com o garçom, um rapaz jovem. Conto o motivo da viagem. Ele me leva até a recepção. Repito a história para outro rapaz. O avô dele havia trabalhado no hotel nos anos 1940. Diz que tem algo para me mostrar. Num dos salões, que está fechado ao público, me deparo com gravuras da época, as referências visuais que eu procurava. Numa delas, uma multidão se espreme na ponte Saint-Pierre, num cortejo caótico que automóveis, apinhados de malas, não conseguem furar. E assim Clarice e Theodor chegaram a Bordeaux.

O Chartrons, bairro com ruas arborizadas e simpáticos bistrôs, foi uma escolha aleatória para hospedar-me, mas feliz coincidência para a trama. Lá situei o apartamento onde Olívia alugou um quarto e abrigou a família da irmã. Nas minhas pesquisas, eu havia lido sobre o bombardeio alemão à cidade. Nos capítulos já escritos, o prédio onde a família estava era atingido pelo ataque aéreo, mas eu não havia definido em que lugar da cidade ele ficava. Ao descobrir que o Chartrons havia sido alvo dos bombardeios, a narrativa ganhou muito mais emoção, eu estava no espaço onde a ação ocorrera. O prédio era ali.

De Bordeaux, segui para Bayonne, Hendaye e, finalmente Irún, no lado espanhol. A casinha branca, antes posto de fronteira entre França e Espanha, permanece lá. Foi emocionante cruzar, a pé, a ponte de trezentos metros, que separava meus personagens de um almejado futuro em liberdade. Dali segui para a estação e Irún, cenário de um dos momentos mais cruciais e tensos da história: a troca de identidade da gêmeas.

Agora, com Theodor, Bernardo e Olívia – já como Clarice –, eu cruzaria a Espanha a bordo do Sud Express. Destino final: Vilar Formoso, última etapa da viagem. Eu havia lido relatos detalhados de refugiados que chegaram a Portugal pela pequena vila, um dos principais pontos de entrada, por terra, no país. Poucos passos separavam Vilar Formoso da Espanha. Os relatos narravam a recepção calorosa dos moradores, falavam das acomodações, do tempo de espera para seguir viagem para Lisboa. Eu havia visto fotos da cidade, a maioria atuais, sempre destacando a bela estação de trem decorada com azulejos azuis.

No passado, Vilar Formoso era parada obrigatória, de carro ou de trem, para quem entrasse em Portugal. Com o país na zona do euro, acabou-se o controle de passaporte na fronteira. Mas, para quem chega de trem, a parada em Vilar Formoso ainda é necessária por conta da troca de bitola do trilho. É uma parada rápida, no começo da madrugada, onde um e outro passageiro descem para fumar um cigarro.

Por volta das duas da manhã, saltei na cidadezinha com pouco mais de mil e quinhentos habitantes. Nem vi o trem partir, segui apressada, pela rua principal, deserta e silenciosa, arrastando minha malinha, até o endereço do hotel. Ninguém na rua, nem na portaria. Minutos depois, avisto uma figura esbaforida correndo em minha direção. Era o recepcionista da noite. Havia ido me esperar na estação. Passou de vagão em vagão chamando meu nome. E eu cá estava! Rimos os dois. Foi um presságio da boa acolhida que eu teria.

No dia seguinte, munida de caderninho e caneta, fui a campo. Me interessavam a estação e seu entorno. Eu já havia escrito as cenas mais difíceis, que se passavam na plataforma. Na minha história, a plataforma estava abarrotada de gente. À minha frente, vazia. Havia um bar, com um único funcionário e nenhum cliente. Pedi um café e ele puxou assunto. Raro encontrar um turista que fosse ficar três dias em Vilar Formoso. Disse que era escritora e que parte da minha história se passava ali, no começo da Segunda Guerra. Ele me mostrou o armazém onde, anos depois, em 2017, foi inaugurado um museu em memória dos refugiados.

Eu havia lido sobre um posto de gasolina, um restaurante, mas as construções não existiam mais. O local era diferente dos relatos que eu tinha. Perguntei se conhecia alguém que guardasse lembranças de Vilar Formoso nos anos 1940. Logo me deu a dica de quem me ajudaria. E como ajudou! O fotógrafo da cidade abriu seus arquivos. Me deparei com o cenário que tanto imaginei. Lá estavam o posto de gasolina, a estação e os arredores abarrotados de gente, os moradores distribuindo comida. Eu finalmente conseguiria fazer Vilar Formoso pulsar como uma personagem. Era hora de voltar e finalmente colocar o ponto-final.

Acabo este relato no lugar que me inspirou a última cena. Eu gostava de ir à *brasserie* De Valk, na Grote Markt, depois das minhas caminhadas por Antuérpia. Tomava café com leite, comia panquecas com frutas vermelhas, polvilhadas com açúcar. Mirava a estátua de Brabo e o prédio da prefeitura do outro lado. Organizava as anotações, registrava impressões, escrevia. Numa tarde ensolarada, depois de uma dessas andanças, sentei-me e pedi uma taça de espumante. Olhando através do vidro, vi uma mulher de mãos dadas com uma criança. Paguei a conta e saí. Era assim que eu terminaria o livro. O que viesse depois que Clarice cruzasse a porta ficava por conta da imaginação do leitor.

Agradecimentos

Devo agradecimentos a muitas pessoas que, no decorrer da pesquisa e da escrita deste romance, me ajudaram, de forma direta e indireta, com informações, depoimentos, referências bibliográficas, leituras das versões e conversas que me levaram por este ou aquele caminho da trama. Muitas dessas pessoas conheci nas viagens que fiz ao reconstituir os trajetos das personagens em Portugal, Espanha, França, Bélgica e Alemanha. Outros são os amigos, a família, que me acompanham pela vida. Citar os nomes de todos, neste curto espaço, seria impossível.

Tive três encontros, porém, que foram muito marcantes e que gostaria de aqui destacar. Na minha primeira viagem a Antuérpia, fui recebida pelas famílias Ivens e Lambrechts, às quais serei sempre grata. Annie Ivens, com seus mais de oitenta anos, contou-me as lembranças da guerra e, num dado momento, surgiu com um diário, escrito em neerlandês, que jamais havia mostrado a ninguém. Nele trazia o relato da fuga da família, dos arredores de Antuérpia, durante a invasão da Bélgica, em maio de 1940. Nicole Ivens gentilmente o traduziu para o inglês para que eu pudesse lê-lo e, assim, ter acesso a uma realidade para além das pesquisas em livros e na internet.

Um ano depois, um outro encontro também me poria frente a frente com duas sobreviventes dos anos de chumbo. Tania Cerginer, que conheci durante uma palestra, colocou-me em contato com suas tias, as irmãs, judias, Sulamita Kostman e Toni Dresse. Shula e Tova me receberam em São Paulo e, com uma lucidez impressionante – a primeira com pouco mais de noventa anos, a segunda com quase noventa –, relataram-me as lembranças da fuga da família por toda França. Devo igual gratidão a Dieter Schulz, que, meses antes do seu falecimento, já com mais de noventa anos, também com incrível lucidez, me narrou o cotidiano e as histórias da Alemanha na década de 1930.

Por último, meus agradecimentos a Luciana Villas-Boas e à equipe da VB&M, meus agentes, pelo profissionalismo de sempre, *"pero sin perder la ternura jamás"*! A Carlos Andreazza e sua equipe, pelo empenho na primeira edição deste livro. A Paulo Mariotti, que me acolheu em Paris, quando fiz de sua casa "meu porto" durante as pesquisas na Europa. A Carolina Floare, que dedicou seu olhar exigente às últimas leituras e muito me ajudou na versão final deste livro.

Em www.leyabrasil.com.br você tem acesso a novidades e conteúdo exclusivo. Visite o site e faça seu cadastro!

A LeYa Brasil também está presente em:

facebook.com/leyabrasil

@leyabrasil

instagram.com/editoraleyabrasil

LeYa Brasil

ESTE LIVRO FOI COMPOSTO EM DANTE MT STD,
CORPO 12 PT, PARA A EDITORA LEYA BRASIL